SANG DE COCHON

COLLECTION
CORBEAU

SANG DE COCHON

SYLVAIN JOHNSON

ADA ÉDITIONS

Éditeur : François Doucet
Directeur de collection : Simon Rousseau
Révision éditoriale : Elisabeth Tremblay
Révision linguistique : Amélie Hamel
Conception de la couverture : Félix Bellerose
Photo de la couverture : © Getty images
Mise en pages : Sébastien Michaud
ISBN papier : 978-2-89803-730-6
ISBN PDF numérique : 978-2-89803-731-3
ISBN ePub : 978-2-89803-732-0
Première impression : 2019
Dépôt légal : 2019
Bibliothèque et Archives nationales du Québec
Bibliothèque et Archives Canada

Éditions AdA Inc.
1385, boul. Lionel-Boulet
Varennes (Québec) J3X 1P7, Canada
Téléphone : 450 929-0296
Télécopieur : 450 929-0220
www.ada-inc.com
info@ada-inc.com

Imprimé au Canada

Québec
Crédit d'impôt livres
Gestion SODEC

Financé par le gouvernement du Canada | Canada

Participation de la SODEC.
Nous reconnaissons l'aide inancière du gouvernement du Canada par l'entremise du Fonds du livre du Canada (FLC) pour nos activités d'édition.
Gouvernement du Québec — Programme de crédit d'impôt pour l'édition de livres — Gestion SODEC.

Catalogage avant publication de Bibliothèque et Archives nationales du Québec et Bibliothèque et Archives Canada

Titre : Sang de cochon / Sylvain Johnson.
Noms : Johnson, Sylvain, 1973- auteur.
Collections : Collection Corbeau.
Description : Mention de collection : Collection Corbeau
Identi iants : Canadiana 20190023597 | ISBN 9782898037306
Classi ication : LCC PS8619.O4837 S26 2019 | CDD C843/.6—dc23

PREMIÈRE PARTIE

Saigner comme un cochon

1

Sainte-Thècle, Mauricie, vendredi 19 septembre

Le docteur Genest savait déjà de quoi il allait mourir. Épuisement professionnel. Pas assez de sommeil, trop d'heures de travail, pas d'exercice, trop de malbouffe et d'alcool. Encore ce soir, il fermait les portes de son centre médical sur le coup des vingt-deux heures. Son dernier patient l'avait quitté à dix-huit heures, puis il y avait eu la paperasse, les réponses aux messages sur le portail Internet de la clinique, les coups de fil à passer, les prescriptions aux pharmacies à envoyer et la comptabilité à effectuer. Sa femme l'avait d'ailleurs quitté parce qu'il était radin et refusait d'engager une secrétaire.

Il se retrouvait donc aujourd'hui avec une exorbitante pension alimentaire à payer, probablement plus dispendieuse qu'une employée à temps plein.

Six jours par semaine, il sortait par la porte arrière de l'établissement, qu'il verrouillait par l'activation du système d'alarme. Il se retrouvait de ce fait dans le petit stationnement, sous le halo d'une faible ampoule ancrée à même le mur de brique ocre de la façade arrière. Ce vendredi soir, il avait fait quelques pas en direction de sa voiture lorsqu'il remarqua une silhouette sur sa droite. De même qu'un vieux camion de type pickup. Il s'immobilisa. Un homme se tenait dans l'ombre. Le médecin replaça ses lunettes sur son nez et héla l'inconnu, plus par curiosité que par peur. La petite municipalité de Sainte-Thècle n'était pas le genre d'endroit où l'on craignait les marches nocturnes ou les assauts imprévus.

– Allo ? Je peux vous aider ?

L'homme à peine visible s'avança pour pénétrer dans la zone éclairée. Le docteur se figea en le reconnaissant : Maurice Rioux, un employé de ferme connu pour sa tendance à la violence. Sa conjointe était une des patientes de la clinique, tout comme ses deux gamins, un garçon et une petite fille. France Rioux avait d'ailleurs manqué ses deux derniers rendez-vous, dont un le matin même. À plusieurs occasions, lui-même avait observé des blessures, des ecchymoses et des signes de mauvais traitements sur le corps décharné de madame Rioux. Dans un aussi petit patelin, on faisait souvent les choses autrement et, pour conserver son emploi et sa réputation, le médecin ne pouvait tout simplement pas appeler la police pour un cas de violence conjugale. Il perdrait la confiance des citoyens et se retrouverait à la rue. Plutôt, il tentait de convaincre France de chercher de l'aide, lui offrait des numéros de téléphone et diverses ressources, mais la pauvre refusait.

Rioux s'avança davantage et Genest nota son inquiétante apparence. Portant une salopette souillée de graisse et de boue ainsi qu'une casquette John Deere verte, il mâchouillait un cure-dent et ne s'était visiblement pas rasé depuis plusieurs jours.

Le docteur répéta sa question, mal à l'aise de cette visite nocturne imprévue.

– Monsieur Rioux, je peux vous aider?

Sans un mot, l'intéressé franchit la distance qui les séparait et tendit une main couverte d'une substance sombre. Du sang. Ses manches aussi étaient souillées. On aurait dit un boucher devant son étal. Dans cette main musclée et visqueuse, il tenait un petit flacon rempli de ce qui avait l'apparence de l'hémoglobine. Patrick Genest hésita, ne voulant surtout pas toucher à cette chose qui l'intriguait cependant.

Le sang de qui ou de quoi contenait-elle? Qu'avait fait cet idiot de Rioux?

Maurice parla enfin, sa voix comme un grondement sourd qui montait de ses poumons; il fumait beaucoup et souscrivait à moyen terme à un cancer mortel. Sa bouche édentée inspirait la peur.

– Tiens!

Il gesticula pour que le médecin prenne le contenant, ce que Genest fit avec répulsion, curiosité et fascination. Au quotidien, Rioux était terrifiant et peu d'hommes tentaient de s'opposer à lui. Patrick, grassouillet docteur de campagne peu enclin aux activités sportives, ne faisait pas le poids. Il obtempéra, car oui, il était trouillard et assumait cet état avec sincérité.

Genest retourna le flacon dans sa main, fortement convaincu qu'il s'agissait de sang humain. Des particules flottaient dans la substance, probablement collectée sans technique particulière et sans la moindre hygiène. À preuve, le sang séché qui formait une croûte rougeâtre sur le plastique s'égrena sous ses doigts. Il questionna Rioux.

– C'est quoi, ça?

L'autre éclata d'un rire enroué, révélant la présence de mucus dans ses poumons. Il cracha une longue traînée jaunâtre, conservant le cure-dent dans sa bouche avec habileté. Il devait mâcher du tabac. Rioux puait l'animal trempé, la sueur et le fumier. Il recula et, pour la première fois, Genest se questionna sur sa sécurité.

– Tu voulais voir ma femme?

– Oui.

Le médecin eut honte de sa voix trop faible.

– Tu voulais son sang?

Seul le silence parvint à franchir les lèvres de Patrick, dont l'esprit travaillait à toute vitesse pour assimiler les questions et prévoir les réparties. La brute souriait toujours et poursuivit :

– Ben, tu l'as son sang...

Genest fixait le flacon avec dégoût. Non! Rioux ne pouvait pas être sérieux! Ce liquide froid n'appartenait pas à France. Il se moquait de lui.

– Monsieur Rioux... je... quoi?

Maurice glissa les mains dans ses poches, le fixa avec un air hautain, dangereux. Ce qu'il était. Il accepta néanmoins de parler.

– Je veux pus que tu voèyes ma femme.

L'illuminé franchit alors rapidement la distance qui les séparait, fit sursauter Genest qui émit un petit cri aigu. Il n'y eut aucun contact physique, ce n'était que de l'intimidation. Son haleine puante suffisait à donner la nausée. Ses pupilles étaient dilatées, ses yeux, rouges. Il avait bu, ou encore fumé quelque chose d'autre que du tabac. Rioux leva la main et, menaçant, pointa la poitrine du docteur.

— Tu crisses la paix à ma femme.

Plusieurs choses traversèrent l'esprit de Genest, sauf que rien ne sortit de sa bouche. Il se contenta de hocher mollement la tête. Il connaissait ce genre d'homme, inutile de protester ou d'argumenter. Rioux parut satisfait de son silence et se détourna pour se rendre à son véhicule, qui démarra en trombe. Il souriait et fit rugir les pneus sur l'asphalte du stationnement.

Laissé seul, Genest fixait le flacon dans sa main.

Il avertirait les policiers, pas le choix. France était peut-être en danger et ses enfants aussi. Dès le matin, il ferait analyser cette chose rougeâtre afin de déterminer ce dont il s'agissait. En priant que ce ne soit pas le sang de l'un des trois membres de cette famille de fous.

Il devait retourner dans la clinique pour préserver la fiole dans le réfrigérateur.

Il avait raison lorsqu'il pensait que l'épuisement le tuerait.

Il se faisait trop vieux pour ce genre de situation.

2

Trois jours plus tard

Le lieutenant Paris, enquêteur spécialisé des crimes contre la personne pour la Sûreté du Québec, roulait à toute vitesse sur la 55. Les gyrophares de sa voiture banalisée illuminaient ce qui restait de la nuit. La mâchoire crispée, il contemplait le paysage sans vraiment y porter attention, profitant de la route déserte. Contrarié, il avait oublié sa tasse contenant son café au lait sur le comptoir de la cuisine.

Bien qu'il soit en plein milieu d'un de ses rares congés, le lieutenant se rendait sur une scène de crime. Un coup de fil méprisable avait résonné à cinq heures du matin et Paris savait, en ouvrant les yeux, que ce serait une sale affaire et la fin de ses vacances. Fini la pêche à la truite, la grasse matinée, les diners congelés avec une bière froide, affalé sur le canapé tout en visionnant de vieux films d'action.

L'appel venait de son subalterne, le sergent Renaud. Ce dernier faisait office de responsable durant sa courte absence. Il faut bien comprendre une chose : il y avait très peu de meurtres en Mauricie, mais lorsqu'ils survenaient, en particulier la nuit, on pouvait escompter une scène horrible. La raison en était simple; dans la majorité des cas, il s'agissait de crimes passionnels ou de disputes conjugales ayant mal tourné. Rien de plus salissant que l'amour et la haine.

Renaud demandait son aide, s'excusait de le déranger en plein congé. Il ne pouvait gérer seul l'homicide qu'il avait entre les mains. Il informa entre autres Paris que tout le monde était déjà sur place, même les gens du Laboratoire de sciences judiciaires et de médecine légale de Montréal. Le sergent avait hésité à le réveiller, mais devait avouer la nécessité de sa présence. Quelques heures s'étaient écoulées depuis le premier appel au 911.

Le lieutenant rencontra un peu de trafic, bien qu'il soit encore tôt. À cinq heures quarante-cinq du matin, un lundi, il fallait s'y attendre. Paris effectua donc le trajet entre Shawinigan, où il vivait, et Sainte-Thècle, le lieu du crime, en une quarantaine de minutes. En remontant le rang Saint-Michel, facilement localisé grâce au GPS de la voiture, il repensa aux faits dévoilés par Renaud. L'homicide avait eu lieu dans la ferme d'élevage de porcs du très célèbre et controversé multimillionnaire Roger Legrand. Un agent de sécurité retrouvé mort après un appel passé à son patron. Une scène qu'on décrivait comme macabre.

Et dire qu'il avait quitté Montréal pour trouver un peu de quiétude!

Paris arriva enfin à la ferme au portail démesuré, deux colonnes de briques supportant une arche en métal forgé. Il s'agissait d'une immense installation qui employait non seulement la majorité des villageois, mais offrait des retombées économiques non négligeables pour la région.

L'étendue du domaine d'élevage intensif impressionnait. On aurait presque dit un petit village en soi.

Bruce Paris s'engagea dans l'allée, fut reçu par un patrouilleur qui surveillait l'accès. On le laissa passer et il s'immobilisa dans le parc de stationnement. On avait sécurisé le site pour empêcher quiconque d'entrer. Il y avait sur place deux camions de pompiers, une ambulance et quatre autopatrouilles dont les gyrophares illuminaient les parois des hangars. Plus loin se trouvaient aussi les camions des gens du Laboratoire et les voitures de ses confrères. De la mêlée, une silhouette s'avança vers Paris, qui enfilait son veston et prit la direction du site.

Le sergent Renaud le salua d'un hochement de tête. Ils travaillaient ensemble depuis le passage volontaire de Paris à Saint-Tite, le poste de la Sûreté du Québec dans la MRC de Mékinac. Un tout petit édifice qui regroupait des bureaux pour le travail administratif, un quartier cellulaire et quelques locaux d'entreposage pour l'équipement. Renaud et Paris formaient une bonne équipe. Le sergent célébrerait ses cinquante ans l'année suivante. Efficace, sérieux et ponctuel, Renaud vivait pour ses weekends de pêche et un fils qui demeurait à Sherbrooke. Sa femme l'avait quitté depuis une douzaine d'années.

L'air frigorifié, son coéquipier tenait un café que Paris envia tout de suite. Ils marchèrent ensemble vers la porcherie la plus proche. Renaud en profita pour s'excuser.

— Merci d'être venu, Paris. Désolé d'avoir appelé durant ton congé.

— C'est-tu si pire que cela ? demanda Paris avec un sourire en coin.

Renaud se contenta de secouer la tête, tandis qu'ils atteignaient l'un des bâtiments et y pénétraient. L'odeur les assaillit aussitôt : un mélange d'urine, de paille, de boue et de porcs suants. Avec son estomac vide, Paris eut un haut-le-cœur. Il se demanda comment on pouvait travailler dans de telles conditions. Encore là, que pouvaient bien penser la plupart des gens à son sujet ? Comment pouvait-on devenir enquêteur et accepter de se farcir des macchabées ? Des ivrognes et des criminels ?

Tout le personnel policier avait été réveillé pour l'occasion. On faisait son travail sans rechigner, mais personne ne chantonnait avec joie non plus. Paris tiqua à la vue de tous ces porcs entassés. Il regrettait la chaleur de son lit. Les scènes de crime l'horripilaient, mais éveillaient en lui une conscience professionnelle qui le forçait à se dépasser. Résoudre un meurtre devenait, d'une manière pas très bonne pour sa santé et son moral, une priorité absolue. Il retrouvait son efficacité et une raison à son existence dans ce genre de situation. Il ne connaissait rien d'autre ; il avait fait ses études en techniques policières après son secondaire, pour ensuite réussir le programme de l'École nationale de police.

Renaud lui fit un rapide exposé de la situation.

— La victime se nomme Joël Dupuis. Agent de sécurité. Trente-quatre ans. Vit seul. Aucun antécédent. Il était au téléphone avec son patron lorsqu'on l'a attaqué.

Le sergent Guilbert, qui, avec Renaud, formait le cœur de son équipe, les rejoignit dans la porcherie aux dimensions très impressionnantes.

— Bon retour, boss !

Paris grimaça aux paroles de Guilbert. Deux hommes, qu'il devinait être des travailleurs de la ferme d'élevage, se tenaient plus loin, occupés à leurs tâches. L'un maniait le balai et l'autre ajustait quelque chose dans un enclos rempli de porcs. Guilbert reprit la parole.

— Ils ont transféré tous les porcs dans les enclos adjacents.

Une allée de béton traversait le bâtiment, bordée de chaque côté par de multiples enclos aux abreuvoirs et mangeoires reliés à un système de tuyaux facilitant la distribution d'eau et de nourriture. S'y entassaient plusieurs centaines de porcs. Devant eux, un enclos à la porte ouverte et un corps au sol, bloquant l'allée. Il faisait chaud à l'intérieur, et des néons éclairaient l'endroit. Les trois policiers s'arrêtèrent devant la victime. Un homme vêtu d'une combinaison blanche, un appareil photo à la main, s'approcha d'eux. Tous connaissaient l'énergumène, prénommé André Leduc, un fanatique des Canadiens de Montréal qui n'en manquait pas une pour parler de son équipe préférée. Gringalet barbu, il se faisait toujours un plaisir de partager avec eux les indices et les informations recueillis. Il dirigeait l'équipe de techniciens en scène de crime affectée à la région depuis six ans.

On se serra la main, échangea quelques plaisanteries, puis Leduc leur laissa le temps de contempler le décor devant eux. Paris plissa le front et se passa une main dans les cheveux. Renaud se tenait légèrement à l'écart et Guilbert avait sorti son calepin pour prendre des notes.

Paris étudiait toujours la scène de crime dans son intégrité avant de s'attarder sur la victime. Il en profita donc pour jeter un œil dans l'enclos ouvert sur sa droite. Là reposait la carcasse éviscérée d'un porc, ses entrailles éparpillées. Sa chair portait une multitude de marques de lacérations et on s'était acharné sur la tête, dont la nuque n'était plus qu'une bouillie informe. Paris se demanda quelle était la part des dégâts imputables aux autres animaux. Les porcs se nourrissaient de cadavres, non? Mangeaient-ils aussi leurs semblables? Il faudrait vérifier.

Le sol était peu susceptible de leur fournir le moindre indice, en raison du piétinement des bêtes et de la substance boueuse qui le recouvrait. De petites fentes, à intervalles réguliers le long du plancher, permettaient de recueillir l'urine et les excréments. Y chercher des indices s'avérerait peine perdue. La saleté même de l'espace restreint rendait l'espoir de prélever des empreintes plutôt illusoire.

Paris se détourna pour jeter un coup d'œil vers le corps, au centre de l'allée. L'agent de sécurité gisait sur le ventre, à quelques mètres de la carcasse, son téléphone cellulaire dans la paille à une trentaine de centimètres de sa main droite. La victime avait subi d'importantes coupures aux jambes, son uniforme étant pratiquement en lambeaux en dessous de la taille.

Leduc prit la parole.

– Ses jambes sont couvertes de lésions, mais c'est pas ça qui l'a tué. On lui a tranché la gorge.

Il fit signe à un de ses assistants et, ensemble, ils retournèrent le corps. La dépouille avait déjà été photographiée. Ils avaient attendu Paris pour la bouger.

Le visage du gardien était figé en un masque d'horreur et de souffrance. On lui avait crevé les yeux ; une lame avait aussi entaillé la bouche, les joues et le menton. La blessure à la gorge était béante. L'homme s'était vidé de son sang, sa chemise imbibée en témoignant.

Renaud, qui adorait à la fois poser des questions et analyser les scènes de crime, y alla d'un de ses commentaires.

— La position du corps est étrange. Il aurait dû être sur le dos, non ?

Leduc eut un sourire satisfait : il appréciait lorsqu'un policier remarquait des détails particuliers. Pour lui, reconstituer un meurtre tenait un peu du jeu, comme assembler un casse-tête. On devait sonder le corps, émettre des hypothèses ; chaque détail comptait et pouvait faire la différence. Le macabre de sa profession ne lui nuisait pas, il y voyait plutôt une formidable occasion de parfaire son esprit analytique. C'était comme remplir une grille de sudoku ou de mots croisés.

— Bien joué, Renaud. C'est parce qu'il est mort ailleurs et que son corps a été déplacé ici.

Leduc s'accroupit en tenant son appareil photographique d'une main et pointa quelque chose au sol. Les hommes y prêtèrent attention.

— Y a à peine une trace de sang alors qu'il devrait y avoir une mare sous lui…

Il désigna ensuite la carcasse dans l'enclos.

— Pas mal certain qu'il est mort là. À vous de trouver pourquoi on l'a pas laissé sur place après l'avoir…

Leduc mima l'égorgement avec sa main. Guilbert notait, ses compagnons absorbaient les détails sans avoir besoin de les écrire. Le technicien se releva et fit un pas vers la droite, avant de pointer à nouveau le sol, puis les parois de l'enclos. On avait placé quelques chevalets de repérage jaunes numérotés à des endroits précis. Les mouches ne cessaient de tourner autour des policiers et, agacé, Paris émit un juron avant de battre l'air de sa main.

– Le sang a giclé tout autour. On peut oublier celui dans le fumier, mais sur les panneaux de l'enclos, on va être capables d'effectuer des prélèvements.

Leduc se retourna vers Paris et les autres. Il poursuivit ses explications, tandis qu'on s'affairait dans la porcherie avec une minutie impressionnante. Une armée bien rodée au service du citoyen.

Paris s'éclaircit la gorge ; il s'habituait déjà à la puanteur. Au plafond, un énorme ventilateur se mit à rugir, permettant à l'air vicié d'être aspiré au-dehors et probablement filtré dans le processus. Le lieutenant examina l'enclos et la carcasse du porc, avant de poser une question.

– Comment t'expliques le manque de sang ? La paille n'a même pas l'air rougie.

Leduc leva le doigt pour indiquer à Paris que la réponse viendrait à temps. Il fit un nouveau pas de côté et pointa un objet au sol, à moins de six mètres. Le numéro 3 était rattaché à une chose métallique que les policiers ne reconnurent pas tout de suite. Le lieutenant s'en approcha, tandis que des flashs de caméra scintillaient dans l'édifice. Guilbert fut le premier à émettre une hypothèse.

— On dirait une pompe, non?

— Exactement! hurla presque Leduc.

Celui qui ressemblait à Sammy du dessin animé *Scooby-Doo* jubilait. Leduc revint vers le corps du porc et indiqua un endroit dans le cou mutilé. Guilbert prit quelques photos avec son téléphone intelligent, tandis que Paris secouait la tête de découragement.

— Vous voyez le contour arrondi de la plaie? C'est l'endroit exact où le tuyau de la pompe a été inséré, leur révéla le technicien en touchant la peau du cadavre avec son gant de latex.

Paris demanda, juste pour confirmer ce qu'il comprenait :

— Ils ont pompé le sang du cochon?

— Semblerait bien.

Pensif, Renaud se pencha sur la carcasse avant de parler.

— Il était vivant ou mort quand ils ont fait ça?

Leduc hésita un moment; il s'agissait du domaine d'expertise des hommes du laboratoire de médecine légale, qui s'affairaient à préparer l'équipement qui serait transporté dans la porcherie. Paris et son équipe seraient bientôt chassés de l'enclos pour les laisser travailler. Le technicien s'aventura toutefois sur le sentier des conclusions, un de ses traits que les policiers appréciaient.

— Je crois, messieurs, qu'il était déjà mort.

Guilbert continuait à tout noter, le nez dans son cahier. Paris récapitula à voix haute. Il procédait toujours ainsi. Cela l'aidait et permettait aux autres de suivre son raisonnement et de le corriger. Cela lui permettrait de sonder l'opinion de ses confrères par la même occasion.

– En gros, on a un cochon et un agent de sécurité morts. Les deux ont aussi été mutilés et quelqu'un a pris la peine de pomper le sang de l'animal.

Tous hochèrent la tête avec découragement. Ces éléments ne répondaient à aucune question, n'élucidaient rien. Renaud ajouta quelque chose :

– Peut-on penser que l'agent de sécurité a surpris quelqu'un en train de tuer le cochon et de le vider son sang?

Guilbert se fit l'avocat du diable.

– Mais pourquoi tuer un animal de même?

Paris scrutait l'intérieur de la porcherie et dut se rendre à l'évidence : il n'y avait rien à voler. Peut-être de la machinerie agricole dans les autres bâtiments et de l'équipement destiné à l'élevage? Il faudrait s'assurer que rien ne manquait.

Quel pouvait être le mobile d'un acte si sordide?

Bien qu'aucun des policiers n'en fasse mention, tous savaient qu'il existait une autre possibilité : ce genre de ferme n'était pas très populaire auprès de certains citoyens. Tout d'abord parce que sa présence polluait le paysage avec ses énormes bâtiments, et dérangeait avec sa consommation abusive d'électricité. L'odeur pestilentielle qui flottait parfois dans le village et la hausse du trafic routier n'étaient que quelques-uns des inconvénients invoqués par les opposants. Le projet de plusieurs millions de dollars avait soulevé la controverse et irrité les fervents défenseurs des droits des animaux. À l'ouverture, plusieurs manifestations avaient eu lieu, tandis que certains politiciens en campagne électorale avaient même soutenu la population pour le principe et pour gagner des votes. Mais avec le temps, les énormes retombées financières pour la région et la grande quantité d'emplois qui en découlaient directement finirent par museler les détracteurs. Il fallait bien payer les factures.

Paris se promit d'explorer cette avenue, ne pouvant ignorer l'aspect passionnel du crime et l'intérêt soulevé par la ferme Legrand.

Il questionna Leduc, tandis que l'équipe du légiste s'approchait.

— Avons-nous une arme du crime?

— Pas encore, mais nous cherchons.

— Rien d'autre de particulier ou d'anormal?

Leduc eut un petit sourire que les policiers n'aimèrent vraiment pas. Il interpela un des techniciens en retrait.

— Paré, montre-leur ce que t'as trouvé!

L'autre silhouette en combinaison blanche se détourna. Les trois policiers le suivirent, tandis que Leduc restait sur place et continuait son travail. Ils purent voir qu'on fouillait chaque centimètre de la porcherie, utilisant des détecteurs de métal et collectant la paille dans de grands sacs en plastique transparent. Des techniciens à genoux balayaient le sol avec des brosses, notaient des détails, prenaient des photos.

Paré les conduisit hors du bâtiment et tous en profitèrent pour respirer l'air frais du matin. Le ciel, partiellement voilé par les nuages, laissait filtrer les rayons d'un soleil qui éclaboussait l'horizon de sa luminosité.

Sur leur gauche, deux techniciens déployaient un drone doté de caméras pour survoler la large propriété. Paris adorait la technologie qui leur permettait d'accomplir des prouesses techniques. Le groupe se rendit à un petit poste de contrôle qu'avait occupé l'agent de sécurité. Aucune parole ne fut échangée durant le trajet.

La petite cabine d'une dizaine de mètres carrés n'avait pour tout ameublement qu'un large bureau, face à un pan de mur couvert de moniteurs de surveillance. Tous les écrans étaient sombres. Paré se tourna vers les policiers :

— On m'a demandé de vérifier les bandes vidéo et toutes sont comme ça.

Les hommes se rendirent alors compte que les écrans étaient bien allumés, mais ne diffusaient qu'une image noire. Paris grogna et attendit la suite avec appréhension.

— Toutes? questionna Guilbert.

— Oui, Sergent. Trente-six heures d'enregistrement disparues. Et c'est pas le plus étrange... Suivez-moi!

Le groupe, perplexe et curieux, se retrouva à nouveau dehors et s'arrêta au pied d'un lampadaire au mât muni d'une discrète caméra de surveillance. Paré posa la main sur le poteau, le regard levé vers l'objet accroché à une bonne hauteur.

— Je me suis demandé si les caméras avaient été endommagées ou si le système avait simplement été débranché. J'ai trouvé une échelle pis je suis monté examiner l'équipement. Vous voulez voir?

Tous déclinèrent, malgré la présence de l'échelle à proximité. On se fiait à ce que le technicien disait. Il était trop tôt pour les acrobaties. Paris commençait d'ailleurs à s'impatienter et le fit savoir à Paré.

— Quessé t'as trouvé?

Se frottant les mains, Paré expliqua.

– Toutes les lentilles des caméras ont été recouvertes de sang.

– Quoi ? s'étonna Renaud.

– Quelqu'un a pris la peine de grimper pour barbouiller chaque caméra avec du sang, confirma Paré.

Renaud pivota sur lui-même pour regarder l'étendue de la propriété. Elle était vaste, ce qui rendait une telle tâche impossible en quelques minutes. Paris posa la question qui leur brûlait tous les lèvres.

– Combien y a de caméras en tout ?

– Douze.

Paris et Renaud échangèrent un regard perplexe. Les responsables de ce meurtre avaient dû perdre un temps fou à cette tâche. Les, parce qu'un seul individu aurait mis trop de temps pour accomplir une telle manœuvre. En particulier parce que le gardien devait surveiller les écrans et effectuer des rondes fréquentes. C'était pratiquement impensable. À moins que la victime ne soit complice d'une manière ou d'une autre. Une collaboration qui aurait mal tourné.

De prime abord, Paris penchait vers la théorie selon laquelle le gardien avait surpris quelqu'un dans l'enclos, interrompant une action quelconque.

Tout était franchement possible.

Paré devança les questions et offrit un autre détail.

– Je n'ai trouvé qu'une seule échelle.

Paris demanda à Renaud de prendre connaissance du rapport des rondes et de consulter les notes du gardien dans l'ordinateur ou sur son bureau. Il ordonna ensuite à Guilbert de trouver tout ce qu'il pouvait sur Joël Dupuis.

Paris irait, quant à lui, rencontrer le propriétaire de la ferme. Il annonça à ses compagnons qu'il était temps de bouger, de laisser l'équipe de techniciens travailler. L'enquête commençait par plusieurs mystères.

– On se retrouve au poste vers midi. D'ici là, on devrait avoir le rapport préliminaire du légiste.

Les trois hommes se séparèrent. Ils devraient carburer pour le reste de la journée avec le peu de sommeil emmagasiné. Pas question de retourner se coucher. Les premières heures suivant un tel crime importaient beaucoup dans une enquête de meurtre. Avant de s'asseoir dans sa voiture, Paris observa l'envolée du drone qui filmerait la propriété et les environs à la recherche du moindre élément inhabituel. Devant l'entrée principale de la ferme, que des agents de la Sûreté bloquaient, les vautours des médias formaient déjà un petit groupe et on pouvait reconnaître les camions des différentes chaînes télévisées de la Mauricie.

Sachant que Legrand l'attendait, Paris réintégra son véhicule. On avait prévenu le bienfaiteur, ou l'ennemi numéro un du village – selon ce qu'on pensait de l'énergumène –, de sa visite imminente. Malheureusement, le lieutenant n'avait pas une bonne relation avec l'individu en question, qu'il accusait fréquemment d'interférer dans les affaires policières. La richesse de Legrand et son statut dans la région lui conféraient certains privilèges auprès du gouvernement provincial et le maire de la municipalité lui léchait pratiquement les bottes. À lui seul, Legrand payait plus de taxes que tous les habitants du comté réunis. On fermait hélas trop souvent les yeux sur ses écarts de conduite. Paris connaissait d'ailleurs quelques-uns de ses secrets bien gardés.

Il savait déjà que ce serait une rencontre déplaisante et presque inutile.

3

Paris patientait dans le boudoir depuis vingt minutes, une tasse de thé imbuvable à la main. Chaque gorgée lui donnait l'impression d'avaler une décoction de racines boueuses et d'épices exotiques. C'était franchement dégoûtant. En plus, la boisson avait vite refroidi.

On ne pouvait pas exactement qualifier la résidence de Roger Legrand de domaine. Sauf que, dans un petit village comme Sainte-Thècle, la maison, nantie d'une demi-douzaine de chambres à coucher, de cinq salles de bain, d'une salle de projection cinématographique et d'une piscine creusée, offrait un luxe inégalé. L'intérieur ne comptait ni œuvre d'art ni pièce à la valeur inestimable, comme on pouvait l'anticiper chez un homme riche. Cette simplicité résultait du fait que monsieur Legrand était passé de pauvre à très riche en peu de temps. Son âme de rustre sans éducation ne l'avait toutefois jamais quitté. Son temps précieux, il l'occupait à s'amuser des jeux politiques, des manigances des dirigeants locaux, du gouvernement provincial ou même fédéral. Sa maison ne représentait pour lui qu'un endroit où dormir, lire le journal ou boire un bon scotch en écoutant du Mozart. Malgré sa richesse, il conservait un goût certain pour la modestie et détestait dépenser son argent.

Le majordome qui avait escorté Paris jusqu'au boudoir revint et le fixa d'un visage impassible.

– Monsieur vous attend au salon. Si vous voulez bien me suivre.

Paris savait que cette mise en scène aristocratique était réservée à ceux que le vieil homme voulait impressionner ou intimider. Le lieutenant avait déjà eu affaire à tout ce décorum et ne s'en formalisait aucunement. Il se leva et suivit l'employé dans le couloir, puis pénétra dans la pièce adjacente à sa suite. Le majordome se retira en silence, refermant la porte derrière lui.

La pièce était vaste, avec de larges fauteuils, des chaises et un canapé. Sur le mur du fond, quelques étagères soutenaient des livres poussiéreux, à défaut d'être consultés. Un de ces foyers électriques censés donner une ambiance réelle, sans l'odeur ou les inconvénients du vrai bois, diffusait une faible lumière orangée.

Roger Joseph Legrand se trouvait dans un des fauteuils, enveloppé dans une robe de chambre bleu foncé qui le faisait ressembler à Hugh Hefner[1] dans sa « Playboy Mansion ». Il fumait un cigare et tenait un verre rempli d'un liquide ambré dans l'autre main.

Legrand semblait avoir beaucoup vieilli depuis leur dernière rencontre. Ses cheveux étaient rares, sa peau pendait sous son menton et ses yeux cerclés de noir soulignaient sa fatigue. Il souriait toutefois, désignant un fauteuil devant lui.

1. Hugh Marston Hefner, né le 9 avril 1926 à Chicago, était le fondateur et propriétaire du magazine de charme *Playboy*.

— Prenez place, Inspecteur !

— Lieutenant. Merci.

Le multimillionnaire avait pour habitude de ne jamais s'adresser à ses subalternes ou à ses visiteurs par leur vrai nom. Paris le suspectait d'omettre volontairement leur identité pour démontrer le peu d'importance qu'ils avaient dans sa vie de vieux têtu. Un petit jeu que Legrand trouvait sans doute amusant. Paris prit place dans le fauteuil et tira un calepin, ainsi qu'un crayon, de sa poche de veston. Il nota l'heure — huit heures dix —, ainsi que la date et le lieu de la rencontre.

Ce court silence fut rompu par Paris, qui tentait de réprimer le dédain que lui inspirait cet homme.

— Merci de prendre le temps de me rencontrer.

— C'est tout à fait normal, mon cher. Cette tragédie nous touche tous.

Leur dernière rencontre remontait au printemps de l'année précédente. Un appel nocturne du maire de Sainte-Thècle avait tiré le lieutenant du lit à deux heures du matin. Le politicien obèse et corrompu lui demandait de se rendre chez Legrand pour l'aider dans une affaire « d'ordre policière », selon les termes employés par le maire. Paris n'était pas de service et avait pris soin d'indiquer à son interlocuteur qu'il travaillait pour la Sûreté du Québec et non pour la mairie du village. Il ne faisait pas partie d'une hypothétique police municipale à qui on pouvait donner des ordres.

Après avoir raccroché en maugréant, le lieutenant avait toutefois décidé de se présenter chez le richissime citoyen. Sa conscience professionnelle impossible à faire taire. Après tout, la résidence du magnat de l'élevage se trouvait sur son territoire.

Il avait trouvé Legrand dans sa chambre à coucher, une femme étendue à ses côtés. Elle respirait à peine, ne répondait pas aux gifles et son pouls était faible. Une seringue, des comprimés répandus au sol et une bouteille de champagne avaient suffi pour comprendre qu'elle avait peut-être fait une overdose. Paris avait dû harceler Legrand pour obtenir des informations. Ce fut comme arracher une dent à un enfant récalcitrant. Il avait néanmoins appris que la femme était une prostituée venue de Montréal, que l'éleveur payait grassement pour son silence et ses activités habituelles. Au milieu de ces explications, le médecin personnel du propriétaire était arrivé, confirmant les doutes du lieutenant sur l'état de la femme.

Elle devait être envoyée d'urgence dans un hôpital. Pour éviter d'alerter les voisins, Legrand avait demandé à Paris de transporter la prostituée dans sa voiture, ce qu'il avait catégoriquement refusé jusqu'à ce que son téléphone portable sonne. C'était évidemment son supérieur qui l'informait du besoin de collaborer pleinement avec l'éleveur. Un petit incident mineur qui n'avait pas besoin d'être rendu public, ni d'éclabousser la réputation d'une famille irréprochable. Le haut gradé avait mentionné une collaboration avec celui qu'il considérait comme un ami. Paris n'avait eu d'autre choix que d'obéir, mais s'était exécuté en prenant ses distances et des précautions. Il avait photographié la prostituée et Legrand alors qu'ils se trouvaient toujours dans le même lit, puis avait noté les informations sur le permis de conduire de la jeune femme, juste au cas où il en aurait besoin.

Legrand s'en était malgré tout assez bien sorti, puisqu'elle avait survécu. Quelques jours plus tard, Paris avait tenté de la retrouver, mais elle avait vraisemblablement quitté la province. Sa trace se perdait quelque part à la frontière entre le Québec et le Maine. Legrand était sûrement responsable de son exil.

Paris se repositionna dans son fauteuil, lissa son pantalon, puis observa l'homme en face de lui. Sans préambule, il commença l'interrogatoire, ne souhaitant pas discuter avec l'énergumène plus longtemps que nécessaire.

– Vous avez reçu l'appel du gardien vers deux heures vingt, n'est-ce pas?

– En effet.

– Pourquoi vous a-t-il appelé directement?

Legrand déposa son verre sur la table basse devant lui et relâcha un énorme nuage puant de fumée avant de répondre de sa voix chevrotante.

– Je veux être le premier informé de ce qui se passe à la ferme.

– Il y a souvent des problèmes?

– Non, c'est la première fois que quelque chose de majeur se produit. C'est vraiment horrible.

De marbre, Legrand ne faisait même pas semblant d'être touché par la tragédie. Paris nota son regard qui glissait de lui à l'horloge murale dans son dos.

– Avez-vous des ennemis, monsieur? l'interrogea le lieutenant.

Le vieux riche faillit s'étouffer de rire. Il répondit avec une expression amusée.

– Il serait plus facile de me demander qui sont mes amis... la liste est moins longue.

– Je vois. Pourriez-vous nous fournir une liste d'ennemis susceptibles de commettre une telle chose ?

– Bien entendu, je dirai à mon assistante de vous l'envoyer, promit Legrand, non sans regarder de nouveau vers l'horloge.

– Merci.

Redevenu plus sérieux, Legrand se racla la gorge. Il reprit son verre, le fit tourner en observant le liquide avant de s'adresser à Paris sur le ton de la confidence.

– Vous savez, Inspecteur, Joël nous inquiétait depuis peu.

– Vraiment ? demanda le lieutenant en haussant les sourcils.

Sur la scène de crime, il avait été question de la possibilité que l'agent de sécurité soit impliqué dans une magouille ayant mal tourné. Jusqu'à preuve du contraire, Dupuis demeurait un individu énigmatique et peut-être complice. Mais complice de quoi ? De sa propre mort ? D'avoir tué une bête ? Il pouvait tout simplement s'être trouvé au mauvais endroit au mauvais moment.

Paris écouta le vieil homme avec attention, sans toutefois lui accorder sa pleine confiance.

– Disons qu'il n'était plus lui-même. J'ai consulté son dossier et vu qu'il avait manqué six jours de travail dans les trois derniers mois, ce qui était plutôt inhabituel pour lui. Il était souvent en retard et avait reçu des avertissements de son patron.

Paris ne put s'empêcher de demander :

– Comment avez-vous eu son dossier ? Ils n'ont sûrement pas l'habitude de laisser les clients consulter les dossiers personnels de leurs employés.

Legrand parut gêné l'espace d'un instant. Son regard se brouilla et parut refléter un brin de colère devant la question qu'il jugeait certainement impertinente et inutile.

– Je possède une majorité d'actions dans l'agence de sécurité Dominion.

– Je vois.

– Puis-je poursuivre, Inspecteur ?

L'éleveur porcin avait insisté sur le dernier mot, élevant la voix. Paris hocha la tête, son flair policier en alerte. Ces révélations prenaient des airs de délation planifiée, comme si Legrand voulait jeter le blâme sur l'agent avec un peu trop d'insistance. Cela ressemblait à une embrouille.

– Il avait aussi un casier judiciaire qui n'a pas été signalé lors de son embauche, puisqu'il venait des États-Unis.

– Joël Dupuis avait un casier aux States ?! ne put s'empêcher de s'étonner Paris.

Le vieil homme lui tendit un document. C'était une page faxée d'un poste de police du Maine. Une courte liste de méfaits pour lesquels le gardien avait passé quelque temps en prison. Selon le document, en 1996, Dupuis s'était fait arrêter pour vandalisme dans un entrepôt d'équipement électronique d'une grande chaîne de magasins. Il avait purgé deux mois d'emprisonnement et payé une amende de deux mille dollars. En 1999, on le bouclait pour conduite en état d'ivresse au New Hampshire. Dupuis avait résisté à son arrestation et avait été coffré pour la nuit. On avait payé sa caution, mais son permis de conduire lui avait été retiré.

La dernière entrée à son dossier remontait à 2005. Toujours selon ce bout de papier, Joël Dupuis aurait eu l'idée de s'introduire dans un centre de recherche pharmaceutique de la Caroline du Nord en pleine nuit. Une alarme silencieuse avait alerté les policiers. Étant donné qu'il n'avait rien volé et seulement endommagé une porte, un juge avait réduit les chefs d'accusation contre lui à six mois de prison. Deux mois après son emprisonnement, on l'avait relâché en raison de sa bonne conduite et du surpeuplement du centre carcéral.

Paris trouvait ce document un peu trop pratique pour monsieur Legrand. Le fait de détenir ces informations donnait l'impression qu'on voulait le lancer sur une fausse piste.

Le lieutenant n'était pas dupe et un détail le tracassait.

– Et comment cela se fait-il que l'agence de sécurité n'ait pas été au courant ?

Legrand s'éclaircit la gorge et le toisa avec son air supérieur, ses petits yeux méfiants.

– Ces informations-là ne sont jamais révélées par un « background check » au Québec.

Le lieutenant conclut que ce rapport avait été demandé après l'embauche de Dupuis. En admettant que ce soit bien un document réel. Encore là, n'aurait-il pas été suffisant pour que l'on congédie l'homme en question ?

Legrand parut deviner ce que Paris pensait.

– Je voulais donner une chance à Dupuis.

Paris ne le croyait pas. Un homme comme Legrand ne bâtissait pas son empire en prenant des risques ni en engageant des criminels. Le lieutenant écrivit quelques notes, puis reporta son attention sur son interlocuteur. Pointant le document, il demanda :

– Merci, monsieur Legrand, cela devrait nous aider. Je peux le garder ?

– C'est à vous, Inspecteur.

Paris plia la feuille, qu'il glissa dans son calepin. Pour la forme, il termina l'interview avec les questions d'usages.

– Auriez-vous remarqué autre chose d'anormal dans la ferme ? Reçu des menaces, des coups de fil anonymes ? Le moindre évènement banal peut nous être utile.

– Je ne vois rien d'autre, Inspecteur. Mais je promets de vous avertir si quelque chose me revient à l'esprit.

Le lieutenant se leva. L'entretien se terminait ici. Legrand ne bougea pas et acheva son verre avec une grimace, qu'il voulut réprimer sans y parvenir. Au même moment, le majordome ouvrit la porte du salon, invitant Paris à le suivre vers la sortie.

– Merci, monsieur Legrand, nous vous tiendrons au courant.

– Bonne chance, Sergent.

Le lieutenant jeta un œil vers le vieil homme. Son expression s'était renfrognée.

Une fois dans sa voiture, Paris, pensif, ne pouvait ignorer l'impression un peu trop évidente que Legrand avait accepté de le rencontrer pour influencer son enquête, pour susciter chez lui des doutes sur l'intégrité de l'agent de sécurité. Le vieil homme avait en main un document difficile à obtenir pour un civil, et parfois même pour un policier. Cela ne faisait que suggérer qu'il était impliqué, d'une manière ou d'une autre, dans les évènements de la nuit dernière. Il aurait pu agir avec plus de subtilité.

Paris devait maintenant se rendre au poste pour prendre connaissance du rapport du médecin légiste et découvrir ce que ses collègues avaient trouvé.

Il espérait de tout cœur que l'enquête soit vite résolue.

Il n'avait aucune idée à quel point les choses allaient se compliquer.

4

De chez Legrand, Paris se rendit à son bureau au poste régional de Saint-Tite, à peine à une dizaine de minutes de Sainte-Thècle. Il convoqua les membres de son équipe pour une réunion à dix heures. Cela leur donnerait tout le temps de revenir au poste. Il passa l'heure suivante à éplucher ses messages, faire des vérifications et se réveiller avec quelques cafés.

La découverte de l'agent de sécurité ne remontait qu'à quelques heures et la nouvelle accaparait déjà la une de plusieurs sites web relatant l'actualité du jour, sans oublier les médias sociaux qui se relayaient l'information. L'enquête se trouvait au stade embryonnaire, c'est-à-dire une suite de questions sans réponses et de pistes incongrues.

D'ordinaire, Paris et Renaud restaient à Saint-Tite, bien que leur expertise d'enquêteur nécessitât des séjours dans divers postes de la région. Guilbert, lui, ne quittait jamais la petite municipalité. Enquêteur très doué, au début de la trentaine, Jim Guilbert ne cessait de suivre différentes formations offertes par les services policiers. Ainsi, il possédait de multiples certifications, que ce soit en santé mentale, dans les situations de crises ou les prises d'otages. Sans aucun doute, l'agent était l'intellectuel du groupe.

Le poste de Saint-Tite était petit comparé à ceux des grandes villes, mais comptait quand même une dizaine de bureaux et un garage pour l'entretien des voitures. L'édifice de deux étages, situé sur la route 55 Nord, pouvait accommoder les techniciens de l'équipe scientifique venus de Montréal, puisqu'un laboratoire version miniature occupait une partie de l'étage supérieur, tout comme deux bureaux mis à la disposition des rares officiers de passage.

Le poste était énorme pour les besoins limités du petit village de trois mille citoyens et ses environs, mais il devait son existence à un ancien premier ministre de la région qui avait octroyé une subvention importante à la Sûreté du Québec. Une promesse électorale devenue réalité et le service de police avait décidé d'en profiter, érigeant cette station régionale digne d'une ville de plus populeuse. Ainsi, de Saint-Tite, on pouvait desservir plusieurs villages du comté.

À dix heures pile, Paris, Renauld et Guilbert s'enfermèrent dans la salle de conférence. Il y avait peu de choses à espérer aussi tôt dans l'enquête, mais il fallait faire le point, lancer des idées et déléguer des tâches.

— Bonjour, messieurs ! amorça Paris.

Il reçut en retour les salutations de ses collègues et devina des regards envieux vers ses croissants au chocolat et son café encore fumant. Le lieutenant prit place au bout de la longue table, et repoussa la paperasse empilée devant lui pour y déposer sa collation.

— Alors, messieurs, qui d'entre vous commence ?

Renaud prit la parole. Il se tortillait sur sa chaise, fouillait les documents devant lui.

– J'y vas, j'ai pas grand-chose.

Il prit le temps de trouver les notes recherchées et se racla la gorge avant de parler.

– J'ai consulté le rapport des rondes de l'agent Dupuis et des autres gardiens pour les deux semaines précédentes jusqu'à hier soir. Rien de spécial.

– Quel genre de rondes y faisaient ? voulut savoir Paris.

Renaud souleva une feuille de papier sur laquelle un croquis révélait le plan de la ferme Legrand. La copie était de mauvaise qualité et des inscriptions occupaient la marge : des numéros de téléphone, des noms, les annotations des gardiens qui ne trouvaient pas d'autres papiers pour écrire des informations.

– Les rondes sont toutes les trente minutes. Ils font le tour du périmètre en longeant la clôture, passent près de la porcherie et vérifient l'entrée principale.

Guilbert leva son crayon, comme un étudiant qui requérait la permission de poser une question, ce qu'il fit.

– Ils vont-tu dans les porcheries ?

– Je crois pas, répliqua Renaud. Aucune note là-dessus et le plan indique seulement qu'ils passent à proximité.

En effet, pensa Paris, trente minutes ne suffisaient pas pour faire le tour du périmètre et visiter chaque porcherie. Les caméras devaient être là pour compléter la surveillance.

Un camion-remorque qui passait bruyamment sur la 153 en libérant l'air dans ses freins attira l'attention des trois policiers, les grandes fenêtres de la salle de conférence leur permettant de bénéficier d'une vue imprenable non seulement sur la route, mais aussi sur l'épicerie Métro et le ciel bleu.

Paris avait une autre question.

— Qu'est-ce qu'ils notent après leur ronde?

Renaud lui apporta un éclaircissement.

— La feuille de rondes est déjà imprimée, ils ont juste à mettre leurs initiales. Y a une case d'une ligne pour ajouter des informations. Sont toutes vides.

On frappa de petits coups à la porte et Gisèle, la réceptionniste du poste et secrétaire non officielle de Paris, leur apporta une carafe de café. Très appréciée des policiers, la quinquagénaire les servit sans un mot. On attendit son départ pour reprendre.

Renaud continua avec le reste des informations collectées depuis le matin.

— L'agent de sécurité en poste contrôle tout. C'est lui qui ouvre la grille d'entrée, actionne le système d'éclairage, surveille les caméras et répond aux alarmes. Sauf que durant ses rondes, il ne peut évidemment pas voir ce qui se passe sur les écrans.

Renaud tourna la page pour en consulter l'endos et rajouter :

— Chaque fois que la grille d'entrée est ouverte, l'ordinateur l'enregistre avec les autres infos. Pour cette nuit, il n'y a que l'ouverture de la grille à l'arrivée de Dupuis avant son quart de travail.

Paris nota quelque chose et fit une suggestion à son sergent.

— Faudra questionner l'agent qui travaillait avant que Dupuis arrive.

Renaud se frotta le menton, tandis que Paris terminait son déjeuner. Une sonnerie de téléphone quelque part à l'étage brisa le silence, ainsi que le rire sourd d'un confrère.

Renaud n'avait pas terminé.

— J'ai parlé au supérieur de Joël Dupuis. Il m'a expliqué que la ferme Legrand était considérée comme un endroit de repos par les gardiens de nuit. Il ne s'y passait jamais rien et les risques de rencontrer un problème étaient limités, pour ne pas dire inexistants.

— Est-ce qu'on peut mentir au sujet des rondes ? demanda Guilbert, qui réfléchissait depuis le début.

— Oui, admit Renaud. Sauf si on compare avec les bandes des caméras de surveillance. Mais j'imagine que personne ne le fait si rien ne se passe.

Logique, pensa Paris. Les agents probablement sous-payés pouvaient indiquer avoir effectué toutes les rondes et personne ne pourrait le vérifier. Qui irait se taper toutes ces heures de surveillance pour s'assurer d'un tel détail ? Il soupira, frustré que cette piste n'ait rien donné. Sans les bandes vidéo, ils étaient au point mort.

Un court silence tomba. Ce fut Guilbert qui le brisa.

— Donc, nous n'en savons pas plus.

— En effet, conclut Renaud, qui déposa ses documents sur la table.

Paris leur résuma sa conversation avec Legrand, en particulier les délits notés dans le casier judiciaire américain de la victime et sa suspicion concernant les motifs du riche fermier à les lancer sur une fausse piste.

Renaud attendit la fin du récit pour y aller d'une révélation.

– J'ai contacté le boss de Dupuis. Il m'a parlé de ses absences et ses retards. Il m'a aussi dit que le moineau avait donné sa démission la semaine passée. Il lui restait cinq jours de travail.

– Intéressant, constata Guilbert.

Renaud reprit :

– That's it, boys, c'est tout ce que j'ai.

Paris prit une seconde pour réfléchir, tandis que les deux autres buvaient leur café. C'était le temps de déléguer des tâches.

– Renaud, tu t'arranges pour avoir les autorisations pour fouiner chez Dupuis. Je veux aussi que tu épluches ses transactions bancaires, ses appels téléphoniques et son ordinateur. Parle à sa famille, ses voisins.

Le sergent hocha la tête, conscient du travail qui l'attendait. La journée s'annonçait longue pour la troupe de Paris, debout depuis le milieu de la nuit. Ce dernier savait que Legrand et la direction de la Sûreté du Québec feraient pression pour des résultats rapides et cela jouerait en leur faveur, leur ouvrant certaines portes. Mais cela pouvait aussi leur nuire.

Renaud s'activa sur son cellulaire. Paris fit ensuite un signe à Guilbert, dont c'était le tour de parler. L'intéressé s'humecta les lèvres avant de lire ses notes à voix haute.

– Joël Dupuis, trente-quatre ans, deux ans au service de l'agence de sécurité, vivait dans un appartement à Sainte-Thècle, un sous-sol tout près de la boulangerie Germain, sur la rue Notre-Dame. Aucune petite amie connue, n'a jamais été marié, sans enfant. Aucun casier judiciaire au Québec.

Renaud et Paris connaissaient Guilbert au point de noter dans sa voix l'intonation qui signifiait « mais… ». Ils attendirent donc la suite.

Le sergent leur tendit des photocopies qu'ils consultèrent tandis qu'il s'expliquait.

– Dupuis est sur une liste de la GRC. Il aurait téléchargé et distribué des vidéos de pornographie infantile.

– Pis y'é en liberté ?! s'étonna Renaud.

– J'ai appelé la GRC et on m'a dit qu'il ne représentait pas une priorité, que l'enquête en cours ciblait le réseau de distribution et qu'ils courent après de plus gros poissons.

Paris déposa le document devant lui et observa son subalterne.

– Comment t'as eu cette liste-là ?

Guilbert leur sourit et ne leur adressa qu'une de ses fameuses réponses évasives.

– Mon charme ?

Le sergent avait un large éventail de connaissances puisqu'il avait travaillé pour diverses agences de services policiers et gardé contact avec plusieurs de ses anciens confrères. On comptait souvent sur lui pour collaborer avec d'autres entités que la Sûreté du Québec.

Paris revint au sujet qui les intéressait.

— Un pédophile, conclut-il avec dégoût.

L'affirmation ne nécessitait aucune réponse. Le document fourni par Guilbert était une liste de plusieurs noms, des adresses, des codes qui ne révélaient rien.

Guilbert poursuivit.

— Selon mon contact à la GRC, Dupuis aimait les vidéos de jeunes garçons. Surtout quand il y avait de la violence.

Renaud leva les yeux vers le plafond, avant de s'exclamer :

— Maudite marde!

— Attends, Renaud, le pire est à venir, le prévint Guilbert.

Il leur tendit un autre document, avant de poursuivre.

— Regardez le dernier film qu'a téléchargé notre ami.

Paris leva les yeux du document, soudain mal à l'aise. C'était à vous glacer le sang. Il s'adressa à son sergent, espérant se réveiller de ce cauchemar qui empirait.

— Nom de Dieu, c'est une blague, Guilbert?

— «Les trois petits cochons», lut Renaud à voix haute.

Les trois restèrent silencieux et immobiles un instant. L'agent de sécurité pédophile de la ferme porcine avait visionné un film pornographique avec des enfants dont le thème était «les trois petits cochons». Paris soupira et secoua la tête de dépit. Il leva vers Guilbert un regard sombre et désolé, que l'autre reconnut aussitôt. Il ne laissa d'ailleurs pas le temps au lieutenant de parler.

— La GRC m'a envoyé le fichier du film. Je vais y jeter un coup d'œil.

Le silence qui suivit indiqua qu'on était loin de lui envier la tâche qui l'attendait. Mais c'était essentiel. Quelqu'un devait le faire. Paris se secoua et décrocha le téléphone sur la longue table en bois. Il rejoignit Gisèle à son bureau et lui demanda de les mettre en contact avec le légiste. Une fois le corps de Dupuis photographié et les informations répertoriées, l'équipe du laboratoire de médecine légale avait transféré la dépouille vers le quartier général de la Sûreté du Québec à Montréal, où l'on effectuerait l'autopsie et les analyses nécessaires. Les trois policiers ne doutaient aucunement que cette victime serait traitée en priorité, non seulement parce qu'il s'agissait d'un meurtre et que les médias s'en donnaient déjà à cœur joie, mais aussi en raison du lien avec le millionnaire très influent.

Après cinq minutes d'attente, l'écran sur le mur de la salle de conférence s'alluma et le visage maussade d'Arthur Leclerc, le légiste, s'afficha. Tous se connaissaient. Leclerc retira son masque chirurgical et se passa une main sur le front. Il fut le premier à parler au trio, qu'il pouvait voir grâce à la caméra intégrée au système de téléconférence.

— Tiens, les trois mousquetaires.

— Bonjour, Arthur. Merci d'accepter de nous parler, riposta Paris.

Le légiste eut un sourire en coin, avant de s'exclamer :

— Même dans ton trou, tu ne peux pas t'empêcher de me donner des cheveux blancs, hein, Paris ?

— Faut te tenir occupé, sinon tu fais des niaiseries ! répliqua le lieutenant.

Leclerc émit un rire qui contrastait avec son visage de croque-mort et son regard scintilla un instant.

– Tu nous manques, mon vieux.

Paris hocha la tête, touché par ce témoignage. Il ne regrettait aucunement son départ de Montréal. Ses derniers mois à Parthenais avaient été pénibles et il s'en était fallu de peu pour qu'il quitte le service. Sa relation avec le légiste remontait à sa sortie de l'école de police et c'était ce lien qu'il chérissait, oubliant tout le reste.

Arthur leur rendait service en acceptant d'interrompre son travail pour leur parler. D'ordinaire, il préférait ne donner qu'un rapport final, mais avec son ami, les choses étaient différentes. Leclerc prenait toujours le temps de lui divulguer ses premières constatations, sachant fort bien que le moindre détail pouvait aider l'enquête et faire gagner du temps. Le médecin offrit d'ailleurs aux hommes un avant-goût de ce qu'ils allaient aussi subir.

– J'ai eu la visite de votre gros boss et des bozos des relations publiques. C'est du sérieux, cette histoire-là.

Le trio n'en doutait pas. Derrière Leclerc, on entendait des tintements d'objets métalliques et des voix étouffées. Paris y alla d'une première question.

– T'as quoi pour nous autres ?

– Pas de doute que votre gars est mort avec la gorge tranchée. Un bon coup de couteau. On a compté au moins une centaine de lacérations sur les jambes. Assez profondes. Pas de marques défensives sur les mains ou les bras. Rien sous les ongles.

Guilbert notait toujours. Il leva la tête vers l'écran et s'adressa au légiste.

– L'arme du crime?

Leclerc paraissait épuisé. Sa peau pâlotte et ridée ne laissait aucun doute sur le nombre d'heures qu'il passait enfermé dans son sous-sol avec les cadavres. Les policiers le savaient aux prises avec un noyé et deux victimes d'un incendie récent. S'occuper de Dupuis alourdissait sa charge de travail.

– D'après moi, il s'agit d'un poignard d'environ quinze centimètres. Très affuté et possiblement avec une scie sur le dessus. Faudra faire d'autres tests, mais c'est ma première impression.

Paris eut une idée et la partagea.

– Un poignard avec une scie, ça me fait penser à ces couteaux de Rambo[2] que les jeunes aimaient tant dans les années quatre-vingt-dix.

– Possible, fut l'unique commentaire du médecin.

Le portable de Guilbert vibra dans sa poche, sans qu'il y prête attention. Toutefois, son visage se crispa et ses coéquipiers comprirent qu'il devait s'agir de Linda, sa petite amie un peu trop insistante, pour ne pas dire givrée. Le policier tentait de rompre avec elle, en vain, puisqu'elle persistait à lui laisser plusieurs dizaines de messages par jour, se présentait souvent au poste, le suivait même jusque chez lui. Pas un jour ne passait sans qu'elle lui fasse livrer des cadeaux, des pâtisseries, ou lui envoie des lettres. Paris commençait à croire que son intervention serait nécessaire.

Arthur reprit ses explications.

---

2. John James H. Rambo est un personnage de fiction créé par David Morrell dans le roman *Rambo* en 1972. Il est interprété au cinéma par Sylvester Stallone dans une série de cinq films.

– J'ai prélevé le sang de la victime et ce qui restait dans le corps du cochon. On va comparer tout ça à celui qui barbouillait les caméras. Ça va prendre une journée ou deux.

Paris se leva et s'approcha de la fenêtre dans son dos. Il réfléchissait. Ce fut en observant le reflet du médecin sur la vitre qu'il lui adressa la parole.

– Que cherches-tu exactement avec le sang ?

– Je veux savoir à qui appartient celui sur les caméras. On va aussi pouvoir déterminer si la victime avait absorbé de la drogue ou de l'alcool.

– Tu fais l'autopsie quand ? demanda le lieutenant.

– Cet après-midi. J'en saurai plus à ce moment-là.

Guilbert se leva et se servit un verre d'eau à même la carafe sur la table, suivi du regard par le légiste. Le sergent eut une idée qui fut suivie d'une question.

– Le cochon ?

Leclerc renifla et s'essuya les yeux avant de répondre.

– On m'envoie un spécialiste de McGill pour s'en occuper. Un anglophone.

Arthur se détourna momentanément et lança un commentaire à quelqu'un derrière lui. On entendit aussi le son d'une porte qui se refermait. Le légiste enfila des gants de latex et parla sans les regarder.

– Dernière chose : les marques dans le cou de la bête concordent avec le tuyau d'une pompe.

– La pompe trouvée à côté du corps ? risqua Guilbert.

– Faudra voir avec les gars du scientifique.

Paris se risqua à obtenir plus d'informations à ce sujet. Il était difficile d'imaginer pourquoi on aurait voulu faire une chose pareille : vider un porc de son sang après avoir égorgé Dupuis.

– Comment y'ont fait?

– Assez facile. En particulier si tu t'intéresses pas au sort de l'animal. Tu tranches une artère importante, genre la carotide, et tu insères ton tuyau. J'imagine qu'ils ont exercé une pression sur la blessure pour éviter que le sang coule partout.

Le légiste fit une pause, avant de poursuivre :

– Le corps d'un porc contient quatre à six litres de sang, selon sa grosseur, alors, avec un mécanisme d'aspiration, quelques minutes suffisent.

On prit des notes. Les regards en disaient long sur le trouble à entendre ce genre de détails. Le pourquoi refusait de se montrer le bout du nez. Cela resterait un mystère pour l'instant. D'ordinaire, il était presque toujours question d'argent ou de sexe.

– C'est tout, messieurs. Mais je vous tiens au courant, les informa le légiste.

– Merci, Arthur, lança Paris avant que la communication ne soit coupée.

Le trio resta un moment silencieux. Guilbert, comme à son habitude, aimait énumérer les faits à voix haute. Il en profita donc.

– Pour l'instant, on n'a pas grand-chose. Un agent de sécurité pédophile et un cochon mort. La gorge tranchée. On n'a pas encore trouvé l'arme du crime. On doit attendre les analyses de sang pour en savoir plus.

Paris soupira. Ils n'avaient rien, aucune piste valable. Aucune revendication d'un groupe d'écologistes fanatiques, aucun indice de vol ou de vandalisme, sinon les caméras barbouillées de sang. Aucun mobile logique pour un tel crime.

Qui pouvait bien avoir tué Dupuis, et surtout, pourquoi?

On pouvait élaborer des théories toute la journée, elles ne servaient à rien sans le moindre indice. Dupuis était toutefois important dans cette histoire, non seulement en raison de son état de victime, mais aussi de son passé trouble avec la justice américaine et de son penchant pour les vidéos pornographiques avec des enfants. Renaud parut lire dans les pensées de son patron et coéquipier, puisqu'il livra pratiquement les mêmes conclusions.

– Quelque chose cloche avec Dupuis. Legrand s'est dépêché de nous le désigner comme suspect. Je n'aime pas cela.

– C'est ce que je me dis aussi, approuva Paris.

Il revint à la table et, le front plissé par l'effort, s'apprêtait à déléguer certaines tâches, lorsqu'on frappa à la porte avant de l'ouvrir à la volée. Martin Champagne, un des patrouilleurs, fit un pas dans la pièce et hurla presque :

– Lemieux s'est fait tirer dessus!

5

22 septembre, 11 h 16

La voiture de Paris et Renaud fonçait sur la route en gravier menant chez la famille Rioux, entraînant dans son sillage un nuage de poussière grise. Guilbert était resté au poste pour se concentrer sur l'enquête en cours ; on craignait que cet incident chez un type bien connu des policiers ne mobilise les ressources pour une partie de la journée.

Durant le trajet d'une quinzaine de minutes vers Sainte-Thècle, les deux enquêteurs avaient pris connaissance des détails. Maurice Rioux, ivrogne et batteur de femme notoire, avait refusé que sa femme visite le médecin du village. Au lieu de cela, il s'était présenté en soirée pour remettre au docteur Genest une fiole d'un sang d'origine indéterminé. Consciencieux, Genest avait rapporté la situation et une patrouille avait été dépêchée sur place. Rioux avait avoué qu'il s'agissait du sang d'un de ses cochons, tué la veille pour faire des saucisses. Ce n'était qu'un canular d'idiot. Paris trouva cette blague assez troublante vu les circonstances. Pour rendre l'incident plus suspect encore, l'école avait noté, ce matin même, l'absence inexpliquée des gamins Rioux, et les parents ne répondaient pas au téléphone et ne rendaient pas non plus les appels. Les deux enfants ne s'étaient pas présentés à l'école depuis une semaine. La Sûreté avait dépêché une patrouille chez Rioux pour le questionner. Les hommes avaient été accueillis par des coups de feu.

Le policier qui bloquait l'accès au chemin privé les reconnut et se déplaça pour les laisser passer. Les seuls bruits dans l'habitacle provenaient du crissement des pneus sur le gravier, ainsi que du rugissement du moteur. Renaud et Paris vivaient le cauchemar de tout policier.

Ils aperçurent finalement la résidence du forcené au bout de la route. Trois voitures de la Sûreté du Québec stationnées de travers formaient un mur temporaire devant le bâtiment, offrant un médiocre refuge aux agents accroupis. Paris immobilisa la Chrysler derrière l'une des voitures déjà sur place, côté passager vers la résidence entourée de végétation. Un silence presque complet régnait au-dehors, interrompu à l'occasion par le grésillement des radios des agents.

Les nouveaux venus quittèrent leur voiture, armes en main, pour rejoindre l'agent Conrad Rojas, seul Hispanique dans leur équipe. Tous l'appelaient par son prénom, bien qu'on aurait été dans l'incapacité de dire pourquoi. Accroupi derrière la berline noire, un fusil à pompe à la main, ce dernier salua les deux hommes. Son visage reflétait la tension du moment. Dès qu'ils furent côte à côte, Conrad put leur expliquer la situation. Paris, tout en écoutant, balayait la scène du regard. Un corps se trouvait au sol, à mi-chemin entre les poteaux de clôtures, non loin d'eux, et la porte d'entrée de la maison. Il n'y avait aucun signe du tireur isolé, mais une des fenêtres de la façade était fracassée, laissant à penser que Maurice s'y était embusqué.

— Lorsque Lemieux et Brière sont arrivés, personne n'a répondu à leurs appels. Ils ont décidé de se rendre à la porte pour aller cogner. À mi-chemin entre la maison et leur voiture, on leur a tiré dessus. Un seul coup de feu.

— C'est lequel au sol? le questionna Paris.

— Lemieux. Brière a dû retraiter pour s'abriter.

Lemieux était une recrue arrivée depuis six mois seulement et Paris ne le connaissait pas beaucoup. La situation n'en était pas moins frustrante. Un des leurs reposait au sol et se vidait peut-être de son sang. Paris chercha Brière du regard et le vit, la main fermement agrippée à son revolver, le regard embué. Il fulminait et fit un petit hochement de tête dès qu'il s'aperçut qu'on le regardait.

Renaud demanda :

— Ils ont vu Rioux?

— Non, dut admettre Conrad.

Le lieutenant pesait ses options. Il avait sept hommes armés d'un côté et un fou furieux sans scrupules, capable de tirer sur des flics sans la moindre hésitation, de l'autre. Un homme désespéré.

— Renaud, contacte le groupe d'intervention tactique, juste au cas.

— D'accord, acquiesça le sergent.

Sans se relever, Renaud s'éloigna quelque peu, son téléphone en main. L'utilisation du SWAT s'avérait une solution de dernier recours, le groupe armé ayant son quartier général de la région à Québec. Le temps qu'il se pointe, tout pouvait être terminé. Sauf que, souvent, ce genre de situation avec un tireur barricadé durait longtemps. Il ne fallait rien négliger et, en cas de siège interminable, le SWAT représentait la ressource idéale, puisque habitué à ce genre de crise.

Paris jeta un coup d'œil à sa montre et à son arme, luisante sous les éclats des gyrophares. Il s'adressa à Conrad, qui attendait les ordres.

– Depuis combien de temps Lemieux est-il au sol?

– Une vingtaine de minutes, estima l'agent.

– Fuck, grogna Paris.

L'agent se viderait de son sang avant l'arrivée des renforts. De plus, entrer en contact avec le groupe d'intervention relevait le lieutenant de tout contrôle sur la situation. On exigerait de lui que personne ne s'approche, de ne rien faire avant l'arrivée du groupe d'intervention. Ce qui voulait dire laisser Lemieux agoniser et perdre un temps précieux.

Comme pour le confirmer, Renaud lui fit signe, captant son attention avant de lui parler, sans délaisser le téléphone contre sa joue.

– Il leur faudra au moins une heure. On bouge pas.

Paris se redressa de quelques centimètres, suffisamment pour être en mesure de contempler la résidence à travers les vitres de la voiture. Lemieux serait mort dans une heure. Il fallait agir et rapidement élaborer un plan efficace. Le lieutenant observa les différentes fenêtres de la maison délabrée, la porte d'entrée et le terrain adjacent. Au moment où Renaud le rejoignait contre la voiture, Paris avait déjà pris sa décision et fit part de ses instructions aux agents qui l'entouraient.

– Écoutez-moi. Voilà ce qu'on va faire…

– On attend pas les autres, monsieur ? l'interrompit Conrad.

– Pas le temps. Lemieux va mourir si on ne fait rien.

Tous savaient trop bien qu'il avait raison. Ce n'était pas le moment de jouer les héros, mais plutôt de sauver un homme. Ils ne pouvaient pas attendre la cavalerie. Dans un murmure rapide, Paris débita ses ordres :

– On va l'entourer. Un homme de chaque côté et un autre à l'arrière. Contournez la maison, passez par les bois. Évitez qu'il vous voie, restez contre les arbres et près du sol.

Paris observa une pause, laissant comprendre aux autres l'importance de ce qu'il allait annoncer.

– S'il se pointe seul, ne prenez pas de risque. Tirez. Sinon, je ne veux pas entendre un coup de feu. Il y a peut-être des innocents là-dedans. Entendu ?

Avec gravité, les agents hochèrent la tête à l'unisson : ils acceptaient les ordres de leur supérieur, mais pesaient intérieurement le pour et le contre d'une telle opération. En fin de compte, ils risquaient aussi leur vie.

Paris reprit :

– Renaud et Conrad, vous me couvrez. Je vais tenter d'entrer en contact avec Rioux.

– J'ai son numéro de téléphone cellulaire et celui de la maison.

– Bien.

Renaud et Conrad se placèrent contre les portières, armes pointées vers la sombre résidence. Les autres agents s'étaient organisés et s'éloignaient pour entrer dans l'abondante végétation. Paris patienta cinq minutes, pour leur laisser le temps de prendre position. Conrad récupéra un gilet pare-balle sur le siège de son véhicule et l'offrit à Paris, qui l'enfila.

— Ils sont en place.

Paris fouilla la droite et la gauche du bâtiment d'un regard inquisiteur, vit les silhouettes armées de fusil plaquées contre les arbres. Satisfait, il s'empara de son cellulaire et pianota le numéro de téléphone de la résidence. Il observait les fenêtres, espérant pouvoir déterminer l'emplacement du tireur, savoir dans quelle pièce il se terrait. Un des problèmes résidait dans le fait que la femme et les deux enfants de Rioux pouvaient fort bien être retenus en otage, ce qui rendait une fusillade d'autant plus risquée.

En entendant le message suivant, « Désolé, il n'y a pas de service au numéro que vous avez composé... », il se souvint que le directeur de l'école les avait informés de son incapacité à entrer en contact avec les parents. Il essaya donc le cellulaire et, au lieu d'une réponse, ils entendirent tous une lointaine sonnerie. Conrad s'exprima, presque avec excitation :

— C'est venu de la grande fenêtre vers la gauche.

Celle qui avait été fracassée.

— Soyez prudent. Il a peut-être laissé l'appareil dans cette pièce pour nous induire en erreur, avertit Renaud.

Ce commentaire atténua l'excitation passagère. Paris tomba sur la boîte vocale de Maurice et refusa d'y laisser un message. Empochant son cellulaire, il comprit qu'il ne restait qu'une solution.

— Couvrez-moi, j'y vais !

La tension au sein de la troupe aux aguets monta d'un cran. Les hommes suaient à grosses gouttes et la chaleur inhabituelle de ce mois de septembre n'en était pas l'unique responsable. Paris se souleva peu à peu, les bras levés et tendus, paumes levées vers le firmament, tel un crucifié assermenté par les forces de l'ordre ultime. Son arme se trouvant à sa ceinture, sa vulnérabilité était extrême et reposait sur son espoir d'un semblant de conversation avec Rioux. Avec un malade capable de tirer sur un policier et de maltraiter sa famille.

Le lieutenant contourna lentement la voiture qui le protégeait, puis éleva la voix pour être entendu de tous depuis l'intérieur de la maison.

– Rioux ? C'est le lieutenant Paris de la Sûreté du Québec.

Il s'approcha des poteaux de la clôture de chaîne qui bloquait l'entrée, ce qui lui permit d'obtenir un meilleur angle visuel sur l'agent au sol. Lemieux reposait sur le dos, les yeux grands ouverts, et respirait bruyamment, trempé de sueur. Sa blessure était à la poitrine et il perdait beaucoup de sang, une flaque s'élargissant sous lui. Avec ses mains, il exerçait une pression sur la plaie. Lemieux leva légèrement une main lorsqu'il aperçut son sauveur. Son courage impressionnait : il gardait son calme, même aux portes de la mort.

Toujours sans le moindre signe de Rioux, Paris décida de passer de l'autre côté des poteaux, pour pénétrer ainsi sur la propriété privée du tireur embusqué. À tout moment, il s'attendait à entendre un coup de feu, à être violemment projeté au sol avec une douleur fulgurante lui déchirant la poitrine.

Pourtant, rien ne se produisit et c'était beaucoup plus inquiétant.

— Rioux, j'ai besoin de vous parler. Vous m'entendez?

Les agents répartis autour de la résidence se tenaient prêts. La tension atteignait son apogée, presque insoutenable. Paris s'approcha de son collègue. Leurs regards se croisèrent un moment et l'inquiétude de l'un se mêla à la reconnaissance de l'autre. Le visage de Lemieux était d'une pâleur déconcertante, inondé de larmes, ses mains tremblaient. Lorsqu'il ouvrit la bouche, Paris vit un filet de sang s'écouler sur sa joue.

Il fallait faire vite pour le sauver.

Au loin, on entendit la sirène d'une ambulance et Renaud leur ordonner, par radio, de respecter un silence complet. Il ne fallait pas brusquer Rioux. Le bruit cessa presque aussitôt. Le véhicule d'urgence fut maintenu à l'écart en attendant l'intervention des policiers.

Paris se tenait à un mètre du blessé. Qu'attendait Rioux pour se manifester, tirer ou même répondre?

— Rioux, vous m'entendez?

Un coup de feu rompit bruyamment le silence, provoquant inévitablement une salve de tirs des agents postés à proximité. Le lieutenant cligna des paupières, surpris de ne pas avoir été atteint. En baissant le regard, il découvrit toutefois que le haut du crâne de Lemieux avait éclaté sous la force d'un projectile à la précision déconcertante. Paris recula d'un pas, soudain envahi par la colère et la frustration. Le salaud venait d'achever un de ses hommes, sans raison, avec une gratuité inexcusable. Devant lui. Levant les yeux vers la maison, il observa la façade touchée par les balles, tandis qu'une fenêtre éclatait.

Paris parvint à hurler :

– Cessez le tir ! Cessez le tir !

De l'arrière de la maison monta le fracas d'une porte qu'on défonce et Paris comprit qu'il était temps de charger. Dégainant son arme, il pointa son canon vers la résidence et courut vers l'entrée. Ce furent les plus longs vingt mètres jamais parcourus de toute son existence. À peine sur la galerie, il se plaqua contre le mur pour se repositionner.

Paris attendit que ses hommes soient à ses côtés. Tous avaient vu le sort réservé à Lemieux et voulaient faire la peau à Rioux. Un tueur de flics.

D'un signe de tête, Paris ordonna à Renaud d'enfoncer la porte d'entrée. Celle-ci n'offrit qu'un semblant de résistance avant de s'abattre lourdement. Ils entrèrent les uns après les autres, groupés avec professionnalisme et expérience. On remarqua tout de suite l'absence d'ameublement dans une résidence qui devait héberger une famille de quatre. Sans prendre le temps de réfléchir, ils se déployèrent sur l'ensemble du rez-de-chaussée, rapidement rejoints par les trois autres policiers venus de l'arrière.

Vide.

– Y a rien ici, Lieutenant, aucun meuble, aucune décoration.

– C'est étrange ! lança un autre agent.

Un craquement leur parvint du palier supérieur, comme si on se déplaçait sur un vieux plancher de bois. Conrad désigna l'escalier. Une porte à côté des marches donnait, quant à elle, sur un autre escalier, qu'on suspectait de mener au sous-sol.

– Renaud, tu vas voir en bas avec Brière. Le reste, on monte, ordonna Paris.

Brière jeta un regard froid à son supérieur. Il s'apprêtait à parler, mais Conrad le retint en posant une main sur son bras. Tous avaient compris que Paris voulait éviter que l'agent affronte l'individu qui venait de tuer son partenaire. Le désir de vengeance pouvait inutilement rendre un doigt un peu trop lourd sur la détente. Voiler le jugement.

Les hommes se séparèrent. Renaud et Brière disparurent dans le sombre sous-sol d'où s'élevait une fraîcheur aux relents d'humidité et de renfermé. Quant à Paris, il ouvrait la marche du groupe montant à l'étage. Ils gravirent l'escalier, qui protesta avec de multiples grincements, pour envahir le couloir désert et prendre position. On pouvait voir trois portes dans le passage, deux se faisant face et une dernière, directement devant eux, toutes closes.

Paris et Conrad prirent place de près de la porte de droite, l'oreille tendue. On n'entendait que leurs respirations saccadées. Le silence les rendait fous, les inquiétait davantage. D'un hochement de tête, le lieutenant ordonna à Conrad d'ouvrir. Ce n'était pas verrouillé et ils purent contempler une pièce vide, dépourvue de toute trace de passage humain récent. Intrigués par l'abandon des lieux, les agents envahirent la pièce de l'autre côté du corridor, tout aussi déserte.

La nervosité et l'adrénaline formaient un bien étrange cocktail, peut-être même à la source de cette odeur âcre de sueur qui flottait entre les hommes.

Ne restait plus que la porte du fond.

• • •

Renaud et Brière utilisaient leurs lampes de poche pour éclairer leur descente. L'état de délabrement de la résidence invitait à la prudence. Leurs armes étaient prêtes à faire feu au moindre signe d'agression. Ils ne trouvèrent un interrupteur qu'en bas des marches. Une faible clarté jaunâtre apparut au-dessus d'eux. Une ampoule nue se balançait à une douzaine de centimètres de la tête de Renaud.

Le sous-sol était rectangulaire : une dizaine de mètres de large et au moins le double en longueur. Ils ne virent personne, mais l'endroit n'était pas désert. Un matelas, une table et une chaise, ainsi qu'une baignoire, occupaient une portion de la pièce à leur droite. Une odeur nauséabonde flottait dans l'air. Méfiant, Renaud fit un geste pour immobiliser son compagnon :

– Couvre-moi.

Brière acquiesça et prit position de manière à surveiller l'escalier. Renaud avait les mains moites, transpirait à profusion. Il reprit sa progression, se dirigea vers le matelas. Aucune couverture ni aucun oreiller ne se trouvait sur le lit de fortune. Il reportait son intérêt sur quelques objets épars sur la table quand son attention fut retenue par la baignoire.

Il cessa d'avancer. La source de la puanteur ambiante se trouvait sous ses yeux : cette baignoire était remplie de sang.

– Mais qu'est-ce que c'est que cette merde?

Renaud fit un autre pas et, en regardant de plus près, vit que des morceaux d'animaux flottaient dans la mare. Des pattes, de la peau rosée, des sabots, des os partiellement nettoyés. L'agent se rapprocha encore et vit cette fois un museau à demi émergé. Celui d'un porc. Les pièces ne flottaient pas, elles remplissaient simplement la baignoire entourée d'une nuée de mouches.

Cette vision le troubla et il lui fallut un moment pour s'en détacher, son regard glissant imperceptiblement vers la table. Il y découvrit des contenants à médicaments en plastique provenant d'une pharmacie. Avec surprise, il vit aussi un poignard à la lame souillée, dont le modèle correspondait à celui évoqué par le médecin légiste pour tuer l'agent de sécurité.

Le couteau de Rambo s'avérait une découverte incongrue puisqu'elle reliait Rioux aux évènements de la ferme Legrand. Renaud présuma que le sang offert par Maurice à la clinique du docteur Genest venait de cette cave et non d'une bête abattue pour en faire de la saucisse.

Un mauvais pressentiment s'empara du policier d'expérience. L'impression d'avoir mis les pieds dans quelque chose qui dépassait la capacité de compréhension des membres de l'équipe. Raidi par la nervosité, il resserra sa prise sur son arme et s'adressa à son partenaire du moment.

– Brière, viens voir ça!

L'autre s'approcha. Tout était sale, poussiéreux et maculé de substances dont il préférait ignorer la provenance. Ce qui avait attiré l'attention du sergent était un dossier cartonné, étonnamment propre au milieu du reste. Brière s'arrêta tout près de la table et jeta un œil à Renaud, qui haussa les épaules, son regard passant de la cuve de sang aux murs en briques ocre autour d'eux. Brière déposa sa lampe sur la table, son jet lumineux dirigé vers le plafond. Renaud retira deux paires de gants en latex de la poche de son veston et en tendit une à son partenaire, qui les enfila en silence. Puis Brière s'empara du dossier.

En l'ouvrant, il entendit un déclic révélateur d'un mécanisme quelconque et un jet de poudre blanche fut libéré, qu'il reçut en plein visage. Il recula, toussa et se frotta aussitôt de sa main gantée, perdant sa prise sur la chemise qui tomba au sol, les documents ainsi s'éparpillant.

– Calice de marde, quessé ça?

Renaud, quant à lui, resta muet, le regard braqué vers les photographies au plancher et les documents dactylographiés qui les accompagnaient. Brière, qui crachait à répétition et respirait difficilement, éternua avant de se redresser. Son regard suivit celui de son partenaire et se figea. Sur la terre battue reposaient les photographies de plusieurs agents de la Sûreté du Québec postés à Saint-Tite.

Renaud pointa le faisceau de sa lampe et découvrit qu'il s'agissait en fait de leurs dossiers personnels. Que faisaient-ils ici? Et comment se les était-on procurés? Ces documents confidentiels auraient dû se trouver dans un classeur à Parthenais, aux Ressources humaines. Pas sur la table d'un fou furieux, à proximité d'une carcasse de porc.

Renaud observa Brière, le visage poudré, qui respirait enfin. L'idée que cette substance puisse être dangereuse lui traversa l'esprit. Anthrax, cocaïne ou autre.

— Reste pas icitte, va te faire checker. On sait jamais, lui ordonna-t-il.

Brière ne se fit pas prier. Il hocha la tête, les yeux rougis, puis gagna l'escalier. Renaud ramassa les documents. Accroupi au sol, il entendit un autre déclic et leva le regard. Brière venait de poser le pied sur la première marche d'escalier. Au même moment, ils entendirent le chant d'un hibou amplifié par l'effet acoustique créé par les quatre murs de la petite pièce fermée. La présence du mécanisme surprit les deux agents, maintenant pétrifiés d'incompréhension. Qu'est-ce que cela voulait dire?

Renaud remarqua l'immobilité de Brière, qui lui tournait le dos, toujours posté sur la première marche.

— Brière?

L'intéressé n'eut aucune réaction. Inquiet, Renaud avançait d'un pas dans sa direction lorsqu'il le vit agripper son arme de service. Il crut même le voir tressaillir lorsqu'il la retira de son étui. Renaud regarda vers le haut de l'escalier. Le policier y avait peut-être aperçu quelque chose. Il s'empara lui aussi de son Glock et fit un autre pas.

— Qu'est-ce qu'il y a? demanda-t-il à Brière sans trop élever la voix.

Pour toute réponse, il le vit se tourner avec rapidité dans sa direction. Son visage souillé de poudre était déformé par une expression de colère, de douleur ou encore de peur. Difficile à dire. La stupeur joua contre le sergent, qui ne fut pas assez rapide alors que Brière, sans la moindre hésitation, levait son arme et lui tirait dessus.

Le coup de feu gronda dans le sous-sol, se répercuta en écho. Le projectile atteignit Renaud à la poitrine, et la puanteur du porc en décomposition fut un bref instant supplantée par celle de la poudre à canon. Le sergent s'écroula comme un pantin désarticulé, mort sur le coup. Brière semblait ne ressentir aucune émotion. Avec des gestes nerveux, des mouvements d'automate et l'air hagard, il monta l'escalier sans un dernier regard pour la pièce où il venait de commettre un meurtre.

Comme l'action se passait au deuxième, le rez-de-chaussée était vide de toute présence policière.

Ce fut sans témoins que Brière sortit par la porte arrière défoncée et disparut dans la végétation.

• • •

Paris et ses collègues entendirent le coup de feu quelques secondes après avoir défoncé la dernière porte du couloir. La poignée s'était détachée pour percuter le sol et y rouler, puis buter contre le mur de droite. La déflagration précipita l'engouffrement des hommes dans l'espace réduit où le corps de Rioux se balançait au bout d'une corde soutenue par une poutre au plafond. À quelques centimètres de ses pieds, une chaise était renversée. La pièce fut rapidement inspectée et déclarée sans danger immédiat. Paris envoya les autres agents, sauf Conrad, s'enquérir de la source du coup de feu et porter assistance à leurs confrères, en cas de besoin.

Choqué par la découverte du forcené, il s'approcha ensuite du cadavre, qu'il examina avec intérêt. Il avait tout prévu, sauf cela. Comme toute scène de suicide apparent, il faudrait enquêter pour éliminer le moindre doute. Rioux était nu et son corps présentait des plaies importantes à la hauteur du cœur : des blessures semblables à celles provoquées par des coups de couteau. Le sang avait coulé sur le flanc et le long de la jambe gauche. Paris et Conrad ne trouvèrent aucun vêtement dans la pièce, aucune arme à feu ou arme blanche. De toute évidence, Rioux n'avait pu s'infliger ces blessures pour ensuite se pendre.

Le lieutenant poussa un peu plus loin son examen de la victime et toucha la peau blanchâtre. À travers ses gants, il constata sa froideur et une certaine rigidité, un phénomène qui d'ordinaire n'apparait que quelques heures après le décès. Un examen des jambes et des pieds révéla une accumulation de sang aux extrémités. Le temps avait permis à la gravité d'effectuer son travail de drainage. Paris se devait donc de conclure que le père de famille était mort depuis plusieurs heures. Ce qui impliquait que Rioux ne pouvait avoir ouvert le feu sur les policiers dépêchés chez lui, encore moins tirer sur Lemieux et lui éclater la cervelle.

Perplexe, il réfléchit. Personne n'avait vu le tireur dans une fenêtre lors du coup de feu déclenchant les hostilités et l'assaut armé contre la résidence. Personne ne pouvait garantir qu'il se trouvait entre ces murs.

Si ce n'était pas Rioux, alors qui avait tiré sur l'agent Lemieux?

Paris se remémora le coup de feu entendu un peu plus tôt dans la résidence. Un mauvais pressentiment lui noua l'estomac.

Où étaient les enfants et la femme de Rioux? Pourquoi la maison était-elle complètement vide de toute trace d'habitation, comme si personne n'y vivait?

Paris avait besoin de l'équipe scientifique et voulait qu'on remue chaque planche, chaque céramique, chaque morceau de cette maison. Quelque chose clochait. Il ne restait que des policiers sur place, aucun tireur.

Du sous-sol montèrent les appels alarmés des autres agents.

6

Paris rentra chez lui aux environs de minuit. Il vivait sur le chemin du Lac-Pratte, non loin du rang Saint-Mathieu à Shawinigan, depuis quelques années. Une rue tranquille bordée de résidences modestes. Sa demeure datait du début du siècle, mais des décennies de rénovations et de restauration par les propriétaires précédents lui avaient donné une apparence intérieure plus moderne, trompant la première impression du visiteur qui se basait sur l'extérieur désuet. Le confort de l'endroit n'était pas sans lui plaire, que ce soit la baignoire à jets chauffants ou encore le sous-sol avec table de billard et bar bien garni. Le rez-de-chaussée comptait six pièces, dont un petit salon, une salle à manger, une cuisine qu'il n'utilisait pratiquement plus, deux chambres et une salle de bain remarquable, avec un immense placard. Toutefois, malgré l'abondante décoration et les effets personnels éparpillés partout dans la maison, elle lui semblait d'une froideur et d'un vide démoralisants.

Paris gagna la cuisine, ouvrit le frigo pour s'emparer d'une bière et d'un morceau de fromage dans un sac de plastique. Il se laissa ensuite choir sur le canapé, pour soupirer de fatigue et de contrariété. La journée avait été un désastre, coûtant la vie à deux agents, dont Renaud, son fidèle compagnon et confrère. Une balle dans le cœur de son ami de longue date était venue démanteler son équipe et démoraliser les troupes. Tous avaient la mine basse, et il faudrait du temps pour s'en remettre.

Le fromage avait une texture vaguement caoutchouteuse, mais la bière était bonne, très froide. L'estomac du lieutenant protesta contre ces nouveaux aliments en émettant quelques gargouillis. C'était la première chose que Paris se mettait sous la dent depuis les croissants matinaux et les cafés amers.

Il n'y pouvait rien, il se sentait responsable de la mort des deux agents. Il s'agissait de ses hommes, ils étaient sous sa responsabilité.

Après le coup de feu en provenance du sous-sol et la découverte du corps de Rioux, Paris et Conrad s'étaient rapidement rendus à l'étage inférieur pour rejoindre les autres. On s'attendait à tout, sauf à trouver Renaud sans vie. Les hommes s'étaient écartés pour laisser passer leur supérieur et le lieutenant s'était agenouillé près de son coéquipier. Dans la pièce, on pouvait ressentir la colère des agents. Plusieurs s'élancèrent dehors pour tenter de retrouver le ou la responsable, se demandant au passage où était passé Brière. Une battue avait été organisée. Un tueur de flics serait une cible parfaite.

Paris avait retenu ses larmes, senti la bile lui monter à la gorge. Il avait dû se ressaisir pour donner des ordres, le regard fou, le visage crispé. Il faudrait passer cette résidence au peigne fin et tout faire pour trouver le coupable.

Conrad, qui s'était occupé de la battue, était revenu lui faire part d'une information troublante : l'agent Brière manquait toujours à l'appel. Le coéquipier du pauvre Lemieux était resté introuvable. Il ne répondait pas à son cellulaire et sa voiture de patrouille n'avait pas bougé. On avait lancé un avis de recherche et sa photographie avait été envoyée à toutes les unités de la Mauricie.

Paris avait attendu l'arrivée de l'équipe scientifique et de médecine légale, dirigeant les opérations depuis le sous-sol, incapable de laisser son ami ainsi, seul et froid, dans la semi-pénombre des lieux.

Il savait déjà que sa décision de ne pas attendre le SWAT lui serait reprochée. On allait l'engueuler. Une gaffe de ce genre pouvait lui coûter sa carrière. Sauf qu'il se préoccupait alors davantage du moment présent.

Que s'était-il passé ? Où était Brière ? Qui avait fait cela à Rioux ? Où se trouvait sa famille ? Trop de questions, pas assez de réponses. Frustré, Paris avait dû se résigner à partir, à laisser aux autres le soin de récolter des indices.

Il connaissait Brière ; il le croisait à l'occasion et son dossier de policier ne comportait rien de particulier. Un agent exemplaire. Sa disparition étonnait. Paris ne voyait que deux explications à cela : soit il était impliqué d'une manière ou d'une autre, soit on l'avait kidnappé. La dernière hypothèse semblait peu probable. Toutefois, il fallait éviter d'en venir à des conclusions hâtives.

Quatre heures après que le corps de Renaud eut été transféré à Montréal, Paris avait reçu un coup de fil du laboratoire. On lui confirmait que la balle tirée venait d'un Glock du même modèle que celui utilisé par les policiers. L'hypothèse incriminant Brière se consolidait.

La nouvelle l'avait assommé.

Après avoir quitté la résidence de Rioux et être retourné au poste, où l'atmosphère était des plus sombres, Paris avait constaté la présence de plusieurs agents en congé venu aider leurs compagnons. La mort d'un confrère justifiait le manque de sommeil et les heures supplémentaires. On passait des coups de fil, lançait des avis de recherches, interrogeait des témoins, dirigeait des opérations sur le terrain. Une escouade canine, venue de Drummondville, fut même dépêchée pour participer à la plus grande chasse à l'homme de l'histoire de la Mauricie. Étrangement, c'était un des leurs qu'on cherchait.

En soirée, une équipe fouilla l'appartement de Brière, qui ne révéla rien d'incriminant ou d'intéressant en relation avec l'enquête. En ce moment, la seule chose à faire était de trouver Brière pour lui parler, lui demander ce qui s'était passé dans le sous-sol. Que ce soit pour l'innocenter ou encore l'inculper. Le problème demeurait toutefois : pourquoi aurait-il tué un confrère? Quel était le mobile du meurtre?

À Parthenais, Arthur Leclerc reçut trois nouveaux corps. Paris avait téléphoné pour demander de jeter un coup d'œil sur Rioux et vite lui livrer ses premières impressions. En maugréant, dépassé par les évènements, Leclerc avait accepté. Une demi-heure plus tard, Arthur avait contacté le lieutenant sur son cellulaire pour lui livrer ses constatations.

Il écartait la théorie du suicide : Rioux avait été poignardé et pendu de son vivant. L'angle des blessures à l'arme blanche ne correspondait pas avec la possibilité qu'il se les soit lui-même infligées. D'ailleurs, aucun couteau n'avait été retrouvé sur place. Sans pouvoir l'affirmer avec certitude, se basant seulement sur un examen rapide, le légiste avait déclaré que Rioux était mort asphyxié par la corde autour de son cou, tout en se vidant de son sang.

Paris avait raccroché après des remerciements sincères, Leclerc lui rendant service en prenant le temps de lui parler. L'équipe des techniciens en scène de crime avait fouillé la résidence de fond en comble et leur analyse n'avait fait qu'accentuer l'impression que quelque chose clochait. Ils n'avaient rien trouvé de particulier, et peu d'empreintes.

Le sous-sol avait offert quelques éléments à approfondir : la baignoire remplie de sang et sa carcasse de porc, une petite table avec des empreintes digitales, les dossiers des agents de la Sûreté qu'on ne pouvait relier à aucun des services susceptibles d'en posséder une copie. On avait aussi découvert la présence, dans le dossier cartonné, d'un petit mécanisme qui s'était vraisemblablement déclenché lors de son ouverture. Le laboratoire effectuait l'analyse de cette chose et de résidus d'une poudre blanche. Dans une remise derrière la maison, on avait trouvé plusieurs bidons vides tachés de sang. On avait dû les utiliser pour transporter l'hémoglobine de plusieurs porcs. Tout semblait pointer vers Rioux dans cette histoire de meurtre d'un agent de sécurité : Dupuis.

Guilbert avait contacté Paris pour lui confirmer la disparition des gamins de Rioux. De sa femme aussi... Le porte-à-porte chez les voisins de la famille avait permis de découvrir qu'un camion de location s'était pointé à la résidence, la veille au matin. Une dame se souvenait avoir vu deux hommes vider la maison et transférer des meubles dans la boîte du camion. Comme pour un déménagement.

On avait dû lancer un nouvel avis de recherche et Paris s'était demandé comment autant de gens pouvaient disparaître si aisément d'une aussi petite municipalité.

Sans compter un autre problème : l'enquête au sujet du meurtre de Dupuis ne progressait pas.

Le lieutenant revint au moment présent, termina sa bière et s'apprêtait à aller en chercher une autre lorsque son cellulaire sonna. Il jeta un coup d'œil distrait à l'appareil, craignant de s'en emparer et d'entendre une autre mauvaise nouvelle. Ainsi, il put voir qu'on lui avait envoyé plusieurs textos, qu'il ne prit pas la peine de consulter. Son téléphone n'avait pas dérougi de la journée, que ce soit ses hommes, ses supérieurs ou encore les journalistes qui aient tenté de le joindre.

Il reconnut le numéro affiché sur l'écran tactile et prit l'appel. L'abattement lui donnait la nausée et l'effet de la bière parut soudain décuplé.

— Salut, Guilbert!

— Paris.

Il y eut un bref silence, des documents furent déplacés dans un froissement de papier et l'enquêteur parla après s'être raclé la gorge.

— J'ai du nouveau sur l'affaire Legrand.

— Vas-y, j'écoute!

— C'est au sujet du film pornographique de Dupuis, annonça Guilbert d'un ton qui révélait son écœurement.

En fait, tous les hommes étaient épuisés et la journée paraissait s'éterniser. Paris s'était levé et approché du frigo, où il empoigna deux bières glacées. Après une brève hésitation, il s'empara aussi de ce qui restait de fromage avant de reprendre sa place sur le canapé, son arme posée sur la table basse. La lampe à sa droite était la seule source de lumière allumée dans la résidence.

— J'ai visionné le film. C'est... vraiment de la marde. L'histoire est simpliste : un employé d'une ferme d'élevage de porcs qui convainc des écoliers de venir visiter son installation et les animaux. Bref... des prétextes pour entraîner les mômes dans une sorte d'étable et ensuite abuser d'eux.

Le lieutenant soupira, dégoûté à l'idée même de ce que contenait le film, heureux de ne pas avoir eu à le visionner. Il détestait si souvent la race humaine, sa propension à commettre des atrocités, des bêtises, et à faire souffrir les plus faibles. Il ne put retenir un juron, furieux.

— Tabarnak ! Guilbert, je suis désolé.

— Moi aussi, patron !

L'une des bières fut vidée d'une seule longue gorgée satisfaisante. Un rot brisa ensuite le silence et Paris espéra un instant que son sergent n'avait rien entendu au bout de la ligne. Guilbert n'en montra aucun signe. L'atmosphère au département était exécrable à la suite de la perte de deux agents la même journée ; on pouvait bien se permettre des écarts de conduite ou encore émettre tout haut sa frustration et sa colère. Guilbert poursuivit :

— Le film ne nous révèle rien de particulier. J'ai envoyé les photos des enfants et de l'adulte au Service des crimes contre la personne de Montréal. Ils vont communiquer avec Interpol et les autres corps policiers qui détiennent une banque de données sur ce genre de cas. Je doute qu'on trouve quoi que ce soit.

— C'est un film récent?

— Difficile à dire. J'ai rien vu qui pouvait aider à dater la production.

— Bref, c'était une perte de temps?

— Non. Tout le contraire, assura Guilbert.

Le nouveau silence qui suivit sembla idéal pour une bouchée de fromage. Paris entendit le chien du voisin, un berger allemand particulièrement féroce, qui jappait comme un déchaîné dans la cour. La bête, qu'on appelait «Kiki», avait été frappée l'année précédente par la foudre et, depuis ce temps, semblait incapable de supporter la présence d'humains à proximité. Plusieurs avertissements de parents concernés du quartier avaient été lancés au propriétaire de la bête, qui refusait de s'en départir. Guilbert enchaîna, tandis que Paris entamait sa troisième bière. L'estomac presque vide, il sentait l'effet amplifié de l'alcool, et un léger mal de tête qui naissait à la base de sa nuque.

— Le film a été téléchargé dans l'ordinateur de Dupuis il y a deux semaines. Le gars de l'informatique m'a confirmé que le fichier avait été reçu dans un fichier joint codé, particulièrement difficile à décrypter. C'est pour éviter qu'on retrouve les coordonnées de l'expéditeur. L'ordinateur de Dupuis possède un logiciel de décryptage qui a fait siffler nos techniciens de jalousie. Ils parlent de technologie presque militaire, bien au-delà de ce que nous utilisons.

— Je croyais qu'on avait le summum de la technologie depuis les importantes subventions de l'année dernière ! s'étonna Paris, le front plissé de perplexité.

Une alarme de voiture lointaine brisa le tumulte canin de la nuit et l'animal se tut aussitôt. Paris déposa la bouteille vide sur la table basse, tout près de son arme, puis termina le fromage en quelques bouchées rapides. Guilbert semblait un peu plus excité, sa grande révélation approchait.

— Nous avons en effet la meilleure technologie disponible pour les forces de l'ordre. Mais c'est pas le plus important.

— C'est quoi, d'abord ?

— Dupuis est parvenu à décrypter un message, à transférer un fichier et à le faire fonctionner dans son ordinateur...

Paris attendait la suite, sans trop savoir où l'inspecteur voulait en venir avec ses explications.

— Donc, nous avons notre gardien qui excelle dans des tâches informatiques avec des programmes réservés aux gouvernements ou aux militaires. Le problème dans tout ça, c'est que Dupuis, lorsqu'il a été engagé par la firme de sécurité, a dû suivre un cours d'introduction à l'informatique. Il a échoué au test de base pour utiliser les programmes comme Microsoft Word ou même Internet.

— T'é sérieux ?

— Oui. Y'é poche en informatique au point de noter ses rondes dans un calepin. C'est un confrère qui les entre dans l'ordinateur pour lui.

Cette découverte venait appuyer l'idée que l'agent de sécurité n'était qu'un bouc émissaire, un simple pion sur l'échiquier. L'esprit de Paris dériva sans le vouloir vers l'attitude de Legrand, sa tentative de le convaincre de la culpabilité de Dupuis. Que savait le vieux riche?

– De plus, reprit Guilbert, l'ordinateur chez Dupuis semble neuf. On a relevé son numéro de série et bingo! Il a été acheté il y a deux semaines dans une boutique d'informatique à soixante kilomètres d'ici. Payé comptant. L'acheteur n'a pas eu à donner de nom ou d'informations personnelles puisqu'il n'a pas pris la garantie prolongée.

Un bruit étrange attira l'attention de Paris vers la cuisine. On aurait dit un craquement. Se frottant le crâne, il devait admettre que ses trois bières lui faisaient l'effet d'un gallon de whiskey. Paris réalisa qu'en quelques minutes, il avait réduit à néant plusieurs années de réunions des A.A. et de séances de thérapie obligatoires imposées par son supérieur. Judith n'aurait pas été contente de son attitude. Il se repositionna sur le canapé pour jeter un coup d'œil vers la pièce adjacente. Au même moment, le réfrigérateur émit un cliquetis avant de se remettre à gronder. La voix de Guilbert, triomphant, lui parvenait en arrière-plan :

– On a rien trouvé dans l'ordinateur. Aucune messagerie a été utilisée, le moteur de recherche est vide, aucun fichier ou document. La seule chose sur le disque dur, c'est le logiciel de décodage impossible à retracer et le film.

Ce qui confirmait que le pauvre Dupuis n'avait rien à voir dans toute cette histoire. Il s'était retrouvé au mauvais endroit au mauvais moment; on avait voulu lui faire porter le blâme. Guilbert livra sa conclusion, qui n'était plus une surprise pour Paris.

— Le pauvre est innocent.

Le lieutenant soupira. Ils éliminaient un suspect, en rajoutaient un autre en la personne du richissime éleveur trop bien connecté dans le monde financier et politique pour être embêté par la police locale. Qui de mieux pour acquérir un programme informatique réservé à une classe à part? Paris se cala à nouveau dans le canapé et se donna une seconde pour réfléchir avant de donner des instructions à son subalterne.

— Tu continues à creuser, Guilbert. Contacte l'armée, ou IBM, ou qui tu veux au sujet de ce logiciel de décryptage. Il faut trouver quelque chose. N'importe quoi.

— C'est comme si c'était déjà fait! lança le sergent.

— Il faut aussi demander l'aide des gars de l'ESEI[3]. Peut-être qu'ils ont des informations sur le film, sur sa provenance.

— D'accord. Autre chose?

— Non, merci. T'as fait du bon travail.

— Merci. Je suis désolé pour Renaud.

Paris pensa un instant lui ordonner d'aller se coucher, de prendre du repos, mais il s'abstint. Guilbert était assez grand pour établir ses priorités. De toute façon, l'heure avancée rendrait illusoire la possibilité d'entrer en contact avec quiconque.

Paris raccrocha avec l'impression que l'enquête avançait et reculait en même temps. Éliminer Dupuis de sa liste de suspects était néanmoins une bonne chose. Il décida

3. L'Équipe d'enquêtes sur l'exploitation sexuelle des enfants sur Internet de la Sûreté du Québec.

lui-même d'aller se coucher. La fatigue et le début d'ivresse alourdissaient ses membres et ses paupières, et ralentissaient le fonctionnement de son cerveau. Il s'allongea directement sur le canapé et utilisa un des coussins comme oreiller.

Il continua toutefois de réfléchir, incapable de fermer le robinet de ses pensées. Son enquête l'occuperait jour et nuit jusqu'à sa conclusion. Si Rioux était coupable du meurtre de Dupuis, comme les premières pistes semblaient le démontrer, pourquoi la brute aurait-elle pénétré dans la ferme Legrand pour y tuer un porc, le vider de son sang et assassiner un gardien ? Les indices trouvés dans sa résidence semblaient tous le relier à l'homicide. Sauf que Paris ne voyait toujours pas de mobile. Qu'y gagnait le futur suicidé ?

Les chiffres verts du lecteur de disque compact lui apprirent qu'il était une heure du matin. Il ferma les yeux et s'endormit finalement au bout d'une demi-heure, en rêvant de porcs, de corps pendus se dandinant au bout de leur corde et d'enfants maltraités.

• • •

Paris ouvrit brusquement les yeux avec l'impression que quelque chose l'avait réveillé. Son regard fouilla les ténèbres de la pièce, mais il fut incapable de trouver les chiffres du lecteur de disque compact. De plus, la lampe du salon, restée allumée, était maintenant éteinte. Une panne d'électricité ? Il se repositionna sur le canapé pour avoir une meilleure vue sur le salon. Grâce à un mince filet de lumière venant du lampadaire de rue devant sa résidence et filtrant entre les stores verticaux du salon, il put repérer les contours des trois bières vides sur la table basse. Il vit aussi son arme de service et quelques magazines formant une pile en équilibre précaire. Il discernait le téléviseur silencieux et les autres appareils électroniques.

Paris se sentait amoché comme au lendemain d'une beuverie et décida péniblement de se redresser. Une pressante envie d'uriner le tenaillait. Adossé au canapé, il se frotta le visage pour chasser le voile du sommeil et de l'ivresse. Il perçut une étrange odeur qui flottait dans la pièce.

Sa main rencontra quelque chose d'humide sur son front et il frotta ses doigts les uns contre les autres avec curiosité. Ce n'était pas de la sueur. Il lui fallut longtemps pour se rendre compte qu'il s'agissait d'une substance poisseuse facilement identifiable.

Du sang…

Derrière lui, un souffle rauque se fit entendre, lui caressa la nuque et joua dans ses cheveux. Tout de suite, Paris sentit l'urgence de la situation. Il voulut se jeter sur son arme, mais on le prit de vitesse. Quelque chose lui percuta l'arrière du crâne et il fit un pas en avant, tituba, pour ensuite s'effondrer sur la table, qui se brisa. Les bouteilles de bière roulèrent au sol dans la noirceur, tandis que son arme disparut quelque part dans la pénombre du plancher de bois. Il s'empressa de bouger, de s'agenouiller pour pivoter vers le canapé, tout en faisant abstraction de la douleur résultant de l'impact sur son crâne. Il fut incapable d'apercevoir la silhouette de son agresseur, mais perçut toutefois des pas rapides qui s'éloignaient dans le couloir. De petits pas légers, précipités.

Un son qui le glaça d'effroi : il s'agissait de pas d'enfants.

Quelques secondes s'écoulèrent. Paris était figé par la surprise. Un bruit de verre fracassé, suivi d'un rire inhumain, presque bestial, monta de la cuisine. Il devait trouver son arme au plus vite. Sa vision se brouilla un moment, le forçant à cligner des yeux. Un filet de sang ruisselait de sa blessure au crâne : il pouvait en sentir la chaleur se répandre sur sa nuque. Il parvint néanmoins à s'approcher de la lampe renversée, dont il arracha le fil qui la reliait à la prise murale. Paris souleva l'objet pour le transformer en arme improvisée.

Aux aguets, toujours à genoux, il jura à voix basse pour exprimer sa frustration. Les pas résonnèrent de nouveau, de la cuisine au couloir qui menait aux chambres à coucher. Il ne vit personne; son visiteur se trouvait dans le couloir et donc hors de son champ de vision. Paris se leva et entendit un fracas vandale qui rompit la quiétude nocturne.

Paris eut des frissons à l'idée que son agresseur l'ait observé pendant qu'il dormait sur le canapé, vulnérable et insouciant, absorbé par des rêves farfelus et troublants. Sans vraiment réfléchir aux conséquences de son geste, il s'avança vers la cuisine et y découvrit qu'on avait éparpillé le contenu de son réfrigérateur au sol. Sa porte ouverte illuminait la pièce. Un sac de laitue brunâtre, une pinte de lait éventrée et trois contenants de yogourt gisaient sur le linoléum luisant. Plus troublant que la perte des aliments réfrigérés fut de repérer des empreintes de pieds. La rougeur de ces dernières le laissa perplexe. Du sang? Les petits pieds nus allaient dans toutes les directions et témoignaient d'une présence prolongée sur les lieux.

Prudent, Paris contourna l'appareil et se plaça dans le cadre de la porte qui donnait sur le couloir. L'obscurité était difficile à percer, mais sa vue s'habituait peu à peu.

La bouche sèche, le crâne endolori et du sang qui ruisselait dans son dos, Paris évita de piétiner les empreintes et prit la direction de sa chambre. La seule porte entrouverte le long du couloir. Le silence était meublé uniquement par les battements fous de son cœur. Du pied, il poussa la porte qui grinça, la lampe tenue fermement et prête à s'abattre. Heureusement, aucun gamin hurlant ne lui sauta au visage, aucune bête sadique ne lui mordit les mollets. Aucun cri de mort ne lui déchira les tympans. L'obscurité de la pièce était complète et Paris hésita, ne voulait pas prendre de risque. Il savait toutefois qu'une lampe de poche se trouvait dans le tiroir de sa table de chevet et il fit quelques pas, se guidant d'une main sur le mur qu'il longeait. Son arme prête à frapper, il devait être à mi-chemin entre la porte et le lit lorsqu'une suite de déclics et de vrombissements se fit entendre tout autour de lui. Le son des appareils ménagers qui reprenaient du service lui parvint de la pièce voisine. Les chiffres du réveille-matin se mirent à clignoter, indiquant 12 :00. Le plafonnier s'illumina aussi, emplissant la pièce d'une vive clarté.

La vue de son lit le glaça d'effroi. Le corps éviscéré d'un porc d'une taille impressionnante gisait sur les couvertures imbibées de sang. La pièce puait l'animal, le sang et le fumier.

Paris tenta de conserver un regard objectif et professionnel sur l'horrible spectacle. Il nota l'omniprésence d'empreintes de pas et les traces de sang venues de la bête qu'on traînait. La fenêtre de la pièce était ouverte ; les rideaux maculés de rouge bougeaient sous la faible brise qui s'infiltrait. L'intrus devait s'être enfui par là. Avec prudence et en état de choc, le lieutenant fit le tour de la pièce et regarda sous le lit, dans le placard, mais ne vit rien.

Il était seul. Seul avec le cadavre d'un porc.

Le téléphone sur la table de nuit se mit à rugir, le faisant sursauter.

Méfiant, il s'approcha de l'appareil, le fixa avec une certaine crainte avant de décrocher.

– Allo?

– Lieutenant? demanda une voix un peu anxieuse. On nous a signalé un incendie chez vous, les pompiers sont en route…

– Euh… y a pas d'incendie, répondit-il alors qu'il remarquait, du coin de l'œil, une luminosité inhabituelle à l'extérieur.

– Un moment s'il vous plaît, parvint-il à dire tout en s'approchant de la fenêtre, soudain inquiet.

Les rideaux repoussés, il découvrit, sous l'éclairage de la sentinelle, la porte ouverte de son garage. Des flammes en léchaient les murs intérieurs et s'approchaient de sa voiture au capot ouvert. Sur le moteur reposaient deux bidons à essence orange, avec des torchons en guise de mèches enflammées aux goulots.

Des mèches très courtes.

– Calice!

C'est à ce moment que le véhicule explosa avec un fracas qui réveilla les voisins de sa rue et enclencha les systèmes d'alarme de plusieurs voitures.

La force de l'impact projeta Paris sur le lit, où son dos buta contre la carcasse gluante et froide. Le matelas grinça et le retint, comme si des bras invisibles voulaient l'empêcher de fuir. En proie à la panique, il se débattit et glissa au sol, où sa tête percuta le coin de la table de nuit.

Le visage contre la moquette détrempée, il perdit connaissance.

DEUXIÈME PARTIE

Tête de cochon

1

Des hommes entrèrent dans sa cellule. Après cinq jours de réclusion, France Rioux pouvait les distinguer au bruit de leurs pas, à leurs respirations sourdes et à leurs odeurs caractéristiques. Chacun laissait une empreinte unique. Elle reconnut ainsi Oignons et Boiteux. Surnoms mérités pour des raisons assez évidentes. Elle patienta, tendue, et deux poignes robustes l'agrippèrent sous les aisselles. On la souleva sans ménagement.

– Debout ! hurla inutilement une des brutes.

Un sac de jute recouvrait la tête de France, qui l'empêchait de voir où on la séquestrait depuis presque une semaine. Complètement nue, les mains liées devant, elle se laissa guider hors de sa prison aux relents de fosse septique. La fraîcheur du couloir la fit frissonner. Ses jambes engourdies étaient couvertes d'urine et d'excréments séchés : on ne la détachait jamais et lui interdisait l'accès à une toilette. Elle n'avait pas même un seau ! France avait passé son temps entourée de vermine, la peur la tenaillant inlassablement. Une poussée subite dans son dos l'obligea à accélérer le pas, ses pieds raclant le béton poussiéreux. Affaiblie par les minuscules rations d'eau et de pain qu'on lui apportait deux fois par jour, elle sentit des crampes nouer son estomac ; une forte nausée précéda le vertige. Un des hommes la tenait par un bras, l'autre se trouvait derrière elle, une main gantée sur son dos. Ils bifurquèrent sur la gauche, paraissant suivre un long couloir tout aussi frisquet que l'autre. La cagoule aveuglante provoquait des démangeaisons sur sa peau et une fine sueur couvrait son front, malgré le manque de chauffage de son lieu de captivité.

France avait abandonné l'idée de questionner ses tortionnaires puisqu'ils restaient muets à ses interrogations répétées. Son instinct lui laissait croire qu'on ne l'avait pas enlevée pour la violer : aucune tentative d'attouchements ou autres actes sexuels n'avait été entreprise depuis son arrivée et ce n'était sûrement pas maintenant, alors qu'elle était couverte de merde et d'urine, qu'on oserait s'exécuter.

La troupe s'immobilisa. On la retint par les épaules et elle entendit un déclic. Une porte s'ouvrit. Une faible odeur de cigare provenait de la pièce devant elle, tandis que des pas qui s'approchaient lui apprirent qu'une autre personne se joignait à eux. L'homme à sa droite souleva son bras et un mouvement rapproché la fit sursauter. On enroulait un tube caoutchouté autour de son biceps et elle comprit aussitôt. Quelqu'un tâta le creux de son coude à la recherche d'une veine adéquate. Une aiguille pénétra sa chair avec un pincement supportable.

On prenait un échantillon de son sang !

Cela dura à peine quelques secondes, puis on appliqua un pansement. Des pas s'éloignèrent, probablement ceux de l'infirmier de service et de l'homme au cigare, dont l'odeur se dissipait déjà, emportée par le courant d'air de leur déplacement. Ses geôliers la poussèrent ensuite dans une autre pièce tout près, où une forte odeur l'accueillit. On put entendre un rongeur déguerpir en couinant. De peur, France poussa un cri pathétique, une plainte sourde de victime tandis qu'elle se débattait et frappait avec ses jambes.

Elle fut brutalement bousculée contre un mur de briques, où on l'immobilisa le temps d'installer des chaînes à ses chevilles et ses poignets, réduisant de beaucoup sa capacité de mouvement. Une main sur son crâne la fit asseoir. Une bouteille et un sac plastifiés furent placés entre ses jambes. Les hommes se retirèrent après, sans un mot. Affamée et assoiffée, elle vida d'un trait la bouteille d'eau, s'étouffa presque et recracha une précieuse gorgée. Le sac contenait un sandwich au poulet, qu'elle dévora.

Une fois rassasiée, elle se mit à gémir avant de fondre en larmes.

Pourquoi l'avait-on enlevée?

Elle ne pouvait imaginer la raison d'une telle captivité, de cette prise de sang, de l'humiliation et de la détérioration de sa santé physique et mentale. Elle ne se connaissait aucun ennemi et doutait qu'on l'ait choisie par hasard.

Un petit rongeur lui rendit visite, elle pouvait l'entendre qui mastiquait non loin. Tirant sur ses chaînes pour les tester, elle réalisa que tout était en béton ou en briques et d'une solidité de cachot médiéval souterrain. L'humidité et le froid environnant tendaient à supporter cette thèse. Une incroyable révélation s'imposa soudain à elle. Son mari lui manquait, malgré sa présence brutale et violente, et les coups qu'il lui administrait souvent sans raison. La solitude et la misère l'aveuglaient. Peut-être Maurice se trouvait-il aussi captif? Le premier jour de son enlèvement, France avait imploré ses ravisseurs de lui dire ce qu'il était advenu de sa fille. Elle avait chialé et hurlé à en perdre la voix.

Sans succès.

Adossée contre le mur rude et froid, elle ferma les yeux pour réfléchir. Elle avait besoin de revivre son enlèvement, autant pour tenter de comprendre ce qui lui arrivait que pour chercher un indice qui lui aurait échappé. Elle se trouvait alors à la maison, seule, lorsqu'on avait frappé à la porte de leur résidence. Son mari lui interdisait de répondre au téléphone ou d'ouvrir à quiconque, la gardait pratiquement captive, isolée du monde extérieur.

Pour son bien, disait-il.

Malgré son hésitation, sa peur et son désir d'obéir, elle avait plutôt décidé de jeter un coup d'œil à ce ou ces visiteurs imprévus. Par le judas, elle avait vu qu'il s'agissait d'un jeune policier assez beau garçon, souriant, et ses manières civilisées avaient dissous sa méfiance. Elle avait retiré la chaînette de sécurité, puis déverrouillé la porte d'entrée. L'inconnu lui avait montré un badge luisant à l'authenticité difficile à contester, tout comme son uniforme et la voiture de police stationnée dans l'allée. La clarté du soleil dans un ciel remarquablement clair avait précédé une décharge de haut voltage, qui l'avait projetée au sol et l'avait fait se tortiller, telle la victime de crise d'épilepsie. L'homme s'était ensuite penché sur elle pour apposer un torchon imbibé d'un produit odorant, probablement du chloroforme, sur sa bouche et son nez. Elle avait rapidement perdu connaissance, sombrant dans les ténèbres. Quand elle avait rouvert les yeux, elle avait une poche de jute sur la tête, seule dans un cachot désert.

Tout s'était passé si vite. Revivre cet évènement ne servit qu'à l'angoisser, puisque c'était de sa faute. Son mari lui avait interdit d'ouvrir et obtempérer lui aurait probablement épargné bien des peines. Maurice avait eu raison de lui intimer de se méfier des autres.

Ses mains raclèrent le sol poussiéreux du nouveau donjon dans lequel elle gisait. Un petit matelas d'une dizaine de centimètres d'épaisseur reposait contre le mur. Dans le couloir, des pas s'éloignaient et une porte claqua, complétant l'ensemble de ses perceptions sonores. Elle délaissa le matelas sûrement infect et ses doigts curieux rencontrèrent quelque chose d'humide et de froid. En tirant sur ses chaînes, elle put s'en rapprocher. Et lorsqu'elle remua la chose d'à peine une vingtaine de centimètres, elle généra une odeur âcre qui la poussa à lâcher prise. Ses doigts avaient rencontré un os, des morceaux de chair et des filaments de muscles. France hurla comme une folle et excita le rongeur à proximité, qui se joignit à elle avec ses couinements et ses trottinements frénétiques.

Sans en avoir la certitude, France commença à se douter d'une chose : que cette pièce à l'odeur de renfermé et de putréfaction, parfum qu'elle découvrait, comportait bien davantage qu'un seul os.

Elle priait pour ne pas en faire bientôt partie.

2

Mercredi 24 septembre

Le lieutenant Paris s'extirpa de la voiture avec une grimace de douleur. À chaque mouvement, son corps ankylosé le faisait souffrir. Un autre véhicule s'immobilisa en retrait, balaya le stationnement de ses phares. Les deux agents chargés d'assurer sa protection l'observèrent tandis qu'il approchait de l'édifice à pied. Il n'avait pas voulu de cette petite garde personnelle, mais la décision venait de son supérieur. Pas de discussion possible avec l'inspecteur-chef. Ce n'était que temporaire, affirmait ce dernier.

Paris entra dans le poste de la Sûreté où il travaillait depuis sa mutation en région. Guilbert l'attendait dans le portique et l'accueillit d'un air légèrement moqueur.

– Ta gueule, Guilbert, je ne veux pas en parler.

Le ton sans équivoque contraignit le subalterne à cesser ses moqueries, pour les remplacer par un geste de la main indiquant qu'il passait à autre chose.

– On est contents de te revoir en un seul morceau.

Cela faisait plus de trente-six heures que le lieutenant avait été victime de l'agression. Dès sa sortie de l'hôpital, il s'était enfermé dans une chambre d'hôtel, fournie par la Sûreté, le temps que les investigations chez lui se terminent, pour réfléchir, pour savourer la solitude et la quiétude. Pour boire un bon coup aussi. Il en avait eu besoin après ses quelques heures dans l'établissement de santé, où des représentants du Service des affaires internes, ses patrons et des collègues étaient venus lui rendre visite. Son rapport détaillé omettait toutefois la présence dans sa maison d'un enfant, du bruit de pas et d'un rire presque démoniaque résonnant à ses oreilles. Ces éléments lui appartenaient. On ne l'aurait, de toute façon, pas cru. Il enquêterait sur ces détails lui-même.

L'explosion avait soufflé une partie du mur de sa chambre et détruit par le fait même la majorité des preuves physiques comme les empreintes, les cheveux, ou d'autres indices susceptibles d'avoir été laissés par la personne qui lui en voulait. Il avait repris connaissance dans l'ambulance, ses vêtements couverts de sang, mais pas le sien, celui de l'animal mort sur son lit. Il s'en tirait assez bien, malgré tout, avec seulement des côtes de cassées, le visage tuméfié et quelques égratignures.

Guilbert suivit son patron à l'intérieur, où on les attendait. Paris avait convoqué son équipe, malgré le début de soirée, et tous avaient accepté de venir. Il faut dire que son retour était attendu. Avec la disparition de Brière et la mort de Renaud, on manquait d'effectifs. Les affaires Legrand et Rioux, maintenant complémentées par l'agression de Paris, nécessitaient des renforts. On avait prévenu le lieutenant de l'arrivée de nouveaux agents. Il ne faisait aucun doute qu'on paniquait chez les grosses têtes de la Sûreté. Paris se demandait combien de temps s'écoulerait avant qu'on le retire de l'enquête.

Il fut surpris d'apercevoir Raoul Durant, qui s'avança pour une poignée de main chaleureuse. L'homme à l'aube de la retraite lui servit l'usuelle plaisanterie, de sa grosse voix de baryton :

— Je savais ben que tu pouvais pas te passer de moé!

Ils se connaissaient depuis près de vingt ans. En fait, le vieux loup avait pris Bruce sous son aile dès son arrivée à la Sûreté du Québec. De patrouilleurs, ils étaient passés ensemble au Service des crimes comme la personne. En carrière, ils avaient coffré maints suspects, clos plusieurs affaires importantes. Une tache dans leur dossier commun venait d'une opération d'envergure internationale menée avec la célèbre DEA[4] américaine. Un groupe criminel, les Hells Angels, avait tenté de faire entrer au Québec une cargaison de drogue par l'entremise d'une compagnie de camionnage. Les informations reçues par la Sûreté du Québec avaient inquiété puisque la drogue en question promettait d'être très problématique pour la population. Les rumeurs voulaient qu'il s'agisse de la tristement célèbre scopolamine, connue pour ses effets hallucinatoires et sa capacité à contrôler l'esprit humain. Malheureusement, l'opération s'était avérée un échec majeur : le camion intercepté était vide et toute possibilité de saisie s'était évanouie. Les Américains et les Canadiens s'étaient mutuellement accusés de fuite et l'affaire avait été rapidement classée.

Le départ de Paris avait laissé un vide entre eux, les coups de fil fréquents du début, de même que les textos,

4. La Drug Enforcement Administration (DEA, Administration pour le contrôle des drogues) est le service de police fédéral américain dépendant du Département de la justice des États-Unis chargé de la mise en application de la Loi sur les stupéfiants et de la lutte contre leur trafic dans le cadre de la campagne des États-Unis contre la toxicomanie.

s'étaient vite espacés pour n'être plus que l'annuelle communication : la carte de Noël impersonnelle. Paris respectait beaucoup son aîné.

– Content de te revoir, Durant, lui annonça-t-il avec sincérité.

S'avança alors Rémy Collier, qui le salua simplement d'un hochement de tête. L'agent n'avait pas de poste attitré, passait d'une région à l'autre selon les besoins. Un « floater », selon le terme anglais. Jeune, sans épouse et sans enfants, il pouvait se permettre de vivre dans les motels. Il retourna s'adosser contre la fenêtre, tout près d'un bureau vacant. Paris devait admettre qu'il était bon policier, très respectueux des règles et un peu fanatique de la musculation, malgré son gabarit discret. Il adorait les armes à feu, ne cessait d'en parler, et pratiquait la course à pied.

Deux autres agents du Service des crimes contre la personne de la Sûreté du Québec se trouvaient à une table et savouraient leur café. Ils saluèrent Paris d'un signe de tête. Normand Tessier et Léopold Langlois, deux bons détectives qu'il connaissait de réputation. Il les avait croisés lors de réunions au quartier général de Parthenais. Eux aussi venaient de Montréal. La métropole déversait ses agents sur la petite agglomération mauricienne. Paris se promit de revoir les dossiers de tous ces nouveaux venus, question de mieux se familiariser avec leur histoire. Pour de mieux les comprendre.

Nerveux de son retour et conscient d'être le centre d'intérêt, il parla pour détendre l'atmosphère.

– Y doit pu rester grand monde à Montréal !

Quelques rires discrets accueillirent la remarque, et Paris nota soudain la présence de deux autres individus dans la grande salle. Il maugréa sans retenue et à voix haute, puis son visage se ferma, l'air sévère. Il redoutait cette rencontre. Son regard noir accrocha celui, encore plus sombre, de l'inspecteur-chef Rondeau, son supérieur immédiat. Le haut gradé se frotta les mains avant de faire un pas dans sa direction, son sourire dissimulant très mal son trouble. Paris imaginait facilement la pression que devait subir son patron.

– Content de te voir, Paris. Je soupçonnais que t'avais la tête dure, mais jamais à ce point.

Le lieutenant, dans son complet impeccable, se doutait d'une mauvaise nouvelle à venir. Il répondit.

– Rondeau, j'ignorais qu'un inspecteur-chef pouvait se déplacer pour un simple estropié ! À moins que ce soit l'odeur du bacon qui vous ait attiré ?

Les autres s'amusèrent de la blague sur le porc cuit, ce qui allégea l'atmosphère. Paris et le patron échangèrent une poignée de main polie. Le lieutenant n'appréciait pas le changement survenu au fil des ans chez l'inspecteur-chef. D'abord policier, les échelons gravis l'avaient transformé en politicien, en mercenaire à la solde d'un gouvernement manipulé par des bureaucrates invisibles. Son rôle devait bien évidemment être compliqué, puisqu'il chevauchait entre la volonté de fer de l'élite et la réalité du quotidien sur le terrain. Au poste, on doutait parfois de son allégeance à ses hommes et au peuple. Il avait indubitablement les mains liées et Paris perdait tout respect pour un homme soumis qui semblait avoir oublié ses convictions.

D'ailleurs, c'était une des raisons pour laquelle il ne voulait pas monter en grade : pour éviter de devenir, comme son vis-à-vis, un pantin diplomatique.

Rondeau se racla la gorge et toucha le bras de Paris, son visage soudain sérieux révélant le ravage du stress sur sa peau prématurément ridée.

— Je dois te parler en privé.

Voilà, se dit Paris, on se prépare pour la mauvaise nouvelle. Il suivit son supérieur dans la pièce adjacente, un bureau inoccupé aux stores baissés qui empêchaient les curieux de suivre la discussion. Une femme dans la trentaine avancée, vêtue d'un tailleur noir, les suivit. Jolie, un air sévère et les cheveux retenus en queue de cheval, son allure faisait tout de suite penser à un agent de la Gendarmerie royale du Canada, peut-être même du FBI.

Il ne tarderait pas à découvrir son identité.

L'inspecteur-chef demeura debout. La femme prit place sur l'une des chaises devant un large bureau en bois dépouillé de décoration. Paris prit l'autre siège, feignant d'ignorer la dame qui le toisait sans gêne et que son patron ne lui avait même pas présentée devant les autres. Rondeau parla.

— Content de te revoir, Paris. Tu aurais pu y laisser ta peau !

— La chance, j'imagine, ironisa le lieutenant.

L'inspecteur-chef fit le tour du bureau pour se placer devant ses interlocuteurs. Il semblait préoccupé, et se lissa les cheveux d'une main distraite.

— Vous devez bien vous imaginer que cette histoire commence à faire beaucoup de bruit en haut. Les grosses têtes n'aiment pas ce genre d'incident. C'est pourquoi...

– C'est pourquoi vous lui confiez l'enquête ? lança Paris avec un mouvement de tête vers la femme à ses côtés.

Elle souriait.

Rondeau prit un moment pour répondre, jaugeant son agent blessé.

– Pas vraiment. Elle est ici pour te donner un coup de main. Ses contacts nous offriront l'occasion d'obtenir des ressources importantes et une expertise non négligeable.

Paris jeta un coup d'œil intéressé et curieux vers la femme, qui n'avait pas bronché. La surprise de ne pas avoir été retiré de l'affaire devait se lire sur son visage. Son patron reprit la parole.

– Je te présente l'agent Stéphanie Prost, de la Section des enquêtes générales de la Gendarmerie royale.

Il pivota vers elle, méfiant et contrarié.

– La GRC ?

Stéphanie tendit la main au lieutenant, un sourire poli aux lèvres. Quel pouvait bien être le lien entre les incidents récents et la GRC ? L'affaire prenait une ampleur insoupçonnée. Paris serra la main offerte avec distraction, appréciant toutefois la chaleur et douceur qui s'en dégageait. Maintenant qu'il lui portait davantage attention, il put sentir son parfum, prendre note de sa coiffure austère et de son maquillage discret. Cette allure professionnelle dissimulait une très belle femme. Leurs mains se séparèrent et Stéphanie croisa les siennes sur ses genoux, le dos droit et le menton relevé. Son maintien autoritaire et confiant la rendait plus intimidante. Elle observa à tour de rôle Rondeau et Paris, avant de s'humecter les lèvres, puis de parler.

– En effet, Lieutenant Paris. On m'a demandé de vous seconder dans votre enquête en vous offrant toutes les ressources de mon département.

Il se tourna vers son supérieur, qui secoua immédiatement la tête avant de l'apostropher.

– Non, Paris, je ne veux même pas en discuter. Elle reste et tu fais avec. Sinon, l'affaire t'est retirée, point à la ligne.

L'inspecteur-chef se leva et refit le tour du bureau pour gagner la porte, où il s'immobilisa en livrant un dernier commentaire.

– Retournez à vos affaires. Vous avez soixante-douze heures pour me donner des résultats. J'y compte bien, vous comprenez ?

Il les abandonna dans le bureau, refermant la porte après être sorti. Paris ne savait quoi dire, quoi faire. Renaud avait été son dernier coéquipier.

• • •

Les individus réunis dans la salle de conférence formaient deux groupes. D'un côté de la longue table en bois se trouvaient Paris, Guilbert, Durant et Collier. Face à eux, Tessier, Langlois et Prost, la nouvelle venue de la Gendarmerie royale. On avait fait les présentations et échangé les banalités d'usage. Paris voulait rapidement passer aux choses sérieuses et mit fin aux bavardages. Un parfum de vengeance policière flottait dans l'air. C'était son premier contact avec les membres de son équipe depuis l'accident et il devait faire le point. Il commença par poser des questions, pour savoir où l'on en était.

– Que savons-nous de l'appel placé au 911 ?

Guilbert répondit, un dossier éparpillé devant lui dont il avait remis une copie à chacun. Les autres feuilletaient les documents alors qu'il se lança :

– Un appel anonyme passé à l'aide d'un téléphone jetable, impossible de savoir d'où il venait.

– Est-ce qu'on a trouvé quelque chose chez moi ?

Durant se racla la gorge et prit la parole.

– L'équipe des incendies confirme que le feu a pris naissance dans la voiture, sur laquelle on a répandu de l'essence. Le garage est un tas de cendre, mais ils ont quand même trouvé des traces d'une bonbonne de gaz propane. C'est ce qui a contribué à rendre l'explosion plus spectaculaire.

– Aucun témoin ? demanda Paris.

– Nous avons interrogé tout le voisinage, personne n'a rien vu ou entendu avant l'explosion, reprit Guilbert là où son coéquipier s'était arrêté.

Durant retira une photographie du dossier, que tous pouvaient consulter, pour expliquer ce dont il s'agissait.

– Le chien du voisin a été étranglé avec sa chaîne. Pas un accident.

Paris fouilla sa mémoire de la nuit en question. Le coup de fil de Guilbert, ses trois bières. Son réveil au milieu de la nuit. Les pas dans la maison. Il se remémora un détail et le partagea.

– Je me souviens l'avoir entendu japper comme un malade.

Paris repoussa le dossier, exaspéré, et supplia presque ses hommes.

– Donnez-moi quelque chose. Un indice, un élément quelconque, n'importe quoi!

Collier lui tendit un document. Une liste de noms. Il expliqua au bénéfice de tous :

– Monsieur Legrand nous a donné la liste de ses «ennemis». Aucun n'a de casier judiciaire, la plupart sont des financiers, d'ex-employés insatisfaits, d'anciennes petites copines frustrées et malheureuses. Rien de tangible. On garde un œil ouvert et passe au peigne fin toutes les banques de données.

L'agent Prost eut un mouvement de recul sur sa chaise. Son attitude démontrait un malaise que Paris nota intérieurement. Il suspectait qu'elle avait des éléments à partager avec lui et se doutait qu'elle préférait le faire à huis clos. Le temps viendrait, il en était convaincu. Paris se promit de la garder à l'œil; il ne faisait vraiment pas confiance à la GRC. Pour l'instant, il devait toutefois jouer la carte de la coopération.

Guilbert parla à nouveau :

– Dès demain, Langlois et Tessier iront questionner les enfants à l'école. Nous sommes toujours sans traces des petits ou de leur mère.

L'évocation des enfants du couple fit frissonner Paris. Pensif et sérieux, son visage révélait sûrement son trouble. Il s'inquiétait pour les gamins, en particulier à cause de ce qui était arrivé à leur père.

– Boss, ça va?

Paris leva les yeux, s'extirpant de sa réflexion pour répondre à la question de Guilbert.

— Hum ? Oui, oui. Continue.

L'autre hésita et soutint le regard de son patron quelques secondes. Son intérêt et son inquiétude étaient sincères. Durant l'absence du lieutenant, il avait pris le relais et effectué un travail impeccable. Fiable et efficace, il mériterait peut-être cette promotion tant désirée quand tout serait terminé.

— Le film de pédophile nous a vraiment rien appris.

Stéphanie leva son crayon d'une main aux ongles finement colorés, comme une écolière qui demande la permission de parler. Elle attira tous les regards sur elle. Satisfaite et patiente, elle ne parla que lorsqu'elle eut l'attention de tous.

— La GRC pourrait être utile dans ce cas. J'ai l'autorisation d'utiliser les ressources de notre département d'informatique. Nous avons aussi des liens étroits avec plusieurs groupes de lutte contre la pornographie juvénile en ligne. Je peux vous mettre en contact avec un ami, si vous le voulez.

Elle s'adressait directement à Paris. Il répondit avec un sourire.

— Merci.

Tout paraissait se mettre en place avec efficacité. Pour la plupart des enquêteurs, ce moment de l'investigation était le plus excitant et la fébrilité pouvait se sentir dans les séances de remue-méninges. On lançait les chiens de chasse, vérifiait la validité des éléments recueillis afin d'éliminer les éléments inutiles, de rejeter les faux indices et de consolider les doutes.

Guilbert n'avait pas terminé.

— Tous les services de police de la province sont sur la trace de la famille Rioux, mais aussi de Brière. On a fouillé son logement et passé sa vie au peigne fin, sans rien trouver.

Paris grimaça, autant d'incompréhension que de frustration.

– Je me demande bien pourquoi il a fait ça. C'est complètement fou ! osa Collier.

Un moment de silence suivit, où chacun devait explorer les tréfonds de son imagination, chercher une logique dans ce qui semblait n'en avoir aucune. Ce fut Tessier qui brisa cet instant de réflexion. Sa voix, d'abord faible – il n'aimait pas parler devant les autres –, trouva rapidement de l'assurance. Malgré leur arrivée récente, les policiers s'étaient jetés à corps perdu dans l'enquête, la mort de deux confrères suffisant à les bouleverser. Toute la province suivait l'affaire.

– L'équipe scientifique a trouvé une empreinte de pas, à côté du corps de Dupuis, et une aussi près du cadavre du porc. La même.

Une feuille de papier, hommage à la détérioration de la forêt québécoise, fut distribuée à tous. On y voyait un cliché du sol boueux, avec l'habituel chevalet numéroté. Difficile de bien y voir ; c'est pourquoi l'enquêteur se fit un plaisir de préciser ce dont il s'agissait.

– C'est une trace d'enfant. Grandeur 4. Ils ont même trouvé la marque des souliers : des Adidas qui se vendent chez Walmart.

Durant fut le premier à réagir. La nouvelle de cette découverte choquait.

– Un enfant ?

– On dirait bien.

Paris tiqua. Il se sentit blêmir et dut essuyer ses paumes moites sur son pantalon. Il repensa à la scène chez lui, avec les pas du gamin et son rire, tout juste avant l'explosion. Que pouvait bien ficher un enfant dans une porcherie? En particulier ce soir-là? Paris mit fin à la discussion des autres : on extrapolait inutilement sur cette situation.

— Va falloir approfondir ça.

On acquiesça et ce fut au tour de Guilbert de reprendre le flambeau. Resté au poste, il avait pu coordonner les communications avec l'équipe scientifique. Ce fut sans surprise qu'il dirigea leur attention sur une page à la fin du dossier. Une photographie en noir et blanc. Il se racla la gorge et détailla l'objet qu'ils étudiaient tous.

— C'est une pompe de même qui a servi à vider le sang du cochon. C'est portable, on les utilise pour vider l'huile des machines.

La fameuse pompe ressemblait à ces contenants dont on se sert pour épandre les produits anti-mauvaises herbes. Un contenant rond, avec deux tubes qui en sortaient et une poignée pour faciliter le transport. Guilbert poursuivit.

— On l'a retrouvé dans le garage de la ferme. Il y en avait deux autres. On a confirmé la présence de sang dedans. D'autres analyses sont en cours.

— Le ou les tueurs n'ont pas eu loin à chercher, précisa Paris.

— Sauf qu'y fallait savoir que c'était là, ajouta Durant.

Bon point pour le détective. Imaginez le temps gaspillé pour monter barbouiller douze caméras réparties sur plusieurs hectares, s'attaquer à un pauvre porc et le mutiler, pomper son sang, puis tuer un agent de sécurité et s'enfuir. Tout cela sans rien voler? Cette histoire resterait nébuleuse jusqu'à ce que les agents puissent identifier un mobile plausible. Malgré les quelques découvertes, ils n'allaient nulle part et le découragement minait quelque peu tout le monde dans la pièce.

Paris soupira, scruta ses troupes attentives. Ils avaient beaucoup à faire. Il referma le dossier de plus en plus épais, désireux de l'emporter avec lui à l'hôtel pour le consulter.

– C'est tout pour le moment. Guilbert vous a assigné des tâches?

Hochement de tête généralisé, tous savaient quoi faire. Son nouvel adjoint avait bien fait les choses. Paris devait ralentir pour permettre à son corps de guérir.

– On se revoit demain matin, ici même. Allez vous reposer. Entre-temps, on garde le contact. Soyez prudent, on ne sait jamais. Tout nouvel élément doit être partagé et je ne veux aucune fuite dans les médias, conclut-il.

Tous se dispersèrent, à l'exception de Guilbert et de Prost. Paris les regarda à tour de rôle avant d'annoncer :

– Demain, c'est l'enterrement de Renaud et de Lemieux. Nous avons plusieurs hommes sur le coup. Il faudra être prudents dans cette histoire. Ceux qu'on recherche n'ont pas hésité à éliminer deux flics.

– Ne t'en fais pas, boss, nous allons les coincer et les faire payer, assura Guilbert.

– J'espère bien.

Guilbert se leva pour ensuite quitter la pièce, non sans saluer d'un hochement de tête l'agente, qui se contenta de lui sourire.

– Nous n'avons pas grand-chose, remarqua-t-elle à l'adresse du lieutenant lorsqu'ils furent seuls.

— Ouais.

— Une femme et deux enfants ne disparaissent pas comme ça.

Paris y avait réfléchi et nota quelque chose sur un bout de papier extrait du dossier. La policière n'hésita pas à s'approcher pour lire par-dessus son épaule. « Unité canine chez Rioux. » Elle approuva d'un hochement de tête. Le dénommé Maurice avait peut-être tué sa famille et enterré les corps dans le champ. Ou quelqu'un d'autre s'en était chargé.

Stéphanie Prost s'éloigna et s'apprêtait à partir, lorsque Paris l'interpela.

— Alors, agent Prost, vous allez me dire ce que je ne sais pas ?

Elle lui sourit, revint sur ses pas pour se placer devant la fenêtre qui donnait sur l'extérieur. Cela permit au lieutenant de deviner une silhouette agréable sous le complet, de longues jambes et une taille menue. Stéphanie observa le stationnement baigné de son aura nocturne, tandis que les autres membres de l'équipe regagnaient leur voiture. L'autopatrouille et les policiers affectés à la protection du lieutenant patientaient non loin de l'entrée, s'ennuyant probablement à mourir. Stéphanie, sans se retourner, brisa le silence.

— Monsieur Legrand ne doit pas être embêté par cette histoire.

Paris n'en crut pas ses oreilles. Il repoussa sa chaise et s'avança vers elle. Sa réaction était prévisible pour quiconque connaissait l'individu.

— Vous voulez rire, non ? Il est directement impliqué dans cette histoire. Il faut juste trouver comment…

Indigné, il envahit son espace personnel, le visage rougi par la colère. Elle leva simplement la main, pour le calmer, tandis qu'elle l'interrompait :

– Paris, vous laissez tomber. Il est sous surveillance depuis 2012 et le haut commandement de la GRC m'a prévenue que toute ingérence dans leur enquête sur ce vieil homme serait sévèrement punie. Vous comprenez?

Un lourd silence de quelques secondes vint plomber l'échange.

– On le protège, oui!

– Je vous assure : il n'a rien à voir avec tout ça. Vous devez me promettre de le laisser tranquille.

C'était absurde. Paris se doutait bien que le milliardaire trempait dans des histoires louches et devait être impliqué dans les derniers évènements. Un seul homme dans le village, et même la région, possédait le potentiel d'éveiller autant de passions. Et c'était Legrand!

Paris sentait qu'on voulait le museler. De manière discrète, polie et indirecte. D'expérience, le lieutenant savait trop bien qu'il devait obéir. Il n'avait pas l'intention de se brûler, d'inutilement gâcher sa carrière. Ce genre de combat ne se gagnait que dans les films. Ces réflexions lui permirent de se calmer. Il en profita pour rassurer son interlocutrice, conscient qu'elle n'était que la messagère.

– D'accord! Mais vous devez m'assurer qu'il n'a rien à voir avec les meurtres. Sinon…

Il ne termina pas sa phrase, ne voulant pas la menacer, mais bien lui faire comprendre le sérieux de l'affaire. Stéphanie eut un petit sourire complice avant de se tourner dans sa direction et se rapprocher d'un pas. Cela gêna Paris, parce qu'elle lui plaisait.

– Je sais, Paris.

Sa colère s'était dissipée. Elle posa une main sur son épaule, comme le ferait un ami.

– Bonsoir, Lieutenant, on se revoit demain matin. Je vous prends à huit heures ?

– Pour aller où ?

– Petite surprise pour vous prouver que j'ai une certaine utilité dans cette enquête.

– Comme vous voulez.

Elle le délaissa pour traverser la pièce d'une démarche assurée avant de s'éloigner dans le couloir. Il eut amplement le temps de la détailler, de profiter du spectacle de cette silhouette très désirable. Nul doute qu'elle représentait une distraction. Était-ce voulu ?

Maintenant seul, Paris maugréa. La fatigue et les évènements l'affaiblissaient.

Il pouvait se permettre d'aller se coucher et se reposer durant quelques heures, mais savait trop bien qu'il ne trouverait pas le sommeil. C'était donc le moment idéal pour rendre visite à Judith. Elle lui manquait tellement.

3

En quittant le poste de Saint-Tite pour gagner Trois-Rivières, Paris avait conduit les soixante-cinq kilomètres le séparant de Judith. Informée de ses intentions, son escorte le suivait à distance. Durant le trajet, il ressassa la question qui le tenaillait depuis l'attentat chez lui : pourquoi avoir fait sauter son garage ? Il ne représentait pas une menace puisque rien n'avait été découvert sur la scène de crime de Dupuis qui puisse faire paniquer un coupable et suggérer de se débarrasser de la personne en change de l'enquête.

Sa destination atteinte, Paris s'engagea dans stationnement où ne se trouvaient que trois autres voitures : celles du personnel soignant réduit des quarts de nuit. Il s'immobilisa dans l'emplacement réservé aux visiteurs de la clinique. Le véhicule qui le suivait s'arrêta tout près du bâtiment, prenant position pour surveiller les allées et venues. Les patrouilleurs Bégin et Aylwin le suivirent du regard. Il faisait nuit.

Paris effectua la courte marche jusqu'à une large porte vitrée verrouillée, où il enfonça la touche d'un interphone. Dans l'attente d'une réponse, il en profita pour observer les alentours. Il ressentait encore un brin de paranoïa engendrée par l'attaque. Une voix morne résonna bientôt, tandis que son regard inquisiteur n'avait rencontré que la soirée calme et la végétation environnante.

– Oui ?

– C'est Paris, pour voir Judith Laferrière.

Pour toute réponse, il entendit un déclic métallique qui lui permit d'ouvrir la porte. Il longea un passage qui le mena au poste d'accueil, où une infirmière le salua discrètement. Ses visites n'avaient rien d'exceptionnel, il venait à toute heure du jour ou de la nuit. Sans être embêté par quiconque, il se rendit directement à la chambre numéro 12, celle qu'occupait Judith, tout près de la sortie de secours au bout du couloir. Une aide-soignante quittait au même moment la pièce qu'occupait la femme depuis trois ans. Elle le salua, non sans remarquer son œil souligné de noir et son visage tuméfié.

Dans la chambre, Judith occupait l'unique lit. Ses yeux grands ouverts, accusateurs et sévères, le rendaient toujours mal à l'aise. Sous la couverture qui dissimulait son corps, on pouvait aisément deviner ses muscles atrophiés. Elle fondait à vue d'œil, prisonnière d'un coma interminable. Timide, comme à chaque visite, il s'approcha pour prendre la main de sa compagne dans la sienne. Son épiderme était à peine tiède, sa main, osseuse, témoignait de son état semi-cadavérique. Les médecins, pour la plupart, croyaient que Judith n'émergerait jamais de sa léthargie, que le reste de son existence se résumerait à cet état d'inertie.

Toujours, ce pathétique spectacle lui brisait le cœur. Paris embrassa la main lisse et cireuse. Il tremblait, peut-être en raison de la fraîcheur venant de l'air climatisé. Sourd aux bruits provenant du couloir, il jeta un regard distrait vers l'unique fenêtre. Elle donnait sur le stationnement où les lampadaires allumés formaient des îlots de clarté jaunâtre en prévision de la noirceur. Un des policiers de son escorte fumait à quelques mètres de sa voiture. C'était Bégin.

Paris soupira. À cause de sa négligence, Judith mourait à petit feu. Personne d'autre ne connaissait la vérité sur sa condition végétative. Unique témoin de l'accident, si elle venait à émerger des limbes, son réveil anéantirait la vie de Paris. Son silence forcé lui offrait un pénible sursis. Le lieutenant souffrait toutefois du mensonge perpétré. La culpabilité et la fourberie de ses actions le maintenaient prisonnier d'interminables cauchemars et de longues séances d'autoflagellation mentale.

Sa place était derrière les barreaux.

Il avait rencontré Judith dans une soirée pour alcooliques anonymes, quelques années plus tôt. Une période difficile de sa vie, où il avait tenté de sauver sa carrière et sa santé. Son supérieur de l'époque lui avait posé un ultimatum non officiel, d'homme à homme : arrêter de boire ou perdre son emploi. La deuxième option représentait pour lui la pire sentence : il n'y avait strictement aucune autre carrière qui l'intéressait. Les réunions hebdomadaires des A.A. lui offraient l'occasion de prouver à son supérieur qu'il tenait à son poste, qu'il était prêt à faire des efforts. Mais aussi, ces mercredis et jeudis soir lui donnaient une chance en or de fraterniser avec des individus autres que ses confrères. De combler son besoin de socialisation. À cette époque, il vivait toujours à Montréal, passait ses journées sur des scènes de crime et voyait des horreurs innommables : enfants décapités, femmes au corps torturé, hommes éventrés au crâne éclaté. Son quotidien difficile nécessitait du recul, de l'éloignement pour ne pas sombrer dans la folie, et ce fut dans l'engourdissement et l'abrutissement de l'alcool qu'il avait trouvé un semblant de répit.

Lors d'une réunion des A.A., il avait tout de suite remarqué une nouvelle venue. Judith. Belle et au corps athlétique. Quelque chose dans son attitude l'intriguait. Elle aurait pu choisir n'importe quelle carrière, devenir modèle ou actrice, mais la jeune femme avait plutôt opté pour des études en médecine. La raison de sa présence venait d'une consommation abusive de cocaïne. Un stimulant qui lui permettait de rester éveillée la nuit pour étudier, exceller et se surpasser dans l'espoir d'être la meilleure de sa promotion.

Issue d'une famille aisée, Judith logeait dans une résidence louée par ses parents, ses études payées à l'avance. Elle n'avait pas besoin de travailler.

Lors des réunions, elle gardait ses distances, refusait les offres polies de partager son expérience et de prendre la parole au podium. De plus en plus intrigué, Paris avait utilisé son sens de l'humour, son charme et sa tendresse pour l'approcher, l'inviter à prendre un café avec lui. Deux mois d'insistance avaient été nécessaires avant que Judith ne cède à ses invitations. S'ensuivit une belle histoire d'amour entre deux êtres passionnés, mais troublés. Ils emménagèrent rapidement ensemble, ils étaient inséparables et, malgré son travail à lui et ses études à elle, ils parvinrent à maintenir un semblant de vie conjugale.

Paris lui avait fait la grande demande, voulant passer le reste de sa vie avec elle. Judith préférait attendre la fin de ses études. Une certaine tension s'était alors installée entre eux. Impatient, le lieutenant s'était jeté à corps perdu dans son travail, frustré, et bientôt confronté de nouveau à ses démons. Il avait dévié de sa trajectoire le long du sentier de la sobriété, et avait fait son possible pour garder secret son échec.

Pour un temps, personne ne se douta de sa rechute. Judith, elle, ne consommait plus, prenait très au sérieux ses études et sa santé.

La nuit fatidique était survenue en décembre. Il avait bu, beaucoup trop d'ailleurs. Le couple attendait la venue d'amis pour un repas convivial afin de célébrer la fin des cours et la future obtention du diplôme de Judith. Elle se préparait aux examens finaux. Tout allait bien, jusqu'à ce qu'il fasse une bêtise : il s'était pris le pied dans la moquette et avait échappé un plat de crudités. Son contenu s'était répandu et le bruit du verre brisé, ainsi qu'un juron, avait alerté la jeune femme. Elle lui avait aussitôt reproché son ivresse, ce qui l'avait blessé, parce qu'elle avait raison. Judith avait admis savoir qu'il buvait de nouveau. Paris avait protesté, insisté sur son besoin d'un verre pour supporter les propos ennuyants de ses amis. Une dispute avait éclaté, chacun voulant prouver à l'autre qu'il avait raison. Bientôt, on avait hurlé de rage, on s'était insulté et la folie passagère avait amplifié l'intensité du débat.

Dans un excès de colère, Judith l'avait giflé et, sans réfléchir, il lui avait rendu la pareille. Il y avait ensuite un flou dans ses souvenirs, jusqu'à ce qu'il se retrouve devant la porte verrouillée de leur chambre où elle s'était enfermée. Judith pleurait, maintenant hystérique. Comme elle refusait d'ouvrir, Paris avait défoncé l'obstacle d'un coup de pied. La colère l'aveuglait.

Judith se tenait de l'autre côté du lit, son arme de service dans ses mains tremblantes. Il la rangeait dans le tiroir de sa table de nuit dès son retour du travail. L'engin de mort pointé vers lui, elle lui avait ordonné de ne pas s'approcher. Elle avait visiblement peur de lui. Ou plutôt peur du poison qui coulait dans ses veines et modifiait sa personnalité. Un instant de lucidité, provoqué par la présence du revolver, avait offert à Paris la chance de se calmer. Il avait fait comprendre à sa fiancée le danger de l'arme, avait utilisé ses années d'expériences en négociation avec des criminels pour la convaincre d'abaisser le canon. Ses paroles réconfortantes avaient trouvé écho dans l'espoir de Judith. Elle lui avait obéi et il s'était approché pour la désarmer. Ses mouvements brusques et maladroits l'avaient alertée et elle avait plutôt resserré sa prise sur la crosse au moment où Paris avait fait de même. Elle avait résisté, et lui avait refusé de la laisser faire. Ils avaient alors entamé une bien étrange danse, centrée sur cet objet inanimé entre eux. Le lieutenant avait déployé un peu trop de force, avait secoué sa copine, et un coup de feu avait résonné dans la pièce exiguë.

Tout s'était figé pour une éternité de solitude et de culpabilité.

Judith était déjà dans le coma lorsque les ambulanciers étaient arrivés. Paris, en état de choc et craignant pour sa carrière, sa vie, avait menti sur le déroulement des évènements. Il avait paniqué. Par solidarité envers un des leurs, les policiers impliqués et avec qui il travaillait lui avaient offert support et soutien. Sa réputation impeccable avait servi à consolider son mensonge aux yeux de ses supérieurs. Aux agents mandatés pour récolter sa version des faits, il avait expliqué avoir entendu un coup de feu alors qu'il se trouvait au sous-sol. Qu'y faisait-il ? Du rangement ; la table de billard était encombrée et ils avaient prévu de jouer quelques parties entre amis après le souper. Inquiet et intrigué par le son inhabituel, il était monté au pas de course à l'étage pour trouver la porte de la chambre qu'ils partageaient close et verrouillée. Il l'avait défoncée à coups de pieds, pour découvrir que Judith s'était tirée dans l'estomac et gisait dans une flaque de sang. Il avait ensuite appelé le 911, tout en exerçant de la pression sur la plaie pour l'empêcher de saigner.

L'enquête amorcée n'avait pas été objective. On avait protégé un confrère alcoolique. Personne n'avait suggéré un test pour déterminer son taux d'alcoolémie. Personne n'avait remis en question son histoire ou n'avait suggéré l'utilisation d'un kit pour prélever les éventuels résidus de tir sur ses mains et ses vêtements. Ce qu'on aurait indéniablement fait avec n'importe quel autre individu dans une telle situation. On l'avait traité dès le départ comme une victime et cela avait grandement faussé les données recueillies.

On s'était plutôt concentré sur Judith. On avait insisté pour désigner l'incident comme une tentative de suicide manquée. Bien que la jeune femme ne prenne plus de drogue, on avait découvert des prescriptions d'antidépresseurs à son nom et qu'elle voyait régulièrement un psychiatre. Judith souffrait d'angoisse et d'anxiété depuis son enfance. La pression de ses études de haut niveau était vite devenue un coupable dans l'accumulation de stress encourue. L'angle du coup de feu n'avait même pas été relevé ni remis en question.

Paris avait été blanchi de tout soupçon et, comme un voleur qui profitait d'un butin subtilisé en douce, vivait dans un mensonge éhonté. Il s'était convaincu que les bienfaits engendrés par sa profession effaçaient la faute commise. Il s'était investi encore plus dans sa carrière, au point où il avait sombré dans la dépression. Il avait eu besoin d'air frais, d'où sa décision d'être muté en campagne, vers l'apparente et fausse tranquillité de Saint-Tite.

Par contre, dès qu'il se retrouvait devant Judith, la culpabilité revenait avec force et il sentait que même si sa compagne demeurait silencieuse, elle le jugeait pour son mensonge. Ces visites l'épuisaient mentalement et il en ressortait lessivé, brisé, le poids du fardeau qu'il trimballait alourdi.

Paris ouvrit les yeux. Il venait de somnoler. Une demi-heure qu'il se trouvait dans la clinique, il était temps de partir. Il déposa un baiser sur la main osseuse de Judith. Son regard accrocha le reflet dans la fenêtre et se figea soudain. Sur le meuble à côté du lit reposaient un vase rempli de fleurs et une carte de souhaits. L'image sur le dessus représentait un cochonnet rose dans une flaque de boue. Inquiet, il espérait que ce soit une coïncidence et s'empara d'un mouchoir pour la saisir et la lire.

Un frisson le parcourut.

« Chère Judith, nos pensées vont vers vous et le lieutenant Paris dans ces moments difficiles. »

C'était signé « Sang de Cochon ».

Le regard du lieutenant glissa de la carte vers le visage sans expression de sa compagne, puis avec horreur vers le stationnement au-dehors. Bégin avait réintégré la berline. Paris pouvait voir les deux agents dans l'habitacle qui discutaient avec véhémence, éclairés par le lampadaire en dessous duquel ils s'étaient garés. Le jour avait cédé la place à la nuit.

– Nom de Dieu !

Une petite silhouette se trouvait derrière le véhicule et éveilla, dans son esprit, la mémoire fraîche du rire enfantin, des piétinements dans sa maison. Le mystère non résolu de la disparition des gamins Rioux le hantait aussi. Un brin de panique s'empara de lui et il empocha la carte, pour ensuite se ruer hors de la chambre à toute vitesse.

Bégin et Aylwin étaient en danger.

Dans le couloir, Paris bouscula une infirmière et faillit percuter un patient en robe de chambre qui obstruait le passage. Il avait dégainé son arme lorsqu'il passa en trombe devant la réceptionniste qui se leva, curieuse et étonnée de le voir se précipiter ainsi. Dehors, il plongea dans la nuit fraîche, gesticula pour avertir les agents du danger qui les guettait. Ses semelles claquaient contre le bitume, ses côtes blessées le faisaient souffrir. Bégin et Aylwin le virent et sortirent aussitôt de l'habitacle pour dégainer à leur tour. On lisait la crainte, mais aussi la froideur du professionnalisme sur leurs visages encore jeunes.

Paris cria.

– Il est derrière la voiture !

Les agents s'éloignèrent du véhicule avec empressement, sans trop savoir quelle était la menace immédiate, mais entraînés à répondre à une telle situation. L'avant de la voiture faisait face à l'établissement et Paris, à bout de souffle, rejoignit ses hommes aux armes pointées vers l'autopatrouille. Les phares semblaient les toiser avec méchanceté et froideur.

– Il s'est caché derrière la voiture, leur annonça le lieutenant.

Bégin et Aylwin se séparèrent, pour s'avancer de chaque côté de la Ford au moteur encore en marche, mais quasi silencieux. Paris emboîta le pas à Aylwin, les mains moites en raison du stress. Ses réflexes développés par ses années d'entraînement lui donnèrent la concentration nécessaire pour réprimer la peur et la crainte de commettre une erreur. Bégin, seul de son côté, vit l'enfant en premier et cessa d'avancer. Paris et Aylwin se placèrent derrière le gamin avec quelques secondes de retard. Tous abaissèrent leurs armes. Dans la lumière des réverbères, le lieutenant interloqué vit un enfant recroquevillé, des larmes ruisselant sur ses joues, son front couvert par ses longs cheveux blonds et frisés. Dans sa main, il tenait une pomme de terre. En sanglots, un filet de morve sur sa lèvre supérieure, il les regardait tour à tour.

Dans leur dos, une mère hurla et accourut dans leur direction.

– Philipe !

Les agents dévisagèrent leur supérieur. Paris s'était trompé, il avait vu une menace dans la présence du bambin. Que faisait ce morveux ici ? En soirée ? La mère se jeta sur le petit, qu'elle prit dans ses bras. Elle portait un uniforme d'infirmière et devait travailler à la clinique. On apprendrait plus tard que, sans gardienne pour son fils, elle lui avait permis de l'accompagner au travail où elle tentait de trouver quelqu'un pour s'occuper de lui. Farceur notoire, Philipe aimait insérer des pommes de terre dans les tuyaux d'échappement des voitures.

Les trois policiers avaient braqué leur arme sur un enfant, qui d'ailleurs s'était pissé dessus, mort de trouille.

4

Le réveil fut brutal pour Paris. Physiquement, son corps tout entier le faisait souffrir, mais la douleur était aussi émotionnelle. Il lui avait été pénible de s'endormir à la suite du fiasco dans le stationnement de la clinique. Se retrouver coincé dans la petite chambre d'hôtel minable n'avait rien arrangé ; vivement son retour chez lui, prévu pour aujourd'hui. Il avait pu entendre ses voisins de chambre copuler, d'autres qui écoutaient la télévision à un niveau sonore insupportable. Il n'avait fermé les yeux qu'aux petites heures, ce qui ne lui avait laissé que peu de temps pour récupérer avant l'arrivée de Prost.

Le café n'eut aucun effet sur lui.

La veille, après avoir menacé un enfant avec son arme de service, Paris avait présenté ses excuses à une mère furieuse et tenté d'expliquer au gamin les dangers de jouer un tel tour. Peine perdue : il mettait sa main au feu que la femme allait porter plainte, ou même intenter des poursuites. Il espérait seulement qu'un petit malin n'avait pas tout filmé avec un téléphone cellulaire. La dernière chose que le lieutenant souhaitait était bien de devenir la nouvelle sensation sur Internet.

Son escorte lui avait suggéré de s'éloigner tandis qu'ils s'occupaient de la mère et Paris avait décidé de contacter Rondeau. De toute façon, l'inspecteur-chef apprendrait les détails de l'incident assez rapidement ; autant les lui donner lui-même. Le lieutenant avait eu droit à une engueulade, qu'il n'écouta qu'à moitié. Il avait refréné son envie de riposter, de se défendre : cela n'aurait servi à rien. D'ailleurs, il devait garder son calme, on pouvait lui retirer la direction de l'enquête sur la mort de Dupuis à tout moment.

En attendant l'arrivée de Prost à l'hôtel, il en profita pour passer un coup de fil à Guilbert. Son collègue lui apprit qu'il n'y avait rien de nouveau et que l'équipe scientifique passait la chambre de Judith au peigne fin. On avait aussi envoyé la carte de souhaits au laboratoire, mais Paris doutait qu'on trouve quoi que ce soit.

Il ne pouvait s'empêcher de penser que la personne qui avait laissé le message dans la chambre de Judith pouvait être aussi responsable de l'explosion de son garage. On s'attaquait indéniablement à lui. Il était dérangé. Pourquoi ?

Stéphanie lui envoya un texto pour lui dire qu'elle arrivait. Il sortit dans la cour, vit la voiture s'arrêter à quelques mètres de lui. Dans la berline, ils échangèrent des banalités matinales avant de prendre la route.

Paris se rembrunit rapidement et Prost le lui fit remarquer.

— On peut se tutoyer ? Tu es pas mal tranquille, ce matin, Paris !

Il précéda sa réplique d'un soupir qui en disait long.

— J'imagine que…tu es au courant…

Elle acquiesça. Le village entier devait effectivement être en train de parler de lui. Il avait bien mérité son moment de gloire avec les commères du coin. Stéphanie changea toutefois de sujet et il fut reconnaissant de cette attention. En tant que policière, elle comprenait sûrement très bien qu'une carrière puisse être anéantie par l'opinion publique. Souvent, c'était à la suite d'une simple erreur de jugement ou d'une décision prise dans le feu de l'action. On demandait aux policiers d'être humains, mais de ne pas faire d'erreurs. D'être prudents, pour ensuite les envoyer dans des guets-apens où des criminels mieux équipés, mieux armés et plus nombreux les attendaient.

La voix de Prost emplit de nouveau l'habitacle.

— Tu prévois assister aux funérailles?

— Je n'ai pas trop le choix, j'imagine. À moins que Rondeau préfère me mettre au rancart.

Une messe serait célébrée pour la famille et les proches dans l'église de Saint-Tite en après-midi. Après quoi, les obsèques de Lemieux et de Renaud auraient lieu dans l'unique cimetière du village. La coïncidence voulait que les deux hommes soient les seuls policiers du département à venir de la région. Leurs familles peuplaient le comté depuis des générations. Il y aurait foule à l'enterrement et Paris aurait préféré s'en éloigner, même si Renaud avait été son ami et partenaire.

Ignorant le paysage qui défilait, il observa discrètement Stéphanie, toujours vêtue selon le code vestimentaire coincé des agences fédérales. Tout en noir, elle était prête pour les funérailles. Son maquillage soulignait ses traits délicats, ses cheveux étaient retenus par une queue de cheval. Paris eut la soudaine envie de défaire la coiffure. De voir si elle retomberait sur les épaules comme dans les messages publicitaires télévisés de shampoing. Sa jupe courte permettait de voir les genoux et il s'attarda quelques secondes de trop à les contempler. Prost remarqua son attention tout à fait masculine. Pris en flagrant délit, il se détourna. Stéphanie se contenta de conduire, sourire aux lèvres.

Ils roulèrent près d'une vingtaine de minutes pour finalement s'engager dans le stationnement d'un motel, hors des limites du village. Le Modern Inn, en dépit de son nom anglais, n'avait vraiment rien de moderne. L'extérieur nécessitait des réparations et l'enseigne aux lettres à moitié manquantes ne s'allumait plus. On devinait aisément les chambres miteuses, les moquettes mouchetées de brûlures de cigarettes. Le genre d'endroit sale où une énigmatique odeur de détergent et de renfermé flottait en permanence, où l'on se retrouvait pour une courte rencontre avec une prostituée ou une pipe vite fait. Une seule autre voiture occupait le stationnement.

Stéphanie immobilisa le véhicule devant la porte de la chambre 3. Muet de surprise face à cette destination imprévue, le lieutenant afficha une expression ahurie. Que faisaient-ils à ce motel minable? Prost se tourna vers lui pour briser le silence.

— Il est peut-être temps de mieux faire connaissance, tu ne crois pas?

Paris fut inapte à répondre autre chose qu'un faible grondement. Son cerveau avait de la difficulté à traiter l'information reçue. Stéphanie le détailla d'un regard intense et scintillant, puis humecta ses lèvres d'un rouge vif. Sans avertir, elle plaça une main sur le genou de son passager, ce qui provoqua une décharge de désir chez Paris, ainsi qu'une paralysie générale. Consciente de l'effet produit, Prost éclata soudain d'un rire joyeux, retira sa main pour défaire sa ceinture de sécurité.

— Allez, Lieutenant, on a du travail.

Elle éteignit le moteur et empocha les clés pour quitter l'habitacle. Paris maudissait ses supérieurs et leur idée de l'avoir associé à une aussi belle femme, une distraction inutile dans un métier déjà assez compliqué. Elle avait effectué le tour du véhicule et se pencha de son côté pour lui parler par la vitre baissée.

— Je t'attends à l'intérieur... au cas où tu aurais besoin d'une minute...

Elle lui adressa un clin d'œil avant de se rendre à la chambre 3, dont elle déverrouilla la porte. Furieux d'être tombé dans le panneau comme un adolescent encore vierge, il prit néanmoins le temps de donner à son membre la mollesse nécessaire pour pouvoir se lever à son tour. Il la rejoignit à l'intérieur. Prost se tenait à côté du lit, sur lequel une pile de dossiers se trouvait. La chambre était vraiment petite, les couvertures trouées par des mégots de cigarettes. On peinait à deviner la véritable couleur des murs. La décrépitude des lieux horrifiait Paris, qui nota deux sacs de voyage sur une chaise, ainsi que des effets personnels éparpillés dans la pièce. Il comprit qu'elle logeait dans ce trou à rat.

— La GRC t'oblige à rester dans un endroit pareil?

— Ils appellent ça *compression budgétaire.*

Il n'y a qu'au cinéma que les policiers logent au Hilton ou autres chaînes cinq étoiles lors de leurs voyages payés pour le travail. Paris renifla l'odeur infecte des lieux, puis s'avança à l'intérieur pour ensuite refermer la porte.

— Désolée pour la blague, Paris, c'était juste... facile, s'excusa-t-elle.

— Je comprends. Tu m'as bien eu.

Elle sourit et il le lui rendit. Il avait espéré que ce soit davantage qu'une blague, mais préféra garder cette réflexion pour lui. Prost désigna un thermos et deux tasses sur une petite table circulaire sans chaise.

— J'ai du café.

— Super !

Elle le leur servit après avoir désigné les documents sur le lit.

— Il nous est interdit de toucher à Legrand, mais pas à ses employés.

Paris prit la première chemise sur la pile, lut un nom inconnu et vit qu'il s'agissait d'un compte rendu complet des activités, avoirs, coups de fil et mouvements d'argent d'un individu. Les informations étaient précises et diverses, très impressionnantes.

— La GRC a placé monsieur Legrand sous surveillance et monté des dossiers sur chacun des employés sous ses ordres. Un travail colossal.

Elle lui tendit une tasse fumante et le regard du lieutenant s'accrocha aux lèvres luisantes de la belle policière, aux boucles d'oreilles discrètes d'un vert émeraude qui relevait la couleur de ses yeux.

– On m'a transmis les fichiers de tous ceux qui travaillent à la ferme Legrand. J'ai pensé qu'on pourrait y jeter un coup d'œil, juste au cas.

– Bonne idée.

Ils burent en silence, l'atmosphère se détendit. Prost prit place à la tête du lit, quelques dossiers devant elle. Paris ramassa des documents pour s'installer à même la moquette sale, sous la fenêtre qui donnait dans le stationnement.

– Désolée pour les conditions de travail, mais ces documents n'auraient jamais dû quitter les bureaux de la GRC.

– Pas de problème. On cherche quoi au juste ?

Stéphanie se gratta le cou, retira ensuite son veston. Sa chemise était d'un blanc étincelant et la forme de sa poitrine menaçait de créer une interférence majeure dans l'enquête si elle osait l'exhiber à nouveau. Paris buvait une gorgée sucrée lorsque Prost donna son opinion.

– Une autre coïncidence troublante ? Un indice ? Un complice ?

Il acquiesça, ce pouvait être n'importe quoi. Il jeta un coup d'œil à sa montre. Ils avaient plusieurs heures devant eux. Ils plongèrent donc dans les rapports détaillés des quarante-deux employés.

5

Saint-Tite était une petite municipalité assez tranquille qui, une fois par année, vibrait au rythme endiablé de son légendaire festival western. Pendant deux fins de semaine, des centaines de milliers de personnes défilaient dans les rues, buvaient, mangeaient, festoyaient. Quant à Sainte-Thècle, sa petite sœur mauricienne, il s'agissait d'un village paisible d'une grande beauté et d'un endroit où il faisait vraiment bon vivre. On y signalait quelquefois des accidents de la route, des cas de violence domestique, des conducteurs ivres ou des disputes qui dégénéraient. Mais rien de majeur, à l'opposé de Montréal. Pas de gangs de rue, pas de prostitution, pas de meurtres.

Sauf que tout ce beau petit monde venait de recevoir une gifle monumentale : les deux patelins se retrouvaient aujourd'hui à la une de tous les journaux de la province. Il était impossible d'ouvrir la télévision sans tomber sur un reportage directement lié aux évènements récents.

Un agent de sécurité mort dans la ferme Legrand, deux agents tués en service et un forcené retrouvé pendu et poignardé dans sa résidence. Pour ajouter à cette folie, un flic suspect était disparu de la circulation et la famille d'un batteur de femme manquait à l'appel. Si la tendance se maintenait, et c'est cela qui alarmait les hommes, les enfants Rioux et la femme du bougre n'avaient que très peu de chance d'être retrouvés vivants.

Les agents de la Sûreté du Québec se vouaient corps et âme à retrouver ces gamins, fouillaient chaque centimètre des propriétés, des parcs, des lacs et des forêts de la région. Lorsqu'il est question d'enfants, cela devient toujours personnel.

C'est pour cela que les inspecteurs Langlois et Tessier se trouvaient à l'école primaire ce jeudi. Ils questionnèrent le personnel enseignant, encadré par le directeur de l'établissement d'éducation publique. On apprit que les Rioux ne parlaient pas beaucoup aux autres et passaient la plupart de leur temps seuls. Emmanuel et Marie ne semblaient avoir aucun ami parmi les deux cents élèves de l'école. Est-ce que leurs parents venaient les chercher après les cours ? Où passaient-ils leurs vacances ? Avaient-ils des amis hors de l'établissement ? Discutaient-ils de leur famille ? Quelle était leur couleur préférée ? Leurs films préférés ? Rien.

On ne savait rien sur eux.

Comment était-ce possible ? se demanda Langlois, qui n'aimait pas nécessairement les enfants. Que faisaient-ils à l'école ? S'isoler dans un coin sans jamais communiquer ? Une certaine gêne flottait dans l'air, une culpabilité de n'avoir rien fait pour aider les Rioux à s'intégrer. Le manque de détails sur les gamins frustrait les inspecteurs, et ajoutait de la morosité au fait qu'ils devaient aller aux obsèques de leurs confrères. Tessier termina de questionner la dernière enseignante et Langlois se versa un café, heureux d'avoir emporté un thermos.

Dans la salle réservée aux employés, le directeur jeta un œil sur son cellulaire qui venait de biper. Il s'excusa auprès des deux flics, puis accueillit des visiteurs à la porte. Un couple dans la quarantaine qui paraissait mal à l'aise. Ils échangèrent quelques mots et s'approchèrent ensuite de Tessier et de Langlois, resté à l'écart. Le directeur prit la parole.

— Les Lebeau sont venus dès qu'ils ont appris que la police visitait l'école au sujet de la disparition du petit Rioux.

Ils étaient accompagnés d'un petit garçon d'une maigreur maladive. De grosses lunettes aux montures noires menaçaient de lui briser le nez. Elles dissimulaient la moitié de son visage à la pâleur cadavérique. Il souriait et dévoila les broches encadrant sa dentition crochue. Langlois se calma. Le petit lui inspirait de la pitié. Son chandail était trop grand, son pantalon, usé à la corde. Des frères plus âgés avaient très certainement porté ces vêtements avant lui.

— Leur fils a quelque chose à vous dire.

Tessier souriait au gamin, cherchant à gagner sa confiance, et il lui tendit la main pour se présenter. La petite poigne osseuse fut gobée par la patte velue. Langlois ne put s'empêcher d'imaginer les traces de morve, les microbes et les poux fourmillants sur le petit être et susceptibles de se transférer sur son confrère, avec qui il passait beaucoup de temps. Il grimaça, bien malgré lui.

– Je suis le détective Tessier et voici l'inspecteur Langlois. Tu veux t'asseoir?

L'enfant les observa sans un mot, mais accepta l'offre. Des sons montèrent d'une pièce voisine : des pas de course, des ballons qui frappaient le sol ou les murs, des cris de joie ou d'excitation. Bien que leur propre passage en tant qu'élèves dans une école remonte à plusieurs années, les inspecteurs constataient que certaines choses ne changeraient jamais, comme le tumulte d'un gymnase envahi par des enfants.

Le père du petit prit la parole.

– Sébastien, tu peux parler aux messieurs! Dis-leur ce que tu m'as raconté.

Devant le silence de l'enfant intimidé, Tessier décida de l'aborder.

– Dis-moi, Sébastien, tu connais Emmanuel Rioux?

Le petit hocha la tête, tout en lorgnant avec intérêt les friandises dans un bol sur le bureau tout près. Une plaque indiquait qu'il appartenait à «Huguette Frênette».

– Ne te gêne pas, prends un bonbon, lui annonça Tessier après un coup d'œil aux parents, qui ne s'opposèrent pas.

Sébastien ne se fit pas prier pour en récupérer un, le déballer et le fourrer dans sa bouche avec avidité, tout cela sous les regards patients des policiers. Le petit jeta aussi un regard au directeur et à ses parents, qui servaient à la fois de témoins et le rassuraient par leur présence.

– Est-ce qu'il te parlait souvent, lorsque vous jouiez dans la cour? demanda Langlois.

L'enfant hésita, baissa les yeux et son front plissé témoigna d'une grande concentration. On l'entendait mastiquer, la bouche entrouverte, le sucre se coinçant probablement dans ses broches.

– Il ne parlait pas et jouait pas dans la cour.

– Vraiment ? Il ne t'a jamais adressé la parole ?

– Non.

La friandise s'était dissipée dans un excédent de bave qui lui coula sur le menton. Il faisait vraiment pitié et Tessier se promit de faire un suivi chez le petit pour s'assurer de son bien-être. Une visite de courtoisie s'imposait ; il trouverait bien une raison d'y aller, même si ses parents ne donnaient pas l'impression de le négliger. Le père portait une chemise avec le logo d'une compagnie de livraison. La mère, de simples vêtements sans éclat, une robe grise. Il émanait d'eux une certaine sérénité, une douceur appréciable.

Le policier offrit une autre friandise à l'enfant. Sébastien les regardait à tour de rôle avec une étrange fierté, sa bouche métallique tordue.

– Il n'aime pas les autres. Mais je connais sa cachette.

Langlois se redressa. Tessier lui jeta un coup d'œil complice. Ils avaient enfin mis la main sur quelque chose. Le directeur fit un pas pour se rapprocher. Tessier reprit l'interrogatoire.

– Une cachette ? Comme lorsqu'on joue à cache-cache ?

– Non. C'est juste une cachette de même.

Ils devaient être patients et ne pas le brusquer, même s'ils mouraient d'envie de l'agripper par les épaules pour lui faire cracher le morceau.

– Tu pourrais nous dire où elle se trouve ?

Sébastien se mordit la lèvre inférieure, réalisant probablement avoir fait une bêtise. La peur du petit Rioux ou celle d'être considéré comme un délateur suffisaient sûrement à le troubler. La mère brisa le silence pour parler à son fils.

– Tu peux tout leur dire.

Tessier se voulut réconfortant et posa une main sur celle, osseuse, du pauvre gamin qui le dévisageait.

– Personne ne saura pas que c'est toi qui nous l'as dit. Je te le promets.

Sébastien observa Tessier un moment, paraissant débattre de la question. Il se tordait sur sa chaise, jeta un autre regard envieux vers le bol de friandises. Au risque de le rendre malade, le policier lui fit une offre à laquelle il serait difficile à résister, sans consulter les parents et encore moins la propriétaire du butin en question :

– Si tu nous dis où elle se trouve, ils sont à toi.

Le regard protégé par les verres épais, Sébastien ne prit qu'une seconde pour réfléchir, et se jeta sur les friandises comme un lion affamé sur les chrétiens dans une arène romaine. Le tout disparut dans les poches de son pantalon élimé.

– Je peux vous montrer.

Les policiers échangèrent un regard satisfait.

Tous quittèrent la pièce ensemble, longeant les couloirs déserts pour se retrouver dehors. L'école primaire, bâtie dans les années cinquante par une congrégation de sœurs désormais oubliée, logeait dans une enclave de végétation sur trois côtés. Une clôture métallique haute de deux mètres protégeait les enfants des animaux sauvages qui rôdaient parfois. L'endroit était calme, la proximité de la forêt offrait un havre de paix dans la folie du quotidien de plus en plus modernisé. Sébastien marchait vite, défiait les lois de la motricité pour une si chétive silhouette. Les inspecteurs ne le lâchaient pas d'une semelle, curieux de connaître l'emplacement et le contenu de cette supposée cachette du petit Rioux.

Sébastien se rendit à l'extrême droite de la cour, le long de la clôture, où il s'immobilisa avant de jeter un regard coupable vers le directeur de l'école, qui se tenait en retrait. Tessier comprit l'embarras du petit et se pencha pour lui parler à voix basse.

— Tu peux nous montrer et je te promets que tu ne seras pas puni. Tu me crois ?

Le directeur approuva d'un hochement de tête, tout comme son père, promettant de passer sous silence tout écart de conduite. L'enfant parut de nouveau satisfait.

— Je vous crois.

Sébastien s'approcha d'un point en particulier, le long de la haute barrière, pour y repousser des feuilles mortes, des branches et un petit buisson du pied. La terre avait été creusée et un trou d'une bonne trentaine de centimètres apparu. On avait coupé les maillons de la clôture, ce qui offrait suffisamment d'espace pour passer de l'autre côté. Du moins pour un enfant de petite taille.

Tessier questionna Sébastien :

— Comment tu as découvert la cachette ?

— Maman était en retard pour venir me chercher après l'école. Je jouais tout seul dans la cour et j'ai vu Emmanuel.

Langlois tira sur la clôture, sans parvenir à agrandir le trou. Il faudrait des outils pour cela. Tessier jeta un œil sur la végétation de l'autre côté et interrogea le petit.

— Tu y es déjà allé?

— Oui. Il y a une cabane là-bas.

Il désigna la profondeur végétale ombragée devant eux.

— Je vois.

En regardant bien le sol, on pouvait deviner ce qui ressemblait à un petit sentier de l'autre côté d'un buisson particulièrement touffu. Tessier remercia le gamin et lui donna une tape amicale sur l'épaule. On n'avait plus besoin de lui.

— Le directeur va te reconduire à l'intérieur. Merci pour ton aide. Merci à vous aussi, ajouta Tessier pour les parents.

L'enfant et les adultes s'éloignèrent vers l'édifice, mais, après une dizaine de pas, le petit s'immobilisa pour se tourner vers les policiers. Sébastien avait un air coupable, embarrassé, et ce fut avec difficulté qu'il cracha une ultime information. Sa voix faible trahissait sa peur de l'endroit, ou même de représailles.

— Il ne jouait pas tout seul.

Tessier avança d'un pas, pour lui parler.

— Sa sœur?

— Non. Un autre garçon.

Les policiers retinrent leur souffle, conscients que, selon ce qu'ils avaient appris, le petit Rioux n'avait aucun ami. C'était un détail d'une grande importance.

— Tu le connais? Il est de l'école?

Sébastien secoua la tête. La peur le fit blêmir et il poursuivit :

– C'est un démon.

Il s'enfuit ensuite au pas de course, suivi par les adultes. Les policiers quittèrent aussi la cour d'école, mais pour longer la clôture de l'autre côté et trouver l'endroit où le sentier naissait. Impossible d'interpréter adéquatement les paroles du gamin, mais l'idée germait dans l'esprit des enquêteurs qu'Emmanuel puisse avoir un mystérieux copain. Le terme « démon » ne présageait rien de bon.

Quelques instants plus tard, ils suivaient le tracé qui zigzaguait entre les arbres, sous le couvert d'une épaisse végétation assombrissant le jour pourtant à son zénith. Au bout d'une vingtaine de mètres, le chemin croisa un petit ruisseau bordé de roches lisses et moussues. Langlois nota en premier l'odeur qui montait des alentours et les inspecteurs dégainèrent leur arme. Cette puanteur, facilement reconnaissable pour des policiers ayant travaillé sur plusieurs scènes de crime, était celle de la mort. Bien différente de la putréfaction.

Quelque chose de trépassé depuis un bon bout de temps gisait non loin.

Ils continuèrent sur une trentaine de mètres avant de découvrir une petite construction rudimentaire en bois. Une cabane faite de planches, de bâches en plastique pour le toit et de rochers pour stabiliser le tout. L'œuvre d'un enfant. En silence, ils contournèrent la structure et se séparèrent. Tessier s'arrêta devant ce qui pouvait passer pour une porte. Son confrère avait l'œil sur les environs tandis que lui-même dégageait la couverture suspendue, clouée sur la structure dont elle obstruait l'entrée.

L'odeur s'intensifia.

Dans le petit espace réduit gisaient un matelas et une caisse en bois pouvant servir de table. Ce qui attira toutefois leur attention fut le corps d'une petite fille nue, visiblement mutilée.

Ils venaient probablement de trouver Marie Rioux.

Dans un geste de recul, Langlois capta un mouvement rapide du coin de l'œil, sur leur droite.

— Là-bas!

Son partenaire suivit son regard et repéra aussi la petite silhouette qui se faufilait entre les arbres, trop lointaine pour être identifiable. Cela ressemblait cependant à un jeune garçon.

— Merde, tu crois que c'est Emmanuel?

— Qui d'autre?!

Les policiers se lancèrent à sa poursuite. Ils fonçaient dans la végétation et repoussaient les branches et les buissons, contournaient les flaques de boues et les racines traîtresses. Le petit était rapide, beaucoup trop pour eux. Ils ne prirent même pas la peine de hurler son nom, de l'interpeller. La réussite de sa fuite était sans équivoque.

Tessier et Langlois tombèrent sur une petite clairière où ils pénétrèrent, ayant perdu la trace du gamin. Ils s'immobilisèrent, le souffle coupé par la vision d'horreur. Des frissons de terreur les traversèrent : une froideur macabre baignait les lieux. Quelques arbres occupaient le centre de la clairière, où de multiples cordes pendaient aux branches, exhibant des carcasses d'animaux morts. On pouvait reconnaître des chiens, des chats, des lapins et même des écureuils. Il ne restait parfois plus que l'ossature et quelques lambeaux de fourrure.

Un véritable charnier. Dans l'esprit des policiers, une seule réalité s'imposa. Trois mots décrivant trop bien l'état du responsable de ce carnage animal.

Tueur en série.

C'était le moment d'appeler le lieutenant Paris.

6

Paris avait quitté le motel tout de suite après le coup de fil qui lui avait appris la découverte de ses agents derrière l'école. Stéphanie avait pour mission de continuer à fouiller les dossiers des employés de monsieur Legrand. Rien d'intéressant n'avait été trouvé jusqu'à maintenant. Le lieutenant ne prit même pas la peine de demander une escorte et se rendit seul à l'école primaire évacuée. Il se gara parmi une multitude de voitures de police et les camions des techniciens en scène de crime. C'était Langlois qui lui avait téléphoné et l'écœurement dans sa voix trahissait un profond dégoût. Ce genre de chose ne devait pas arriver dans les petits villages. Il y avait des accidents, des suicides, mais pas de meurtres. Du moins, rarement. Encore moins celui d'une enfant.

Un agent guida Paris vers la cour d'école et l'escorta jusqu'à la clôture métallique, où Tessier l'attendait, le regard hagard et les traits tirés.

— Salut, patron. Ce n'est vraiment pas beau, je te préviens.

— La petite Rioux ?

— Ouais, on a trouvé un sac à dos d'écolier avec ses affaires non loin.

Il leur faudrait attendre une confirmation avec l'ADN, mais entre-temps, tout portait à croire qu'il s'agissait bien de la gamine recherchée. Ils s'engouffrèrent par l'ouverture pratiquée dans la clôture, qu'on avait largement agrandie pour laisser passer les agents et leur équipement. Ils suivirent le sentier balisé de rubans pour faciliter les va-et-vient. Un groupe de techniciens s'activait autour de la cabane, collectait des échantillons, prenait des clichés, fouillait le sol. Un grand soin était porté à conserver l'intégrité de la scène, pour éviter toute contamination des éventuelles preuves, qui deviendraient alors inutilisables. Le lieutenant questionna son subalterne, tandis qu'ils approchaient de la petite structure de bois.

– On sait de quoi est morte?

– La gorge tranchée. Mais le meurtrier s'est acharné sur le corps.

Du regard, Paris embrassa la scène. La folie humaine ne l'amusait plus depuis longtemps. Cherchant à réprimer un malaise grandissant, il se fraya un chemin jusqu'à l'ouverture du refuge enfantin, dont on avait retiré la couverture pour l'emballer et l'envoyer au laboratoire avec plusieurs autres objets. Il frissonna en voyant le corps de la gamine, nue et boursouflée par une mort remontant à plusieurs jours, sa peau blanche faisant contraste avec la terre battue. Il n'eut pas besoin d'entrer dans la petite cabane pour en détailler le contenu. La porte et les deux fenêtres auxquelles on avait retiré la bâche offraient une vue imprenable sur l'intérieur. Les visages des policiers en disaient long sur leurs émotions devant un meurtre aussi crapuleux. Plusieurs avaient des enfants aux environs de cet âge. Paris espérait, sans vraiment y croire, que Marie n'avait pas trop souffert.

Un des techniciens s'approcha.

– Vous êtes Paris ?

– Oui.

– Marc Veilleux, c'est moi qui dirige l'équipe aujourd'hui.

– Qu'avez-vous jusqu'à maintenant ?

Enveloppé dans une combinaison blanche pour éviter de contaminer la scène, l'homme retira ses gants en latex. Il soupira, se frotta le cou et y laissa quelques rougeurs.

– Elle est morte à la suite de la blessure à son cou. Un couteau. On va comparer la plaie avec l'arme que vos hommes ont récupérée dans la résidence de Rioux. Mais d'après la description, je dirais que c'est la même.

Le technicien, penché pour éviter de se cogner au plafond, tournait autour de la victime comme une mouche qui jauge un fruit juteux et sucré dans un panier. Il pointa certains endroits du corps.

– Je ne suis pas légiste, mais on dirait qu'on a des marques de coups de couteau, probablement infligés après la mort. Il y a aussi des morsures. Peut-être des animaux sauvages. Faudra confirmer.

Paris chercha à se faire une idée plus précise des marques sur le corps, question de garder une image mentale et de pouvoir l'utiliser dans l'attente des photographies de la scène. Langlois observait aussi le corps par l'une des ouvertures servant de fenêtres. Il fit une remarque.

– Elle doit être morte depuis au moins quarante-huit heures, non ?

Veilleux s'immobilisa, s'agenouilla pour toucher le visage de la gamine et répondit :

— La rigidité cadavérique maximale nous indique qu'elle est morte depuis plus de douze heures. J'ai noté l'apparition de la flaccidité secondaire, ce qui veut dire qu'on s'approche du trente-six à quarante-huit heures. Pour le reste, faudra faire des analyses.

Paris n'en était pas à son premier cadavre et comprenait les termes précis de Veilleux. Flaccidité secondaire voulait dire que la peau commençait à se rétrécir, créant une bien étrange illusion selon laquelle les cheveux et les ongles poussaient. Le technicien se redressa et leur révéla une autre information.

— Je crois que la rigidité cadavérique a déjà commencé à se dissiper. Ça dure en général un bon quarante-huit heures.

Paris fouilla du regard l'intérieur de la cabane. Même le plus insignifiant objet pouvait s'avérer d'une importance majeure dans une enquête aussi compliquée. Dans un coin étaient empilés des objets hétéroclites, tandis que sur la droite, une caisse en bois donnait l'impression de servir de table, et une bûche, de chaise. La présence du matelas et des couvertures pouvait fort bien indiquer que le petit dormait ici, chose étrange pour un gamin de sept ans.

Mal à l'aise, le technicien observait Paris.

— Vous êtes prêt, Lieutenant? demanda-t-il.

Paris hocha la tête. À force de côtoyer l'horreur, on découvrait une chose très importante : on ne s'habituait jamais à tout cela, les cauchemars se décuplaient et l'alcool ou les drogues devenaient un refuge trop facile d'accès. Tessier lui avait annoncé la découverte d'un charnier d'animaux pendus. Il se faisait une idée de la scène de crime, mais rien ne le préparait au spectacle macabre de tous ces animaux, à divers niveaux de décomposition, qui se balançaient au bout de cordes. Des cordes, remarqua Paris, dont l'extrémité assez basse aurait permis à un enfant de créer cette œuvre macabre.

Le technicien parcourut un document, avant d'expliquer :

– Nous avons répertorié vingt-sept bêtes, mais seulement douze sont formellement identifiables pour l'instant. Beaucoup de chiens et de chats. Il est trop tôt pour spéculer sur ce qui les a tués, en particulier parce qu'il y a beaucoup d'éléments à analyser.

Il laissa Paris déambuler entre les corps. D'autres agents prenaient des photos, des notes. On pouvait entendre les communications radio de policiers qui effectuaient une battue dans les bois environnants. On cherchait le moindre indice pouvant mener à un coupable. Et surtout, on cherchait le petit Emmanuel, que Tessier et Langlois prétendaient avoir vu.

L'enfant démon ? Ou Emmanuel ?

Le lieutenant s'arrêta pour observer une corde qui soutenait une cage thoracique miniature, sur laquelle subsistait un morceau de pelage gris. Un chat ? Le filin était solide, attaché à la plus basse branche d'arbre. Une idée lui vint et il appela le technicien de la scène de crime, qui se tenait au loin et discutait avec un confrère.

– C'est-tu possible de comparer les cordes utilisées ici avec celle qui a servi à pendre monsieur Rioux ?

– Bien sûr.

Tessier vint rejoindre son lieutenant et tous deux restèrent ainsi, à contempler les bêtes se balançant en silence. Il fallait être vraiment malade pour préparer une telle mise en scène.

Paris détestait parfois son emploi et le moment présent en était un parfait exemple. Il se tourna vers le technicien qui s'éloignait pour l'interpeller.

– Une dernière chose. Vous avez trouvé un rapport avec les cochons ou le sang de cochon?

– Non, désolé.

– Merci.

Paris en avait assez de cet endroit. Dans l'attente du rapport complet, qui ne viendrait possiblement que le lendemain, il devait se rendre à des funérailles.

Il fallait trouver quelque chose avant que l'enquête ne lui soit retirée, mais plus important encore, avant qu'il n'y ait une autre victime.

Paris et Tessier s'éloignèrent ensemble, sans un mot.

Qu'y avait-il à dire dans pareilles circonstances?

7

Jeudi 25 septembre

Dans sa grande mansuétude, le richissime éleveur de porcs Roger Legrand avait offert aux familles des agents Lemieux et Renaud de payer pour les funérailles. Elles avaient accepté. À condition que la veillée funéraire et la cérémonie à l'église restent privées. Seuls la famille et quelques amis proches furent invités. En raison de la couverture médiatique excessive sur le décès des deux policiers, on préférait garder une certaine distance avec le public. La Sûreté du Québec assurait l'aspect sécurité et logistique de l'évènement. On avait bloqué l'accès au cimetière de Saint-Tite, pour endiguer le flot de curieux et de journalistes avides de tragédies, et tous les autres qui n'avaient pas à faire sur les lieux. Les rues qui bordaient le terrain avaient été bloquées à la circulation. Le trafic routier, si ce terme pouvait s'appliquer aux rares voitures circulant d'ordinaire dans le village, devait effectuer un détour de quelques centaines de mètres. Des agents avaient été placés autour du périmètre et la plupart, sinon la totalité des policiers de la région, avaient été invités à assister à l'enterrement. Les familles considéraient comme un honneur de voir tous ces hommes et ces femmes en uniforme venir célébrer la vie, la carrière et le départ prématuré de leurs fils.

Paris se tenait à l'écart, dans son uniforme de lieutenant de la Sûreté du Québec qu'il ne revêtait qu'en de très rares occasions. Prost et Guilbert étaient à ses côtés, sur une petite pente surélevée, non loin des caveaux de ces vieilles familles oubliées qui avaient colonisé la région des siècles plus tôt.

Devant eux, on allait descendre Lemieux en terre. Le ruban de policiers s'étendait de la tombe de l'agent jusqu'à celle de Renaud, où sa famille attendait son tour. Les Renaud avaient accepté de patienter et ainsi permettre aux deux mises en terre de se dérouler l'une après l'autre. On ne se déplaçait ainsi qu'une seule fois, diminuant les problèmes de logistique.

Il devait y avoir une bonne cinquantaine de flics venus d'un peu partout qui entourait les lieux de sépulture, dont Rondeau et quelques autres hauts gradés. Le silence alourdissait l'atmosphère. Une légère brise et un ciel couvert de nuages gris annonçaient la possibilité d'une averse plus tard en journée.

Prost n'avait encore rien trouvé dans les dossiers. Il en restait une dizaine à éplucher et elle avait promis d'y retourner dès les funérailles terminées. Le médecin légiste et son équipe leur avaient annoncé qu'ils n'auraient aucun résultat avant le lendemain, car les nombreux corps récemment envoyés à la morgue ralentissaient leur travail.

Guilbert toucha le bras de Paris pour lui signifier son intention.

— Je vais faire une ronde.

Le sergent s'éloigna et un ordre crié en contrebas précéda la salve de coups de feu traditionnelle. Le silence fut rompu par un tumulte qui en fit sursauter plus d'un. On entendit ensuite les pleurs de la famille amassée autour du gouffre sombre qui engloutirait le défunt agent. La femme de Lemieux se tenait droite ; un petit garçon lui serrait la main, les joues couvertes de larmes. Paris en fut touché et se promit une vengeance froide.

Stéphanie toucha le bras du lieutenant à son tour et il crut bon de la rassurer.

– Je vais bien, ne vous en faites pas.

– Non, ce n'est pas ça… Regardez !

Paris suivit du regard le bras tendu de Prost, non sans penser qu'elle était particulièrement jolie aujourd'hui, avec son maquillage retouché et sa longue chevelure couvrant ses épaules. Il fut heureux de constater que oui, elle ressemblait à ces femmes de publicités télévisées vantant les mérites d'un shampoing.

Stéphanie lui indiquait la camionnette blanche qui avait servi à apporter les fleurs et les arrangements pour les funérailles. Il ne vit pas tout de suite ce qu'elle voulait lui montrer. Elle devança sa question.

– Dans la camionnette, Paris.

Il vit que le véhicule était en marche. Un mince filet de fumée montait du pot d'échappement, à l'arrière. Un individu était sur le siège du conducteur. Une casquette dissimulait partiellement son visage et la distance rendait toute identification impossible. Ses mains sur le volant étaient gantées de noir.

– Étrange, non?

Paris prit sa radio, lança un appel à Guilbert pour qu'il aille jeter un coup d'œil. Le véhicule en question faisait face à la foule, peut-être à une cinquantaine de mètres en retrait.

– Guilbert, tu m'entends?

Aucune réponse. Il répéta son appel, en vain. Où se trouvait-il? Stéphanie lui toucha à nouveau le bras.

– Je crois qu'il bouge...

Paris vit en effet que le véhicule roulait, très lentement. Quelques hommes placés non loin se tournèrent vers la camionnette, alertés par le grondement du moteur, leurs regards accusateurs dirigés contre l'individu qui manquait ainsi de respect. Ne pouvait-il pas attendre la fin de la cérémonie pour partir?

Paris eut un très mauvais pressentiment. D'instinct, il sut que quelque chose clochait.

Prost avait avancé d'un pas.

Un grondement s'éleva tandis que le conducteur appuyait à fond sur la pédale du gaz, forçant la camionnette à se propulser vers l'avant. La bête rugissante fonçait droit vers la foule, tout en prenant dangereusement de la vitesse.

Paris hurla dans l'émetteur.

– La camionnette!

Tout se passa ensuite au ralenti pour le lieutenant. Le camion atteignit les premiers individus massés sur la pelouse, absorbés par la cérémonie et distraits par la confusion soudaine. Certains se retournèrent juste à temps pour se jeter de côté et éviter d'être frappés, mais plusieurs n'eurent pas cette chance. Le puissant véhicule faucha ou écrasa ceux qui restèrent sur son chemin, déclenchant une panique générale. Les policiers armés, ceux que le choc ne paralysait pas, dégainèrent. Une bousculade désordonnée s'ensuivit. Paris n'avait jamais vu une telle débâcle. Lorsque Prost se lança vers la foule avec son arme à la main, le lieutenant sortit de sa torpeur passagère et se rua à sa suite.

La camionnette avait happé une dizaine de personnes lorsque des coups de feu éclatèrent ; bien malheureuse entreprise dans une situation où des dizaines de gens se jetaient de tous côtés. Quelques victimes s'ajouteraient sûrement au total en raison de balles perdues.

Lorsque Paris et Prost atteignirent l'allée pavée menant à la cérémonie, il était trop tard : la masse d'acier avait heurté le prêtre et la femme de Lemieux, et ils virent avec horreur l'enfant écrasé sous les roues.

La panique était complète, la scène, digne du pire cauchemar.

Le véhicule roulait si vite qu'il frappa le cercueil qui reposait au-dessus de la fosse et le renversa ; il passa au-dessus du gouffre pour atterrir de l'autre côté, près du corps en uniforme de l'agent Lemieux, expulsé du cercueil par la force de l'impact.

Paris et Prost se mirent à tirer. Une pluie de projectiles perfora la carcasse métallique et fit exploser les fenêtres à l'arrière. La camionnette frappa ensuite quelques pierres tombales avant de s'immobiliser. Pourtant, le moteur grondait toujours, comme si le conducteur continuait d'écraser la pédale d'accélération. Un bris mécanique ? Le rugissement du véhicule se poursuivit tandis que plusieurs hommes se ruaient, armes en main, pour appréhender le fou furieux.

Prost précéda Paris à la camionnette, tandis que des ordres étaient beuglés pour couvrir le tumulte. On entendait pleurer et crier, beaucoup fuyaient le cimetière à la course.

Des agents furieux extirpèrent sans ménagement l'homme de l'habitacle, pour le traîner par terre. Ils s'abattirent sur lui comme une foule à un procès de sorcières à Salem. Seuls les cris de Paris parvinrent à faire reculer un peu les policiers.

L'agent Brière reposait sur le dos dans la pelouse, saignant abondamment. Paris s'agenouilla à ses côtés et appliqua son mouchoir et de la pression sur la blessure. Il ne fallait pas qu'il meure, il détenait trop d'informations. Un projectile l'avait atteint au cou. Son visage tuméfié le fixait sans la moindre expression. Les policiers s'attroupèrent autour de Paris et du malheureux. Les hauts gradés se frayèrent un passage dans la masse et les rejoignirent. Brière les observa un moment, s'attarda sur Paris et Rondeau, à sa droite. Il paraissait ne pas comprendre, la confusion se lisait sur son visage. Il voulait parler, mais du sang coula de sa bouche, ruisselant sur son menton.

– Je.... Je...

Paris espérait qu'on avait appelé plusieurs ambulances. L'attroupement et les corps qui gisaient un peu partout compliqueraient les choses. Il continuait à exercer une pression sur le cou.

– Je suis... désolé...

Quelques bulles ensanglantées se formèrent à la commissure des lèvres de Brière et il cessa de respirer. Son regard vide fixait le firmament. Son corps tout entier se détendit.

Il était mort, escorté dans son voyage céleste par les pleurs et les plaintes de ses victimes.

8

Malgré la musique rugissante, Paris avait tenté d'engager la discussion avec la serveuse à la poitrine bien en évidence et à la jupe à peine suffisante pour lui servir de mouchoir. Elle était jeune et belle, avec un corps sculpté qui attirait les clients dans ce bar populaire de Shawinigan, à une vingtaine de kilomètres de Saint-Tite.

Après le fiasco irréparable des funérailles, l'interminable réunion, les briefings et débriefings, les séries de questions et les querelles des services policiers présents à la cérémonie tragique, Paris avait décidé de prendre le large. Pour une nuit. Sans attendre d'escorte, et d'ailleurs, la confusion du moment avait fait en sorte qu'on n'y pensa même pas. Le lieutenant avait quitté rapidement le village envahi par les étrangers, les inspecteurs, les détectives et les patrouilleurs, puis les hypocrites de politiciens compatissants. Sans oublier les rapaces de journalistes. Il devait être minuit lorsqu'il arriva à Shawinigan. Le lieutenant refusait d'imaginer les gros titres du lendemain, ce qu'on dirait de lui et de ses hommes. La pression en provenance de Montréal et de Québec les écraserait bientôt et ils perdraient le contrôle de la situation.

En bref, lui et son équipe se retrouvaient avec un fouillis embarrassant et aucun indice majeur. Au lieu d'avancer, ils reculaient. La mort de Dupuis dans la porcherie se voyait noyée dans une série de meurtres et de disparitions.

Paris avait roulé et ne s'était arrêté qu'au moment où l'affiche clignotante et lumineuse de ce bar avait attiré son attention. La foule de ce jeudi soir était un peu jeune, la musique, saccadée et violente, mais ce tumulte servait à remplacer celui dans son esprit. Trop de questions se bousculaient dans son cerveau embrouillé.

Même s'il n'avait pas revu Guilbert et que ce dernier ne rendait pas ses appels, Paris avait fermé son téléphone cellulaire, qui ne cessait de sonner et de vibrer. Il devait temporairement couper les ponts, s'éloigner et réfléchir, faire le vide. Sa mauvaise habitude était revenue, son vice incurable avait repris le dessus sur sa volonté.

Paris buvait, et vite. Il était près de minuit trente.

Christine, la serveuse derrière le comptoir, revint devant lui. Son joli minois suffit à le calmer. Elle posa une main sur la sienne, contact chaud qui permit aussi à son parfum de déferler sur lui. Il commanda une autre consommation et elle s'éloigna d'une démarche toute naturelle, mais très élégante. Judith lui manquait, mais, plus que tout, le contact d'un autre corps, les baisers et la tendresse. Paris souffrait d'être privé de sexe, mais surtout de son manque d'intimité avec un autre humain.

La serveuse revint, déposa la bière et un autre verre de whiskey avec un magnifique sourire. Il devait représenter un bien triste spectacle, assis tout seul, le visage couvert d'ecchymoses, sa tenue négligée et enchaînant les consommations avec une certaine rapidité. Son charme et son charisme d'antan subsistaient néanmoins, utiles dans les enquêtes où il se retrouvait face à la gent féminine. Il inspirait confiance. Christine le regarda un moment, sans rien dire, puis fut appelée à l'autre bout du comptoir. Avait-il une chance de quitter l'établissement avec elle ? Il en doutait. Paris avait l'impression d'être une épave venue s'échouer sur une belle plage exotique. Il détonnait grandement dans la foule qui l'entourait. Incapable d'apprécier la musique techno qui menaçait de défoncer ses tympans, il continua à boire. L'attroupement se dispersa peu à peu. Il était près d'une heure du matin.

Paris décida de trinquer une dernière fois à sa vie de merde, à cette putain d'existence solitaire et à cette saloperie de travail qui s'avérait encore plus stressant que prévu. Les chiens errants et les vieilles qui se plaignaient du bruit d'un voisin lui manquaient beaucoup. Les choses allaient trop vite : on se serait cru dans une zone de guerre, dans le Bronx ou même à Détroit. Les morts s'accumulaient. Il avala le whiskey d'un coup.

La musique rugissante diminua d'intensité et le lieutenant fut reconnaissant de l'occasion de ménager son ouïe. Maladroitement, il tendit la main pour récupérer le plat de croustilles devant lui et s'en enfonça une poignée dans la bouche.

Son cerveau légèrement endolori par la boisson, il parvenait encore à réfléchir. Malgré tous les efforts déployés, on était toujours sans trace d'Emmanuel Rioux et de sa mère. Le retour de Brière s'était fait dans un coup d'éclat digne d'un film d'action. Personne n'avait imaginé qu'une telle chose puisse se produire. Ce qui avait aidé l'ancien policier à pénétrer le périmètre sans se faire repérer était la trop grande confiance des agents sur place. Qui aurait osé infiltrer un cimetière rempli de policiers armés ?

Brière avait des couilles.

Christine se déhancha, puis se pencha afin de prendre des bouteilles dans le réfrigérateur sous le comptoir. Paris cessa de bouger, de respirer, d'exister, le temps de voir la jolie femme se placer dans une position très sensuelle. Il était obsédé par son cou, par le début de poitrine très visible, et se traita de vieux cochon demeuré. Lorsqu'elle se redressa en lui lançant un sourire coquin, il sentit ses joues s'enflammer.

Il tendit la main vers sa bière pour en prendre une longue gorgée, puis revint de ce côté-ci de la réalité, celle où ce genre de fille n'avait rien à cirer d'un crétin comme lui. Elle ne voulait que les billets dans ses poches, étant sûrement maîtresse dans l'art de provoquer le gonflement des pantalons et des pourboires.

Paris se demandait ce que l'autopsie de Brière donnerait. Était-il ivre ? Drogué ? Le mystère de ses agissements impensables le torturait. Comment un bon policier au-dessus de tout soupçon, avec une famille et des amis, en venait-il à tuer un confrère et à tenter d'en occire plusieurs autres, ainsi que la famille innocente présente aux obsèques ?

Il s'agissait d'une mission suicide.

Paris était vraiment ivre, ayant bu quatre bières et autant de whiskeys en très peu de temps, avec l'estomac vide et beaucoup de fatigue. Il faillit d'ailleurs s'étouffer en prenant une très longue gorgée de bière. Il ne faisait aucun doute qu'il voulait se saouler. Il se demanda s'il pourrait trouver un motel à proximité. Conduire était hors de question et marcher demanderait des efforts surhumains. Il serait peut-être contraint de dormir dans le stationnement. Chose qu'il avait souvent faite dans son passé d'alcoolique.

Pour revenir à la petite Rioux, le légiste avait confirmé que la mort remontait à plus de quarante-huit heures. On ne l'avait pas violée. Elle emportait sa virginité dans cette après-vie où elle tomberait dans l'oubli. C'était au moins cela. La plus inquiétante révélation venait des morsures observées sur le corps, qu'on avait préalablement attribuées à des animaux sauvages. On s'était trompé. Les empreintes de dents appartenaient à un être humain. Un enfant, selon le légiste, du même groupe d'âge que le petit Emmanuel.

Paris jura à voix haute, ce qui fit sourciller Christine, qui l'observa un moment. Il leva la main pour indiquer que tout allait bien. Même si ce n'était pas vrai. Il replongea dans ses pensées, que même l'alcool n'arrivait pas efficacement à repousser.

Tous les indices menaient aujourd'hui à un enfant de sept ans, ce qui était ridicule. Il n'existait aucune autre théorie et l'ensemble des agents avait été lancé sur la trace du gamin. Les forêts seraient fouillées une nouvelle fois par des volontaires dans une battue organisée aujourd'hui. On s'attarderait aussi aux abords de l'école qui n'avaient pas été inspectés. Les agents effectueraient à nouveau le tour du village, cogneraient aux portes pour questionner les citoyens, toutes les bâtisses ou maisons abandonnées seraient réexaminées de fond en comble. Il fallait recommencer à zéro. Le service canin se joindrait à la fête. Il fallait retrouver le petit, ne serait-ce que pour comprendre.

Quant à la mère, on se faisait à l'idée qu'on cherchait un cadavre.

Une présence à ses côtés tira le lieutenant de ses rêveries. Il pivota vers le nouveau venu, parvenant difficilement à tenir sur son tabouret. Prost fit un signe à la serveuse avant de se tourner vers lui. Elle éclata de rire devant son air surpris, puis s'approcha, posa une main sur son bras.

Stéphanie commanda une boisson gazeuse à Christine qui approchait. Paris maugréa qu'on l'ait retrouvé trop facilement. En fait, la présence de Prost lui éviterait de dormir sur un banc de parc, dans sa voiture ou même dans une ruelle sombre et humide. Il avait maintenant une conductrice désignée.

– Quelle journée, Paris !

Elle s'installa sur le tabouret de droite et il ne put s'empêcher de lui lancer un regard envieux, parce qu'elle semblait en parfait contrôle de ses émotions, n'avait pas besoin de se jeter dans l'alcool pour trouver une échappatoire. Tout en hochant la tête, Paris repoussa la bière à moitié vide pour se frotter les yeux. Un café apparut devant lui, laissé par la serveuse qui accepta le paiement de Stéphanie.

– Merci, Prost.

Le lieutenant aurait donné cher pour que sa maudite libido disparaisse, mais il en était incapable. Il se concentra donc pour réprimer ses pensées inadéquates, amplifiées par l'alcool. Prost se pencha vers lui, malgré la musique moins forte, et il profita du contact de son épaule, de l'odeur de son parfum qui déferla et de la chaleur de ce corps à proximité. Pour une rare fois de son existence, le lieutenant ressentit le besoin d'un câlin, d'être serré dans des bras. Il chassa cette idée farfelue, et se brûla les lèvres au contact du café sucré.

– J'ai terminé l'étude des dossiers sur les employés de Legrand.

Tandis qu'il s'était rué dans un bar pour se saouler, Stéphanie avait travaillé, poursuivi l'enquête. Sa faiblesse lui donna la nausée : la culpabilité revint et, avec elle, un brin de tristesse impossible à chasser, comme un grain de sable entré dans un engrenage inaccessible.

– Trouvé quelque chose?

– Oui, quelque chose de très intéressant.

Le café lui fit du bien. Un coup d'œil dans la salle lui confirma qu'il ne restait que deux autres clients, attablés à leur gauche. Christine nettoyait et rangeait la pièce; un homme, probablement le propriétaire, faisait les comptes. Le niveau sonore de la musique avait à nouveau décru, devenu une simple musique de fond. Stéphanie se leva, termina son Sprite et s'adressa à son compagnon.

– Je te raconte tout dans la voiture. Allez, c'est le temps de partir.

Paris protesta pour la forme, entreprit une petite expédition afin de se vider la vessie et, lorsqu'il revint, trouva Prost en pleine discussion avec la serveuse, tenant un bout de papier dans une main. Elle l'aperçut, le rejoignit et ils quittèrent l'établissement. Le lieutenant prit la peine de saluer la jolie jeune femme sur qui il avait fantasmé toute la soirée. Une fois dehors, l'air frais le gifla. C'était une superbe nuit.

Il suivit Stéphanie dans la voiture, prit place avec un soupir sur le siège passager et fixa le bout de papier qu'elle tenait.

– Qu'est-ce que c'est ?

– Un numéro.

– Numéro ?

Stéphanie tendit le document à Paris, qui entrevit une série de chiffres : un numéro de téléphone.

– Qu'est-ce que…

Prost souriait, reprit le papier et le glissa dans une de ses poches. Elle lui fit ensuite un clin d'œil et démarra la voiture. Alors qu'ils quittaient le stationnement, elle répondit enfin :

– Christine m'a donné son numéro. Elle veut me revoir.

Pantois, Paris dévisagea sa conductrice désignée, qui souriait. Pour la première fois, il se demanda si elle aimait les hommes ou les femmes. Elle était trop belle et la serveuse, trop jolie pour un tel gâchis ; l'espèce masculine en serait dévastée, c'était une abomination. Sauf pour le spectacle, mais il s'agissait d'une tout autre histoire.

Paris savait trop bien qu'il n'obtiendrait aucune réponse cette nuit, et dissimula sa presque érection à la pensée des deux femmes ensemble. La frustration promettait d'être monumentale.

Il s'endormit cependant avant même d'arriver chez lui.

9

Vendredi 26 septembre

Trois tasses de café, deux œufs gluants et des tartines à la framboise eurent tôt fait de tapisser son estomac meurtri. Paris se sentait mieux, malgré un terrible mal de tête. Une douche et des vêtements propres finirent par le rendre plus humain et lorsque Prost frappa à la porte, il était prêt pour la journée de travail qui l'attendait. Elle eut la décence de ne pas mentionner la nuit dernière, en particulier leur arrivée à sa résidence. Trop ivre pour marcher et à moitié endormi, Paris avait été traîné hors de la voiture pour être conduit à sa chambre d'ami. À mi-chemin, il lui avait vomi dessus. C'était à peu près tout ce dont il se souvenait et la honte le fit rougir.

Lorsque son garage avait été détruit, sa chambre à coucher avait subi quelques dégâts qui seraient réparés dans la semaine. Malgré des fenêtres brisées, le reste de la maison tenait le coup. Après que sa propriété eut été passée au peigne fin, on lui avait permis de revenir s'installer.

Stéphanie portait un tailleur très élégant, plus féminin qu'à l'ordinaire et qui mettait en valeur ses longues jambes. Les deux comparses s'installèrent dans la cuisine, où la nouvelle venue refusa la tasse de café proposée avant d'ouvrir un dossier qu'elle tenait à la main. Il voulut un moment s'excuser pour cette nuit, mais c'était inutile. Elle en avait sûrement vu d'autres, la vie dans les forces de l'ordre étant loin d'être facile : la plupart craquaient à un moment de leur parcours.

Il se souvenait d'un de ses partenaires des premières années, George Murray. À cette époque, ils étaient de simples policiers patrouillant dans les rues du quartier Montréal-Nord. Paris absent, Murray était seul et avait pris un appel du répartiteur afin de se rendre à une résidence privée. Une mère éplorée avait indiqué que son enfant ne respirait plus. Le policier était arrivé sur place une minute avant l'ambulance, avait pénétré dans l'appartement à la porte grande ouverte. La mère se trouvait au sol, étreignant un poupon d'à peine quelques semaines. La femme s'était couchée très tôt, épuisée, avec son bébé dans les bras. Endormie, elle avait roulé sur le petit être pour l'étouffer dans les couvertures.

George avait reçu la tâche ingrate, tandis qu'on calmait la mère hystérique avec des médicaments, de transporter le bébé au visage bleu hors de la chambre. Selon ses propres aveux, il avait pleuré toute la nuit, et ne s'était jamais remis de cet horrible spectacle. Père de famille, il s'était précipité chez lui pour serrer ses enfants dans ses bras, leur murmurer à quel point il les aimait. Certaines carrières se brisaient en raison d'incidents de la sorte. Alors, un peu de vomi et un lieutenant qui faisait le crétin…

Prost était excitée. Une lueur coquine scintillait dans son regard. Elle patienta le temps que Paris revienne de ce côté-ci de la réalité avant de lui exposer sa découverte.

– Voilà, j'ai passé tous les dossiers au peigne fin et j'ai trouvé ceci.

Elle glissa une feuille de papier devant lui, une fiche d'identification avec, dans le coin droit supérieur, la photographie d'un homme dans la quarantaine. De race blanche, il souffrait de calvitie et d'embonpoint. Tandis que Paris lisait les grandes lignes, elle lui expliqua l'importance de ce qu'elle avait mis à jour.

– André Blanchard, quarante et un ans, conducteur de remorque pour la ferme Legrand depuis une douzaine de mois seulement. Aucun dossier criminel, aucune citation pour excès de vitesse, n'a jamais eu le moindre problème avec les autorités. Célibataire, vit seul dans un condo au village, sans histoires.

Paris leva les yeux vers Stéphanie, dont l'air taquin le fit presque sourire. Le mal de tête se dissipait lentement, aidé par un grand verre d'eau froide et des cachets d'ibuprofène.

– Je ne comprends pas ce qu'il y a d'intéressant chez ce.... Blanchard.

Prost se leva de sa chaise, plissa adroitement sa jupe et pivota vers la fenêtre, observa la cour déserte et mal entretenue. Stéphanie parla :

– Monsieur Blanchard a un baccalauréat en informatique de l'Université McGill et a obtenu deux diplômes de l'Institut supérieur d'informatique de Montréal, un collège : le premier en programmation et l'autre en gestion de réseaux informatiques.

– Un expert des ordinateurs?

Stéphanie se retourna vers lui, posa ses mains sur la table et approcha son visage du sien, fière de sa trouvaille.

– Blanchard travaille pour douze dollars de l'heure à la ferme Legrand, alors qu'il y a un an, il était directeur du Service de programmation chez Logiciel Ubuntu, une boîte spécialisée dans le domaine du multimédia. Il gagnait alors plus de cent quatre-vingt mille dollars par année.

Paris fouilla et relut le dossier, s'attarda sur les nombreuses réussites universitaires de l'individu. Il était très qualifié, trop pour se retrouver dans un coin aussi pourri, surtout pour simplement y conduire un camion. Le cellulaire de Prost sonna. Elle observa l'écran et fit signe à Paris de garder le silence : elle venait de mettre l'appel en mode haut-parleur.

– Prost, j'écoute.

– Bonjour, Stéphanie, c'est Lionel.

– Merci de m'avoir rappelée, Lionel.

Elle tira un crayon de son tailleur et nota trois lettres sur l'un des documents disposés sur la table : « GRC ». Paris savait maintenant que ce Lionel travaillait avec Stéphanie et il écouta ses explications.

– Pas de problème. Écoute, je suis entré en contact avec McGill et ils me confirment que ton bonhomme est non seulement doué en informatique, mais c'est un génie.

– Quelque chose d'irrégulier dans son dossier ? l'interrogea Prost.

– En fait, oui. À sa dernière année, il s'est presque fait expulser pour avoir piraté et vendu une grande quantité de films pornographiques.

Une ampoule s'illumina dans l'esprit de Paris : ils tenaient là quelque chose d'important. Stéphanie continua la conversation avec un calme incroyable, tandis que le lieutenant était prêt à bondir de sa chaise pour aller trouver le mec en question. Il avait des questions à lui poser.

– Que s'est-il passé ? Il aurait dû être expulsé, non ? continua Prost.

– Pas si tu as un oncle capable d'offrir un million de dollars à l'université pour la construction d'une nouvelle aile.

Les deux policiers échangèrent un regard et Prost révéla le fond de leur pensée commune.

– Un oncle du nom de Legrand ?

– Bingo ! hurla presque Lionel.

Paris sentit une légère montée de sa pression sanguine, son mal de tête empirait. Il appréciait les nouveaux indices, mais détestait la tournure que prenait cette histoire. Si Legrand était impliqué, s'attaquer à lui restait hors de question. On leur avait formellement interdit d'ennuyer le vieil homme. Il leur faudrait être fous pour risquer leurs carrières en désobéissant.

– Merci, Lionel, je t'en dois une.

– Ce n'est pas tout, affirma son contact.

– Continue.

Paris et Prost entendirent le claquement de quelques touches de clavier, puis un raclement de gorge. Prost fixait le lieutenant.

– J'ai fouillé les comptes de banque de notre ami. Il y a deux semaines, monsieur Blanchard a reçu un versement de plus de deux cent mille dollars.

– C'est beaucoup d'argent, s'exclama Prost, les yeux ronds.

– Pas si tu as six millions dans ton compte, les informa Lionel avec triomphe.

– Quoi?!

– Ton monsieur Blanchard est un homme riche.

Stéphanie remercia Lionel une nouvelle fois, lui promit de passer prendre un café avec lui et raccrocha. Un silence s'abattit sur la pièce. Paris et Prost réfléchissaient. Cet homme travaillait dans une ferme pour des misères alors qu'il était riche. Il ne pouvait s'agir d'une coïncidence ou d'une erreur. Le lieutenant fut le premier à réagir; il se leva, plaça son arme dans son étui et passa un appel au poste pour réclamer une voiture à l'adresse d'André Blanchard. Les policiers devraient l'y attendre. Il demanda aussi à parler à Guilbert, mais ce dernier ne s'était pas présenté au travail ce matin et ne répondait toujours pas à ses appels.

Inquiet, Paris ordonna qu'on se rende chez lui pour s'enquérir de son état. Il voulait être informé dès qu'on en savait plus. Il raccrocha et se tourna vers Prost.

– Allons rendre visite à notre petit millionnaire.

10

Paris et Prost observaient la façade de l'immeuble à condos où Blanchard logeait. Un duplex en briques ocre et à la toiture noire qui trônait fièrement au bout d'une petite avenue tranquille. Un panier de basket-ball abandonné bloquait l'entrée de l'unique porte de garage close, reliée à la résidence. Les fenêtres étaient toutes obstruées par des stores verticaux fermés. Aucune auto ne se trouvait dans l'allée asphaltée. Le terrain dépourvu d'aménagement paysager montrait des signes de négligence. La pelouse trop longue et la boîte aux lettres remplie de courrier laissaient penser à une résidence abandonnée.

L'autopatrouille réclamée attendait au bout de l'avenue, à moins d'une trentaine de mètres derrière celle de Prost et Paris. Le lieutenant ordonna aux agents d'empêcher toute circulation dans le cul-de-sac et de rester à sa disposition.

Stéphanie demeurait silencieuse, fixant la façade du duplex. Quelque chose la tracassait et elle exposa son problème au lieutenant, qui se contenta de l'écouter.

— Si le neveu de Legrand est impliqué, Paris, nous allons avoir la GRC sur le dos.

Elle prit son silence comme une invitation à poursuivre.

– J'ai les mains liées et je n'ai pas l'intention de défier les ordres qu'on m'a donnés.

Paris était convaincu que Prost lui cachait des informations importantes. Il aurait donné cher pour mettre la main dessus, lui extirper une à une.

La porte de gauche du duplex s'ouvrit, manœuvre non anticipée qui surprit le couple. Un homme en robe de chambre qui souffrait de calvitie avancée sortit sur le perron pour fouiller la boîte aux lettres et en extirpa quelques enveloppes jaunes et blanches. Il se mit à trier les documents sur place. Paris lança un message radio à la voiture derrière eux.

– Il est chez lui.

Blanchard fit un pas, révélant ainsi son mauvais goût en matière de tenue vestimentaire : ses bas noirs montaient presque à la hauteur de ses genoux, sa robe de chambre grise était usée, trouée et s'ouvrait pour dévoiler des sous-vêtements d'une autre époque.

Blanchard cracha sur sa pelouse, leva ensuite les yeux vers la rue.

C'est là qu'il remarqua la voiture de Paris, ainsi que l'autopatrouille un peu plus loin. Le regard de l'individu s'attarda un peu trop longtemps avant qu'il ne fasse demi-tour pour rentrer précipitamment dans sa résidence et refermer la porte derrière lui.

Prost fut la première à réagir. Elle avait agrippé la radio des mains du lieutenant toujours immobile.

– Le suspect nous a vus. On y va.

La rapidité avec laquelle Blanchard avait réintégré son logis ne laissait rien présager de bon. Il pouvait préparer une fuite, détruire des preuves, se terrer avec une arme pour les accueillir ou même se tirer une balle dans le crâne pour éviter de se faire arrêter. Paris et Prost quittèrent la voiture. Le lieutenant signifia aux deux policiers de la Sûreté de se rendre à l'arrière du duplex. Armes en main, les quatre agents s'avancèrent vers la demeure. Prost et Paris atteignirent les quelques marches qui menaient à la porte d'entrée.

Stéphanie s'adossa contre le mur de brique à droite de la porte. Par principe, Paris cria à deux reprises, sachant fort bien que personne n'ouvrirait :

– Police, ouvrez !

Il brisa ensuite un carreau et glissa sa main à l'intérieur pour déverrouiller. La fuite de Blanchard et le danger qu'il représentait pour lui-même ou les autres – après tout, on ignorait pourquoi il refusait d'ouvrir – leur permettaient légalement de forcer l'entrée. Le lieutenant put finalement ouvrir la porte et dévoiler l'intérieur sombre.

Une vague odeur de cigare flottait dans l'air. Quelque part, une télévision débitait son lot de stupidités, des éclats de rire accompagnant les paroles d'un comédien à la voix nasillarde. Paris entra en premier, arme à la main, et nota au passage trois portes sur la gauche dont une seule fermée. Le mur de droite séparait les deux condos. Stéphanie entra à sa suite et ils entendirent un bruit de verre cassé à l'arrière. Les autres policiers pénétraient dans la résidence. Ils progressèrent avec prudence. Le salon était vide et bien meublé, d'un luxe surprenant, contrairement à l'extérieur négligé. Prost éteignit le téléviseur et rejoignit Paris dans le couloir. Elle lui tapa l'épaule, lui indiquant qu'elle était en position. Tout à l'intérieur paraissait neuf et révélait un goût indéniable pour les bibelots coûteux et les œuvres d'art.

Ils continuèrent leur progression dans le couloir et passèrent devant la porte ouverte de la salle de bain. Ils n'eurent pas besoin de fouiller la pièce, le rideau de douche grand ouvert empêchait de s'y dissimuler.

Paris vit les deux agents qui avançaient dans sa direction, au bout du couloir. Rien de leur côté non plus. Ils se tenaient devant une autre pièce à la porte ouverte dont il ne pouvait voir le contenu. Il gesticula pour qu'ils s'arrêtent : il voulait lui-même s'attaquer à la chambre.

La porte de la dernière pièce à explorer était close. Tous savaient que l'individu s'y terrait, peut-être armé et dangereux. Paris fit un signe à un des policiers d'aller surveiller la fenêtre pour éviter que l'autre prenne la fuite.

Ils se trouvaient donc maintenant à ce moment délicat et tant redouté où il fallait établir la communication avec le forcené. Paris se plaça tout près du battant et s'adossa au mur. Il s'annonça pour éviter qu'on lui tire dessus.

– Blanchard? C'est le lieutenant Paris, de la Sûreté du Québec.

Silence. Aucun bruit dans la pièce, ce qui inquiétait. Paris tenta de tourner la poignée, mais elle refusa de broncher. Il décida donc de lui asséner un coup de pied, espérant qu'elle cède rapidement. Il réitéra aussi son appel.

— Blanchard ? Répondez !

Rien. Paris frappa de nouveau et son pied arracha la poignée, entrouvrant l'obstacle de quelques centimètres. Avec Prost dans son dos, il s'apprêtait à le pousser pour se ruer à l'intérieur, lorsqu'une déflagration l'immobilisa. Contre toute attente, aucun projectile n'atteignit le mur du couloir et le son paraissait même avoir été volontairement étouffé. Paris jeta un coup d'œil à l'intérieur, par l'interstice, son arme pointée vers toute menace éventuelle. Il vit Blanchard, assis sur son lit, dos au mur, les yeux clos. Une forte odeur de poudre flottait dans l'air. Le visage du suspect était figé en une grimace révélatrice, sa tempe portait la marque sanglante d'un projectile.

Blanchard s'était tiré une balle dans la tête.

Paris et Prost entrèrent, leurs armes devenues inutiles. Stéphanie allait dire quelque chose lorsque Blanchard gémit.

— Appelle une ambulance, vite !

Prost recula pour passer le coup de fil tandis que Paris s'approchait de l'individu, cherchant l'arme, qu'il trouva sur le couvre-lit. Blanchard ouvrit les yeux. Le sang ruisselait de la plaie, suivait la ligne de sa mâchoire pour disparaître dans le cou.

Le malheureux fixa Paris. Sa respiration rapide était rauque, son regard flou. Le lieutenant voulut tendre la main et exercer une pression sur la blessure, mais Blanchard lui agrippa le bras avec force. Dans un râle, avec comme bruit de fond Prost qui appelait l'ambulance, le suspect se mit à parler.

– Il m'a forcé... pas eu... le choix...

Paris posa une main sur celle qui lui retenait le bras, pour se pencher davantage vers l'homme au regard vitreux et à la peau moite.

– Qui vous a forcé ?

Blanchard referma les yeux, sa poigne glissa et, un moment, Paris crut qu'il venait de trépasser. Sauf que trois mots franchirent ses lèvres dans un souffle à peine perceptible.

– Sang de Cochon !

Surpris, le lieutenant se figea. Blanchard eut un soubresaut, et mourut ensuite. Paris se leva tandis que Prost revenait. Elle constata le décès en tâtant le pouls.

En retrait, Paris réfléchissait. Stéphanie n'avait pas capté les dernières paroles de Blanchard, les mêmes mots que ceux écrits dans la carte sur la table de chevet de Judith, à la clinique. Il quitta la chambre et rengaina son arme. Il en avait plus qu'assez de cette enquête de merde, de cette histoire de cochons et de sang. Il serait certainement un bon moment sans manger de porc.

Les services scientifiques seraient encore débordés, une autre scène de crime serait à passer au peigne fin, un autre corps à envoyer au légiste.

Décidément, la mort s'était invitée à Saint-Tite et semblait vouloir s'y attarder.

Paris traversa le couloir et se rendit à la cuisine, où, après avoir enfilé des gants, il fouina sans trop de conviction. Il s'arrêta sur la porte du frigo couverte de photographies. Des enfants souriants et des adultes enlacés fixaient l'objectif d'une caméra. Il y avait des cartes de souhaits, des souvenirs de mariages, de naissances, de baptêmes et... Judith!

Il cessa de respirer, choqué par la vision du visage souriant de sa compagne sur le réfrigérateur à la porte surchargée d'images. C'était bien elle, devant un décor forestier inconnu. Elle portait un chemisier rouge très élégant. Ses yeux étaient lumineux, son sourire, joyeux. Paris n'avait jamais vu cette photo, mais connaissait le vêtement puisqu'il le lui avait offert quatre ans plus tôt. Il se souvenait de l'occasion : un voyage en Nouvelle-Angleterre. Au Maine, pour être plus précis.

Que faisait donc cette photo ici?

Sans savoir pourquoi, sans comprendre sa motivation du moment, il la retira de sous un petit aimant en forme de tomate rouge qui allait très bien avec le vêtement. Paris glissa l'image dans sa poche, puis replaça les autres pour éviter de laisser un trou dans la muraille de souvenirs.

Prost fit irruption dans la cuisine.

D'une main, il toucha sa poche, pour s'assurer qu'il n'avait pas rêvé. Mais le rectangle rigide y reposait bien.

Qu'est-ce que Blanchard faisait avec une photo de Judith?

11

Vendredi 26 septembre, fin d'après-midi

Le poste de la Sûreté du Québec à Saint-Tite avait autant d'ambiance qu'un salon funéraire. Les agents déambulaient ou s'activaient avec la mine basse, les traits tirés, mais c'était surtout la colère et la frustration qui dominaient. Par les fenêtres, on pouvait voir les nombreux camions et voitures des différents médias locaux et provinciaux. Les journalistes composaient un petit groupe de rapaces et les antennes déployées, les lumières sur trépied et les caméras formaient une distraction dont on aurait pu se passer. Saint-Tite était devenu la plus populaire des petites villes du Québec.

Paris et Prost durent se frayer un chemin pour pénétrer dans le stationnement et ensuite dans le poste. Les téléphones ne dérougissaient pas et le cellulaire du lieutenant était devenu une machine à lui masser la cuisse. Il y jetait de fréquents coups d'œil, ne prenait que les appels importants. L'un d'eux fut de Rondeau, qui s'impatientait et proféra des menaces à son encontre. Il voulait des résultats avant la fin de la journée, pas d'autres meurtres ou suicides.

Lorsque Paris lui révéla ce qu'ils savaient sur Blanchard, l'inspecteur-chef reconnut la nécessité d'un interrogatoire de Legrand, sans pour autant garantir une action de sa part. Cette histoire puait l'ingérence gouvernementale. Diplomate et politicien, Rondeau demanda à son lieutenant de transmettre un message à l'agent Prost : il voulait la voir dès que possible à son bureau. Ils abordèrent aussi le sujet de la mystérieuse disparition de Guilbert depuis l'enterrement. Son téléphone semblait éteint, les appels allaient directement dans sa boîte vocale et la patrouille dépêchée chez lui ne trouva aucune trace de son confrère. On se permit même d'entrer dans son appartement. Rien d'anormal. Rondeau ordonna de lancer un avis de recherche et de laisser une patrouille chez Guilbert, juste au cas où il se pointerait. On ferait aussi le tour de ses connaissances, juste au cas. Un moment, Paris repensa à l'ex-copine un peu folle de son confrère, qui le harcelait jour et nuit. Linda. Peut-être était-elle responsable de son absence. Il le signalerait aux autres.

Il raccrocha ensuite.

Paris et Prost s'installèrent dans le bureau du lieutenant et récapitulèrent. Il en profita pour ouvrir son ordinateur et lire ses messages. Le laboratoire n'avait pas encore envoyé de rapport préliminaire sur Blanchard. En fait, ils ne s'attendaient pas à grand-chose. L'unique découverte dans la résidence venait d'un placard qui contenait une boîte en carton vide, un manuel d'utilisation et des documents avec le numéro de série de l'ordinateur retrouvé dans le logis de Dupuis. Tout semblait indiquer que Blanchard, avec son expertise en informatique, s'était procuré l'appareil, l'avait déballé, préparé, programmé et envoyé chez Joël Dupuis.

Paris réfléchissait à la présence de Blanchard dans cette combine. Selon ses derniers mots, ce fameux Sang de Cochon l'avait contraint à participer à des activités douteuses. Très probablement liées à ses talents en informatique. Comment s'y était-on pris ? Chantage ? Menaces ? Le lieutenant ne cessait de penser que peu importait les indices qui s'ajoutaient au dossier ou les hypothèses émises par son équipe, Legrand revenait toujours au cœur des discussions. Il était l'épicentre de cette histoire de cochon.

Les yeux rivés sur l'écran, Paris vit s'afficher le petit logo d'une lettre en mouvement. Il venait de recevoir un courriel et remarqua tout de suite qu'il s'agissait du laboratoire de Parthenais. Il s'empressa de l'ouvrir et d'en lire le contenu. Il le résuma à Prost. Le haut commandement avait fait pression pour accélérer les tests, on voulait des résultats. Les analyses du laboratoire scientifique avaient prouvé que l'arme utilisée pour tuer la petite Rioux était le couteau retrouvé dans le sous-sol de la résidence familiale où le père s'était pendu. La même arme qui avait mutilé l'agent de sécurité et Maurice Rioux. Les échantillons comparés confirmaient aussi que la corde utilisée pour pendre les animaux venait du même rouleau que celle qui avait soutenu le corps sans vie de Rioux. Ce qui connectait les trois meurtres.

Une heure plus tard, Prost quittait le poste, non sans promettre à Paris de le tenir informé de sa rencontre avec l'inspecteur-chef. Seul, le lieutenant s'enferma dans son bureau pour examiner la photographie récupérée chez l'informaticien. Le sourire et le visage joyeux de sa compagne sur le cliché lui firent mal. Pourquoi ? Parce qu'elle vivait ce moment avec quelqu'un d'autre. Le vêtement porté par Judith indiquait clairement qu'ils se fréquentaient déjà. L'avait-elle trompé ? Avec un millionnaire presque chauve, bedonnant et sans classe ? Elle avait trop de goût pour cela, trop de fierté, et elle croyait aveuglément en cette chose unique que l'on nomme l'amour. Incapable de trouver une raison valable à la présence du cliché sur le réfrigérateur du neveu de Legrand, Paris glissa le document dans le tiroir.

Pour l'instant, il avait une petite visite à rendre.

12

Paris regardait avec découragement les nombreuses boîtes dans l'unité d'entreposage conservée par Judith et désormais payée par lui. Y reposaient les derniers vestiges de cette époque où elle vivait seule, avant d'emménager chez lui. Elle avait dû se départir d'un surplus de babioles n'ayant pas leur place dans leur logis commun. La plupart avaient une valeur sentimentale ou très personnelle. Des choses qu'elle tenait à garder.

Il était près de dix-sept heures et l'endroit restait ouvert vingt-quatre heures sur vingt-quatre. Les plafonniers en permettaient l'exploration nocturne. Paris se délesta de son veston et retroussa les manches de sa chemise pour s'emparer d'un premier carton. Il dut repousser une table basse et soulever un vélo qui en bloquait l'accès. Le temps s'écoula ensuite rapidement, tandis qu'il revisitait le parcours existentiel de celle qu'il aimait et finirait malheureusement par tuer. De son enfance à son passage à l'université, des bancs de l'école primaire à ses voyages en Europe avec des copines tout aussi curieuses et aventureuses qu'elle. La corvée était pénible, pour ne pas dire détestable. Tout lui rappelait son erreur commise, l'irréversibilité de l'état de sa compagne. Elle lui manquait terriblement.

Couvert de sueur et de poussière, Paris tomba sur une enveloppe à l'entête d'une compagnie, Advanced Genetics Enterprises, qui lui était inconnue. L'adresse était de Montréal, d'un quartier industriel du nord de la ville. Il connaissait l'endroit pour y avoir patrouillé durant ses premières années dans les forces de l'ordre. Il remarqua avec surprise qu'on avait affublé Judith du titre de docteur, ce qui l'intrigua au plus haut point. Au moment de l'incident, elle n'avait pourtant pas encore obtenu son diplôme. Paris hésita à ouvrir l'enveloppe, de peur d'y découvrir des vérités blessantes, des éléments qu'il aurait préféré ignorer. Il avait suffi d'une photographie de Judith sur le frigo d'un inconnu, un criminel en plus, pour le hanter. Il avait ouvert la boîte de Pandore et le regrettait.

Sa curiosité et le besoin de comprendre le lien entre Judith et son enquête en cours étaient toutefois plus forts que ses craintes. Il retira donc les deux documents que contenait l'enveloppe pour les étudier. La première page était une lettre professionnelle adressée à sa compagne, où on l'assurait que le financement de ses recherches serait renouvelé grâce à des compagnies privées et le gouvernement. La lettre était signée par William Anderson, CEO d'Advanced Genetics Enterprises.

Paris ne comprenait pas. Judith ne travaillait pas pour cette compagnie, n'effectuait aucune recherche. L'idée même qu'elle puisse avoir vécu une double vie et le lui cacher cela était ridicule.

Ce devait être une erreur, ce ne pouvait qu'être une erreur.

Un instant, le doute l'envahit. Il revint à l'enveloppe et vit que la lettre avait été envoyée à une case postale d'un bureau de poste tout près de l'université où elle étudiait. De plus, la lettre datait de cette époque de leur vie commune, quelques mois avant l'accident de Judith, où ses problèmes de consommation d'alcool atteignaient leur apogée. Ils s'éloignaient déjà l'un de l'autre, même si aux yeux de leur entourage, rien ne paraissait. Ses soirées passées dans les bars se prolongeaient, leurs disputes étaient fréquentes et brutales. Plusieurs moments de cette période lui revenaient à travers un épais brouillard, comme observé par le fond d'une bouteille de bière vide.

La main tremblante, il osa regarder le deuxième document. Une photographie. On y voyait Judith vêtue d'une blouse de docteur blanche, une épinglette sur sa poitrine révélant son nom. Elle se trouvait dans un laboratoire d'une blancheur impeccable. À ses côtés, le neveu de Legrand se tenait avec un bras passé dans le dos de la jeune femme. Il portait aussi une blouse blanche et une épinglette d'identification. Ils souriaient tous les deux et la date imprimée au bas de l'image révélait que le cliché datait de six mois avant le coup de feu dévastateur. Six mois ? Le lieutenant retourna le document pour y découvrir une phrase écrite à la main : « Les chercheurs Blanchard et Moreau du Centre de recherche sur les modifications génétiques porcines ».

Paris se laissa tomber sur une caisse derrière lui. Que signifiait ce bordel ? Sa compagne au service d'un centre de recherche? Comment était-ce possible? Il ne pouvait pas le croire, ne voulait tout simplement pas le croire. Ce devait être un coup monté, un complot destiné à lui faire perdre la raison. Il leva les yeux sur le contenu de l'unité d'entreposage et se redressa aussitôt avec colère. Il entreprit de fouiller frénétiquement le reste du petit espace bétonné, mais ne trouva rien d'autre. Le mystère ne serait pas résolu ici.

Des pas devant l'unité le tirèrent de ses réflexions. L'employé chargé de surveiller l'endroit durant la nuit s'avançait timidement vers lui.

– Tout va bien, monsieur?

– Oui. Merci.

Paris tenta de sourire au nouveau venu, mais son air hagard, son apparence négligée et son regard fuyant ne devaient pas tromper. De plus, le désordre derrière lui suffisait à inquiéter : il avait tout retourné sans égard pour les biens entreposés. L'employé timide crut bon de se justifier.

– Je voulais juste m'assurer que tout allait bien…

Le jeune homme se retira donc, tandis que Paris se laissait à nouveau tomber sur une caisse, avec la photographie de Judith et de Blanchard dans une main. Il éclata soudain en sanglots, incapable de réprimer le flot d'émotions contradictoires et virulentes qui l'animaient. Il pleurait à la fois l'accident de Judith dont il était responsable, la folie de l'enquête en cours et la perte de ses hommes. Il pleurait pour la petite Rioux, la femme de Maurice encore introuvable, et tous les autres morts.

Il se sentait perdu, seul et misérable.

13

Jim Guilbert eut un court, très court moment de lucidité. Il se tenait dans un couloir sombre, son arme à la main, et fixait une tapisserie inconnue, aux motifs qui représentaient des lions et des tigres dans une jungle presque abstraite. L'art africain semblait monopoliser son attention et il réalisa que sa main libre caressait le mur froid en dépit de la chaleur ambiante. Son corps était couvert de sueur, son dos trempé, et ses cheveux lui collaient au crâne. Il tendit l'oreille, ne découvrit qu'un silence lourd.

C'était la nuit et il se trouvait dans une résidence inconnue.

L'esprit de l'agent de la Sûreté du Québec vacilla, glissa entre deux pôles extrêmes et ce fut le néant qui l'emporta. Sa vue se brouilla temporairement : des taches noires dansaient devant ses yeux, macabres petites bêtes festives aux pas rapides et aux déhanchements sensuels.

Son dernier souvenir concret remontait à l'enterrement de ses collègues. Il effectuait une ronde pour s'assurer que tout allait bien. Il revit une dame adossée à sa voiture, son visage maintenant effacé de sa mémoire. Elle patientait en retrait de la cérémonie et Guilbert l'avait accostée avec curiosité. Il crut se remémorer qu'elle avait parlé. Des mots et des phrases évaporés dans le néant de sa confusion. L'image suivante représentait un nuage de fumée, ou un jet de poudre.

Il y eut un bruit, un frottement, et Guilbert aperçut une petite silhouette sombre dans le couloir. L'être le suivait depuis un moment, sans qu'il s'en formalise ou se questionne même sur sa propre présence dans une résidence luxueuse. Il se contentait d'avancer. Ses pas feutrés sur la moquette ne produisaient aucun bruit. Il sentit la nausée revenir. Revenir? L'avait-il ressentie avant, durant la soirée?

Guilbert hallucinait aussi. Des espèces de reptiles ailés montaient sur les parois de chaque côté de lui, rapides et silencieux. Des chuchotements paraissaient jaillir des murs, du plafond, suivis de bruissements de feuilles, de crissements de pas sur la neige compacte, de raclements de souliers sur le gravier d'un sentier. Il pleurait, son nez coulait. Il atteignit une porte entrouverte au bout du couloir. L'enfant avait disparu. Que faire? Ouvrir?

Guilbert n'avait même pas souvenir d'avoir pénétré dans cette demeure.

Il repoussa la porte et révéla une vaste chambre à coucher. Une petite veilleuse discrète repoussait difficilement l'obscurité, dévoilant toutefois les meubles et les murs. Quelques coins d'ombre subsistaient, où se dissimulaient des bêtes rampantes, grimpantes et ondulantes qu'il entendait maintenant siffler. Le sol paraissait être constitué de verre brisé. Sur sa gauche, une large porte ouverte offrait une vue imprenable sur une spacieuse salle de bain très faiblement éclairée par une autre petite veilleuse bleue. Entre le lit et cette pièce utilitaire, un petit bureau occupait un coin. À droite, il vit une commode et un placard menaçants, deux gouffres sombres susceptibles de le gober, de recéler des monstres échappés d'un autre monde, trop vicieux et malsains pour être domptés.

Jim riait en silence, la bouche tordue et les yeux scintillants. Que lui arrivait-il ?

Depuis combien de temps se trouvait-il ainsi, au pied du lit ?

Il remua et remarqua une mince silhouette immobile, entortillée dans les couvertures. Un homme ronflait, son sifflement nasillard suivi de petits gémissements pathétiques de chiot assoiffé.

Un grognement dans son dos le fit sursauter. Le gamin paraissait le surveiller. Guilbert observa le petit être immobile drapé dans l'ombre, une vision qui lui donna des sueurs froides. Jim tremblait de la tête aux pieds, conscient de ne plus être maître de ses mouvements. Son regard passa à la table de chevet, sur laquelle reposaient un verre vide, des lunettes et un cellulaire silencieux. Dans le lit, la personne couchée eut des flatulences et ce fut comme si le drap se soulevait, remuait comme une bête agitée, spectrale et dangereuse.

Guilbert eut alors la puissante conviction que l'individu qui dormait devant lui représentait une menace pour sa sécurité et celle des autres. Est-ce que l'Antéchrist reposait dans ce nid de vipères ondulantes ? Était-ce un démon ?

Sur le lit, une épaule ridée apparut, libérée des couvertures, et Jim nota la peau flasque et couverte de taches brunâtres. Suivit une tête échevelée, ainsi que le buste d'un homme qui se redressait en position assise. Il sondait la pièce, comme le périscope d'un vaisseau ennemi hors des eaux sombres du Pacifique, cherchant des navires trop aventureux à couler.

Les yeux rougis par la fatigue et peut-être même l'alcool, Roger Legrand le toisait avec surprise. Il parla avec colère et autorité :

– Qui êtes-vous? Que faites-vous chez moi?

Jim resta silencieux, parce que les mots entendus n'avaient pas été prononcés en français. À ses oreilles, seul un feulement métallique franchit les lèvres, comme une incantation millénaire, le chant d'un culte voué à répandre la mort. Une menace. La presque nudité, la laideur et l'haleine fétide de l'éleveur détonnaient avec son apparence soignée des grandes soirées.

La petite silhouette dans la pièce remua, fit un pas de côté pour dévoiler sa présence au vieil homme. Legrand perçut le mouvement et plissa les yeux pour tenter de voir qui se tenait dans l'ombre.

– Qui êtes-vous? Répondez-moi!

Le gamin fit un autre pas et s'approcha du lit. Legrand vit alors la petite silhouette squelettique et son sang dut se glacer dans ses veines. Son corps se tendit et son cœur devait battre avec frénésie. Il cligna des yeux.

– Qu'est-ce que c'est que cette histoire?

Le monstre Legrand reporta son attention vers Guilbert, qu'il ne connaissait pas. Jim ne le voyait pourtant plus, perdu dans la contemplation d'un spectacle que lui seul pouvait célébrer. Il vacillait et Roger nota probablement son air malade, son regard fiévreux et son attitude dérangeante. Le multimillionnaire ouvrit la bouche, mais un sifflement de reptile s'éleva de la petite silhouette en retrait, l'empêchant de parler.

Ce n'était pas une voix, simplement un bourdonnement qui se mua en quelques syllabes, en une courte phrase. Jim ne comprit même pas que le tout se déroulait uniquement dans son esprit. Le gamin n'avait rien dit.

– Tue-le.

Autour de Guilbert, les images et les hallucinations se retirèrent. Il ne restait plus que Legrand sur le lit, qui tendait un bras vers sa table de nuit. Vers une arme? Ses doigts touchèrent la poignée argentée du meuble et Guilbert, plus rapide, lui agrippa le bras pour le tordre avec force. Legrand hurla de douleur, tandis que son agresseur le tirait hors du lit. Il tomba, emmêlé dans les couvertures. Une proie facile. Sa hanche percuta le plancher, décuplant ses hurlements. Jim ne s'arrêta pas là et tordit davantage le bras, dont il fit éclater le coude avec un bruit de branche brisée. Legrand fut finalement relâché et il s'écroula, le visage contre la moquette. Il gémissait et pleurait de douleur, suppliant pour la première fois de son existence.

Jim eut alors conscience de tenir son arme pointée vers lui. Cela le surprit. Puis un rire d'enfant emplit la pièce. Macabre ritournelle suivie d'un son tout à fait incongru.

Le chant d'un hibou.

Une déflagration et un flash lumineux mirent fin aux aspirations à long terme du multimillionnaire. Son empire s'écroula au moment même où la vie se retirait de sa carcasse ratatinée.

TROISIÈME PARTIE

Un travail de cochon

1

France Rioux se débattait en vain. On la tenait par les épaules, tirait sur les chaînes à ses poignets et lui donnait des poussées dans le dos. La petite troupe progressait dans un couloir humide et froid, tandis que ses pieds raclaient le sol cimenté. Nue, souillée de plusieurs jours sans possibilité de se laver, elle empestait. Malgré tout, personne n'avait encore réussi à vraiment la briser. Il subsistait en elle trop d'humanité pour abandonner. Humiliée, tenaillée par la faim et la soif, elle implorait ses geôliers imperturbables de ne pas lui faire de mal. Muets à ses plaintes, ils nourrissaient sa peur, alimentaient son désespoir. Il subsistait toutefois dans les tréfonds de son être une indéniable volonté de vivre, de combattre l'adversité. Dans cette captivité, la seule profanation physique infligée était les régulières prises de sang. Pour une femme dans une situation d'enlèvement et d'emprisonnement, le viol venait aussitôt à l'esprit, en particulier lorsqu'on se retrouvait nue et aux mains d'individus mal intentionnés. Rien de la sorte ne s'était produit, du moins pas encore.

Seule avec les rongeurs, les insectes et des corps en putréfaction, France avait failli céder à la folie, perdre tout contact avec la réalité. Il faut dire que sa prison obscure et les conditions pitoyables de sa détention touchaient une corde sensible puisqu'elle souffrait de claustrophobie et avait une aversion pour la vermine et les insectes en général. Ce qui lui avait permis de tenir le coup provenait de son amour pour sa fille, du besoin de la revoir, de s'assurer qu'elle allait bien. La mère en elle avait gagné son combat contre l'abandon, malgré l'immobilité prolongée sur le sol froid. Elle cherchait constamment à garder son calme.

Lorsqu'on avait ouvert la porte de son cachot pour se jeter sur elle et défaire les liens qui la retenaient au mur, elle avait éclaté en sanglots et piqué une véritable crise. Ses geôliers l'avaient conduite dans le néant froid et humide de corridors bétonnés. Ils marchaient depuis trop longtemps pour être en route vers l'endroit où se faisaient les prises de sang. Cette sortie quotidienne lui avait permis de mémoriser le trajet.

On l'emmenait ailleurs. Elle craignait que ce soit vers la mort. Elle doutait d'une possible libération : cela ne cadrait pas avec l'abandon qu'elle subissait en captivité.

Ses ravisseurs la nourrissaient juste assez pour qu'elle survive, sans jamais faire taire cette brûlure à l'estomac ou atténuer la soif qui la rendait fiévreuse. France vivait un cauchemar interminable, pire que les violences de son mari, ses insultes et sa haine.

Le groupe s'arrêta brusquement, tandis qu'on frappait une paroi en fer. L'écho des coups la fit sursauter. Elle entendit ensuite un verrou qui glissait pour libérer l'entrée. On la poussa dans une pièce un peu moins froide qui sentait le détergent. Elle nota la présence d'un léger effluve d'eau de Cologne. La honte de sa nudité la fit se tortiller dans l'espoir de recouvrir son sexe et sa poitrine. Elle ignorait combien de paires d'yeux la scrutaient en ce moment et observaient sa laideur, sa saleté et sa soumission. On la poussa vers ce qu'elle imagina être le centre de la pièce. France percuta quelque chose, que ses mains tâtonnèrent. Il lui fallut un moment pour reconnaître une table d'examen telle qu'on en retrouvait chez le médecin. Elle en eut la confirmation lorsque ses mains exploratrices touchèrent les étriers où l'on plaçait les pieds des patientes lors des examens gynécologiques.

Un souffle de peur encore plus corrosive s'insinua en elle : la présence de cet appareil ne présageait rien de bon. Elle voulut reculer, mais on la repoussa vers l'avant, avant de l'agripper avec brutalité pour la forcer à se coucher sur la table d'examen, son dos contre la surface de cuir froid. Des sangles entourèrent ses poignets dont on avait défait les chaînes; ses jambes étaient retenues dans les étriers métalliques. Alors que France était ainsi écartelée, son impuissance la plongea presque en crise d'hyperventilation. Elle respirait difficilement, sa cage thoracique semblait écrasée par le poids d'une tonne de briques.

On s'activait autour d'elle : des pas feutrés glissaient sur le sol, des objets étaient remués, des documents consultés. Un homme se racla la gorge, un autre renifla. Aucune parole ne fut prononcée.

Elle entendit des pas dans le couloir, puis dans la pièce tout près d'elle. Il lui semblait qu'un autre individu venait de s'immobiliser à ses côtés. Un parfum de cigarette saturait l'air.

France avait conscience de ses jambes écartées, de son sexe exposé, et elle priait pour qu'on ne lui fasse aucun mal. Cette situation était humiliante, dégradante. Une voix d'homme en colère rugit et la fit sursauter ; cependant elle ne s'adressait pas à elle, mais plutôt à ceux qui l'avaient emmenée ici.

– Nom de Dieu ! Va falloir la garder dans un meilleur état !

Personne ne répondit, mais elle pouvait entendre la respiration d'un homme et le frottement de ses vêtements lorsqu'il se déplaça. Une main froide lui toucha le genou et la fit gémir de surprise, se tordre comme un ver refusant de s'accrocher à l'hameçon.

– Elle est sale, déshydratée, mal nourrie, et elle pue. Vous me rendez la tâche difficile. Vous comprenez ?

France eut soudain l'impression de reconnaître cette voix autoritaire et sûre d'elle. La familiarité lui donna des frissons, tandis qu'elle s'obligeait à se calmer pour porter attention à ce qui se déroulait. La main de l'individu glissa sur son ventre, qu'il tâta ensuite librement. Un appareil froid lui toucha la poitrine. Elle reconnut un stéthoscope. On écoutait les battements frénétiques de son cœur et on sondait ses poumons. L'idée d'être en train de se faire examiner par un médecin avait quelque chose d'incongru, d'irréel.

– Je veux que l'embryon soit bien nourri, vous comprenez ?

France se figea. Embryon ? La surprise la fit trembler. L'angoisse se déposait sur elle comme une couverture froide et humide. Que ce passait-il ici ? L'homme émit un autre commentaire.

– Il faut éviter une fausse couche.

Ce devait être une erreur, il n'avait pas dit cela, ne pouvait pas avoir prononcé ces mots. Les mains de l'homme se posèrent sur ses genoux. Il se trouvait maintenant entre ses cuisses, face à son sexe. Elle se remit à gémir ; un bâillon s'engouffra aussitôt dans sa bouche.

– Pas trop serré, elle doit respirer lorsqu'elle sera endormie et je veux éviter qu'elle s'étouffe avec sa langue. Emmenez les échantillons et lavez-moi cela.

C'est lorsque l'autre retira ses mains qu'elle reconnut enfin la voix, identifiant où elle l'avait entendue auparavant : il s'agissait du docteur Meunier, le médecin qui avait assisté à la naissance de ses deux enfants. En apprenant qu'elle était enceinte, son mari avait lui-même contacté le docteur pour lui demander de venir l'examiner. L'homme n'exerçait même pas à Sainte-Thècle : il venait de Shawinigan. France aurait préféré le docteur Genest, qu'elle connaissait bien.

En fait, Maurice en était venu à encourager les visites du médecin, sans démontrer cette folie passagère dès que sa femme entrait en contact avec des étrangers.

France se débattit et se plaignit en vain lorsqu'on lui nettoya le bas du corps à l'aide de serviettes humides et froides. On lui fit aussi une injection dans le bras droit. Le bâillon rendait sa respiration difficile.

La voix du médecin résonna à nouveau.

– On commence la procédure. Introduisez les anesthésiques.

L'arrivée du liquide à travers l'aiguille enfoncée dans son bras provoqua des démangeaisons. Sachant qu'elle serait bientôt inconsciente, France pensa à ses deux grossesses précédentes. À cette époque, Maurice la battait déjà, la maltraitait sans vergogne, et lorsqu'elle n'avait pas eu ses règles, un espoir et une peur indescriptible s'étaient emparés d'elle. L'espoir que son mari change et la traite mieux avec la venue de leur progéniture, mais aussi la peur de mettre au monde une brute comme Maurice. Peur qu'il fasse subir à cette nouvelle vie le même sort inhumain qu'il infligeait à son épouse. Dès les premières semaines de grossesse, France avait deviné que quelque chose d'anormal se passait dans son corps, sans toutefois en parler avec le médecin ou son mari. Il lui arrivait de se réveiller sans le moindre souvenir des dernières heures, sans même pouvoir se remémorer s'être couchée. Ces « blackouts », croyait-elle, venaient des coups fréquents que Maurice lui assénait à la tête, pour la punir d'affronts que lui seul comprenait. C'était peut-être une commotion cérébrale, la fatigue ou un effet secondaire des vitamines qu'elle devait ingurgiter. Bref, elle n'en savait rien.

La somnolence commença à déformer le fil de ses pensées, à engourdir son esprit. Son corps, ses membres ne répondaient plus aux ordres qu'elle leur lançait.

Ses grossesses avaient toutefois eu un effet bénéfique, puisque la violence de Maurice s'était temporairement estompée. Il ne la poussait plus, ne la frappait qu'au visage et très rarement. Il prenait soin d'éviter de toucher son ventre, comme s'il craignait de blesser le fœtus, de provoquer une fausse couche. Son imagination fertile et entortillée dans les limbes de l'inconscience lui permit d'en venir à une incroyable révélation sur son passé : tandis que le docteur se plaçait entre ses jambes, France comprit qu'un lien important existait entre l'attention particulière de son mari à ne pas la blesser durant ses grossesses, ses pertes de mémoire et ce docteur Meunier qui ne lui inspirait pas confiance.

France s'était toujours sentie coupable d'avoir mis au monde une chose aussi démoniaque que son petit Emmanuel. Sa fille était normale, gentille et douce, mais disparue avec le reste de sa vie. Cependant, son fils était une abomination, pire que son père, une horreur qu'elle avait libérée au bout de douze heures de souffrances, dans un cri de mort.

Le voile d'une nuit sombre tomba sur elle. Elle avait toujours cru que son fils était une punition de Dieu. Mais la vérité lui semblait soudain tout autre : son fils était l'ultime châtiment, le mal incarné à l'état pur.

Un démon.

2

Samedi 27 septembre

Paris se trouvait dans son bureau avec Prost. Il était seulement sept heures trente du matin, mais, incapables de dormir, ils avaient décidé d'un commun accord d'amorcer la journée beaucoup plus tôt, avant le lever du soleil. Deux jours que les funérailles avaient eu lieu. Un enfant manquait à l'appel, ainsi que sa mère. On cherchait toujours un ou des meurtriers susceptibles de frapper encore et l'ultimatum de Rondeau pesait sur la conscience du lieutenant. Tous auraient le temps de dormir une fois l'enquête terminée.

– Avec la mort de Legrand, les fédéraux ont libéré certains dossiers qui peuvent nous intéresser. J'ai passé une partie de la journée d'hier avec les différents agents responsables de sa surveillance.

Paris leva un œil curieux vers Stéphanie, et nota à quel point elle pouvait être calme malgré l'agitation engendrée par la mort du riche éleveur. Il attendit qu'elle poursuive.

– Je n'ai rien trouvé qui peut nous aider avec les meurtres de l'agent de sécurité, de Lemieux, de Rioux ou de Renaud.

– Que lui reprochait la GRC?

Prost hésita un peu avant d'aller plus loin.

– Pots-de-vin à des politiciens et blanchiment d'argent pour la mafia montréalaise. Sa ferme d'élevage effectuait beaucoup de transactions financières, pour acheter du bétail ou de l'équipement, une couverture parfaite pour faciliter le changement de mains de sommes impressionnantes.

Perplexe, Paris se leva et contourna le meuble pour se verser un autre café. Il venait du Tim Horton de Shawinigan-Sud, son arrêt matinal avant le travail. Le dos tourné à Stéphanie, il posa une question :

– Aucune activité criminelle ayant un rapport avec la science?

– La science?

Sous le regard interrogateur de sa partenaire, il reprit sa place et tenta de s'expliquer :

– Était-il impliqué dans des recherches médicales ou scientifiques?

– Pas que je me souvienne, mais je peux consulter les dossiers à nouveau.

– Ce serait bien, merci.

Prost s'humecta les lèvres sans s'en rendre compte; c'était un tic nerveux qu'avait remarqué le lieutenant. Pensive, elle jeta un regard vers l'horloge murale.

– Que cherchons-nous, Paris? Tu sais quelque chose?

Voulant atténuer l'importance de sa question précédente, il haussa les épaules, ce qui ne sembla qu'augmenter, aux yeux de sa compagne, l'importance de cette question. Après une gorgée de café, il répondit :

– Je ne sais pas, l'instinct, j'imagine.

– Ouin.

De toute évidence, elle ne le croyait pas, mais respectait son silence.

On frappa trois petits coups à la porte et Durant fit son entrée. Il tenait des documents à la main et les salua d'un hochement de tête poli avant de s'avancer pour s'adresser à eux :

– Les techniciens ont terminé de passer la scène de crime au peigne fin. Ils ont relevé quelques détails intéressants.

– Allez, on t'écoute.

Paris prenait rarement des notes. Il gardait tout en mémoire et, parfois, se fiait à ses partenaires du moment pour consigner les détails les plus difficiles à mémoriser. Prost avait un crayon et s'empara d'une feuille vierge dans le dossier sur le bureau devant elle. L'air content de son auditoire attentionné, le futur retraité entama sa description des faits :

– La compagnie de sécurité confirme que l'alarme de la résidence a été désactivée à l'aide d'un code valide.

– Le code de Legrand ? se risqua à demander Paris.

– Non, celui que le personnel utilise. On est en train de questionner les employés qui en ont un, genre la cuisinière, la femme de ménage. La liste est courte.

Prost se passa une main dans les cheveux, puis questionna le doyen des détectives :

– Des caméras sur la propriété ? On dit que Legrand était paranoïaque au sujet de sa vie privée.

– Seulement deux, une pour chaque porte d'entrée. Malheureusement, elles se trouvent dehors et on a pris le temps de les barbouiller de sang.

– Comme à sa ferme, lança Paris.

– Le laboratoire est en train d'analyser ce sang et quelques fibres collectées sur place.

Durant accompagna ses paroles de photographies qu'il posa sur le bureau. Les premiers clichés montraient les couloirs de la demeure et les caméras aux lentilles maculées de sang séché, placées dans des endroits stratégiques sur les galeries.

Il poursuivit sans être interrompu.

– Legrand a été tiré à bout portant. On l'a retrouvé sur le plancher, à côté de son lit. Selon le légiste, il avait le coude brisé, une large ecchymose récente sur la hanche et des marques défensives sur les mains. Une arme à feu a été retrouvée dans son tiroir, mais il ne s'agit pas de l'arme du crime. On suppose qu'il aurait essayé de s'en emparer, mais son attaquant a été plus rapide.

Les nouvelles photographies étalées devant eux révélèrent l'intérieur de la chambre. On y voyait le corps au sol, emmêlé dans les couvertures et face contre la moquette. Le lit était éclaboussé de sang. Mais ce qui attira l'attention de Paris et de Prost gisait sur le matelas.

– Le porc a été éviscéré et c'est toute une pièce : il doit faire dans les soixante-dix kilos. Le couteau utilisé pour ouvrir les entrailles de la bête a été retrouvé de l'autre côté du lit. Aucune empreinte de pas sur la moquette ou ailleurs.

La photo qui tomba devant Paris et Prost montrait une scène horrible où le rouge dominait. L'animal gisait sur le côté, ses entrailles répandues sur le matelas imbibé de sang. Transporter l'animal dans la résidence avait dû prendre beaucoup de temps et d'énergie. Une personne seule n'aurait pu y arriver. Durant attira leur attention sur le mur sous lequel gisait l'animal. On y avait écrit trois mots à l'aide des fluides venant de la carcasse : « Sang de Cochon ».

Il y eut une pause, où Paris et Prost réfléchirent à cet indice mural. Pour le lieutenant, cela concordait avec la carte laissée dans la chambre de Judith, qu'on avait signée ainsi, tout comme les derniers mots de Blanchard. Durant mesurait l'effet de cette révélation sur ses camarades de travail.

— Qui a alerté la police ? demanda finalement Paris.

— Un appel anonyme impossible à retracer, placé vers deux heures trente. Selon le légiste, la mort remonterait à une heure vingt environ. Ce qui a laissé peu de temps aux tueurs pour déguerpir après leur mise en scène.

Paris détestait ces maudits cellulaires impossibles à retracer. Stéphanie observait les clichés en silence, pensive. Il allait lui demander ce qu'elle avait en tête, mais préféra attendre le départ de Durant. Ce dernier n'avait visiblement pas terminé son compte rendu.

— Aucun témoin. Le laboratoire a fouillé la maison de fond en comble. Rien pour l'instant.

Raoul Durant se racla la gorge, puis son visage se métamorphosa en un masque de contrariété. On devina que ses prochaines paroles ne plairaient pas.

— Deux agents sont venus de Montréal. Des fédéraux. Selon Rondeau, ils sont là pour nous aider, mais je pense que c'est plus pour nous surveiller.

Prost leva les yeux vers le futur retraité. Sa curiosité avait été éveillée.

– Vous souvenez-vous du nom de ces agents?

– Euh... un Lefrancois et un anglophone... grosse tête et presque pas de cheveux...

– Martinez? tenta Stéphanie.

– Oui, c'est cela. Pas trop jasant et surtout, l'air bête.

Prost se recula sur sa chaise. La curiosité semblait avoir cédé la place à une certaine inquiétude. Elle tenta de dissimuler son trouble, en vain. La plupart des policiers devenaient experts dans l'analyse du langage corporel. Dans le métier, on apprenait rapidement à traduire les comportements et les tics d'autrui.

Durant poursuivit.

– Dernière chose. Un des voisins de Legrand m'attendait à la sortie de la résidence. Un avocat à la retraite, très gentil. Il voulait se plaindre d'un enfant qui rôde dans les environs.

– Un enfant?

Paris avait haussé le ton. On n'avait toujours pas retrouvé le petit Emmanuel, malgré des avis de recherches et d'intenses battues dans la région. Sauf qu'en raison de l'empreinte de pas retrouvée sur la scène de crime à la porcherie, le charnier de tueur en série en devenir et les évènements chez lui, avant l'attentat, le lieutenant se doutait que le petit Rioux se retrouvait impliqué. D'une manière ou d'une autre. Ne serait-ce que comme témoin. Pour se calmer et dissimuler son trouble, il but une longue rasade de son café déjà froid.

Durant patienta quelques secondes avant de continuer son récit. Un camion-remorque gronda dans la rue et un nuage couvrit le soleil, diminuant la clarté ambiante.

– Blondin dit qu'il a observé l'enfant à deux reprises la veille. La première fois, il sortait des bois pour y retourner quand la voiture de l'avocat s'est approchée. L'autre fois, il l'a aperçu dans son jardin, en pleine nuit. Les jappements de son chien, qui dort dans sa chambre, l'avaient réveillé.

— Ce doit être le petit Rioux. Le pauvre.

Stéphanie semblait attristée par l'idée que l'enfant se promenait seul et sans famille.

— C'est tout ce que j'ai pour l'instant, conclut Durant.

— Merci, lui lança Paris.

Il les laissa et referma la porte derrière lui. Désormais seuls, Paris et Prost observèrent une minute de silence pour faire le point et organiser leurs pensées respectives. Stéphanie pianotait sur son téléphone cellulaire, semblant chercher quelque chose sur Internet. Le lieutenant repoussa son café. La caféine avait aidé à réduire son mal de tête, mais son cœur battait un peu trop vite à son goût.

Au bout d'un moment qui parut s'éterniser, Prost brisa le silence.

— Tu as mentionné des recherches médicales ou scientifiques plus tôt.

Elle le fixait avec un air qu'il ne lui connaissait pas, donnant l'impression d'être une institutrice ayant pris un élève tricheur sur le fait. Paris haussa les épaules.

— Cette histoire de cochon d'élevage, je me suis juste dit que ça pouvait avoir un rapport.

— Il y en a un, apparemment, lui apprit-elle.

Il regarda le cellulaire qu'elle tenait, puis son joli visage maquillé avec soin, ses lèvres rosées. Stéphanie était troublée et lui expliqua pourquoi.

— C'est au sujet des deux agents de la GRC envoyés pour nous soutenir.

— Tu les connais? demanda Paris en haussant les sourcils.

— Pas personnellement. On s'est croisés il y a deux ans, lors d'une enquête. Martinez est un gros crétin.

Elle se leva, fit le tour de la table pour se pencher et lui montrer l'image sur l'écran de son téléphone. Son parfum le fit tressaillir. Les poils de ses bras et de son cou se dressèrent, et lorsqu'elle lui parla à nouveau, il sentit son souffle chaud dans son cou.

— Ces agents font partie du SCRS. Le Service canadien du renseignement de sécurité.

— Quoi?

— Lefrancois est bien connu au sein de la GRC. Son nom m'a rappelé une affaire importante, que les médias ont, bien entendu, presque étouffée.

— J'écoute...

Sur l'écran, on voyait un logo bleu entourant la feuille d'érable rouge, le tout surmonté d'une couronne en or. Le sigle du service de renseignement du pays. Un petit air de triomphe perçait dans la voix de Stéphanie. Tout en parlant, elle pianota à nouveau sur le téléphone :

— En 2010, la GRC et le SCRS ont monté une opération conjointe pour enquêter sur des laboratoires scientifiques installés sur le territoire canadien. Leur mandat était de faire respecter la loi sur la procréation assistée.

— La quoi?

— En gros, ils doivent s'assurer que les règles d'éthique scientifique sur la procréation sont respectées. Tu demandais au sujet de recherche scientifique, alors voilà.

Paris se déplaça pour lui faire face : sa proximité avait fait grimper son pouls et son désir de contact physique. Elle parut mal à l'aise en croisant son regard, elle y avait peut-être deviné l'étincelle du désir. Prost recula et replaça une mèche de cheveux qui menaçait de lui bloquer la vue.

– De quel genre de règles parlons-nous ? insista Paris.

– Je ne sais pas trop, du genre sur le clonage des humains ou la modification génétique. Des choses moralement inacceptables.

– Ou des expériences sur des enfants ? murmura presque Paris.

Prost se figea. Elle voulut parler, mais pivota plutôt pour s'éloigner, revint finalement vers lui, posa ses mains sur le bureau pour se planter à moins de trente centimètres de son visage. Leurs regards se croisèrent.

– Tu veux parler du petit Rioux ?

Il haussa les épaules. Il ne comprenait pas pourquoi les battements de son cœur n'assourdissaient pas la jeune femme.

– C'est une théorie.

Stéphanie agrippa la chaise à proximité et y prit place. Paris demanda autre chose.

– Pis l'enquête avec Lefrancois ?

– Ils ont mis à jour un laboratoire chinois illégal, dans le parc industriel de Laval. Il s'y passait des choses pas trop catholiques. Lefrancois a été le premier à suspecter l'entreprise en question et a reçu tout le mérite de la résolution de l'enquête.

Paris réfléchissait, observait sa vis-à-vis. Une autre question s'imposait.

– Comment tu sais tout ça?

Elle hésita à répondre. Ses joues prirent une légère teinte rosée.

– Je fréquentais quelqu'un du SCRS à l'époque.

Elle n'avait pas besoin d'en dire plus. Les confessions et les discussions innocentes sur l'oreiller étaient chose fréquente même chez les flics.

– Certains médias en ont aussi parlé, malgré la censure et les pressions du gouvernement pour garder le silence.

Elle lui montra à nouveau l'écran de son téléphone, où l'on voyait plusieurs agents souriants devant ce qui ressemblait à une table de laboratoire, avec éprouvettes et tubes de toutes sortes. Au bas de la photographie, la légende révélait le nom des personnes alignées. Tous des agents de la GRC et du service de renseignement. Le nom de Lefrancois y figurait. Le cliché venait des archives du Journal de Montréal.

Prost empocha son téléphone et Paris changea de sujet, reléguant cette information dans un coin de son cerveau pour y être traitée en temps et lieu.

– Tu crois que tu pourrais fouiller du côté de la GRC, question de savoir ce qu'ils cherchaient vraiment chez Legrand?

– Je peux essayer.

– Il était sous surveillance, non? Ce qui veut dire qu'ils ont peut-être enregistré quelque chose d'intéressant la nuit du meurtre.

Elle hocha la tête.

– Je vais voir avec mes contacts.

— Merci, répondit Paris qui se levait.

Stéphanie lui mit la main sur le bras, l'obligeant à la regarder.

— Tu as vu le petit?

Le lieutenant hésitait à révéler ses incertitudes sur les origines du gamin. La peur de ce rire et de ces pas rapides qui déguerpissaient dans sa maison lui revint en mémoire. Est-ce que la petite créature qui avait mis le feu à son garage pouvait encore se qualifier d'enfant?

— Oui, je crois.

Un frisson le secoua et Stéphanie retira sa main, l'observant avec horreur. Facile de deviner que le gamin avait troublé l'homme, qui pourtant avait roulé sa bosse et vu bien des trucs.

Paris allait ajouter quelque chose lorsqu'on frappa à nouveau à la porte. Un regard vers l'horloge murale révéla qu'il était près de huit heures. Le poste s'était peu à peu rempli d'agents. Gisèle passa la tête dans l'embrasure et, tout sourire, annonça :

— Un appel pour Paris sur la trois.

— Merci.

Prost se leva et s'approcha de la porte restée ouverte, puis se tourna vers le lieutenant :

— J'y vais et je t'appelle ce soir.

Paris patienta avant de prendre l'appel. Enfin seul, il posa le combiné sur son oreille.

— Paris.

— Bonjour, Paris, Paré du laboratoire scientifique. Ça va?

– Ça dépend de ce que vous avez pour moi.

Il y eut un court silence, un raclement de gorge un peu trop bruyant et le technicien reprit la parole :

– J'ai reçu le résultat des tests sanguins de l'agent Brière. On a détecté la trace de scopolamine dans son système. Dans ses voies respiratoires aussi, en particulier son nez.

Paris s'accorda un instant pour réfléchir. Cette drogue lui était familière, puisque c'était cette substance maudite que lui et Durant, lors de cette opération conjointe avec les Américains, aurait dû trouver dans le camion-remorque qui s'était avéré vide. Un fiasco dont il n'était vraiment pas fier. Son silence fut interprété comme une méconnaissance du produit en question puisque Paré lui offrit des explications :

– La scopolamine est une drogue qu'on utilise comme analgésique local et antispasmodique pour la prévention et le traitement des vomissements. On s'en sert aussi avant les opérations pour diminuer la production de salive.

– Le rapport avec Brière ?

L'autre eut un petit rire nerveux avant de parler.

– C'est là que ça devient un peu fou, Lieutenant. La scopolamine est aussi appelée le souffle du diable. Dans la rue, elle est devenue populaire avec les voyous et les agresseurs sexuels. Venue de l'Amérique du Sud et maintenant trouvée aux États-Unis, la drogue a des effets incroyables sur le système nerveux. Selon certains, elle permet de provoquer un contrecoup dépresseur qui agit au niveau du système nerveux central et périphérique de la victime, ayant pour conséquence une somnolence et une amnésie grave. Dans cet état, la personne est capable d'exécuter des ordres de manière consciente, tout en ne pouvant pas les refuser.

Paris haussa les sourcils, demanda une clarification :

– Shit ! Tu veux dire qu'elle permet de contrôler les autres ?

– C'est ce qu'on dit. On te fait consommer la drogue et ensuite, on t'emmène au guichet automatique pour vider tes comptes. Les victimes font ce qu'on leur demande, répéta Paré sur une note songeuse. Même chose pour le viol. Tu perds le pouvoir de consentir ou non.

Paris n'en revenait tout simplement pas. Ce souffle du diable se rapprochait un peu trop de la science-fiction à son goût. Paré reprit :

– D'habitude, la scopolamine n'est plus détectable dans le sang après une heure et après douze heures dans l'urine. Dans le cas présent, nous avons retrouvé une forme modifiée de la drogue, plus résistante, et dont l'effet serait amplifié et prolongé.

Mauvaise nouvelle. On pouvait donc maintenant concevoir que Brière se trouvait sous son emprise lorsqu'il avait tué son coéquipier. Comment lui avait-on fait ingérer la substance ? Le souvenir du dossier dans le sous-sol de Rioux, avec le mécanisme et la poudre blanche lui revint.

Il faudrait avertir les agents de ne plus rien toucher sans gants et de porter des masques lors de la moindre opération reliée à cette affaire. Les choses dépassaient depuis un bon moment leur juridiction et la capacité des troupes de Paris. Il ne l'admettrait toutefois pas, puisqu'il refusait de céder l'enquête. Perdre ses hommes réclamait vengeance et il voulait être celui qui exécuterait la sentence.

– Autre chose à me dire sur cette drogue?

– Non. Le souffle du diable est à prendre au sérieux. C'est le premier cas répertorié au Canada.

Et il fallait que cela tombe sur lui. Peut-être devrait-il tout abandonner, prendre sa retraite et se réfugier sur une île vierge... Impossible! Policier dans l'âme, il ne pourrait trouver le repos qu'à l'arrestation du ou des responsables. De savoir que France Rioux et le petit Emmanuel étaient introuvables le rendait malade. Paré interrompit ses pensées, il avait d'autres choses à lui révéler :

– On a trouvé des fibres sur les mains de Brière. De la corde.

– Celle de la cour d'école? ajouta rapidement Paris.

– Bingo!

Brière s'était donc trouvé dans la clairière et le charnier du gamin. Lorsqu'il raccrocha, Paris se fit la réflexion que cette enquête était une énorme toile, un complot qu'il se jurait d'étaler au grand jour. De Legrand aux Rioux, tout semblait être relié. Il avait l'impression de se tenir tout près d'une falaise, le regard plongé vers un océan tumultueux, avec une brise glaciale dans le dos menaçant de le pousser dans le vide. Un peu comme si tout le village faisait partie d'une immense machination diabolique et criminelle.

Et où se trouvait Guilbert? Il ne pouvait pas avoir disparu comme cela sans laisser de trace. Ses hommes lui avaient promis de le tenir au courant de leurs recherches, mais évidemment leur silence révélait qu'on était toujours sans nouvelles. Paris prit donc la peine d'envoyer un texto à Tessier, qui avait reçu le mandat de questionner les amis et la famille. Il devait aussi trouver cette foutue Linda qui harcelait leur confrère. « Guilbert ? Et cette Linda ? »

Il devait se rendre de nouveau à l'école primaire et visiter le champ mortuaire des animaux pendus. Il ignorait ce qu'il cherchait, mais son intuition le poussait à s'y rendre.

Il passerait par l'armurerie pour récupérer un fusil, juste au cas.

Son téléphone vibra une seule fois dans sa main. Il regarda et lut la réponse de son agent.

« Toujours rien. »

3

Stéphanie Prost aimait bien son travail à la GRC. Non seulement parce que c'était son rêve de petite fille, mais parce que son père et son grand-père avaient fièrement porté l'uniforme de la Gendarmerie royale du Canada. Enfant unique, personne ne doutait de son choix de profession à l'âge adulte. C'était une affaire de famille. Dès son entrée dans le monde très masculin et restreint des forces de l'ordre, elle avait compris que deux éléments jouaient contre elle : tout d'abord, son sexe, puisque les femmes se voyaient souvent reléguées à des rôles mineurs ou encore traitées avec infériorité, puis son physique très agréable, hérité de sa mère. Partout où elle se rendait, les hommes l'observaient avec désir, tentaient de la séduire, se comportant comme une bande de macaques cherchant à l'impressionner. Durant son passage à l'Académie de police, en Alberta et en Colombie-Britannique, ses confrères avaient tenté de la décourager et de la forcer à abandonner. Stéphanie avait tenu bon, s'était forgée une carapace impénétrable, et même les plus vicieuses brutes n'avaient pas réussi à la faire plier. En fait, Prost avait gradué avec les honneurs et les plus hautes notes de sa promotion.

Elle gara sa voiture dans le parc de stationnement souterrain de l'édifice situé sur le boulevard Dorchester, à Westmount. Il était dix heures trente. C'était le quartier divisionnaire du Québec. Son bureau se trouvait au deuxième étage, si on pouvait donner le nom de bureau à son petit coin entouré de panneaux séparateurs à hauteur de poitrine. Tout l'étage était un espace ouvert rempli d'unités de travail pour les détectives et les agents. Quelques bureaux pour les hauts gradés occupaient un pan de mur sur la façade. Prost monta avec l'ascenseur, dont les portes s'ouvrirent dès qu'elle inséra sa carte d'employée dans l'interstice prévu à cet usage.

En direction de son cagibi, elle croisa quelques confrères et échangea les banalités d'usage. Certains plaisantèrent sur son envoi en région et elle rit avec eux. Lorsqu'elle retrouva son unité de travail, un amas de documents s'empilait sur son bureau, près du clavier poussiéreux de son ordinateur. Elle en amorça le tri, faisant à l'occasion des pauses pour jeter des regards distraits dans l'espace restreint autour d'elle. Punaisées à la cloison murale, des photographies de sa famille constituaient l'unique décoration. Il lui fallut une dizaine de minutes pour passer à travers les documents reçus durant les derniers jours. On y retrouvait des lettres personnelles, des formulaires de demande, des résultats d'analyses provenant d'enquêtes en cours, des brochures publicitaires, des mémos internes sans grand intérêt. La plupart se retrouvèrent dans le bac à recyclage, le reste dans un tiroir.

Baignée dans le semi-tumulte de l'étage, plus calme un samedi, Stéphanie prit un moment pour réfléchir à la tournure que prenait sa vie. Ses pensées s'accompagnaient de bruits de pas, de froissements de paperasse, de murmures, de doigts galopant sur un clavier et de conversations étouffées. Elle ressentait un certain réconfort à l'écoute de cette musique routinière. Elle aurait peut-être le temps de passer chez elle pour cueillir quelques effets personnels avant de retourner dans son motel miteux, au milieu de nulle part.

Au bout d'une heure de flânerie, Stéphanie décida qu'il était temps de se mettre au travail si elle voulait retourner au village avant la tombée du jour. Un coup d'œil à sa montre confirma qu'il était presque midi. Elle voulait éviter de conduire la nuit sur ces routes de campagne sinueuses mal éclairées. Elle soupira et alluma son ordinateur, récupéra son carnet de numéros de téléphone dans son tiroir. Elle passa ensuite une trentaine de minutes à joindre ses relations et à les questionner au sujet de Legrand, mais réalisa très vite que même ses amis à la GRC étaient peu enclins à parler du vieux riche. Elle accusa une multitude d'excuses bredouillées et l'un de ses confrères lui raccrocha même au nez.

Stéphanie connaissait le pouvoir de la beauté, bénéficiant largement de la faveur masculine auprès des autres agents. On voulait lui faire plaisir, se rapprocher d'elle. La plupart des hommes étaient prêts à vendre leur pays pour satisfaire des fantaisies inadmissibles. Elle n'avait donc aucune honte à utiliser ses charmes pour acquérir les informations ou les faveurs désirées. Un sourire ou un déhanchement ouvraient bien des portes ! Mais pas aujourd'hui. Même les promesses de rendez-vous après le travail pour un verre de vin ou un repas se soldèrent par des échecs. Stéphanie savait trop bien qu'il s'agissait de tentatives de la museler et que cette directive devait venir de très haut.

Mais pourquoi ? Que voulait-on lui cacher au sujet de Legrand ?

À l'aide de son ordinateur, elle s'aventura sur le serveur central et chercha à accéder aux dossiers de Legrand. Accès refusé. Jamais elle n'avait senti une telle hostilité à son égard. L'éleveur de porcs bénéficiait d'une protection inusitée. Connaissant les aspirations politiques de Legrand, on pouvait supposer qu'il avait des amis très haut placés dans le gouvernement. Ou des ennemis.

Dépitée, Stéphanie referma l'ordinateur, les yeux fatigués. Le café ingurgité durant le trajet jusqu'ici la mena à une soudaine envie d'uriner. Elle quitta son poste et se dirigea vers les toilettes. Sans savoir s'il s'agissait de paranoïa de sa part ou de la réalité, il lui sembla que l'attitude de ses confrères avait changé. On évitait de croiser son regard, on se plongeait dans des dossiers soudainement intéressants en la voyant approcher. Quelques discussions se transformèrent en murmures dans son dos.

Dans les toilettes des femmes, elle sentit ses yeux s'embuer de rage et de frustration. Elle résista à l'envie de hurler ou de briser quelque chose. Au lavabo, son reflet dans la glace était pâle ; sa petite silhouette muette la fixait avec une colère intense dans le regard. Que faire pour aider Paris dans son enquête ? Au cours de ses années à la GRC, elle avait appris qu'il ne fallait jamais contester un ordre, ni remettre en question une directive de ses supérieurs. La hiérarchie exigeait une complète soumission. Personne n'hésiterait à la virer au moindre doute sur son intégrité. Ce serait une autre preuve, pour les vieux croutons, qu'on ne pouvait pas accorder sa confiance à une femme.

Tandis qu'elle se séchait les mains, la porte s'ouvrit. Deux figures massives apparurent. Stéphanie pivota pour les accueillir, et reconnut sans surprise Lefrancois et Martinez. Ce dernier bloqua l'accès à la salle de bain réservée aux femmes, se plaçant dos à la porte refermée. Ils voulaient s'assurer de ne pas être interrompus durant cette petite réunion conviviale. Lefrancois, quant à lui, s'approcha. Elle détestait ses blagues puériles et très souvent racistes et sexistes. Stéphanie conserva néanmoins son calme. Les mains sur les hanches, elle libéra son veston et dévoila son arme dans son holster. Elle fixa les intrus, soudain sans peur.

— Comment vont les choses, Prost?

Lefrancois vint se placer à côté d'elle.

— Tu devrais savoir.

L'agent, qui aurait facilement pu décrocher un rôle de mafioso dans un film de gangsters, sentait la cigarette et la sueur. Il se regarda dans le miroir, se lissa les cheveux pour ensuite caresser son menton rasé de près. Un petit sourire narquois apparut sur ses lèvres. Martinez, en retrait, ne la quittait pas des yeux. Son crâne chauve reflétait la lueur des néons au-dessus de lui. Cette petite démonstration sentait l'intimidation à plein nez.

Lefrancois lui faisait maintenant face et elle le laissa parler.

– Votre enquête n'avance pas trop, à ce que j'ai entendu dire.

– Viens-en au fait, Lefrancois. Donne-moi le message qu'on t'a demandé de me livrer en bon petit chien de garde.

Il ne souriait plus. Ses traits muèrent en un masque de mépris. Comme plusieurs hommes, il n'avait jamais digéré l'arrivée de Prost dans le service. Elle excellait dans toutes les disciplines et affichait une bien meilleure forme physique que ses confrères bedonnants. Au stand de tir, elle recevait les honneurs et accumulait les records. Son dossier notait un nombre d'enquêtes résolues bien supérieur à ses semblables ; aucune note négative n'entachait sa réputation. On la considérait comme la policière parfaite. Lefrancois était tout le contraire. Un élément commun, une brute incapable de gravir les échelons de la hiérarchie. Sa frustration se lisait dans sa physionomie, suintait par les pores de sa peau.

Le parfum de la médiocrité flottait autour de lui en permanence. Sans la quitter des yeux, il leva un doigt menaçant.

– T'arrêtes de mettre ton nez dans les histoires de notre ami l'éleveur, tu m'entends ?

– Et sinon ?

Le doigt pointé s'avança un peu trop près du visage impassible de Prost, qui fut forcée de reculer, de céder sur sa position. Elle résista à l'envie de dégainer son arme, car cette offense lui vaudrait une mise au rancart définitive. C'était peut-être ce qu'ils voulaient, mais elle ne leur donnerait pas cette satisfaction.

— Personne ici va te protéger, gronda Lefrancois. C'est bien plus gros que tu peux l'imaginer. Pour ta santé, c'est préférable que tu t'éloignes. C'est compris ?

Son haleine puait la menthe et les oignons. Ses yeux striés d'éclairs rouges révélaient son manque de sommeil. Sa présence dans les toilettes des femmes prouvait que le comportement de Stéphanie dérangeait. Pour elle, il s'agissait d'un combat impossible à gagner : elle serait écrabouillée sans même s'en rendre compte.

— M'éloigner n'est pas un problème, Lefrancois, tu pues tellement.

Elle offrit aux hommes un sourire d'un charme ingénu. L'agent en face d'elle blêmit encore plus. La rage fit trembler ses doigts qui se refermèrent en poings. Quelqu'un tenta d'entrer dans la salle de bain. La porte retenue par Martinez s'ouvrit d'un centimètre ou deux, révélant une silhouette féminine, sûrement perplexe, de l'autre côté. Lefrancois se tourna vers la porte et signifia à son compagnon de la retenir quelques secondes, tandis que l'employée, de l'autre côté, demandait si tout allait bien.

— On te surveille, Prost, et t'as pas intérêt à continuer de fouiller.

— On verra bien, Lefrancois.

Ils se toisèrent quelques secondes en silence, avant que Prost ne termine la discussion :

— Dégagez, avant que je hurle au viol…

Lefrancois allait répondre, mais l'employée au-dehors cognait sur le battant et risquait d'alerter tout l'étage. Martinez se tassa pour libérer la sortie et une agente féminine se figea de surprise en voyant les deux brutes quitter la salle de bain. Elle les dévisagea, puis pénétra dans la pièce avec méfiance et colère, mais aussi avec le besoin de s'assurer que son occupante allait bien.

Stéphanie se tourna vers le miroir et posa les mains sur le comptoir, découvrant qu'elles tremblaient. Elle rassura la policière nouvellement arrivée dans le service, lui offrit un sourire presque convaincant. L'autre n'insista pas et pénétra dans une cabine en claquant la porte.

Prost resta ainsi durant quelques minutes, le temps de se calmer.

• • •

Stéphanie réintégra son poste de travail, ignorant les regards inquisiteurs nés des ragots qui se propageaient déjà à la suite de son aventure aux toilettes. Elle venait de perdre tout support de ses confrères. Un peu comme dans l'armée, on nettoyait son linge sale en famille. Les autres avaient compris la raison de la présence des deux brutes. Elle décida de quitter l'immeuble, incapable de se concentrer sur la moindre tâche. Au rez-de-chaussée, elle vit Martinez et Lefrancois, adossés contre une colonne de marbre, tout près de l'escalier qu'elle emprunta. Les malotrus la toisèrent en silence. Ils ne la suivirent pas.

À sa voiture, elle constata qu'on avait glissé un petit bout de papier jaune sous un de ses essuie-glaces. Méfiante, elle s'empara du document et observa les alentours, sans rien voir de particulier. Était-ce un autre avertissement ? Cherchait-on à l'effrayer ? Elle lut les quelques mots écrits au stylo noir avec intérêt :

« Sixième voiture à droite. Honda blanche. Suis-moi. »

Prost chercha du regard et trouva le véhicule en question. Un homme était au volant et elle reconnut aussitôt Stanley, l'agent du service informatique qui s'occupait de la bande vidéo pornographique retrouvée dans l'ordinateur de Dupuis, l'agent de sécurité de la ferme Legrand. Elle résista à l'envie de le saluer et réintégra simplement son véhicule. Stanley était l'archétype même de l'intellectuel, du « geek » obsédé par l'informatique. Son corps paraissait même avoir amorcé une mutation : sa colonne vertébrale courbée lui permettait de passer des heures devant un écran lumineux, ses doigts soudés au clavier. Il portait des lunettes, s'habillait sans goût et vivait très probablement chez sa mère, dans le sous-sol décoré d'affiches du film *La guerre des étoiles.*

Il était aimable, gentil et facilement intimidé par les femmes, en particulier celles qui lui plaisaient. Sans posséder le don de voyance, Stéphanie se doutait bien qu'il avait le béguin pour elle. La plus grande preuve venait du papier glissé sous son essuie-glace, car Stanley prenait un risque important. Ses supérieurs ne feraient qu'une bouchée de lui s'ils découvraient ses agissements. En fait, elle se demanda brièvement s'il était conscient des caméras installées aux quatre coins du stationnement. Cette pensée resta en suspens, puisqu'ils quittèrent la place à une minute d'intervalle, pour ensuite s'engager dans un dédale compliqué de rues et de boulevards, et Prost comprit qu'il tentait de semer une possible filature. Dans les avenues bondées de Montréal, c'était relativement facile de se débarrasser d'une équipe de surveillance. Prost ne nota aucune voiture suspecte dans son rétroviseur durant leur petite escapade.

Leur course se termina dans le stationnement d'un restaurant plein à craquer, où ils se rangèrent côte à côte. Stanley abandonna son véhicule, puis réajusta ses lunettes sur son nez d'un geste distrait. L'informaticien était grand et maigre, ses cheveux en bataille démontraient une certaine négligence et son visage portait les traces d'un combat pas si lointain avec l'acné. Stéphanie l'estimait au début de la trentaine. Un dossier en main, il contourna la voiture de Prost avec l'air d'un mauvais conspirateur. Son attitude louche manqua la faire pouffer, mais elle se retint. Sa démarche étudiée pour être faussement décontractée et ses multiples coups d'œil aux alentours auraient alerté tout agent de police un peu à l'affût. Il ouvrit la porte du côté passager pour s'engouffrer dans le véhicule.

Stanley était un génie en matière d'informatique, indéniablement le meilleur dans son domaine. Quelques années plus tôt, tout juste sorti de l'adolescence, il s'était fait coincer lors d'une opération clandestine menée conjointement par la GRC et le gouvernement américain. Hacker dans ses temps libres, il avait pénétré dans l'une des bases de données du FBI et percé tous leurs systèmes de défense en moins de quelques heures. Impressionné par son talent, on avait passé un marché avec lui après son arrestation : s'il collaborait avec l'agence lors de quelques enquêtes, on le blanchirait de toutes accusations, lui offrait un casier criminel vierge. Le jeune homme terrifié avait été facilement convaincu et ces collaborations l'avaient conduit à une carrière dans les forces de l'ordre. On s'était assuré du succès de son parcours, sans hésiter à déroger à quelques règles. Aujourd'hui, Stanley était un agent de la GRC et travaillait exclusivement dans son laboratoire très bien équipé. Il refusait de porter une arme, mais le haut commandement n'en avait cure, puisqu'il avait lamentablement échoué à l'entraînement de base.

Stéphanie prit la parole dès que les portières furent verrouillées.

— Bonjour, Stanley.

— Bonjour, agent Prost.

— Appelle-moi Stéphanie.

Le jeune homme rougit, fixant momentanément ses souliers. Prost savait trop bien qu'il représentait son dernier allié au sein de la GRC, il fallait le ménager. Il devait toutefois comprendre le risque auquel il s'exposait en lui offrant son aide. Tous deux ne cessaient de surveiller les environs : chaque déplacement, mouvement de voitures ou piéton les intéressait grandement. Stanley se racla la gorge et se mit à parler. Sa petite voix un peu aiguë trahissait sa nervosité. Il évitait de fixer Stéphanie, tout près de lui.

— J'ai passé plusieurs heures à étudier le film que vous m'avez envoyé…

— Tu peux me tutoyer, Stanley.

Il acquiesça pour ensuite poursuivre :

– C'est un film vraiment dégueulasse. Je suis arrivé à cadrer le visage de l'acteur adulte et celui des enfants. J'ai lancé des recherches dans toutes les banques de données que j'ai trouvées, sans résultat. Ils ne sont pas fichés.

Il ouvrit son document et lui tendit une photographie de trois visages agrandis. La mauvaise qualité du cliché se reflétait par les pixels colorés qui déformaient quelque peu les traits.

– Une analyse de la bande n'a rien révélé : aucune empreinte, aucune retouche effectuée avec des logiciels particuliers. Celui qui a fait le montage utilisait probablement un programme gratuit, facilement accessible sur Internet.

Elle acquiesça.

– Je me suis alors mis à étudier les décors, les lieux du tournage, les bruits en arrière-plan et l'éclairage.

Impressionnée, elle le regarda sous un angle nouveau. Avec son chandail au logo d'un super-héros, ses sourcils un peu trop broussailleux et son pantalon froissé, il assumait sa réputation de génie informatique avec une apparente confiance. Il lui tendit trois autres clichés.

– Deux caméras ont été utilisées pour le film. L'éclairage semble venir des néons au plafond de la pièce, sans utilisation de filtres ou de lampes sur trépied. En fait, c'est très amateur comme travail, si on le compare à des films pornos de l'industrie. Même ceux de contrebande sont mieux faits.

Stanley hésita, se gratta la joue avant de préciser :

– J'ai dû comparer avec des films professionnels.

Prost sourit, consciente du trouble qui avait envahi le jeune homme. Elle le rassura et posa une main sur son genou, ce qui sembla libérer une décharge de plusieurs millions de volts dans son corps déjà mis à dure épreuve par son attirance. Il remonta à nouveau ses lunettes sur son nez à l'aide de son doigt. Stéphanie se replongea dans l'étude des photographies devant elle.

– L'action du film se déroule dans une porcherie. Tout y est. Les enclos, les mangeoires pour alimenter les animaux, les abreuvoirs et les boyaux pour nettoyer le sol. En fait, pour déterminer à quel point le décor était réaliste, j'ai demandé quelques clichés de la scène de crime.

Ce qu'elle avait en main : les photos prises par les premiers policiers sur place, tout juste après la découverte du corps de Dupuis et du porc éventré. Facile de reconnaître l'endroit, entouré de rubans jaunes et de petits chevalets numérotés au sol. Trois photographies venant d'angles différents.

– C'est là que j'ai trouvé ceci.

Il glissa un autre document devant elle. Un agrandissement d'une des parois latérales de l'enclos où l'on avait trouvé le porc éventré.

– La photographie dans votre… dans ta main est celle du mur ouest de la porcherie où l'animal a été retrouvé.

C'était un mur tout à fait banal, dont la base était en briques sur une hauteur d'un demi-mètre, avant que le bois et le métal ne prennent la relève.

– Regarde ici.

Il pointa un endroit sur l'agrandissement où des traces noires, presque invisibles à l'œil nu, striaient la brique la plus basse, dans le coin droit. Sans l'agrandissement, ce détail leur aurait échappé.

– Maintenant, voici un cliché agrandi d'une des parois tirées du film.

Stéphanie compara les deux images. Il ne pouvait y avoir aucun doute, les marques étaient identiques. Voilà la preuve que le film pornographique qui impliquait des enfants avait été tourné dans la porcherie de Legrand. Au même endroit où le double meurtre aurait lieu.

– Stanley, c'est incroyable !

Excitée, elle se pencha vers l'expert en informatique pour lui offrir un chaste baiser sur une joue. Le corps de son passager se figea à ce contact et son visage passa d'un pâle vampirique à un rouge de homard en pleine cuisson.

– Tu en as parlé à quelqu'un ?

– Non. Ils sont venus réquisitionner toutes les preuves et m'ont retiré de l'affaire. J'ai eu la visite de Martinez et Lefrancois. Deux beaux salauds.

Ils retiraient donc de la circulation tout ce qui concernait Legrand. On tentait d'étouffer quelque chose de gros, d'important.

– Je garde toujours des copies à la maison, parce que je travaille le soir. Après leur visite, j'ai décidé de creuser un peu plus. Je me doutais bien qu'ils cachaient quelque chose.

– Merci.

Stanley lui refila le dossier au moment où une dame âgée passait devant leur voiture. Ils la regardèrent en silence et lorsqu'elle se trouva hors de vue, le jeune homme ouvrit sa porte, laissant l'air frais s'engouffrer.

— J'espère que cela… t'aidera dans l'enquête.

— Oui, je n'espérais plus le moindre indice. Encore merci.

Elle ressentait une certaine tendresse pour lui, comme pour un ami de longue date. Il venait de se mouiller pour elle et lui avait rendu un fier service. Elle ne l'oublierait pas. Stanley s'extirpa de l'habitacle et retrouva son attitude d'espion désireux d'être démasqué et qui en faisait trop. Cela la fit sourire, il était trop drôle. Il réintégra sa voiture, quitta ensuite le stationnement. Prost resta sur place un moment, fouilla le dossier, compara à nouveau les clichés.

Elle passa ensuite un appel au poste. Paris était sorti, mais l'agent Collier était disponible. Elle l'invita à venir la rejoindre chez Legrand pour une fouille plus approfondie. Il accepta et offrit d'apporter des lampes, un pied-de-biche et quelques articles susceptibles de les aider. Il était presque quatorze heures. Prost passerait chez elle, ferait quelques courses et devrait être de retour au village vers l'heure du souper.

Collier suggéra de visiter la ferme Legrand plus tard en soirée ; ils pourraient fouiner sans attirer l'attention des voisins.

Stéphanie hésita, se demandant un instant s'il ne valait pas mieux attendre le lendemain. Après tout, il n'y avait aucune urgence. Elle se rangea toutefois à l'opinion de l'agent, selon laquelle le plus tôt serait le mieux. Ils se donnèrent rendez-vous pour dix-huit heures.

Elle en profita ensuite pour laisser un message dans la boîte vocale du cellulaire de Paris, puisqu'il ne répondait pas.

Elle lui exposa ses plans, mais omit de lui révéler ce qu'elle avait trouvé, soit l'indice au sujet du film. Qui savait si les lignes téléphoniques étaient sécuritaires ? Toute confiance envers son employeur s'était envolée depuis qu'on l'avait menacée.

Elle devrait dorénavant être très prudente.

4

Paris traversa la cour d'école d'un pas lent. Son fusil à pompe dans une main, il progressait avec prudence et se dirigeait vers l'endroit où la clôture éventrée donnait accès à la forêt. Le ruban jaune créait un périmètre temporaire autour de l'ouverture pratiquée dans les mailles. Le directeur de l'école avait fait placer des chevalets en bois tout autour de la zone. Sur ces derniers, on avait agrafé des feuilles portant l'inscription « Défense d'approcher ». Cette frontière visible était devenue une distraction pour les gamins et une source de soucis pour les surveillants, en particulier durant les récréations. Ils devaient avoir constamment un œil sur l'endroit.

Aucune information sur la macabre découverte n'avait été divulguée au public, et encore moins aux médias. Dans un aussi petit village, il ne faisait aucun doute que l'opération policière avait été remarquée et que les rumeurs les plus folles circulaient. Paris suspectait que le site avait reçu plusieurs visiteurs nocturnes et clandestins. On avait heureusement enlevé toute trace des cadavres animaliers et de la petite Rioux. Il ne restait plus que la cabane en bois qui trônait au cœur de la végétation.

Paris se glissa sous les rubans, puis traversa la brèche dans la clôture pour se redresser une fois de l'autre côté. Il épia l'école et sa cour derrière lui et s'assura de ne pas avoir été suivi.

Il avait insisté auprès de Rondeau pour qu'on lui retire son escorte, faisant valoir que Stéphanie Prost ne le quittait plus et pouvait servir de protection. Cela faisait aussi l'affaire du département, qui avait besoin de ses patrouilleurs.

Satisfait de son apparente solitude, le lieutenant s'enfonça dans la forêt, repoussant les branches qui obstruaient les abords du petit sentier à l'aide du canon de son arme. La nature, tout autour de lui, était animée de chants d'oiseaux, de cris d'écureuils et de multiples sons sylvestres prévisibles. Il maugréa contre les toiles d'araignées qu'il traversait et savait que, s'il revenait le lendemain, la plupart seraient de nouveau en place. Ces petites bêtes ne chômaient vraiment pas.

Sachant qu'il approchait de sa destination, il ralentit le pas, son arme tenue à deux mains, pointée vers la végétation devant lui. Il craignait la présence de gamins qui n'auraient pas dû se trouver ici ; c'est pourquoi il gardait son doigt à côté de la gâchette. Il voulait éviter, sous l'effet de la surprise, de tirer sur un curieux.

Paris piétinait, bien malgré lui, les branches mortes éparses au sol et provoqua des craquements contrariants. Ses tentatives pour diminuer les bruits révélateurs de sa présence paraissaient empirer les choses plutôt que l'inverse. Finalement, entre deux arbustes feuillus, il put apercevoir la tache sombre de la structure en bois recherchée. Un éclaircissement annonçait, sur la droite, une petite clairière autour de la cabane. Il s'arrêta quelques secondes, l'oreille tendue, sondant la forêt alentour. Il ignora les manifestations auditives venues de la nature et ses occupants. Ce qu'il guettait, c'était le moindre indice de présence humaine. Comme il ne perçut rien d'inhabituel, il poursuivit sa marche, zigzagua entre les arbres et buissons, évita de peine et de misère les racines et les branches au sol.

Il voulait explorer la cabane, mais son instinct lui dicta plutôt de se rendre d'abord à la clairière. On y avait retiré deux douzaines de bêtes mortes et pendues, toutes cataloguées et envoyées au laboratoire. Sauf qu'en s'approchant, se frayant un chemin dans la végétation, il eut un mauvais pressentiment qui lui noua l'estomac. Il vit des masses sombres se balancer aux branches. Paris franchit les rubans jaunes, dont certains reposaient au sol, arrachés, et réalisa qu'une demidouzaine d'animaux morts pendaient à nouveau.

Le choc de cette vision d'horreur l'immobilisa. Les carcasses fraîches étaient facilement identifiables : un renard, deux chiots et de pauvres chats à neuf vies perdues, morcelés sous la lame d'un malade.

Paris se retourna brusquement et rebroussa chemin en direction de la cabane. À son arrivée, il remarqua la bâche qui bloquait l'entrée. Il se souvenait qu'elle avait été retirée par les techniciens de scène de crime pour analyse. Une nouvelle toile en mauvais état la remplaçait. Et si le petit était revenu? Non seulement pour commettre ses atrocités, mais pour se réfugier? Une peur insidieuse s'empara de lui et éveilla un flux d'adrénaline malsain. Il réalisa, à ce moment, à quel point il faisait chaud. Un filet de sueur suivait sa colonne vertébrale. Il s'essuya le front, et assura ensuite une prise ferme sur la crosse de son arme au pouvoir destructeur. Protégée des rayons du soleil par l'épaisse végétation environnante, la cabane paraissait le menacer de son silence, le mal y prospérant en toute impunité.

Le lieutenant avança, son doigt glissa pour se déposer sur la gâchette. L'air paraissait s'être alourdi, l'ambiance rendue lugubre en raison des corps d'animaux qui se balançaient un peu plus loin. Il se trouvait à une vingtaine de pas de la bâche sombre, devant l'entrée de la cabane. Méfiant, il ignorait ce qu'était son adversaire, doutait de son humanité.

Était-ce le gamin ou quelqu'un d'autre?

À trois pas de la bâche sale, ses mains tremblaient et le canon de l'arme suivait ce rythme. Aucun son ne venait du refuge artisanal, aucune odeur inhabituelle. Y avait-il quelqu'un à l'intérieur? Le mal émanait du lieu, paraissait vouloir recouvrir son corps d'un linceul indésirable, lui donnant la chair de poule. Paris devait se décider. Bouger.

C'est ainsi qu'il tendit la main vers le tissu plastifié, pour l'agripper et tirer un bon coup en espérant surprendre quiconque serait là. La bâche émit un terrible couinement et se déplaça : le haut se déchira et dévoila l'intérieur de la cabane. Paris avait rapidement placé ses deux mains sur l'arme, prêt à faire feu.

Pourtant, il ne vit pas le petit garçon mystérieux.

Par contre, Guilbert se trouvait sur la terre battue, recroquevillé en position fœtale, le regard levé vers Paris.

L'apparition du visage familier le choqua, mais pas autant que la vision de l'arme de service du policier, qu'il tenait dans une main, le canon pointé au sol. Guilbert portait les mêmes vêtements que la dernière fois où ils s'étaient vus, le jour de l'enterrement de leurs confrères. Il dégageait une forte odeur d'urine et de sueur. Ses vêtements étaient fripés, son pantalon déchiré aux genoux, ses cheveux sales et en bataille, parsemés de brindilles d'herbes. Son visage était un masque de démence, des cernes soulignaient ses yeux sans expression, sa bouche se tordait en un rictus étrange. Non rasé, il avait la peau encrassée de boue.

Guilbert fixait Paris, sans sembler le reconnaître.

Tout près du malheureux gisait un emballage plastifié de sandwich provenant d'une station-service. Une bouteille vide de boisson gazeuse se joignait au festin peu enviable. Le policier devait se terrer ici depuis peu.

Paris abaissa le canon de son arme, sans toutefois se défaire de celle-ci. Il restait prudent.

– Jim ? C'est moi. Paris.

L'autre resta muet. Ses yeux bougèrent toutefois, pour étudier l'intrus. Guilbert tremblait de la tête aux pieds, ses dents s'entrechoquaient. Il était peut-être en état de choc ; il nécessitait des soins médicaux. Paris hésitait à effectuer le moindre geste, mais l'inertie n'apporterait rien dans une telle situation. Il avança donc d'un pas, se glissa, courbé, sous le toit de l'abri artisanal et plongea dans l'ombre ambiante, humant les mauvaises odeurs qui envahissaient l'espace restreint.

– Jim ?

Guilbert remua finalement. Ses lèvres se refermèrent et le masque de folie qui le défigurait s'estompa quelque peu. Sa pâleur était alarmante, mal dissimulée par la boue.

– Jim ? Je suis là… Tout va bien aller.

Paris n'avança pas, voulant éviter d'envahir l'espace personnel du policier désemparé. Il devait déterminer dans quel état il se trouvait et établir la communication. Le regard de Guilbert passa du lieutenant à l'entrée de la cabane.

– Il était ici. Je l'ai entendu avec les animaux. Il s'amusait. C'était horrible.

Son discours n'avait rien de rassurant. Mais ce qui inquiétait davantage Paris, c'était l'arme à feu. Il devait pour l'instant faciliter le dialogue et écouter. Donner à Guilbert le temps de s'exprimer.

– De qui parles-tu, Jim ? Qui était ici ?

Le visage de Guilbert se tordit soudain en une pénible grimace, tel un enfant qu'on force à ingurgiter un aliment infect. Il clignait rapidement des yeux et la main qui tenait son arme tremblait. Son pantalon était trempé d'urine. Ce qui l'avait plongé dans cet état devait être vraiment horrible. Paris et lui se connaissaient depuis plusieurs années, et Jim représentait un modèle d'équilibre mental.

– L'enfant démon. C'est lui qui est responsable de tout ça…

Paris se souvenait du témoignage du gamin qui avait suivi l'enfant Rioux. Il se remémorait aussi les bruits de pas rapides dans sa maison, le rire enfantin entendu tout juste avant que son garage explose. Sans parler du voisin de Legrand, qui leur avait révélé avoir aperçu un gamin rôder tout près de sa résidence. S'il s'agissait d'Emmanuel, difficile de faire le portrait d'un petit garçon perdu, abandonné et vulnérable. Paris pensait plutôt au film *Les démons du maïs*[5] et se doutait que Guilbert avait vraisemblablement rencontré la progéniture de Maurice Rioux.

Il bougea presque imperceptiblement, cherchant à se rapprocher de son collègue, conscient qu'il pourrait être contraint de le désarmer. Son état de choc le rendait imprévisible.

– Où est-il ?

– Parti, répondit Jim dans un râle.

– Où est-il allé ?

Guilbert secoua la tête, il ignorait la réponse. Il y avait dans sa voix et son attitude quelque chose de puéril, comme s'il avait subitement rajeuni de plusieurs décennies. Son regard s'immobilisa sur l'entrée de la cabane, dans le dos de Paris, qui ne put s'empêcher d'y jeter un coup d'œil.

Jim répondit avec ennui :

– Je ne sais pas.

Pour démontrer sa bonne foi, Paris décida de poser son fusil à pompe contre le mur tout proche. Il aurait ainsi les mains libres et la possibilité d'entreprendre une action rapide. Il conservait son arme de poing à sa taille, apte à dégainer avec rapidité. Guilbert ignora ses mouvements, trop préoccupé par la porte ouverte du refuge. La faible luminosité en provenance de l'extérieur dévoila un téléphone cellulaire au sol, tout près de Jim. L'objet avait été rendu inutilisable, probablement piétiné ou fracassé. Par qui ? L'enfant ? Guilbert ?

---

5. *Les démons du maïs* (*Children of the Corn*) est un film américain réalisé par Fritz Kiersch, sorti en 1984, et basé sur le roman du même titre de Stephen King.

Son collègue s'étira avec rapidité pour lui agripper le bras d'une main, le faisant sursauter. Sa voix râpeuse suivit aussitôt :

– Je dois te dire quelque chose…

– Je t'écoute, le rassura Paris tandis qu'un frisson lui parcourait l'échine.

La main qui l'agrippa et ses ongles étaient sales, les yeux, injectés de sang, les lèvres sèches saignaient. Guilbert souffrait de déshydratation. Paris patienta toutefois, réprimant un dégoût coupable au contact de cette poigne moite sur sa manche.

Sur un ton de confidence, son collègue parla :

– J'ai tué Legrand.

L'aveu fut un choc. Le lieutenant en resta pantois, sans savoir quoi répondre. Son regard se posa sur l'arme de service de son confrère et il se demanda un instant s'il s'agissait de l'arme du crime. Les résultats de l'analyse balistique des projectiles retirés du corps du vieux ne lui avaient pas encore été remis. On devrait faire la comparaison.

– Pourquoi ?

Un sourd craquement de bois fit sursauter Guilbert, qui relâcha Paris. Il glissa au sol, donnant l'impression de vouloir se recroqueviller jusqu'à n'être plus qu'une petite boule de chair inoffensive. Son visage déformé par la peur en disait long sur la folie qui l'animait.

La voix de l'agent monta en un murmure malsain, un sifflement aigu.

– Parce qu'il me l'a ordonné !

– Qui ? L'enfant ?

Il acquiesça d'un mouvement de tête exagéré.

– Non. L'oiseau.

Les deux hommes regardaient dehors par l'ouverture. Un hibou hulula dans le lointain et Paris se demanda s'il était habituel pour un oiseau nocturne d'être entendu en plein jour.

– C'est lui !

Guilbert avait levé son arme vers la porte, que Paris obstruait un peu. Il se déplaça pour éviter que le canon soit dirigé vers lui, dégainant au passage sa propre arme de service, constatant à quel point Jim était paniqué.

– Il arrive et va nous tuer, Paris.

De qui parlait-il ? L'oiseau ou l'enfant démon ? Sa peur acide et traîtresse était contagieuse, et rendait le lieutenant très nerveux. Ils entendirent une suite de clapotements et il fallut quelques secondes à Paris pour comprendre qu'il s'agissait de la pluie. Le toit parcouru de fissures n'empêchait pas les gouttelettes de pénétrer à l'intérieur. La température avait aussi légèrement chuté, le soleil se dissimulant sûrement derrière d'épais nuages menaçants.

– Il faut partir d'ici, Guilbert.

Pour toute réponse, ce dernier leva son arme et la pointa vers son lieutenant, le canon en direction de sa poitrine. Paris n'avait pas prévu la manœuvre et déglutit avec peine, croisant le regard changé de son camarade. Ses yeux scintillaient, vitreux, et lui rappelèrent ceux d'un drogué aux pupilles dilatées. Accroupi, les jambes presque engourdies, le lieutenant perdit un peu de son assurance. La peur de mourir s'installait. Les mots de Paré au sujet de la scopolamine lui revenaient :

« Dans cet état, la personne est capable d'exécuter des ordres de manière consciente, tout en ne pouvant pas les refuser. » Est-ce que son ami avait ingéré cette fameuse drogue, le souffle du diable, et ne répondait plus de ses actions ? Il fallait garder la communication ouverte avec Jim et c'est pourquoi Paris le questionna :

– Que fais-tu ?

– Tu ne l'as pas entendu ? Il veut que tu meures.

Est-ce qu'il parlait du chant du hibou ? Cet oiseau était-il une sorte de signal que seul Guilbert pouvait interpréter comme un ordre ? Son visage ressemblait à celui d'un intoxiqué aux prises avec une substance hallucinogène particulièrement puissante. Même au plus fort de leurs argumentations quotidiennes, jamais son collègue ne l'aurait menacé ainsi. L'individu devant lui n'avait plus toute sa tête et Paris devait à tout prix le désarmer avant qu'il ne soit trop tard.

Un nouveau craquement de bois résonna, suivi d'une plainte animale qui déchira le silence extérieur. Une sorte de râle d'agonie. Il fallait partir d'ici au plus vite. Rester ne mènerait nulle part. Paris et Guilbert se trouvaient dans l'antre de cette chose.

– Guilbert. Écoute-moi, veux-tu ? On va quitter cet endroit et….

– Tu vas mourir, Paris. Tu vas mourir comme Legrand.

Ses tremblements faisaient vaciller le canon de son arme et le lieutenant observa les mouvements de balancier de l'engin mortel. Il devait profiter de l'inertie de son vis-à-vis. Lorsque le hululement du hibou se répéta et créa un sursaut chez Guilbert, Paris fondit sur lui et agrippa le revolver de sa main libre. Une lutte s'amorça. Paris avait perdu sa prise sur son propre Glock, tombé sur la terre battue. Malgré son apparente léthargie, Guilbert s'avéra plus combatif que prévu et refusa de céder. Chacun tirait, poussait, et leurs geignements accompagnaient leur étrange chorégraphie. Le lieutenant frappa avec ses genoux et reçut, en retour, un coup de tête qui l'ébranla. Il déployait toute sa force pour tenter de maîtriser son adversaire dans cette cabane où la liberté de mouvement manquait.

Guilbert lui mordit alors le bras, comme un forcené, un animal enragé. Une vive douleur le força à crier.

– Guilbert, arrête !

Sans résultat. La folie meurtrière de Jim frisait la démence, visiblement engendrée par la scopolamine. Les deux corps roulèrent pour se retrouver dehors, sous la pluie froide. Aucun ne voulait lâcher prise. Le sol boueux et couvert de flaques éparses les trempa. Craignant l'apparition de l'enfant démon, Paris redoubla d'efforts, hurlant sa rage et son envie de survivre. Exaspéré, il frappa Jim en plein visage, percuta la mâchoire et fit éclater la lèvre inférieure.

Un coup de feu retentit, une déflagration puissante qui détourna l'attention des deux hommes. Une légère odeur de poudre flotta, l'espace d'un instant, noyée dans les effluves humides de la nature. Ils cessèrent de bouger, leurs corps raidis par la perspective d'être touché par le projectile. Paris croisa le regard de Guilbert, coincé sous lui, et y vit une lueur de lucidité : ses pupilles avaient retrouvé leur taille normale.

– Paris ?

La transe meurtrière dissipée, le lieutenant se dégagea pour s'agenouiller, le revolver toujours en main. Guilbert demeura au sol. Paris en profita pour s'inspecter, heureux de découvrir qu'il n'était pas blessé. Jim posa ses mains sur son estomac, pour ensuite les retirer et les regarder, hébété. Elles étaient couvertes de sang. Son regard incrédule passait de l'arme dans la main de son ami à son visage troublé. Il semblait n'avoir aucune idée de ce qui s'était passé.

– Qu'est-ce que…

La phrase se termina dans un râle.

Paris fut incapable de remuer ou de parler. Il pensait à Judith, sur qui il avait tiré dans les mêmes conditions. La coïncidence le troubla.

– Paris ? On est où ? murmura Jim.

Sans répondre, le lieutenant bougea enfin et extirpa son cellulaire de la poche de son pantalon. L'appareil avait été brisé dans leur lutte et s'avérait inutilisable. Guilbert saignait beaucoup trop. Il se vidait de son sang, son visage témoignant d'une douleur croissante.

Paris se leva, trempé.

– Il faut partir d'ici, retourner à la voiture et appeler des secours.

Il jeta un regard à la ronde, réfléchissant, et vit une petite silhouette immobile près d'un arbre. Lugubre forme humanoïde aux bras ballants, elle semblait les épier.

Guilbert suivit son regard avant de s'exclamer, paniqué :

– C'est lui !

Paris agrippa son ami pour le soulever, non sans provoquer des gémissements chez lui. Jim passa un bras sur les épaules du lieutenant tout en marmonnant qu'il fallait fuir. Le tenant à la taille, Paris fut en mesure de le guider le long du sentier. Ils étaient sans armes, bombardés par la pluie torrentielle. Le sol boueux s'avérait perfide, puisqu'ils manquèrent de glisser à quelques reprises. Ils ressemblaient à deux ivrognes qui revenaient d'un bar au milieu de la nuit.

Une image s'imposa étrangement dans l'esprit de Paris, dans un retour en arrière particulièrement violent. Cela se déroulait la nuit où, ivre, il s'était chamaillé avec Judith. La nuit fatidique. Elle lui reprochait ses beuveries presque quotidiennes, sa constante mauvaise humeur et son attitude très déplaisante. Dans le salon, Paris hurlait comme un fou, accusait sa compagne de le brimer, de ne vouloir que le blesser. Il savait, bien entendu, qu'elle avait raison. Paris perdait un peu plus le contrôle de sa vie avec chaque jour qui passait : l'alcool prenait une trop grande place. Pour expliquer sa faiblesse, il se réfugiait dans l'engourdissement et l'abrutissement du houblon, refusait d'admettre son incapacité à supporter les infamies vues à son travail. Il était lâche, trop fier pour demander de l'aide ou même pour vouloir admettre son problème.

Judith l'avait menacé, ce jour-là, de le quitter pour retourner habiter chez ses parents. Elle l'aimait plus que tout, mais ne pouvait plus vivre avec un ivrogne.

Le film mental fit un bond de quelques minutes en avant, ignorant les cris et les objets brisés sous l'impulsion de la colère, la gifle administrée à sa compagne. Judith pleurait maintenant, blessée par la furie indigne et injustifiée de celui qui vivait dans le tort, sourd aux horreurs qu'il débitait comme un idiot. Elle s'était dirigée vers la porte d'entrée pour l'ouvrir, lui crier qu'elle le quittait. Aussi étrange que cela puisse paraître, Paris se souvenait de la nuit trop fraîche pour la saison chaude, de l'obscurité qui avait paru vouloir s'engouffrer à l'intérieur et envahir le salon et les couloirs déserts. Il se souvint aussi du chant d'un hibou, un hululement solitaire au cœur de la nuit.

L'épouvante de ses pensées déferla en lui. Il s'effondra avec Guilbert. La tête entre les mains, les genoux dans la boue, il entendait son ami gémir à ses côtés. La petite silhouette se tenait maintenant devant eux, mais il ne la voyait pas vraiment.

Le flot d'images recommença. Judith avait refermé la porte en la claquant, sans toutefois avoir quitté la résidence. Elle s'était essuyé les yeux et le nez avec la manche de sa veste. Puis elle s'était figée pour éternuer à trois reprises. Quelque chose maculait le vêtement au niveau du poignet et de l'avant-bras. De la poudre ? Une blancheur inhabituelle qui formait un bien étrange motif. Judith avait levé la main pour se frotter le visage. Elle l'avait contemplée, curieuse, avant de se tourner vers lui. Sans un mot, elle s'était ruée pour le frapper à la poitrine. Surpris par l'attaque, Paris avait perdu l'équilibre, percuté la table basse du salon. Même dans le souvenir, il pouvait revoir l'étincelle de fureur dans le regard de sa compagne. Elle avait observé la pièce durant quelques secondes avec une confusion inhabituelle, pour ensuite gagner leur chambre sans lui adresser la parole.

Paris s'était questionné, sa colère dissoute par le comportement inhabituel de la femme de sa vie. Pourquoi avait-elle rebroussé chemin, alors qu'elle s'apprêtait à partir ? Pour faire ses bagages ? Il l'ignorait et avait décidé de la suivre. Il avait dû défoncer la porte verrouillée. Elle était debout, tout près de la table de nuit, de son côté du lit. Le tiroir ouvert, Judith maniait son arme de service, chargée et prête à délivrer une sentence de mort irrévocable.

Dans le sentier, sous la pluie froide, Paris ignora les appels d'un Guilbert qui agonisait. Le policier eut la vague impression d'entendre des pas le contourner. Ses vêtements imbibés d'eau pesaient une tonne. Il tenta de se relever, de se redresser, en vain. La douleur physique et mentale l'écrasait.

De retour dans leur chambre, Judith tenait toujours l'arme à feu. Elle s'était retournée pour lui faire face, pour poser sur lui son regard sombre. À ce moment, il avait pensé qu'il ne s'agissait plus de sa compagne, que quelqu'un d'autre le toisait ainsi. Vaguement lucide en dépit de son ivresse, Paris s'était approché d'elle pour lui intimer de déposer son arme dans le tiroir. Il s'était même moqué en lui demandant si elle comptait le tuer. À ce moment-là, le hululement s'était fait entendre à nouveau, de si près que Paris avait tourné la tête en direction de la fenêtre, convaincu d'y apercevoir la silhouette d'un hibou les fixant de ses grands yeux.

Il n'avait vu qu'un rectangle de noirceur.

Avant qu'il ne soit trop tard, Paris avait eu l'instinct de vouloir désarmer Judith. L'alcool et sa colère devant son refus d'obtempérer précipitèrent ses mouvements brusques. Il s'était retrouvé avec les mains sur l'arme à feu, le même scénario qu'avec Guilbert.

Deux détonations retentirent dans son esprit. Plusieurs années les séparaient. Deux évènements désastreux qui n'auraient jamais dû se produire.

Paris hurla, dans la chambre de sa résidence où Judith s'était écroulée, puis dans les bois, alors que la douleur dans son crâne disparaissait aussi subitement qu'elle était apparue. Son cri se perdit dans l'absence d'écho et sous la pluie. D'une pâleur que la saleté ne suffisait pas à masquer, Guilbert gémissait toujours. Paris se releva pour s'approcher de son ami, voulut le soulever à nouveau, mais ce dernier l'en empêcha en lui prenant les mains.

– Il est trop tard, Paris.

– Non, laisse-moi te…

– J'ai trop mal.

Le lieutenant se dégagea de la poigne de son compagnon pour glisser un bras sous lui et tenter de le relever. Mais il ne fit que déclencher un cri de douleur et une quinte de toux. Du sang apparut à la commissure des lèvres de Jim. Il était déjà trop tard.

Un énième craquement le força à lever la tête et il vit la petite silhouette, qui, cette fois, s'éloignait dans les bois, zigzaguant entre les arbres. S'il avait eu ses armes, Paris aurait vidé les chargeurs sur cette chose meurtrière. Mais elles étaient restées dans la cabane.

Lorsqu'il reporta son attention sur Guilbert, son ami le fixait avec ses grands yeux ouverts, la bouche close.

Il était mort.

Paris hurla de toutes ses forces.

Il était de nouveau responsable de la mort d'un être cher.

5

Stéphanie Prost avait failli annuler sa rencontre avec Collier. Vers seize heures, elle avait reçu un appel de Rondeau, l'inspecteur-chef. À ce moment-là, elle sortait de la douche de sa chambre de motel et s'habillait. Il l'avait informée que non seulement Paris avait retrouvé Guilbert dans la cabane derrière l'école, celle où l'on avait découvert un charnier, mais aussi qu'il y avait eu du grabuge. Guilbert était décédé, Paris allait bien. Ce fut tout ce qu'il lui avait divulgué et, questionnée sur ce qu'elle faisait, Prost avait révélé la vérité. Elle avait ensuite annoncé qu'elle pouvait se rendre auprès de Paris, mais Rondeau lui avait ordonné de poursuivre son enquête. « On s'occupe de lui », avait-il dit.

Elle se retrouva donc dans le stationnement des porcheries de la ferme Legrand aux environs de dix-huit heures. L'idée de passer son samedi soir à la porcherie la fit sourire. L'agent Collier l'attendait et Prost ne put s'empêcher de remarquer à quel point il était bel homme. Sa jeunesse le servait bien, il avait de l'énergie à revendre et une obsession pour le travail sur le terrain.

Comme convenu, il s'était chargé d'emporter l'équipement nécessaire à leur recherche, ce qui voulait dire des lampes-torches, des outils divers, un appareil photographique. Et il ne fallait pas oublier le plus important : un pied-de-biche.

Ils discutèrent brièvement de Paris, tous deux inquiets et choqués par la nouvelle d'un autre décès de policier. Sans détails, ils ne purent que spéculer et rapidement passer à autre chose.

Collier lui expliqua que la porcherie où les corps avaient été retrouvés ne contenait plus d'animaux, mais le reste du complexe fonctionnait comme à l'ordinaire. La mort du propriétaire n'avait en rien affecté les opérations de la lucrative entreprise. Dans la journée, un membre de la famille venu de Californie avait pris la relève des activités, allant même jusqu'à annoncer aux médias l'agrandissement futur du site et l'ouverture d'une seconde ferme d'élevage dans un village voisin. Un projet déjà mis sur pied par le défunt fondateur.

Rémy Collier avait pris soin d'avertir le gardien de sécurité en poste de leur présence sur les lieux. On les laisserait tranquilles. Comme le hangar où avait eu lieu le meurtre était encore sous scellé, Collier en avait obtenu la clé et une fois les rubans jaunes interdisant l'entrée repoussés, il déverrouilla la porte pour entrer dans l'immense structure déserte. Une forte odeur y flottait, mélange du fumier et de la paille qui recouvraient le plancher. Prost tenait une copie de la photo remise par Stanley. Munis de leurs lampes pour mieux éclairer les coins que les néons n'atteignaient pas, ils repérèrent rapidement l'endroit où le meurtre était survenu.

Ils fouillèrent donc le couloir, longeant les différents enclos, dont celui où l'on avait trouvé le porc ensanglanté. Ils ne virent aucune trace de ces marques noires et furent donc contraints de conclure qu'on avait délibérément effacé ces indices.

Pourquoi ?

En particulier sur une scène de crime scellée par les autorités ? Comme aucune autre partie de la porcherie n'avait été photographiée, ils savaient se trouver au bon endroit.

Perplexe, Prost fronça les sourcils, puis donna des instructions.

– On fouille à terre. On cherche des indices ayant échappé aux gars du laboratoire.

– OK, patron.

Sérieux, Collier s'agenouilla pour fouiller, de ses mains gantées, la paille entremêlée de fumier, provoquant un nuage de poussière et de relents nauséabonds. Sa dévotion à la cause fit sourire Stéphanie, qui se contenta de braquer à nouveau son faisceau le long des parois et de racler le plancher à l'aide de ses pieds pour déplacer la mixture séchée. Elle en profita pour sortir les gants de latex de ses poches et les enfiler.

Ils passèrent ainsi au peigne fin plusieurs enclos et toute l'allée centrale, prenant le temps d'inspecter le système de tuyauterie desservant les abreuvoirs et les mangeoires. On testait la solidité du plancher, les murs, les différents joints et tout ce qui sortait de l'ordinaire. À mesure que le temps passait, ils s'éloignèrent tous deux dans des directions opposées :

Prost se concentrait sur les enclos et Collier passa directement aux salles de machinerie et de rangement. Les techniciens y avaient jeté un œil, sans plus, et le jeune policier voulait tenter sa chance.

Prost éternua, couverte de poussière, la chaleur de l'endroit couvrant son dos de sueur. Elle se redressa et lança un regard vers son confrère, qui disparaissait derrière une porte.

Collier découvrit la chaufferie, assez vaste et remplie d'équipement bruyant. Un grondement sourd indiquait que les ventilateurs fonctionnaient et permettaient l'aération de la bâtisse. Il s'avança tout en observant les différentes pièces de machinerie, incapable d'en déterminer l'usage exact. Dans un coin, il découvrit un gros coffre à outils qu'il fouilla. Curieux, il souleva une pièce métallique en cherchant à l'identifier ; cela ressemblait à une clé à molette déformée. Haussant les épaules, il voulut la replacer dans le coffre, mais elle lui échappa et percuta le sol. Un son sourd monta.

Collier cessa de bouger, observant le plancher qui avait sonné creux. Il s'agenouilla et passa la main pour découvrir que cette portion était une grande plaque de métal. Ses jointures frappant la surface confirmèrent le vide en dessous. Il y porta donc toute son attention et l'épousseta de ses mains, toussant à cause du nuage de poussière ainsi créé. Il s'avança en frottant le sol, pour atteindre le coffre à outils sur roulettes et le déplacer. En dessous, une découverte éveilla son instinct de flic et accéléra ses battements de cœur. Il avait peut-être trouvé un indice important.

Collier héla Prost, tandis qu'il tirait sur un anneau métallique. Il rencontra une certaine résistance. Alors que l'agente de la GRC entrait dans l'espace réduit, il comprit qu'il venait de mettre à jour une trappe qui devait conduire à une salle souterraine.

— Bravo, Collier !

— À votre service, madame.

Presque sans effort, il souleva la trappe et dévoila un petit escalier sombre et escarpé.

— Je me demande comment les techniciens ont pu manquer cela.

— Parce qu'ils n'ont pas rampé au sol comme toi, Collier, ironisa Stéphanie.

La réplique le fit rire et il fut tenté, un moment, de lui asséner une tape dans le dos, comme avec les copains. Mais il se retint, autant par respect pour son grade plus élevé que pour éviter qu'elle se méprenne sur ses intentions. Il ne la connaissait pas vraiment et craignait tout contact physique susceptible de le mettre dans l'eau chaude.

La trappe ouverte, Prost et Collier étaient libres d'explorer plus à fond. Lampes en main, armes à la taille, ils s'engagèrent bravement dans l'escalier de bois, qui protesta contre leur présence avec des grincements. Les dix marches donnaient sur un tout petit couloir datant possiblement de la construction de la bâtisse. Les parois étaient en béton. Une odeur de renfermé flottait dans le tunnel, qui menait à une porte close. Les policiers échangèrent un regard et, sans un mot, dégainèrent leurs armes. Prost fit signe à la recrue de passer en premier, ce qui le fit sourire d'une joie évidente. Son visage redevenu sérieux, Rémy tint son arme et sa lampe devant lui, bras croisés. En silence, il progressa le long du mur, sans quitter la porte des yeux. Ils l'atteignirent, et elle s'ouvrit sans difficulté, donnant sur une pièce de bonne dimension.

Prost pensa tout de suite à un laboratoire, une découverte surprenante dans un tel lieu. L'idée d'expériences prohibées ou secrètes s'imposa à son esprit. Il n'y avait aucune autre sortie. Une chaise semblable à ces fauteuils utilisés par les dentistes occupait le centre, sauf qu'elle était équipée de sangles aux bras et aux pieds pour immobiliser le patient. Détail troublant, ce fauteuil était trop petit pour servir pour des adultes ; il se devait donc d'être utilisé pour des enfants.

Collier en vint sûrement à la même conclusion, puisqu'il brisa le silence trop lourd.

– Ah ben, tabarnak !

Une couche de poussière recouvrait l'ameublement, qui n'avait pas servi depuis des lustres. Sur leur droite, un petit comptoir supportait un éventail d'instruments médicaux : fioles vides, contenants divers aux formes étranges munis d'étiquettes illisibles. Au-dessus du fauteuil, une puissante lampe rétractable devait servir à éclairer les sujets soumis à Dieu seul savait quelle expérience.

Sur la gauche, un bureau avait été renversé, ses tiroirs brisés et un écran d'ordinateur fracassé. Prost remarqua la présence de deux prises électriques murales, ainsi que d'un câble téléphonique coupé. Elle s'avança vers le bureau, fouilla les rebuts au sol du bout de son soulier. Lorsqu'elle vit des documents, elle s'empara de quelques-unes des feuilles, souffla dessus pour les dépoussiérer, puis les examina. Le premier papier affichait un entête avec un nom de compagnie, sans adresse, ainsi qu'un logo étrangement semblable à celui de la GRC. Il donnait l'impression d'appartenir au gouvernement.

Elle lut le nom de l'entreprise à voix haute.

— Advanced Genetics Enterprises.

— C'est quoi ça ? l'interrogea Collier au sujet de la pièce.

— Aucune idée. Regarde ce que j'ai trouvé.

Il s'approcha pour jeter un œil. Il s'agissait d'une liste qui énumérait des produits, sûrement médicaux, qui ne leur disaient rien. En fait, il s'avéra que toutes les pages étaient similaires, mais n'expliquaient en rien les activités tenues sur place. Rémy s'éloigna, désintéressé, pour fouiller les débris à son tour. Ce fut sur le fauteuil qu'il découvrit des traces de sang séché. À l'endroit même où la tête du patient devait se trouver, l'hémoglobine avait créé une rigole le long du dossier incliné.

En voyant le visage vaguement écœuré de son compagnon, Prost délaissa les documents pour s'approcher.

— Je n'aime pas ça pantoute.

Stéphanie regarda la monture de la lampe, au plafond, et vit des anneaux vissés à même de larges poutres transversales. De courtes chaînes y pendaient toujours. Cette vision fit reculer Collier, qui retraita bientôt vers les marches. Il préférait soudain la vision du bétail égaré sur les routes et les ivrognes à la voix pâteuse aux scénarios dignes d'un roman d'épouvante qui naissait dans son esprit.

Livide, il se retourna pour annoncer qu'il remontait à l'étage.

— J'ai besoin d'air.

Restée seule, Stéphanie réfléchissait au fait indéniable que Legrand leur avait caché l'existence de cette cave. Il avait fait bâtir chaque porcherie de sa ferme d'élevage, supervisé lui-même les travaux. Plus terrible et condamnable que le mensonge du vieil homme, la simple idée des atrocités qui s'étaient déroulées ici la fit frissonner. Une telle pièce clandestine ne pouvait qu'abriter des expériences non sanctionnées par la communauté scientifique et qui violaient très probablement la plupart des lois et conventions canadiennes, voire internationales. Elle eut une pensée pour Frankenstein. La folie s'étendait aussi aux conditions de propreté improbable dans un endroit où vivaient des porcs.

La voix de Collier lui parvint. Le jeune homme, par téléphone, demandait l'assistance de l'équipe scientifique. Dès son coup de fil terminé, elle l'entendit qui s'éloignait de la trappe.

Quelque chose dans son attitude la troublait, sans qu'elle puisse mettre le doigt sur ce qui la dérangeait.

Prost téléphona à Paris pour l'avertir de leur découverte. Il lui fallut laisser un message. Viendrait-il après les évènements éprouvants de sa journée? Elle se demanda ensuite qui se présenterait en premier : l'équipe de la Sûreté ou encore les fédéraux.

Ne restait plus qu'à attendre.

6

Stanley ouvrit les yeux. Du moins, l'informaticien en ouvrit un, celui de droite trop enflé pour permettre une telle manœuvre. Il sentit aussitôt la douleur dans l'ensemble de son corps, cadeau de la raclée qu'on lui avait administrée. À son retour du travail, trois individus l'attendaient devant chez lui, dans une voiture noire. Ils l'avaient attaqué sur le petit trottoir menant à son appartement, sans un mot, le rouant de coups pour ensuite l'entraîner vers le coffre de leur voiture. Il avait perdu connaissance.

Stanley suspectait avoir des côtes brisées ; il n'avait jamais connu une aussi intense douleur. Bouger s'avérait difficile. Le goût du sang persistait dans sa bouche, quelques dents lui manquaient et son poignet gauche enflé refusait de bouger.

Il profita de son éveil pour observer autour de lui : une cave sombre où seule une petite ampoule se balançait au plafond, peu efficace à illuminer la pièce. Aucun ameublement, un sol en terre battue, des murs en béton. La fraîcheur ambiante le fit frissonner. Il perçut une odeur de cigare et sentit un déplacement derrière lui. Il voulut se retourner, mais réalisa qu'on l'avait ligoté sur une chaise en bois. Un éclair de douleur traversa son épaule dans le mouvement.

Un homme se planta devant lui, une des brutes responsables de son état. Son réflexe fut de gémir, d'implorer pour éviter des coups supplémentaires. L'autre ne fit que rester là, bâti comme un haltérophile russe bourré aux stéroïdes et menaçant. Un autre individu s'approcha aussi, quittant le refuge de cette zone d'ombre dans son dos. Il fumait un cigare, portait un complet et arborait un large sourire. Plus vieux que son compagnon, il émanait de lui une force dangereuse, animale, et Stanley comprit que c'était le patron. L'informaticien se mit à chialer.

– Laissez-moi partir, je suis de la police.

L'homme le fixait, amusé, puis lui rétorqua :

– Ça tombe bien, moi aussi.

Cette réplique glaça Stanley, tandis qu'un filet de sang coulait sur son menton, une partie de sa lèvre inférieure fendue pendant lamentablement. Son nez cassé l'élançait alors qu'il paniquait, cherchant à se débattre.

– Vous vous en sortirez pas de même. Détachez-moi !

Le patron parut s'ennuyer et fit un geste vers son compagnon, qui s'approcha du mur de gauche pour y ramasser quelque chose dans un bruit de raclement métallique. Lorsqu'il réapparut dans le champ de vision de Stanley, il tenait une masse. L'informaticien sentit des frissons lui parcourir l'échine. Une peur glaciale le figea à la fois d'incompréhension et de folie : comment pouvait-on vouloir blesser quelqu'un ainsi ? Comment pouvait-il se sortir d'une telle situation ? Il se mit à pleurer et à parler.

– Que me voulez-vous? Qui êtes-vous?

L'homme au cigare avait un sourire déplacé. Il attendit que son employé s'installe tout juste devant Stanley, dont le regard embué fixait la masse avec effroi.

– On m'appelle Sang de Cochon.

Stanley n'eut aucune réaction, il ne connaissait pas le nom. Le patron poursuivit.

– Tu nous as rendu un bon service, mon cher.

– Quoi?

L'informaticien ne comprenait pas ce que l'homme lui disait. Quel service? Son regard perdu cherchait une faille dans tout cela. Un moyen de s'en sortir. En vain. Il était coincé avec deux illuminés. Sang de Cochon y alla d'un petit rire et d'une explication :

– L'information que tu as remise à ton amie, Prost, elle vient de nous. C'est une mise en scène pour la tenir loin du vrai laboratoire.

Stanley se sentit trahi, honteux d'être tombé dans le panneau. Une machination, un complot, voilà dans quoi il avait mis les pieds. Il secoua la tête, refusant d'admettre une telle vérité. Le patron recula jusqu'à l'entrée de la pièce, puis fit un geste à son sbire. Le portier armé se tourna alors vers Stanley. Leurs regards se croisèrent un instant et l'informaticien comprit que la compassion ne faisait pas partie des émotions susceptibles de traverser l'esprit de ce type. La masse fut levée et, sans le moindre délai ou hésitation, abattue sur un genou de Stanley, qui hurla à la mort. Le choc fut audible, et poussa la chaise de quelques centimètres de côté. Le bruit de l'os brisé, de l'impact sourd, emplit la pièce.

Sang de Cochon était satisfait.

Il se détourna au moment où le deuxième coup atteignait sa cible : l'autre genou. Son homme s'amusait, malgré l'absence de sourire. Il en était ainsi.

Le patron remonta le couloir; sa voiture l'attendait. Il avait d'autres chats à fouetter. Les choses se déroulaient assez bien, malgré le fiasco de la ferme Legrand. Il devait protéger ses opérations et repensa au policier, le lieutenant Paris. Il espérait que l'explosion de son garage avait été suffisante à le faire replonger dans l'alcool. Le point faible de Bruce Paris était indéniablement la bouteille et, plus il ressentirait du stress, plus il se laisserait aller. Son jugement, son efficacité et son flair en seraient affectés.

Sang de Cochon se sentait assez bien. L'unique problème, maintenant, consistait en cet enfant démon. Cette créature qui leur tournait autour. Il savait que le gamin se trouvait à la porcherie lorsque l'agent de sécurité s'était fait tuer, qu'il se trouvait aussi chez Paris le soir de l'attentat, et même chez Legrand. Ses hommes le lui avaient dit.

Il fallait se débarrasser du petit.

7

France Rioux vit la chose répugnante ramper sur le sol de sa cellule. La créature rose, couverte de sang, la fixait d'un regard hostile. Deux petites billes noires et luisantes occupaient la place des yeux, dépourvus de pupilles. Sa bouche était une grimace figée dans un éternel cri d'exécration silencieux. Elle laissait sur son parcours une traînée, amalgame de sang et d'une matière brunâtre indéterminée, ses petites mains griffues raclant la pierre.

C'était son fils Emmanuel, cette obscénité que France avait expulsée de son corps après douze heures de hurlements, de pleurs et d'atroces souffrances. Ce démon qui n'avait d'humain que la silhouette s'approchait d'elle avec rapidité, la menaçait. Elle voulut hurler, mais fut incapable du moindre son, quelque chose d'intangible comprimant sa poitrine et bloquant le passage de l'air à travers sa gorge. Tenter de bouger fut tout aussi inutile : ses chaînes réduisaient sa mobilité et ne lui permettraient pas de se soustraire à ce qui zigzaguait et serait bientôt sur elle.

En se débattant, France s'était entaillé les poignets et les chevilles. Du sang ruisselait de ses plaies. Sa nudité s'offrait dans un spectacle humiliant. Dos contre le mur, elle ferma les yeux. Les sanglots animaient ses épaules de mouvements saccadés. Le bruit des chaînes agitées emplissait la cellule et son corps s'arqua, puis se recroquevilla lorsqu'une petite poigne chaude et squelettique lui agrippa le pied. France se mit à frapper comme une folle avec ses jambes ; elle blessa davantage ses chevilles en entaillant et déchirant sa peau fragile. Des cris pathétiques, des plaintes animales franchirent ses lèvres.

Tout cela en vain, puisque la chose n'avait rien à faire de ses lamentations.

Le visage couvert de larmes, la lèvre supérieure maculée de morve, France se frappa la tête contre le mur, ignorant la douleur de cette percussion régulière. La peur l'étouffait, son cœur sur le point d'exploser battait à un rythme effréné.

La petite poigne tenait bon ; la chose rampait maintenant sur ses jambes et utilisait ses griffes comme autant d'amarres, évitant les coups. France sentait un sinueux filet de sang couler dans son dos, depuis sa blessure à la tête. L'horreur atteignit son apogée lorsque la bête se glissa entre ses cuisses sales, qu'elle écarta sans douceur. Un cri mourut dans sa gorge, tandis que France sentait le contact de cette bête sur son sexe. Un tel attouchement la révulsait : elle aurait aimé être capable de se fondre dans le mur derrière elle, de disparaître dans le béton qui la retenait prisonnière en compagnie de cette immondice.

Les petites mains velues et griffues entreprirent, dans une quête inimaginable, de la pénétrer, écartant ses lèvres et luttant contre la sécheresse qui sévissait dans l'orifice nauséabond dû au manque d'hygiène. France sentit la chose s'insinuer en elle, se forcer un passage dans l'accès trop étroit pour une telle entreprise. Une morsure la força à ouvrir les yeux pour jeter un coup d'œil à la créature, dont la tête disparaissait déjà. Incapable de parvenir à ses fins, la chose fiévreuse mordit encore, griffa et geignit comme un poupon privé de lait, assoiffé et colérique.

Les fesses sur le sol froid et humide, son dos contre le mur rugueux, France agrippa le petit corps serpentin et chercha à le repousser, à l'éloigner d'elle, mais la monstruosité était recouverte de sang gluant, de placenta et d'autres fluides provenant de ses entrailles. Cette mouillure lui servit pour se frayer un passage. La bête remuait avec une frénésie de lombric s'extirpant de terre sous la pluie. Une flaque de sang se formait entre les jambes de France, éclaboussait ses cuisses alors que la douleur des chairs qui se déchiraient l'aveuglait. La petite chose trop glissante lui échappa des mains.

Un brasier consumait son entrecuisse.

Cette folie cessa subitement, sans le moindre avertissement, malgré l'omniprésence de la douleur. La bête ne mordait plus, ne rongeait plus la peau lacérée et ensanglantée. En fait, la petite tête au visage maculé de sang se souleva, oublia abruptement l'orifice massacré. Avec un regard démoniaque pour la femme qui l'avait enfantée, la chose dévoila sa dentition de rongeur, ses lèvres frémissantes du plaisir de ce repas abominable. Paralysée par la peur, en état de choc, France toisa l'être odieux avec dégoût, haine et mépris. En dépit des vagues obscures qui déferlaient dans son esprit secoué, elle tentait d'éviter la perte de connaissance.

La bouche de l'abomination s'ouvrit, souffla une haleine fétide et chaude :

– Maman !

Un silence, insupportable, et une immobilité glaciale s'installèrent quelques secondes avant que la bête humanoïde bondisse sur France. Les poignes squelettiques lui agrippèrent les cheveux, le visage bestial d'Emmanuel se plaqua violemment contre le sien pour lui mordre une joue et en arracher un morceau. France hurla, secoua avec frénésie les chaînes qui la retenaient. En vacillant, elle parvint à se mettre debout, luttant pour se débarrasser de l'immondice qui menaçait de la dévorer.

Couverte de sueur, elle ouvrit les yeux dans un lit, emmêlée dans de soyeuses couvertures propres. Elle avait tant crié qu'elle pouvait encore percevoir l'écho de cette plainte issue de l'horrible cauchemar. S'adossant contre la tête du lit, elle essuya la sueur et les larmes sur son visage avec la couverture, et redécouvrit sa nudité.

À la suite de l'insémination réalisée par le docteur Meunier, la situation de France avait changé. Il avait insisté pour qu'on la traite mieux, afin de faciliter la grossesse prévue. On l'avait donc transférée dans une chambre presque normale. À son réveil après la besogne du médecin dans ses entrailles fécondes, on l'avait guidée dans une série de couloirs, toujours enchaînée, sale et une cagoule sur la tête. Arrivée dans une petite pièce, une salle de bain, on lui avait ordonné de se nettoyer. Déjà puante et amplement humiliée, elle n'avait plus rien à cacher à ces brutes et s'était donc exécutée. Ses geôliers l'avaient avertie de ne pas se retourner pour les regarder, ou ce serait la raclée.

France n'avait eu aucun mal à les en croire capables.

Sa toilette terminée, on lui avait remis le sac de toile, retiré la serviette qui l'avait séchée pour ensuite la guider dans les couloirs souterrains. On n'avait pas pris la peine de la ligoter et les brutes qui la poussaient en profitèrent pour émettre des commentaires à son sujet sur son corps soudain désirable, sa poitrine ferme et son visage angélique révélés par la propreté. Ces propos audibles ramenèrent la peur du viol, la glaçant d'effroi, soulignant sa vulnérabilité. France se savait belle femme.

Elle fut donc escortée vers sa nouvelle chambre. Sans l'entraver d'aucune façon, les hommes s'étaient retirés et elle avait poussé un soupir de soulagement dès qu'elle s'était retrouvée seule. On avait verrouillé la porte métallique de sa nouvelle cellule. Enfin, elle avait pu retirer le sac de toile odorant qui lui obstruait la vue pour contempler son environnement. Au milieu de la pièce, il y avait un lit étroit avec couvertures et oreillers. On avait placé dans un coin une toilette portative, ainsi que deux rouleaux de papier hygiénique qui lui donnaient espoir de ne plus se salir les mains. Face à elle, sur le mur opposé à la porte, se trouvait une petite table avec quelques livres dessus. Elle s'était approchée, avait vu que les bouquins étaient des romans de genres très variés, lui offrant une distraction inespérée dans cet enfer d'ennui. Aucun signe du moindre rat, de la moindre moisissure ou d'ossements.

Elle avait ensuite pleuré, seule et épuisée. Captive, et néanmoins heureuse de ces changements.

Cela s'était déroulé quelques jours plus tôt. Depuis, les hommes venaient la chercher tous les soirs, à moins que ce soit le matin : elle avait perdu toute notion du temps. La semi-obscurité et l'absence de fenêtres l'empêchaient de confirmer quoi que ce soit. On l'obligeait à se doucher, puis un repas copieux l'attendait au retour dans sa cellule confortable. Elle était désormais nourrie trois fois par jour. Ses repas semblaient provenir d'un restaurant ou d'un traiteur, puisqu'ils arrivaient dans des contenants en plastique.

Mais France n'était pas dupe : cette apparente amélioration de ses conditions de détention n'avait pour but que de faciliter sa grossesse.

Tandis qu'elle se remettait péniblement de ce cauchemar où son fils tentait de revenir à ses origines, France arpenta la pièce. En manque d'exercice, elle se dégourdissait ainsi les jambes, tout en réfléchissant. Elle s'ennuyait de sa famille, de son mari et de sa fille, de sa précieuse liberté, même si cette dernière était illusoire. France préférait de beaucoup l'emprisonnement imposé par son mari à cet endroit macabre.

Est-ce que sa famille était aussi prisonnière de ces individus ? Elle en doutait, certaine que la mort était déjà venue les cueillir : ils n'étaient d'aucune utilité pour ses geôliers.

Son corps s'étant vidé de toutes les larmes emmagasinées par fierté, elle était incapable de les pleurer. Au bout d'un moment, elle accéléra sa marche autour des meubles vissés au sol, sous un plafonnier qui diffusait une lumière jaunâtre tamisée. Une fente dans le plancher, recouverte d'une grille, permettait l'entrée d'air chaud.

France entendit bientôt des pas dans le couloir. Elle se figea, aux aguets, mais les sons s'éloignèrent et elle soupira de soulagement. Elle retourna donc s'installer sur le lit, fixant la porte close. Elle redoutait les visites, en particulier celles du docteur Meunier. Son ton autoritaire la glaçait d'effroi. La seule idée de ce qu'il expérimentait sur elle la déroutait. France réfléchissait souvent à leur rencontre lors de sa première grossesse. Contrairement à ses habitudes, Maurice avait accepté que le médecin s'immisce dans leur vie et avait même participé à toutes les rencontres pour préparer l'arrivée de leur fille. Lui, si taciturne et si jaloux, ne s'opposait même pas à la présence de Meunier, se déplaçait sans rechigner pour se rendre au centre hospitalier. Une nouvelle complicité s'était installée entre les conjoints. Les mauvais traitements et les insultes s'étaient estompés ; France était presque parvenue à croire que Maurice avait changé.

Et si cette enfant l'avait rendu plus humain ?

Tout n'était qu'un artifice pour engourdir sa méfiance.

France entendit un cliquetis métallique et sursauta. La porte s'ouvrit, dévoilant une silhouette inquiétante. Un homme se tenait dans l'embrasure et elle baissa instinctivement les yeux, selon les instructions de ses geôliers. Elle devait aussi attendre qu'on lui couvre la tête avec le sac en toile. Elle n'était pas censée distinguer les visages et ils faisaient tout pour éviter d'être aperçus.

Mais il était trop tard, elle avait entrevu ce visage-ci. Celui d'un homme corpulent, d'environ un mètre quatre-vingt-dix, avec une barbe et de longs cheveux noirs bouclés. Il portait un jean bleu foncé et une veste kaki ouverte sur un chandail rouge vif. Immobile, il la fixait en silence, elle le devinait aux chaussures immobiles sur le seuil. France se recroquevilla sur le lit, s'enroula avec les couvertures pour masquer sa nudité.

La voix tonitruante de l'autre résonna tel un grondement de tonnerre :

– Regarde-moi !

Elle refusa d'obéir. La peur d'une identification visuelle punissable était trop réelle. L'homme fit un pas dans la cellule, hurla de nouveau son ordre, une pointe de colère dans la voix.

– Regarde-moi !

Que faire ? Elle hésita, mais finit par lentement relever le menton, pour scruter l'homme satisfait. Il renifla, jeta un bref coup d'œil vers le couloir avant de refermer la porte derrière lui. La peur s'abattit sur France, qui se mit à trembler. L'individu avança encore et elle comprit qu'il ne devait pas se trouver ici, qu'il agissait en opposition aux ordres du docteur Meunier. L'idée de se mettre à crier à tue-tête lui traversa l'esprit, mais, paralysée par la peur, elle n'en fit rien.

Dans son crâne, une voix paniquée répétait en boucle :

« Est-ce maintenant que je vais être violée ? »

Il défit sa ceinture et abaissa la fermeture éclair de son pantalon. Une lueur avide et perverse illumina ses yeux bruns au regard perçant. Il s'humecta les lèvres.

Sa voix graveleuse déboula dans la petite prison, comme une sentence définitive.

– On va s'amuser un peu, toi et moi.

Trop vulnérable, France se replia sur elle-même tandis qu'il s'approchait, une main enfoncée dans son pantalon.

Acculée au mur, elle ferma les yeux.

La brutalité des hommes, elle connaissait déjà très bien.

8

Dimanche 28 septembre

Le lieutenant Bruce Paris avait les yeux clos et sa tête reposait sur l'une des mains de Judith. Drapée dans ses couvertures, elle paraissait si mince et si fragile. Il avait placé une chaise à côté du lit pour s'y installer. Il était près de cinq heures du matin. Une lune blafarde illuminait le ciel.

Dès sa déposition signée par ses collègues, Paris avait précipitamment quitté le sous-bois et la cour d'école. Il avait judicieusement évité de croiser l'inspecteur-chef, qui finirait par vouloir lui parler. Il s'était retrouvé dans sa voiture, le visage de Guilbert imprégné sur sa rétine, presque convaincu que l'enfant démon surgirait de la banquette arrière pour lui sauter dessus. Le chauffage à fond pour lutter contre ses tremblements, il avait roulé plusieurs heures, sans cesser de jeter des coups d'œil dans son rétroviseur. Il s'était finalement arrêté dans le stationnement bondé d'un immeuble résidentiel pour fouiller la banquette arrière et le coffre. La peur de cette chose lui nouait l'estomac.

Dès son siège réintégré, il avait placé son arme sur ses genoux, puis fermé le nouveau téléphone cellulaire récupéré au poste et qui ne tarderait pas à sonner. Si Paris avait hésité à s'approprier un des téléphones mis à la disposition des agents, son instinct lui avait dicté d'en prendre un, juste au cas. Rondeau finirait par essayer de le joindre pour discuter des évènements de la veille, tout comme les sbires du Service des enquêtes internes et ses confrères du poste de police. Ces derniers voudraient s'assurer qu'il allait bien et lui offrir leur aide. Nul doute que la mort de Guilbert et les circonstances entourant son décès soulèveraient des questions auxquelles il serait difficile de répondre.

Ses problèmes ne faisaient que commencer.

Bien que froide et osseuse, la main de Judith lui apportait un grand réconfort. Malgré l'infortune qui l'avait clouée dans ce lit, elle demeurait l'amour de sa vie, sa raison d'être, et la culpabilité de Paris n'en était que décuplée.

Jusqu'à maintenant.

Il voyait maintenant les choses d'un œil nouveau. Le chant de cet oiseau nocturne ainsi que l'attitude de Guilbert et de Judith dès qu'ils l'avaient entendu venaient changer la donne. Peut-être n'était-il pas entièrement responsable de ce qui était arrivé. Paris se redressa, la main fragile toujours dans les siennes. Il observa le visage angélique, amaigri et tant aimé de sa compagne. Elle était destinée à mourir ainsi, dans cet état comateux. La vérité pourrait fort bien disparaître avec elle, dans le néant de l'oubli.

Le lieutenant approcha son visage de celui de sa compagne pour déposer un baiser sur son front, puis sa joue. Il se leva ensuite, fixant le jour naissant qui illuminait maintenant le stationnement où une voiture noire, une berline, se garait tout près de la sienne.

— Je t'aime, mon amour...

Elle lui répondit de son silence permanent, et il ne put s'empêcher de lui passer une main dans les cheveux. Il sentit alors un regard peser sur lui et jeta un coup d'œil dans son dos au moment où une des infirmières s'éloignait de la porte entrouverte. Le bruit de ses pas s'estompa bientôt. Paris soupira, puis délaissa la main de Judith.

— Tout ce que je veux, c'est comprendre comme ça a pu nous arriver.

Il avait une peur bleue de la vérité. Paris évita de regarder à nouveau dehors, sachant qui l'y attendait. Au lieu de cela, il ferma les yeux, pour murmurer :

— Je suis désolé, mon amour.

Dans le néant visuel engendré par ses paupières fermées, il revit les moments très précis où Judith et Guilbert avaient fait feu, leur arme hors de vue entre les corps fusionnés en une lutte sauvage. C'était une mise en scène, une blague de mauvais goût, une chorégraphie au résultat malsain. Le rire du petit démon lui revint en mémoire. Il sut, à ce moment, que cette chose en liberté était l'unique responsable des deux décès survenus en sa présence. Paris ignorait toutefois comment il s'y était pris. Il devait retrouver cette abomination.

Le lieutenant ouvrit les yeux et offrit un dernier regard à Judith avant de quitter la pièce pour s'éloigner dans le couloir, animé d'une activité matinale réduite. Émergeant de l'édifice, il se laissa caresser par le soleil et l'air tiède, prenant la direction de sa voiture d'un pas lent. Il réalisa à quel point il avait faim et soif.

Une voix forte l'interpela :

– Tu es difficile à joindre, Paris.

Le lieutenant leva un regard ennuyé vers Rondeau. Il n'était pas d'humeur à se faire réprimander. Il lui adressa un vague geste de la main.

– Mon portable est brisé.

Paris ne prit même pas la peine de révéler qu'il avait pris un autre appareil au poste.

– C'est ce qu'on m'a dit. Je savais que je te trouverais ici, avoua le patron.

Paris s'approcha de son supérieur vêtu d'un uniforme d'apparat, s'adossa sur la voiture à côté de lui pour fixer le stationnement et l'édifice en face. L'inspecteur-chef remarqua sûrement le pantalon sale, la chemise déchirée, tachée de sang séché, le veston froissé et la mine déconfite de son subalterne. Paris avait passé un sale quart d'heure, la veille.

– Tu devrais te reposer, Paris. T'as une gueule à faire peur.

– Je suis né avec.

Le lieutenant avait grand besoin de sommeil, mais, surtout, d'un remontant, quelque chose d'assez fort pour l'assommer et lui permettre de dormir sans interruption durant une douzaine d'heures.

Rondeau renifla, pour ensuite reprendre la parole, sans quitter la clinique des yeux.

– J'ai lu ta déposition. Il y a plusieurs trous dedans. Bien des choses que je ne comprends pas.

Le ton employé révélait qu'il ne s'agissait pas d'une question, alors Paris demeura muet, fixant la forêt, à gauche. Entre les arbres, on pouvait deviner un petit étang sur lequel le soleil se reflétait. Quelques oiseaux tournaient au-dessus de l'étendue liquide, des charognards qui guettaient probablement une proie agonisante ou étudiaient une carcasse avant le casse-croûte.

— En attendant des éclaircissements, je dois te retirer de l'affaire.

Paris demeura silencieux, conscient que toute protestation serait inutile. Le récent fiasco au refuge du petit monstre derrière l'école lui avait coûté l'enquête ; on dépêcherait aussi des agents d'Ottawa ou de Montréal, formés pour les affaires de meurtres, pour prendre les dossiers en main. C'était peut-être mieux ainsi. Il n'avait plus la force de continuer, plus la détermination de creuser une affaire qui le dépassait.

Trop de morts le hantaient.

Rondeau posa une main réconfortante sur son bras. Ce contact lui parut toutefois glacé et impersonnel, presque forcé.

— Je dois te suspendre avec solde, du moins pour quelque temps.

Paris détourna son regard des oiseaux pour observer son supérieur. Fraîchement rasé, propre et parfumé d'une eau de Cologne fruitée, il ne connaissait plus l'horreur du terrain, l'odeur de la mort, l'adrénaline de la chasse ou l'effroi d'être traqué. Il était devenu un bureaucrate et, avec ce nouvel état de fait, avait perdu l'instinct du pisteur.

– Je suis désolé, Paris.

L'inspecteur-chef s'avança, lui donna une tape amicale dans le dos, pour ensuite contourner la voiture et s'approcher de la porte côté conducteur. Il allait l'ouvrir lorsque Paris laissa tomber :

– Vous savez, je l'ai entendu et je l'ai bien vu.

– Qui ? demanda Rondeau, le front plissé.

Le lieutenant se tourna pour lui faire face. Sa frustration avait balayé son inertie et sa résignation. Ses yeux brûlaient d'une fièvre dangereuse, née dans la frayeur.

– L'enfant démon. Le petit Rioux.

L'inspecteur-chef lâcha la poignée de la portière, se frotta le dessous du nez, puis glissa les mains dans ses poches, gardant l'obstacle métallique entre eux. Son malaise était visible alors qu'il fixait l'asphalte, cherchant ses mots.

– Hier après-midi, les agents qui fouillaient le terrain des Rioux ont découvert des cartouches dans les buissons. Probablement à l'endroit où le tireur embusqué a tiré sur tes hommes. Sur Lemieux.

Paris acquiesça. Cela expliquait bien des choses. Quelqu'un de planqué aurait tiré sur les patrouilleurs, incitant à croire qu'il s'agissait de Rioux depuis sa fenêtre brisée. Ceux-ci convaincus que les projectiles venaient de la résidence, personne n'avait fouillé les alentours.

– Ils ont aussi découvert une sépulture récente.

On recherchait une arme, des objets susceptibles de relancer l'enquête. Cette découverte changeait les choses. Ils avaient le corps de la petite Rioux, retrouvé dans le repaire du fils démoniaque qui errait toujours librement dans la nature. Comme seule la mère de famille n'avait pas été retrouvée, le lieutenant supposa qu'il s'agissait d'elle.

— France Rioux ?

— Non.

La surprise s'empara de Paris, dont la bouche se tordit d'interrogation, ses yeux sondant son supérieur dans l'attente de la suite. Il ne pouvait imaginer qui d'autre se trouvait dans cette tombe.

— Ils ont creusé et trouvé une caisse de bois, avec un corps à l'intérieur. Selon le légiste, la mort remonterait à quelques jours seulement.

— Qui est-ce ? hurla presque Paris, aux prises avec un mauvais pressentiment.

L'inspecteur-chef hésita. Devant l'insistance de Paris et sachant trop bien qu'il devrait lâcher le morceau tôt au tard, il poursuivit :

— Emmanuel Rioux.

Paris reçut l'information comme un coup de feu tiré à bout portant. Un instant, il fut incapable de respirer, sa vision se brouilla et il vit des étoiles blanches danser devant ses yeux. Il se retint contre la voiture. L'incompréhension l'écrasait. Comment était-ce possible ? Mais surtout, si l'enfant était mort, qu'était donc cette chose qu'il avait vue et entendue ? Cet enfant démon ?

— Il est mort la gorge tranchée. Probablement le même jour que sa sœur. Je suis désolé, Paris.

Voilà pourquoi on lui retirait l'enquête. Sa déposition était truffée de mentions de l'enfant démon, mais les policiers avaient reçu la confirmation de la mort du gosse. Les preuves indiscutables s'opposaient à ses déclarations, faisant de lui un menteur. Un suspect ?

Un policier aux problèmes psychologiques nécessitant des soins ?

Le regard perdu de Paris passait de la clinique à Rondeau, qui n'en menait pas large.

– Je ne comprends pas. Je l'ai vu, je l'ai entendu.

Il avait haussé le ton, énervé, et son supérieur l'invita au calme d'un geste de la main.

– Prends quelques jours de repos, Paris, et on en reparlera.

Non. Emmanuel Rioux ne pouvait pas être mort, la gorge tranchée. Avec cette horrible vérité s'envolait en fumée tout ce qu'il avait tenu pour acquis durant l'enquête. Sans répondre aux paroles de l'inspecteur-chef qu'il n'entendait plus, Paris monta dans sa voiture et la fit démarrer. Il fixait le pare-brise, les mains crispées sur le volant, et quitta le stationnement du centre médical, tandis que Rondeau l'observait en silence, les mains sur les hanches.

Paris était dévasté, ne comprenait plus rien.

Il n'y avait pire adversaire qu'un ennemi invisible, inexistant.

Avait-il finalement perdu la raison ?

9

Stéphanie Prost était nerveuse. Sa dernière folie du genre remontait à quelques mois déjà. Tout avait commencé par un coup de fil, donné plus tôt dans la journée avec le cœur qui battait à tout rompre et les paumes moites. Elle avait raccroché avec une envie de hurler de joie dans la solitude de sa chambre de motel minable. Pour l'occasion à venir, elle avait réservé une chambre dans le tout nouvel hôtel Hilton de Trois-Rivières, à une bonne heure de Saint-Tite. Elle ne pouvait imaginer rester ici, dans ce taudis malodorant, tout comme elle ne voulait pas retourner chez elle, malgré le weekend.

Elle avait laissé un message dans la boîte vocale de l'injoignable lieutenant Paris avant de finalement décamper. L'inspecteur-chef l'avait informée du dernier dénouement de l'enquête : la découverte du corps du petit Rioux, trouvé dans un champ à proximité de la résidence familiale. Rondeau lui avait aussi annoncé que sa présence n'était plus exigée et qu'elle pouvait plier bagage et retourner à son poste habituel. Cela attendrait au lendemain. L'investigation était prise en main par des agents de Montréal. Cela la contrariait, non seulement en raison de l'intimidation exercée par les autres policiers de son service, mais aussi parce qu'elle considérait cette enquête comme la sienne, du moins en partie.

Stéphanie se donnait tout entière à son travail, négligeant sa vie privée, sa santé mentale et physique. Elle avait toujours dû se surpasser davantage que ses confrères masculins, se battre pour se faire une place dans la hiérarchie sexiste de la Gendarmerie royale. Ce dimanche soir, elle baissait non seulement sa garde, mais elle se permettait un plaisir bien mérité. Toutefois, la simple idée que les flics de son propre service aient tout fait pour court-circuiter l'enquête lui donnait envie de vomir. L'idée de démissionner lui était venue, mais cela n'aurait que prouvé sa faiblesse et, ainsi, leur aurait donné raison.

Après avoir remis sa voiture au valet du Hilton, elle prit la résolution de ne pas quitter Saint-Tite sans dire au revoir à Paris, triste à l'idée qu'il puisse être ivre mort dans un bar miteux ou encore évanoui sur son canapé.

Dans sa suite luxueuse, Stéphanie avait pris une douche et passé le reste de l'heure suivante à se raser les jambes, s'épiler les sourcils, se poudrer, se parfumer, arranger sa coiffure, trouver le parfait vêtement et des sous-vêtements sexy pour l'occasion. La nervosité et l'excitation se chevauchaient, partenaires de toujours, au point où elle dut résister à l'envie de se faire plaisir en sortant de la douche, son corps plus que prêt pour sa dose de caresses et d'exploration buccale.

À vingt et une heures, on frappa doucement à sa porte, et c'est vêtue d'une courte robe moulante noire, ses cheveux retombant librement sur ses épaules, qu'elle se dirigea vers l'entrée de sa suite du troisième étage, à quatre cent cinquante dollars la nuit : une très belle chambre, spacieuse et dotée d'un large lit, d'un salon et d'une salle de bain de rêve, avec une baignoire à remous à laquelle on accédait en grimpant quelques marches. La suite était aussi dotée d'un balcon avec vue sur la forêt sombre qui se perdait dans l'horizon.

Prost s'empressa d'ouvrir.

Elle tremblait d'excitation et resta muette d'ébahissement face à la jeune femme qui l'observait. Christine, la serveuse qui lui avait remis son numéro de téléphone, attendait en souriant pour entrer. Sa beauté était à couper le souffle. L'air douce et gentille, elle donnait l'impression d'être une collégienne venue pour étudier en prévision d'un examen particulièrement difficile. Vêtue d'une jupe noire qui, sans être trop courte, dévoilait agréablement ses longues jambes, la barmaid portait un chemisier dont les premiers boutons du haut avaient judicieusement été dégrafés, laissant voir son cou et cet endroit mythique où la poitrine prenait naissance en un ravin invitant.

Stéphanie se déplaça pour laisser passer sa visiteuse. Elle en profita largement pour détailler son superbe corps, étudier la courbe de ses hanches, la fermeté du fessier souligné par la jupe moulante. Sa démarche était langoureuse, peut-être volontaire. Christine était une beauté naturelle.

Elles gagnèrent le centre du salon et s'arrêtèrent à une table basse où se trouvait un seau de glace baignant une bouteille de champagne, ainsi qu'une assiette de hors-d'œuvre venue de la cuisine de l'hôtel. Elles prirent les coupes déjà remplies et Christine observa la pièce, tourna sur elle-même avec ravissement ; une attitude un peu juvénile qui la rendit encore plus désirable aux yeux de Stéphanie.

La barmaid fut la première à briser le silence :

– Très belle suite.

– Merci. Je suis contente que tu aies accepté de venir.

Christine reporta son attention vers son hôte, se rapprocha jusqu'à se planter devant elle. Figée, Prost avait du mal à respirer. La jeune femme lui toucha la joue du bout des doigts et accrocha son regard lumineux dans le sien.

– Tu me plais.

Consciente de rougir, Stéphanie prit une longue gorgée de champagne et sa nouvelle amie l'imita, sans la quitter des yeux. Prost se savait jolie, mais Christine se trouvait dans une classe à part, désirée par tous les hommes et enviée ou détestée par les femmes. Il s'agissait d'une occasion inespérée dont elle voulait savourer chaque instant. Peut-être en raison de la gêne évidente de Prost ou encore du parfum insistant des multiples bougies réparties dans la suite et encerclant la baignoire, Christine se défit de sa flûte de champagne pour s'approcher de la porte coulissante qui donnait sur le balcon.

– Je peux ouvrir ? Le vent s'est levé et j'adore sentir le parfum de la forêt.

– Bien sûr.

La serveuse sourit et fit glisser la porte. Son corps se trémoussait avec délice, révélant la forme alléchante de ses fesses. La perspective des ébats à venir donna des bouffées de chaleur à Stéphanie, dont les dernières aventures avec une femme remontaient à l'époque du collège. Refusant de tomber amoureuse, elle s'était par la suite contentée de libérer la tension sexuelle dans des aventures d'un soir avec des hommes rencontrés dans des bars. Elle ne se considérait pas comme lesbienne, mais préférait amplement le corps féminin et se trouvait davantage d'affinités avec ses semblables. La rudesse, l'empressement égoïste et la brutalité du membre masculin la déroutaient.

Le bout de papier laissé par Christine avait été une occasion en or, mais il lui avait fallu beaucoup de courage pour passer à l'acte. Pour noyer l'échec de sa venue dans ce trou pourri où les flics mouraient dans de mystérieuses circonstances.

La jeune femme quitta la proximité de la porte vitrée pour passer tout près d'elle et lui effleurer le dos du revers de sa main. Ce geste imprévu lui donna la chair de poule. Une brise agréable s'infiltra dans la pièce, la fraîche odeur de la nature emplit la chambre, remplaça celle plus artificielle de la cannelle et de la lavande. La moitié des bougies s'éteignirent sous le passage du courant d'air vagabond.

Les coupes se vidèrent rapidement, en silence, sans que les deux femmes se quittent des yeux. La tension sexuelle aurait pu se couper au couteau, opaque voile de sensualité et de désir. Christine fit les premiers pas et se rapprocha encore plus, refusa les victuailles offertes, préférant assouvir d'autres besoins, plus pressants. Elle se glissa contre Prost, l'entoura de ses bras pour une étreinte chaude et douce qui les fit frissonner. Les poitrines se touchèrent, les jambes s'entremêlèrent et bientôt, les bouches se cherchèrent, pour vite se trouver. Stéphanie et Christine s'embrassèrent avec une passion presque animale. Les langues exploraient, les mains glissaient le long des corps, suivaient les courbes, s'attardaient aux endroits stratégiques.

Sur la table du salon, le portable de Prost se mit à vibrer, mais aucune des deux n'y porta attention, se dirigeant plutôt lentement vers le lit en une danse lascive qui s'accéléra. L'appétit sexuel les brûlait et elles se consumaient rapidement.

Des pièces de vêtements se mirent à tomber, elles se déshabillèrent sans cesser de s'embrasser. Lorsqu'elles atteignirent le lit, elles étaient toutes deux en sous-vêtements, animées d'une fièvre incurable. Christine y poussa Stéphanie, pour ensuite ramper vers elle telle une panthère désirant la chevaucher, sa bouche et sa langue découvrant son corps à mesure qu'elle montait : les genoux, les cuisses, le bas-ventre, le nombril, les bras, la poitrine, le cou et le visage, la bouche. Leurs corps presque nus glissaient l'un sur l'autre. Le désir les rendait aveugles ; la nuit promettait d'être torride.

• • •

Paris se voyait retirer l'enquête en même temps qu'on lui apprenait sa suspension. Pour une période indéterminée. Il se rendit donc chez lui, vaguement écœuré, pour prendre une longue douche chaude et enfiler des vêtements propres. Il se retrouva ensuite sur le canapé, où il s'endormit bien malgré lui, bercé par la télévision. Il se réveilla six heures plus tard, affamé et pas vraiment reposé. Il avala un repas congelé au goût tout aussi douteux que son apparence. Jamais un pâté au poulet ne lui avait semblé aussi cartonneux. La nourriture lui fut néanmoins encore plus bénéfique que le somme.

Devant le double échec professionnel qu'il venait de subir, le lieutenant troublé fit la seule chose qui lui passa ensuite par la tête : visiter un bar sombre et minable, question de vider plusieurs verres de scotch bon marché. L'alcool ne semblait pourtant pas en mesure d'engourdir son cerveau en ébullition : ce dernier répudiait les prétendues vertus de guérison du liquide ambré pour repasser en boucle les évènements des dernières vingt-quatre heures. Petite projection intime de torture déprimante, dérangeante. Le lieutenant rejetait l'idée loufoque selon laquelle le fils des Rioux était mort, malgré l'irréfutable cadavre découvert. Il ne pouvait y croire, parce que cela impliquait que la chose démoniaque vue et entendue chez lui et dans la forêt, aussi aperçue par Guilbert, était une abomination d'origine inhumaine.

Que pouvait bien être cette entité qui torturait des animaux ? D'où venait cette bête meurtrière, capable de terrifier à ce point un homme comme Guilbert ?

Bien que l'esprit de Paris refuse de céder au miracle de l'ivresse, son corps, quant à lui, avait ralenti sa capacité motrice. Paris composa le numéro de cellulaire de Prost, mais elle ne répondit pas. Il espérait lui parler avant qu'elle ne quitte la région, lui demander si elle avait des informations à lui divulguer, maintenant qu'on la renverrait sûrement dans son service. Il raccrocha avant l'enregistrement de sa boîte vocale, préférant lui parler de vive voix. Il décida d'écouter ses propres messages, qu'il effaça en majorité dès les premiers mots, sans intérêt pour les différents appels de ses confrères qui s'inquiétaient pour lui. Finalement, la douce voix de sa coéquipière temporaire se fit entendre. Prost l'informait de son changement d'hôtel pour sa dernière nuit dans la région et l'avertissait de ne pas venir la rejoindre avant le lendemain. Ils pourraient déjeuner ensemble avant son départ.

Paris nota l'adresse du Hilton dans son calepin mental et éloigna le téléphone. Sa mémoire de flic aidant, il pouvait emmagasiner une tonne d'informations sans être obligé de les écrire.

En ce moment, le lieutenant avait besoin de parler, de se vider le cœur, de poser des questions à l'agente de la GRC. Il voulait s'assurer d'avoir toute sa tête, que son histoire d'enfant démon ne tenait pas du fantasme ou de l'hallucination. Il devait aussi partager son histoire avec Judith et Guilbert. Il paya ses consommations pour ensuite plonger dans la nuit fraîche et venteuse.

Paris monta dans sa voiture, décidé à se rendre au Hilton, incapable d'attendre au lendemain. Il était encore tôt. Le trajet vers Trois-Rivières lui permettrait de se réveiller et d'éliminer en partie l'alcool qui contaminait ses vaisseaux sanguins.

• • •

Stéphanie était sur le dos, nue, la tête de sa partenaire entre ses cuisses. Sa bouche experte s'activait sur son sexe mouillé et brûlant. Prost gémissait et se tordait. La jeune femme l'avait déjà fait jouir et s'apprêtait à répéter l'exploit. Il lui tardait de pouvoir l'explorer à son tour, goûter son corps ferme et jeune, s'abreuver à la source de leur abandon complet.

Couverte de sueur, Stéphanie pouvait sentir la brise fraîche qui glissait sur elles, comme la caresse d'une troisième partenaire invisible. Son cœur battait avec une rapidité de sprinter au fil d'arrivée. Elle contemplait Christine entre ses jambes, ses fesses dressées vers le haut, son dos courbé et ses épaules où s'étendait sa chevelure ondulante. Elle passait un moment incroyable. La jeune femme maitrisait bien l'art du cunnilingus et il lui fallut agripper les draps ; elle tentait de contenir l'explosion de jouissance. En fut incapable. Elle sentit une décharge fulgurante la traverser, puis elle vint avec un cri enfiévré.

Christine émit un petit rire satisfait, se redressa en se passant la langue sur les lèvres. Leurs regards se croisèrent et Prost se crut sur le point de mourir, d'une crise cardiaque ou d'une surdose de plaisir.

Un son étrange lui parvint à ce moment-là.

Avait-elle bien entendu ? Capté ce qui avait semblé être le cri d'un hibou ? Il y avait quelque chose de romantique dans cet appel de la nature, dans la sauvagerie de la faune à proximité. Le chant se reproduisit et Prost laissa le plaisir l'envahir, la faire tressaillir et gémir. Il lui fallut quelques instants pour être en mesure de bouger, tant l'onde de choc était intense.

Lorsque Stéphanie se redressa sur les coudes, elle vit Christine qui se levait. Toutes deux épièrent la porte ouverte sur le balcon à leur droite. On ne voyait que la noirceur.

– Viens, lui suggéra Prost qui voulait encore sentir sa douce compagne contre elle.

Christine parut plutôt apercevoir quelque chose dans la suite, tout près de la porte d'entrée. Elle offrit un sourire coquin à Stéphanie et traversa le salon d'une démarche fortement sensuelle, puis se pencha pour ramasser quelque chose. Une enveloppe. Prost en profita pour s'asseoir, le cœur encore tout chamboulé, la peau couverte de frissons. Elle vit sa compagne revenir vers le lit, son visage témoignant d'une interrogation bien réelle.

– Qu'est-ce qu'il y a ?

– Mon nom est écrit dessus !

Christine lui montra l'enveloppe de loin. À mi-chemin entre la porte et le lit, elle l'ouvrit. Il y eut un soudain un nuage de poussière blanche qui l'aspergea. Elle s'immobilisa, toussa, jura, puis se passa une main sur la figure. Inquiète, Stéphanie se leva.

Christine, presque aveuglée par la substance, se rendit dans la salle de bain pour s'asperger le visage. Prost retrouva un moment de lucidité pour se demander qui savait que la barmaid était ici. Mais cette réflexion fut chassée par un souvenir plus troublant. Elle repensa à la poudre trouvée dans le sous-sol où Brière avait abattu Renaud. Cette drogue dont Paris lui avait parlé. Se pouvait-il qu'il s'agisse de la même ? Comment cela pourrait-il être possible ? Elle secoua la tête, refusant de le croire. Ce serait trop incroyable.

Toujours fiévreuse des caresses buccales et de l'extase du moment, Prost s'essuyait négligemment la figure et le sexe avec les couvertures. Un bruit de verre brisé monta de la salle de bain.

– Christine ?

Il n'y eut aucune réponse, sinon un bruit de frottement sur le carrelage de la pièce. Du verre ? Inquiète, Prost se leva, sans prendre le temps de se couvrir, pour s'avancer vers la salle de bain. La brise en profita pour la palper en toute impunité tandis que la moquette accueillait ses pieds avec douceur. La porte de la petite pièce où son amie avait disparu se ferma d'un coup, la faisant sursauter et reculer de quelques pas.

Dans son dos, le cri du hibou se répéta dans la forêt. Cette proximité était troublante. Prost fit l'erreur de tourner la tête vers l'ouverture sombre, s'imaginant presque y voir les yeux jaunes d'une bête au plumage majestueux la toiser en silence, la tête inclinée.

Au lieu de cela, elle ne vit que le néant de l'obscurité. La coûteuse suite n'était éclairée que par deux veilleuses placées tout près de la porte d'entrée et par les quelques bougies ayant survécu à la brise sauvage.

Prost entendit les frottements de pieds nus contre la céramique de la salle de bain. Elle se retourna avec rapidité, alertée par les pas soudainement précipités. Avec stupeur, elle vit que Christine venait d'ouvrir la porte et fonçait sur elle, un morceau de miroir pointu comme un poignard à la main. La surprise la paralysa, non pas celle de l'attaque improvisée avec cette arme artisanale, mais celle de découvrir le visage de sa compagne. Ce regard vide. Deux gouffres d'une obscurité inquiétante et inhumaine. Christine chargeait, les traits contractés par un effort en apparence douloureux, sa bouche entrouverte sur un cri de rage qui ne vint jamais, mourant dans son être devenu incompréhensible et imprévisible. De la poudre maculait encore son nez. Sa chevelure flottait dans son dos, comme l'étendard d'une folie passagère, et ses mains étaient tachées de sang. Elle avait dû se couper en brisant le miroir.

Au moment de l'impact, malgré les années d'entraînement au corps à corps, Prost fut incapable de parer le coup. Un mot traversa toutefois ses lèvres :

– Non !

Elle reçut le poignard improvisé à l'épaule. La douleur la fit hurler tandis que la lame pénétrait dans la chair comme le couteau dans le beurre.

Christine retirait déjà l'arme, prêtre à frapper de nouveau avec une furie inimaginable.

• • •

Paris se trouvait dans le stationnement du Hilton et venait tout juste de sortir de sa voiture lorsqu'il entendit le chant du hibou maudit. En dépit de son léger engourdissement physique et de son ivresse, qu'une heure de route n'avait pu réduire autant qu'il l'aurait aimé, deux pensées lui traversèrent l'esprit. La première proposait que ce chant soit une coïncidence, puisqu'il devait bien y avoir des dizaines, sinon des centaines de hiboux dans la région. L'autre ressemblait davantage à un mauvais pressentiment, une intuition qui lui noua l'estomac et le força à dégainer son arme, à jeter des regards furtifs autour de lui. Il scruta le stationnement et les arbres qui longeaient la bâtisse luxueuse, sans rien voir d'anormal. Il pensa alors à Prost, seule dans sa chambre et vulnérable, peut-être même ensommeillée. Le lieutenant se mit à courir ; il rejoignit la réception avec son badge en main, heureux que l'inspecteur-chef ne l'ait pas réclamé.

Il demanda le numéro de la chambre de Prost. Son badge, son arme et son air déterminé convainquirent une jeune femme de lui donner l'information. L'employée se retira ensuite dans le bureau, dont elle referma la porte en la claquant. Paris prit l'escalier en grimpant les marches deux par deux. Il soufflait avec effort et perdit pied à deux reprises, se retenant de justesse pour éviter la chute. La rampe devint sa meilleure amie dans son escalade effrénée. Lorsqu'il déboucha dans le couloir du troisième étage, il entendit une plainte féminine étouffée. Espérant qu'il ne soit pas trop tard, il se rendit à la porte de la chambre en question, la percuta d'un coup de pied sans perdre de temps à frapper et à s'annoncer. Elle résista, mais un deuxième impact suffit à l'ouvrir avec fracas.

Paris pénétra dans la pièce à l'éclairage tamisé et fut accueilli par la fraîcheur du dehors qui s'engouffrait impunément dans la suite par la porte coulissante ouverte. Il fit quelques pas à l'intérieur et s'immobilisa. Une femme nue lui tournait le dos, accroupie ; son bras armé d'un morceau de verre brisé s'élevait machinalement pour s'abattre vers une autre femme gisant sous elle. Toutes deux baignaient dans une mare de sang. Le choc de la vision se résorba à la pensée qu'il puisse s'agir de Prost et, la voix marquée par l'essoufflement, il hurla avec autorité :

– Police ! Jetez votre arme !

Paris devinait que l'agresseur n'était pas Stéphanie : la silhouette et la chevelure ne correspondaient pas, cette autre femme était bien plus jeune, plus mince. Entendant son cri, l'inconnue au poignard parut hésiter, retint son geste l'espace d'une seconde. Mais elle releva son bras armé, prête à frapper à nouveau sa victime. Le lieutenant fut contraint de prendre une décision rapide. Il fit feu, visa l'épaule de la bête déchaînée, qui fut projetée au sol sous la force de l'impact. Il put ainsi voir Prost, le visage contracté par la douleur, figé dans un masque de souffrance qui lui donna des sueurs froides. Il osa un autre pas, son calibre pointé vers la jeune femme qui se levait pour l'affronter. Il s'agissait de la serveuse du bar où sa partenaire était venue le cueillir lors de sa cuite.

Christine le regardait sans paraître le voir vraiment, et tenait toujours son morceau de miroir.

– Lâchez votre arme et à genoux !

Elle inclina la tête de côté, sans la moindre crainte, le regard perdu. Son visage avait retrouvé le calme d'une enfant en plein sommeil, souffrant de somnambulisme. Au moindre mouvement vers Stéphanie, il ferait feu. Mais Christine se tourna plutôt en direction de la porte ouverte et, sans lui laisser le temps d'agir, fit les quelques pas rapides qui la séparaient de l'ouverture. Estomaqué, il la vit atteindre le balcon et enjamber la balustrade, pour disparaître, pour se jeter dans le vide de la nuit.

Paris jura à voix haute, espérant pour elle qu'une piscine se trouvait en bas pour amortir sa chute. Il se rua sur le balcon au moment où il entendit un bruit sourd et une exclamation étouffée. Il passa la tête au-dessus de la rambarde, giflé par la fraîcheur nocturne, pour découvrir la serveuse sur gazon, en contrebas. Elle se relevait difficilement en se tenant la jambe droite, déformée à la hauteur du genou. Un lampadaire éclairait la cour et l'allée donnait sur un petit sentier qui s'enfonçait en forêt. Debout, Christine prit la direction de la végétation, gémissant à chaque sautillement. Elle était hors de portée, elle aurait rejoint les bois avant qu'il ne puisse descendre, et pas question de sauter à son tour. Il était trop vieux. Et lui tirer dessus semblait trop lâche.

Il devait s'occuper de Prost. De retour proche d'elle, il remarqua son buste ensanglanté : elle avait dû être poignardée à plusieurs reprises. Il s'agenouilla à ses côtés.

– Prost, tu m'entends ? Reste avec moi, j'appelle une ambulance.

Elle était sur le point de perdre connaissance, son visage d'un blanc cadavérique. Trop de sang maculait la moquette. Son pouls était faible, elle avait besoin de secours et vite. Paris aperçut le portable sur la table du salon et il se jeta dessus pour composer le 911. Une voix professionnelle au ton rassurant répondit à la troisième sonnerie.

– 911, quelle est l'urgence ?

– Bonjour, ici le lieutenant Paris, Sûreté du Québec, matricule 4334565. J'ai besoin d'une ambulance et de plusieurs patrouilles au Hilton sur Crescent. Nous avons un policier gravement blessé.

– Des voitures sont déjà en route, Lieutenant.

Paris resta muet. Il devait avoir mal entendu.

– Quoi?

– Des voitures sont déjà en route.

C'était impossible, à moins que des voisins de palier aient entendu le tumulte et contacté la réception de l'hôtel, ou même contacté les services d'urgences. Était-ce la réceptionniste qui avait appelé les secours?

Il tenait toujours son arme de service et fixait Prost, qui agonisait peut-être. Les blessures étaient trop nombreuses pour tenter d'arrêter l'hémorragie. Il revint s'agenouiller auprès de sa complice tout en s'adressant à l'employé du 911.

– Qui vous a averti?

– Nous avons reçu un appel anonyme. On signalait des coups de feu.

Paris raccrocha sans rien ajouter. Un frisson lui parcourut l'échine.

Prost posa la main sur son avant-bras et le tira de ses pensées. Il se pencha vers elle, ignorant sa nudité, refoulant la panique de tout ce sang qui la recouvrait. Il déposa son arme et retira son veston, qu'il plaça sur la poitrine lacérée pour au moins exercer une pression, qu'il savait insuffisante. Stéphanie eut un petit gémissement de douleur au contact du vêtement. Ses yeux grands ouverts, elle le fixait avec un regard rempli de larmes, son corps animé de tremblements.

– Ça va aller, Prost, les secours arrivent, affirma-t-il pour la consoler.

– Je vais mourir, annonça-t-elle dans un râle.

— Non. Garde les yeux ouverts... ne parle pas, tu te fatigues inutilement.

Un sourire traversa le visage de Stéphanie et remplaça presque la grimace de douleur. Elle trouva le courage d'une plaisanterie.

— Tu as finalement ce que tu voulais... me voir nue...

Elle toussa bruyamment et la flaque sous elle parut s'élargir à vue d'œil. Paris voulut répondre, mais elle l'en empêcha.

— Advanced Genetics Enterprises.

La surprise d'entendre ces mots, à ce moment précis, de la bouche de sa partenaire, le glaça d'effroi. C'était la compagnie pour laquelle Judith avait secrètement travaillé, vestige de sa double vie à son insu. La curiosité se peignit sur le visage de Paris tandis qu'elle poursuivait, sans mesurer l'ampleur de ses révélations :

— Ils sont impliqués, mais je.... je ne sais pas comment.

Paris lui tapota la main, voulut la rassurer.

— N'y pense plus, on aura tout le temps d'en parler.

Au loin, des sirènes signalaient l'approche des véhicules d'urgence. Paris et Prost tournèrent leur regard vers la porte coulissante ouverte, qui leur permettait d'entendre ces sons lointains.

— Tu dois partir.

— Je ne peux pas te laisser ici, hurla-t-il presque.

Prost se redressa un peu et souleva la tête, ce qui la fit gémir et tousser à nouveau. Le lieutenant la fit se recoucher avec tendresse et fermeté.

– C'est un piège, annonça-t-elle.

Le lieutenant se raidit en entendant ces mots et comprit en l'observant qu'elle disait vrai, qu'elle craignait pour lui. Il sentit le trouble l'envahir. Que faire? Les hurlements des véhicules se rapprochaient rapidement. Sa présence dans cet endroit, auprès d'une collègue à l'article de la mort, le soir même de son retrait de l'enquête et de sa suspension, serait difficile à expliquer. D'abord Judith, ensuite Brière. Guilbert et Prost. Cette fois, il ne s'en sortirait pas.

Il s'était fourré dans un pétrin inimaginable. On le surprendrait couvert du sang de sa partenaire, dans une chambre d'hôtel. On ne croirait pas son histoire de serveuse nue qui attaquait Prost avec un morceau de verre. L'alcool dans son sang le rendrait encore plus coupable. Il deviendrait un suspect; c'était le scénario idéal pour se débarrasser de lui.

Cette fois, personne ne serait là pour le protéger.

Il savait trop bien que les apparences, même trompeuses, pouvaient influencer l'opinion publique.

– Va-t'en et promets-moi... de les coincer, l'implora Stéphanie.

L'attention de Paris passa du balcon à sa consœur, qui frémissait. Ses yeux se fermèrent et il voulut lui toucher le visage, lui demander de les rouvrir. Mais un souffle, un faible râle traversa ses lèvres rosées. Son corps se détendit soudain, libéra toute tension, toute souffrance, toute horreur.

Prost venait de rendre l'âme.

Paris se leva et tituba. Tout tournait autour de lui. Il empoigna son arme, dut abandonner son veston imbibé de sang. Il devait fuir, il n'avait plus sa place dans cet endroit. Il saisit le cellulaire de Prost, fit le tour de la pièce d'un regard rapide et s'attarda un instant sur le corps de Stéphanie, triste et résigné.

Les secours seraient ici dans quelques minutes à peine. Il quitta la chambre à toute vitesse, prit l'escalier jusqu'au rez-de-chaussée, se jeta dehors par une sortie de secours qui donnait sur la forêt, à l'arrière de l'hôtel. Sans ralentir, en état de choc, il fonça dans la végétation et le refuge de son opacité au pas de course.

Paris était maintenant en cavale.

10

Une des choses les plus importantes apprises par France Rioux durant son union avec Maurice, c'était l'inutilité de chercher à se défendre en cas d'agression. En particulier contre un adversaire beaucoup plus fort. Une telle initiative ne faisait qu'envenimer les choses, dédoubler les coups violents et prolonger la période de torture. Durant son mariage, elle avait eu à peu près tous les os du corps brisés : un scanneur aurait montré une ossature parcourue de fêlures soudées par le temps. L'arthrite était devenue sa compagne des longs jours de crainte et des nuits froides habitées de cauchemars. France ne voyait que rarement le médecin pour ses différentes blessures, le temps se chargeait de tout réparer.

Son mari l'avait battue pour la première fois le jour de leurs noces, tout juste avant de lui arracher sa virginité à coups de bassin et d'insultes. Un cadeau unique et mémorable offert à un être malsain qui n'était pas digne de ce privilège. Cela faisait deux heures que le juge les avait officiellement déclarés mari et femme. Une petite fête éclair était en train de s'organiser et les invités allaient arriver d'un moment à l'autre. Ils se trouvaient chez ses parents à elle, dans le salon, flirtaient et s'embrassaient, riaient comme des gamins. France avait passé les quelques semaines précédentes à repousser les ardeurs de plus en plus intenses de son fiancé, mais elle ne pouvait plus refouler les attentions physiques chargées de convoitise de son époux. Elle en avait aussi envie.

Le plan original avait été d'attendre le soir même de leur mariage, dans cette chambre que ses parents avaient généreusement réservée et payée dans un motel du coin. Elle rêvait d'une nuit de noces traditionnelle, remplie de romance et de tendresse, où un mari et sa femme se donnaient finalement l'un à l'autre. Elle entrevoyait des étreintes, des mots doux, des douceurs sans fin, des pétales de fleurs, des coupes de champagne et une musique douce.

Ses parents étaient partis au supermarché pour s'approvisionner en bière et en nourriture. Sa mère avait aussi prévu un arrêt chez la fleuriste du coin pour y acheter des guirlandes et des décorations. Finalement résignés, ses vieux avaient toutefois tout fait pour l'empêcher de marier Maurice, ce qui ne l'avait peut-être que davantage poussée dans ces bras irrespectueux.

Seuls dans la résidence, France et Maurice s'étaient blottis sur le canapé, niché tout près de la large fenêtre avec vue sur la rue en cul-de-sac. Sourd à ses protestations, Maurice avait entrepris de la déshabiller. Elle avait d'abord cru pouvoir le convaincre d'arrêter, comme les autres fois, mais ce jour-là, c'était différent. Elle lui appartenait et il comptait bien obtenir son dû. Frustré par l'attitude défensive de sa femme, il l'avait violemment giflée et traitée de pute, il lui avait même intimé de la fermer. En dépit de ses sautes d'humeur occasionnelles, il ne l'avait jamais traitée ainsi. Le choc de le voir agir de cette façon persuada France, qui avait les yeux écarquillés de terreur, d'arrêter de se débattre. Ce comportement ne cadrait pas avec ses connaissances limitées des hommes. Devant cette soudaine docilité, Maurice était devenu encore plus furieux et s'était remis à la frapper, avec le poing cette fois et directement sur la mâchoire. Elle avait compris plus tard que la vue du sang sur ses lèvres maintes fois embrassées lui avait donné une forte érection et il s'était jeté sur elle comme un fauve sur une faible proie. Il l'avait prise sur le canapé, à plusieurs reprises et avec violence. Brutal, il s'était forcé un passage dans ses deux orifices et dans sa bouche, sans distinction, sans délicatesse. Cela n'avait duré que quelques minutes, peut-être une demi-heure tout au plus. Les premiers invités sonnaient à la porte tandis que Maurice remettait son pantalon. Il avait quitté la résidence par la porte arrière, laissant France à moitié nue sur le canapé, le visage ensanglanté.

C'était à tout cela qu'elle pensait lorsque le gros barbu fondit sur elle. En particulier à l'humiliation, résultante de ces visages curieux posés sur elle dans le salon de la maison familiale. On pouvait constater ses blessures, mais aussi l'échec de sa relation, le jour même de son mariage, avec celui qu'elle aimait pourtant. Maurice était revenu le lendemain pour la supplier de le pardonner, s'expliquant avec l'adresse d'un marchand de voitures d'occasion ou d'un politicien en campagne électorale. La folie de ces femmes battues incapables de se défaire de leur bourreau s'empara d'elle et France accepta de le suivre vers leur nouvelle demeure, une vieille maison sise au milieu de nulle part. Ils avaient quitté le foyer malgré les protestations de ses parents et les avertissements de ses amis inquiets. Tout juste après, il amorçait efficacement son travail pour l'isoler, l'affaiblir mentalement et la soumettre.

La brute s'agenouilla sur le lit, dans ce cachot à l'éclairage tamisé, et agrippa les couvertures pour les retirer puis les jeter au loin. Il révéla ainsi la nudité propre et parfumée de France. Elle était belle, son corps très désirable ; le monstre abaissa son pantalon sans attendre et se glissa sur elle. France ferma les yeux. L'odeur âcre de la transpiration menaçait de la faire suffoquer. Elle ne put réprimer un gémissement de douleur, le poids de l'homme la pétrissait. Sans ménagement, il lui écarta les jambes, se força vivement un passage en elle, s'activa dans le conduit sec, avec une brutalité sans égard pour ce qu'elle ressentait.

Le supplice dura à peine une minute. Son violeur laissa couler en elle sa semence détestable et chaude. Il haleta dans son cou et son corps violent se détendit, libéré de sa tension. France cessa de mordre dans l'oreiller où elle s'était retenue de hurler sa douleur et sa honte, ayant voulu taire les plaintes susceptibles de faire plaisir au barbu. Elle refusait de lui montrer sa souffrance.

Il était le deuxième homme à la violer, après Maurice.

Il se releva sans un mot, le visage rouge et un sourire de mépris aux lèvres. Il remontait son pantalon, mais s'arrêta à mi-chemin, songeur. France se redressa pour s'adosser au mur, lorsqu'il s'approcha du matelas, son pantalon glissant sur ses chevilles.

– Suce, maintenant.

Il lui empoigna les cheveux, ce qui la fit hurler de protestation. Sans hésiter, il poussa son membre contre le visage de France. La chose molle et encore gluante, odorante, cherchait sa bouche. Devant son refus d'obéir, il tira avec force sur la chevelure.

– Ouvre ta yeule.

France cessa de remuer. Une idée avait germé dans son esprit. Elle leva les yeux vers cet homme qui la toisait avec méchanceté, qui la dominait. Qui l'humiliait. La réduisait à un objet destiné à assouvir ses pulsions. L'idée embryonnaire devint vite une intention, s'installa avec obstination. France ouvrit la bouche et patienta jusqu'à ce que la chose traverse le portail gercé de ses lèvres et écrase sa langue en durcissant rapidement. Elle prit une grande inspiration, puis poussa son corps et sa tête vers l'avant afin de gober le plus possible cette immondice qui l'avait blessée.

Ensuite, elle mordit de toutes ses forces.

Un hurlement résonna, puissant. France sentit le goût du sang chaud se répandre dans sa bouche. La brute tira sur ses cheveux, mais elle refusa de lâcher prise et continua à mordre, à broyer, à couper, comme si sa vie en dépendait. Malgré ses hoquets de dégoût et son envie de vomir. Pris de panique, l'homme lui frappa la tempe et un voile de noirceur couvrit temporairement sa vision. Elle continua néanmoins de lacérer la chair redevenue flasque. Pour éviter un autre coup, France émit un hurlement étouffé en mordant avec furie, ce qui força son tortionnaire à se cambrer de douleur. Elle ouvrit enfin la bouche et il se retira avec un cri de mort, tombant à la renverse, son dos et son crâne percutant le plancher de béton. Il s'y recroquevilla.

Haletante, à bout de souffle, France cracha ce qui lui maculait la bouche, salissant le matelas d'un sang de couleur vive. Le monstre se tortillait maintenant, une main sur son sexe, qui saignait abondamment. De sa bouche tordue, un faible geignement montait. France se leva. Elle sentit la semence chaude couler le long de ses cuisses et ne fit aucun effort pour l'essuyer. Debout près de la brute, elle pouvait voir son membre à moitié sectionné. Une opération serait nécessaire pour qu'il puisse s'en servir à nouveau. Elle eut presque envie de sourire.

Sur le plancher, elle remarqua un objet, un portefeuille qui avait probablement glissé hors de la poche du pantalon. Elle se pencha pour le ramasser et l'ouvrir, les mains tremblantes. À l'intérieur se trouvaient une série de cartes de crédit et quelques billets de banque. Le rabat de gauche cachait un badge métallique qu'elle fixa avec incrédulité. Un insigne à l'effigie de la Gendarmerie royale du Canada. Il y avait aussi un permis de conduire et un autre de port d'arme, ainsi qu'une carte stipulant que le bénéficiaire du document appartenait à l'Association canadienne des agents de police.

France recula pour mieux étudier le violeur, qui n'était autre qu'un agent fédéral.

QUATRIÈME PARTIE

Copains comme cochons

1

Paris avait été contraint d'abandonner le corps de Stéphanie Prost dans la chambre du Hilton de Trois-Rivières. Sa compagne des derniers jours était morte sous les coups de la serveuse démente. Il était en état de choc et fonçait aveuglément au pas de course dans la forêt derrière l'hôtel. La plupart des sirènes s'étaient tues, annonçant l'arrivée des véhicules d'urgence dans la cour de l'établissement. La noirceur et l'opacité de la végétation rendaient sa randonnée difficile. Il se fit impunément flageller par les branches sauvages, trébucha à quelques reprises sur des racines glissantes et se frotta bien malgré lui à plusieurs arbustes épineux assez coriaces. La panique l'empêchait de réfléchir avec trop de lucidité et c'était bien mieux ainsi. Sinon, Paris se serait torturé avec ce qu'il ferait à la sortie des bois. Où aller ?

En fuyant ainsi, il soutenait sa culpabilité et offrait à ses possibles détracteurs une occasion en or de le discréditer. Paris avait écouté le conseil de Prost et aussi senti, avec son instinct policier, qu'il tomberait dans un piège en restant. Bien entendu, lorsque les secours arriveraient, on ferait la découverte du corps de Stéphanie, mais aussi des multiples indices révélant la présence de Christine et du lieutenant Paris, que ce soit les caméras réparties dans l'hôtel, les vêtements laissés sur place ou même le témoignage des employés. Les empreintes sur les coupes, dans la salle de bain. Alors, pourquoi fuir? Pourquoi penser que ce serait lui qu'on accuserait ou suspecterait, et non la serveuse? Parce qu'il avait perdu confiance en cette même institution pour laquelle il se dévouait depuis des années. Un système d'apparence juste et fière, mais parfois corrompu.

Encore plus troublante était la possibilité que cette chose, cet enfant démon, se trouve quelque part devant lui.

La fatigue de la longue et éprouvante journée, la déshydratation et le stress lui donnaient la nausée et des étourdissements. Son visage portait les traces des assauts de nombreuses griffes végétales qu'il n'avait pas eu le temps d'éviter. Son arme à feu dans une main, l'autre servait à repousser les obstacles sylvestres rencontrés. Sans trop de succès.

Paris croisa un sentier de terre battue d'un demi-mètre de large, qu'il emprunta, et découvrit aussitôt un petit ruisseau facile à enjamber sans se mouiller. Pour éviter de chuter ou de glisser en marchant sur les rochers, il lui fallut ralentir le rythme. Une fois de l'autre côté, aux abords d'une clairière, il s'attendait, à tout moment, à entendre les policiers lancés à ses trousses le rattraper. Au lieu de cela, il fut surpris par un mouvement rapide sur sa droite.

Une silhouette quitta l'abri temporaire d'un arbre pour lui sauter dessus. Il fut incapable de l'éviter, mais parvint toutefois à agripper son attaquante de ses deux mains. Il en perdit son arme. Ils valsèrent de côté et tombèrent au sol, lui sur le dos. Au-dessus d'eux, la lune libérée des rares nuages qui flottaient dans le firmament envoya ses rayons éclairer la scène. Il put ainsi voir que la jeune femme nue de l'hôtel gisait à ses côtés. À peine eut-il le temps de la reconnaître et d'assimiler la brutalité de l'attaque qu'elle lui asséna un coup de coude au visage, manœuvre qui lui emplit instantanément la bouche d'un goût métallique. Elle roula pour le chevaucher, frapper à nouveau, et il leva les bras pour lui agripper les poignets. Le visage de la créature était défiguré par la haine. Paris la retint ainsi, l'étau de ses mains refusant de laisser s'échapper les bras maigrichons. Cela lui demandait un effort considérable, difficile à imaginer avec une femme aussi menue. Une force surhumaine semblait l'animer. Elle lui cracha au visage, se souleva pour le frapper au ventre. Le lieutenant voulut stopper l'attaque et fit pivoter son bassin, cherchant à faire basculer son assaillante sur le dos et ainsi prendre l'avantage. Elle tint bon, mais il se souvint de sa chute à la fenêtre de l'hôtel et de sa difficulté à se tenir sur sa jambe gauche. Sans hésiter, il leva sa propre jambe et frappa de son talon sur le membre qui devait être pas mal amoché. La douleur de l'impact la fit se tordre. Elle glissa de côté et retomba au sol, le libérant.

Paris s'agenouilla et ils se toisèrent. Christine se tenait la jambe. Son corps d'une beauté indéniable n'était plus qu'une arme vicieuse. Elle grimaçait, dévoilant sa dentition parfaite qu'elle n'hésiterait pas à utiliser. Elle semblait à nouveau se préparer à lui sauter dessus. D'un bref regard, il fouilla le sol à proximité, espérant retrouver son arme, en vain. Il devrait affronter son ennemie à mains nues.

Vive comme l'éclair, particulièrement pour quelqu'un avec une jambe peut-être cassée, elle se rua sur lui, son visage couvert de larmes brillant sous les reflets lunaires. Paris s'était redressé, préparé à l'assaut, et fut en mesure de parer l'attaque, se déplaçant de côté pour l'agripper aux bras et la faire pivoter, puis la projeter sur sa gauche. Elle perdit pied et la force de sa lancée, conjuguée à celle de la poussée du lieutenant, l'envoya valser un instant avant qu'elle ne percute de plein fouet le tronc d'un arbre. D'horribles craquements s'ensuivirent. Une plaine pathétique déchira le silence de la nuit tandis que le corps retombait, inerte. Enfin, presque inerte, puisque les bras remuèrent bientôt, comme sous l'effet d'une crise d'épilepsie. La colonne vertébrale de la furie semblait avoir absorbé le choc de l'impact.

Paris reprit son souffle et se laissa tomber à genoux. Il cracha du sang sur le tapis de feuilles mortes. Il en coulait aussi de son nez. Il ne quittait pas Christine des yeux. Elle lui fit vaguement penser à une scène d'un de ces mauvais films de zombies, où l'une de ces créatures se retrouve démembrée et empalée sur une clôture, mais continue à se débattre, motivée par l'odeur de la chair humaine.

Christine le regardait, son cou tordu, joue contre le sol. Des soubresauts animaient son corps que tant d'hommes, lui compris, avaient désiré. Du sang coulait de sa bouche, formant une flaque sous son visage. L'impact semblait l'avoir temporairement sonnée.

Paris se releva, s'essuya le front, le nez et la bouche, pour ensuite fouiller du pied le sol autour de lui. Il raclait le tapis de feuilles et de branches, voulant retrouver son arme au plus vite. Il tendait aussi l'oreille pour déceler toute entorse au silence de la nature. Il s'imaginait que, d'une minute à l'autre, des chiens seraient lancés à sa poursuite et de multiples faisceaux de lampes illumineraient inlassablement la forêt. Il ne trouva pas son calibre, mais finit par se calmer, de peur de perdre le contrôle. Respirer, il devait inspirer et expirer. Ce petit exercice lui permit de ralentir les battements frénétiques de son cœur et de penser plus clairement.

Curieux, il s'approcha de Christine. Comment expliquer sa folie ? Son désir aveugle de poignarder, de tuer Stéphanie pour ensuite s'attaquer à lui ? Paris n'était pas superstitieux, il ne croyait pas aux ovnis, fantômes et autres conneries surnaturelles. Mais il n'était pas stupide non plus. La force derrière les agissements de la serveuse, tout comme celle derrière Brière et Guilbert, n'avait rien à voir avec des comportements rationnels.

Leurs actions irréfléchies et meurtrières ne s'expliquaient que par la fameuse drogue : ce souffle du diable capable de pousser un être normal aux pires atrocités. Il se souvint des paroles du technicien de laboratoire. De Paré. Son équipe avait découvert une forme modifiée de la scopolamine. Le problème était maintenant de savoir qui en était responsable, et surtout, pourquoi.

Cela restait à découvrir. Alors qu'il approchait de Christine, son pied buta contre quelque chose : son arme. Ce qui lui permit d'atteindre un niveau acceptable de confiance. Debout à moins d'un mètre du corps, il avait décidé de quitter cet endroit au plus vite lorsque le chant énigmatique qui semblait précéder les attaques dont il avait été le témoin se fit entendre. Le hululement du hibou venait de très près, ce qui le fit sursauter. Christine recommença à se débattre, cette fois avec la vigueur d'un piranha dans une baignoire remplie de poupons inertes et rosés. Elle frappa le vide autour d'elle de ses bras, souleva sa tête maculée de sang en produisant des gargouillis. Ses jambes demeuraient inertes. De l'écume s'écoula de sa bouche et son incapacité à bouger le bas du corps ne réduisit en rien ses tentatives pour l'attaquer. Paris repensa aux zombies, à ceux de l'émission *The Walking Dead*[6], cette fois.

Au bout de quelques secondes, Christine cessa de grouiller avec un geignement sourd. Sa poitrine se soulevait et s'abattait avec rapidité. Des tics nerveux agitaient aussi sa figure, lui donnant un air encore plus effrayant dans la clarté lunaire. Elle tenta de parler. Elle semblait redevenue la jolie fille rencontrée dans un bar, quelques nuits plus tôt. Paris s'agenouilla et s'approcha pour entendre ce qu'elle s'apprêtait à lui dire.

Elle devait beaucoup souffrir.

Au loin, comme il le craignait, vinrent les premiers jappements des chiens qu'on lançait à ses trousses. Paris connaissait l'efficacité de l'unité canine qu'on avait préféré garder à Saint-Tite jusqu'à la fin de l'enquête.

6. *The Walking Dead* est une série télévisée d'horreur et dramatique américaine, adaptée par Frank Darabont et Robert Kirkman, créateur de la bande dessinée du même nom, diffusée depuis le 31 octobre 2010 sur AMC.

Aux sons des cabots, il avait levé la tête vers la forêt pour la sonder, et lorsqu'il reporta son attention sur la jeune femme à ses pieds, il réalisa qu'elle ne bougeait plus, ne respirait plus. Décédée. En fermant les yeux, il secoua la tête, attristé par le trépas de cette victime innocente, emportée dans un imprévisible tourbillon de folie.

À quoi toutes ces morts rimaient-elles ?

Paris se redressa promptement. Il devait se remuer et vite, il ne pouvait perdre de temps. Ses poursuivants se rapprochaient, flairaient son odeur impossible à dissimuler. Il observa la nature menaçante qui l'entourait et s'apprêtait à reprendre sa progression, quand le chant du hibou déchira la nuit à nouveau. Il frissonna.

Le hululement venait de sa droite. Un regard dans cette direction lui permit d'apercevoir une petite silhouette sombre au pied d'un arbre. Elle semblait l'observer.

L'enfant démon était là.

2

France demeura bouche bée devant le badge, cette pièce de métal qui indiquait que son violeur appartenait aux forces de l'ordre. Cet homme faisait partie d'un groupe d'élite que la société formait, payait, entraînait et respectait avec l'espoir de les voir protéger les citoyens, les servir.

Le policier gémissait toujours. Un filet de bave coulait dans sa barbe et son regard vacillait entre la conscience et le néant. Ses mains recouvraient la blessure à son entrejambe ; une flaque s'était créée sous lui, ne cessait de s'élargir.

France décida de réagir. La possibilité d'une fuite, d'une libération, lui donnait des ailes. Avec précaution, elle se pencha sur l'homme pour fouiller ses poches. La crainte de le voir soudain se redresser et lui agripper les bras la troublait, mais rien de tel ne se produisit. Il était hors d'état de nuire.

Outre le portefeuille et le badge, elle parvint à retirer un trousseau de clés des poches du pantalon, aux chevilles. Trois clés distinctes et argentées. Elle ignora la monnaie inutile, et espéra un moment trouver une arme à feu, en vain. La seule arme de cette brute était sa force physique. Déçue, France s'éloigna du blessé pour s'approcher de la porte. Nerveuse, couverte de sueurs froides, la crainte de se faire prendre et d'être punie la rendait nauséeuse. Elle refusait toutefois l'inertie, voulait retrouver sa famille ; même son mari violent et vicieux serait préférable à cet emprisonnement, à l'expérience dont elle était la malheureuse victime.

Son oreille posée contre la porte métallique, elle sondait les bruits du couloir, heureuse de constater un silence complet. Elle n'aurait cependant d'autre choix que de sortir nue. Avec lenteur, elle entrouvrit la porte. La noirceur du couloir pénétrait dans l'interstice discret. On percevait le grondement lointain de machinerie. Un courant d'air frais la fit frissonner. Elle s'avança dans le passage en briques et en pierres lisses, dépouillé de toute décoration. Pieds nus, elle referma la porte derrière elle et la verrouilla. Elle espérait que la brute n'émergerait pas de sa torpeur douloureuse pour alerter les autres et se viderait plutôt de son sang. Une pensée sans culpabilité, parce qu'elle avait été humiliée et blessée, traitée comme une bête.

Le couloir s'enfonçait à droite et à gauche, dans une semi-obscurité inquiétante. Aucun indice visuel ne permettait de s'orienter. France ne conservait aucun souvenir de son arrivée ici, elle avait perdu toute notion du temps, de la distance, des directions. Son intuition du moment la poussait à aller vers la droite. Elle hésita néanmoins et chercha à se calmer, à réprimer la panique et les idées macabres qui l'envahissaient au sujet de son mari et de sa fille. Il lui arrivait, les yeux fermés, de voir leurs visages ensanglantés, tuméfiés et lacérés, leurs corps inertes et froids, nus et brisés, jetés dans des fosses communes, des trous qu'on remplissait de terre sans la moindre cérémonie.

France longea en silence la paroi glacée du mur, elle ne s'arrêta qu'en atteignant un coude. Le passage tournait à nouveau à droite. Un déclic lointain se fit entendre, semblable à un verrou de porte qui s'enclenche. Elle se plaqua contre le mur et déplaça le haut de son corps pour jeter un coup d'œil discret dans un court corridor qui donnait sur une porte de bois, avec une fenêtre ressemblant à un hublot ovale à la hauteur des yeux. Elle eut l'instinct d'observer les murs et le plafond, à la recherche de tout système de surveillance ou de sécurité. Elle ne vit pas de caméra. Jugeant qu'il n'y avait aucun danger immédiat, elle quitta le refuge du coude pour s'avancer vers la porte, en silence. Une vingtaine de pas suffirent.

À travers le hublot, elle découvrit un autre corridor, très différent de celui où elle se tenait. Murs et plancher en linoléum d'une blancheur éclatante lui firent penser à un hôpital. Il y avait des portes de chaque côté le long l'allée, à intervalles réguliers, ainsi que des appareils médicaux inutilisés pour le moment. Elle vit aussi des fauteuils roulants, des poteaux à sérum, des chariots recouverts d'équipement médical. Si ce n'était l'absence anormale de personnel affairé, de patients à la mine déconfite et de visiteurs inquiets, elle se serait crue dans un centre hospitalier quelconque.

Il était encore temps de rebrousser chemin, de tenter l'exploration de l'autre voie, mais France se demanda un instant si les membres de sa famille ne se trouvaient pas quelque part dans cet endroit. Qui savait? Cet espoir l'empêcha de revenir sur ses pas : il lui fallait découvrir, comprendre, explorer ce qui se cachait derrière ces portes closes. En fait, l'espoir représentait son unique option, un moyen d'oublier pour un temps les effets de la semence maudite qui germait en elle, tout comme celle qui maculait encore ses cuisses. Elle ouvrit la porte déverrouillée et s'avança dans la blancheur aseptisée.

Une réconfortante chaleur l'accueillit et caressa son corps nu, l'aidant à diminuer ses tremblements. Sachant qu'on pouvait la surprendre à tout moment, elle se glissa rapidement le long du mur vers la première porte sur sa gauche. La poignée métallique était reliée à un clavier numérique qui exigeait un code d'accès. Une vitre à la hauteur du visage permettait de voir de l'autre côté, mais France hésita avant de jeter un coup d'œil. Fallait-il franchir ce point de non-retour, graver sur sa rétine des images impossibles à changer, à effacer? Était-il préférable de poursuivre sa route sans chercher à découvrir le contenu de ces pièces, puisqu'elle ne pourrait rien y changer? Non, elle devait regarder. Cela n'avait rien à voir avec la curiosité, il s'agissait de nécessité.

En retenant son souffle, elle se plaça devant la porte et balaya la pièce du regard pour y découvrir une chambre à coucher semblable à la sienne. Un lit, quelques meubles ancrés au sol. Une femme enceinte était adossée au mur, sur le lit, et lisait un livre ouvert sur ses genoux. Son ventre indiquait une grossesse de six ou sept mois. L'inconnue mangeait un sandwich, absorbée par sa lecture. Elle ne portait aucun vêtement. Un mauvais pressentiment et un malaise gagnèrent France, tandis qu'elle s'éloignait pour s'approcher de la porte suivante. Une autre chambre similaire, une autre femme enceinte au ventre moins arrondi, assise sur le siège de toilette portatif, le menton levé vers le plafond.

France n'en croyait pas ses yeux, estomaquée, choquée, mais aussi intriguée. Elle passa aux autres portes, au nombre de huit, pour y voir derrière chacune des femmes enceintes, à différents stades de gestation, toutes nues et prisonnières.

Elle n'était donc pas la seule. Mais qui étaient ces femmes? Pourquoi étaient-elles ici?

France revint vers la porte numérotée «quatre», soudain aux prises avec un doute. Le visage de l'occupante lui semblait familier. Son esprit cherchait à restituer l'information contenue dans sa mémoire. Couchée sur le lit, une jeune fille tout juste sortie de l'adolescence paraissait dormir. Il lui fallut quelques secondes pour faire le lien, pour reconnaître la patiente. Elle l'avait entrevue dans les bulletins de nouvelles télévisés et dans les journaux. Son nom lui échappait, mais pas les détails de sa disparition. La famille suspectait la jeune fille mineure d'avoir fugué. Les recherches n'avaient rien donné et le public s'était avéré incapable d'aider la police. Les avis de recherche s'étaient multipliés, puis espacés.

France se remémorait un des commentaires grossiers de son mari à propos de cette nouvelle.

«Je saurais quoi faire avec une cochonne de même…»

Cela datait de l'année dernière, tout juste avant Noël. Sa captivité durait donc depuis près d'un an.

La peur, déjà viscérale, appela sa camarade la folie, qui déferla en France avec une froideur glacée.

Tout cela était insensé, horrible.

Elle ne sortirait jamais d'ici.

3

Paris n'en croyait pas ses yeux : la chétive créature maléfique se tenait devant lui. Il braqua son arme vers le pseudo-gamin. Son cœur percutait sa poitrine avec la force d'un marteau-piqueur et menaçait de défoncer sa cage thoracique. Il cessa momentanément de respirer. Le lieutenant tremblait, voyait son canon vaciller alors qu'il jetait d'inquiets regards autour de lui, craignant une embuscade. Au moindre mouvement brusque ou louche, il n'hésiterait pas à tirer.

Au loin, on entendait toujours les jappements des chiens lancés à sa poursuite, ces clébards suivis par une multitude d'agents qui ratissaient la forêt. L'efficacité des battues de ce genre ne laissait aucun doute dans son esprit : s'il s'attardait, on le trouverait.

Avec lenteur, l'être démoniaque fit un pas dans sa direction, s'avançant dans la portion éclairée de la clairière. Au premier coup d'œil, malgré son apparence négligée, il ressemblait à n'importe quel enfant de son âge. Facile de se tromper, mais ce n'était pas un enfant normal que Paris observait, loin de là. Cette chose n'aurait pas dû être vivante. Le corps du jeune Rioux, retrouvé dans le pré derrière la résidence familiale, gisait à la morgue, prêt pour l'autopsie, ce qui soulevait des questions troublantes.

Qui était cet enfant ? Ou plutôt, qu'était-il donc ?

L'être bougea soudain. À peine. Paris grogna un avertissement, le doigt sur la détente :

– Pas un geste !

Dans son esprit logique, sa conscience d'adulte, pointer une arme chargée sur un gosse pour le menacer et le traiter comme un dangereux criminel s'avérait contre nature. Un peu comme de gifler un nouveau-né ou frapper une femme enceinte au ventre. Heureusement, la créature demeura en position, silencieuse, et le fixait avec intensité. Dans un geste mécanique, son bras se leva lentement pour désigner la cime de l'arbre, tout juste derrière lui.

Avec précaution, Paris se déplaça un peu de côté, pour ainsi surveiller le petit démon tout en levant les yeux vers le ciel. Son arme à mi-chemin entre les deux cibles, le lieutenant ne vit d'abord que les branches alourdies d'aiguilles entourant un tronc mince et grisâtre, vacillantes sous la faible brise en hauteur. Il cligna des paupières, mais n'aperçut rien de particulier et allait abandonner sa recherche. C'est là que son regard, maintenant habitué à la pénombre, capta les contours d'un objet non identifiable, coincé à la jonction du tronc et d'une branche.

L'enfant démon émit un bref sifflement pour attirer son attention avant de bouger avec lenteur. Il évitait les mouvements brusques, permettant ainsi à Paris de ne pas se sentir menacé. Le petit se pencha vers le tapis de feuilles mortes pour y agripper quelque chose de camouflé dessous. Le lieutenant ne manqua aucun de ses gestes. La sueur coulait sur son front et ses paumes devenaient moites. La créature tenait une petite boîte noire.

C'était quoi, ça ?!

Vers l'ouest, les aboiements gagnaient en force. Paris devait partir avant qu'il ne soit trop tard. Chaque seconde ferait la différence entre être capturé et réussir à s'échapper. Il doutait toutefois qu'on voulût l'attraper vivant : ce genre de complot nécessitait une fin dramatique et irréversible. Il fallait qu'il disparaisse. Il se sentait un peu comme Lee Harvey Oswald[7] ou le docteur Richard Kimble[8].

L'enfant produisit un claquement de langue pour attirer l'attention du lieutenant et lorsque Paris le regarda, perplexe, le gosse pressa du doigt sur un bouton à même le boîtier. Un puissant hululement résonna dans l'arbre, juste au-dessus. Depuis l'objet coincé dans les branches.

Paris comprit alors ce qu'il voyait : un drone.

Il eut un mouvement de recul. Une peur glaciale coula en lui, mêlée à l'incompréhension. Les cris d'oiseaux nocturnes venaient donc de cet appareil et non pas de hiboux vivants. Il coupa court à ses réflexions quand le gamin lui jeta quelque chose. L'objet atterrit au sol, entre eux. Paris avait tant de questions, mais n'osait rompre le silence, de peur

7. Lee Harvey Oswald est le principal suspect de l'assassinat du président américain John Fitzgerald Kennedy et de celui du policier J. D. Tippit, conformément aux conclusions rendues par deux enquêtes gouvernementales. Cependant, aucun procès, ni même le début d'une instruction judiciaire, n'a pu avoir lieu après qu'il eut été abattu par Jack Ruby moins de 48 heures après son arrestation.

8. Richard Kimble est un personnage de fiction et le héros de deux séries télévisées américaines, *Le Fugitif* de Quinn Martin et Roy Huggins (1963-1967) et Le Fugitif (2000-2001), et d'un film *Le Fugitif* d'Andrew Davis (1993). Il est accusé à tort du meurtre de sa femme. Fugitif, il recherche le vrai coupable.

d'alerter les prédateurs sur sa piste. L'enfant démon fit demi-tour et s'éloigna de quelques pas, lui tournant le dos le temps d'aller se placer parmi les arbres. Le lieutenant en profita pour s'avancer et jeter un œil sur ce qu'il lui avait lancé.

Il s'agissait d'une plaque en plastique chiffrée. Il lui fallut quelques secondes pour comprendre ce dont il s'agissait, mais lorsqu'il l'eut découvert, il leva les yeux vers l'enfant.

Ce dernier avait disparu ! La nature avait repris possession des lieux.

En plus des aboiements, le grésillement des radios se faufilait maintenant jusqu'à lui. Il ne pouvait vraiment plus rester. Un brin paniqué, il empocha la plaquette, puis courut droit devant, dans la végétation opaque.

Le cerveau en ébullition et la peur au ventre, il avait reconnu la plaquette numérotée de la porte de la chambre de Judith, à la clinique où elle reposait.

Un mauvais pressentiment le taraudait tandis qu'il progressait dans le labyrinthe boisé : l'effrayante idée qu'il soit arrivé quelque chose à son amour.

Cette folie ne s'arrêterait-elle donc jamais ?

4

Dimanche 28 septembre

Il était près de vingt-trois heures. Le patron, tout en prenant une dernière bouffée de son cigare, observa le policier qui approchait en silence. Il envoya ensuite valser le cubain dans les airs d'une pichenette. Ce dernier fit un vol plané souligné par l'étincelle à son extrémité, pour retomber dans la rivière grondante et s'y perdre. Les deux gardes du corps qui accompagnaient l'homme souffrant d'embonpoint s'avancèrent pour intercepter l'agent et le fouiller, le délester de son arme et de son téléphone cellulaire, tout en s'assurant qu'il ne portait aucun micro ou traceur susceptible de révéler leur position. La paranoïa se justifiait dans un milieu corrompu. Les sbires s'éloignèrent ensuite, sans quitter le duo des yeux, prêts à intervenir.

Lefrancois s'était docilement laissé tripoter pour s'approcher ensuite de celui qui s'était affublé du nom de code « Sang de Cochon ». Ils se trouvaient sous le pont Trudel, à Shawinigan. Une petite pente menait à l'endroit où le patron se tenait, les pieds à moins d'une trentaine de centimètres de l'affluent pollué. La rivière Saint-Maurice était d'un calme déconcertant. Au-dessus d'eux, le trafic routier tapageur faisait vibrer la structure et les lampadaires éclairaient faiblement jusqu'au pied des piliers.

Lefrancois s'immobilisa derrière Sang de Cochon, qui observait les eaux sales et secouait la tête.

— Regarde-moi ça, c'est désolant.

Sur l'eau, on devinait des débris divers sous la lumière blafarde : bouteilles de plastique vides, contenants de mousse de polystyrène provenant de chaînes de restauration rapide, sacs en plastique, feuilles de journaux et toute une panoplie d'objets indestructibles, qui survivraient à un cataclysme nucléaire sans se désagréger. Une odeur d'urine persistait aussi aux alentours et les parois cimentées étaient couvertes de graffitis. L'agent du Service canadien du renseignement de sécurité resta silencieux. Il avait appris à répondre aux questions directes et à éviter le dialogue avec ce patron instable et colérique. Ce dernier se tourna vers le nouveau venu, l'observa un moment pour ensuite aller droit au but.

— L'appartement de l'informaticien ?

— Brûlé. Un problème électrique la nuit passée. Tout a été détruit.

— Super.

Lefrancois jeta un coup d'œil aux gardes du corps, en retrait, qui suivaient la discussion et surveillaient les environs pour prévenir toute intrusion. Ces hommes étaient impitoyables et ne ressentaient aucune crainte face aux forces de l'ordre, leur pouvoir étant sans limites parce que la loi n'était pas seulement de leur côté, ils *étaient* la loi. Aucune institution, aucun gouvernement n'aurait osé toucher leur immunité, parce qu'ils détenaient des secrets capables de faire tomber la plus solide des démocraties. L'argent avait fait de Sang de Cochon un véritable dieu dans le milieu clandestin. Il flirtait avec la pègre, les politiciens et les groupes criminels.

Le patron lui parla à nouveau.

– On a un autre problème. Paris s'est échappé.

– Vous voulez que je vous aide à le retrouver?

– Ce sera pas aussi simple.

L'individu, dont le complet impeccable coûtait davantage que le salaire mensuel moyen d'un employé de la GRC, se tourna en direction du pont, se pencha pour récupérer une pierre de taille moyenne et la lancer au loin. Le bruit de l'impact à la surface de l'eau fut amplifié par l'écho et se perdit rapidement dans le tumulte d'un camion-remorque qui passait au-dessus d'eux, ses freins à air comprimé déclenchant des gémissements assourdissants.

Le patron surprit Lefrancois lorsqu'il essuya ses mains salies sur son veston, mais l'agent se retint de protester. Une autre démonstration de pouvoir envers un subalterne soumis. Lefrancois connaissait l'étendue de son courroux : il avait lui-même vu un homme tué d'une balle au front pour avoir simplement coupé la parole au leader incontesté.

Sang de Cochon reprit :

– On croyait que l'enfant ne serait pas un problème. On a eu tort.

Il lui tourna à nouveau le dos pour observer les débris à la surface de l'eau. Quelques oiseaux perchés au-dessus d'eux lâchèrent des cris qui ressemblaient à des plaintes de nouveau-nés.

— Il semble que Paris ait établi un contact avec l'enfant.

Cette déclaration inattendue et surprenante donna des frissons à l'agent interloqué. Cette créature démoniaque s'était-elle alliée à Paris ? Cela compliquait en effet les circonstances. Le patron lui fit face et sortit un autre cigare de son veston, qu'il prit le temps d'allumer, puis de savourer avec quelques bouffées odorantes.

— Tous les services de police recherchent le lieutenant pour le meurtre de l'agent Prost et on le suspecte aussi de celui de Guilbert.

Lefrancois avait appris la nouvelle. La mort d'une collègue, particulièrement douée et jolie, ne laissait personne indifférent. L'indignation et la colère étaient dirigées contre le policier de la Sûreté du Québec responsable de ce crime odieux. On le décrivait comme armé, désespéré et dangereux. Sa consommation abusive d'alcool retenait aussi l'attention. Les inspecteurs commençaient à relier Judith et les policiers morts en présence du lieutenant. Il y avait trop de décès autour de Paris et cela facilitait la tâche de Sang de Cochon et ses hommes.

Dans le milieu des forces de l'ordre, on traitait un tueur de flics comme la pire des canailles, une immondice, et le doigt enfoncerait la détente avec moins de scrupules si un affrontement arrivait. Même si le suspect portait lui aussi un badge.

— Vous et votre copain Martinez, trouvez Paris avant les autres, pour vous assurer qu'il ne parle pas.

Lefrancois observa son employeur, pesant la responsabilité d'une telle mission. Un échec serait inacceptable.

— Oui, monsieur.

L'agent allait s'éloigner, croyant la conversation terminée, lorsque la main de Sang de Cochon lui agrippa le bras, le retenant. Leurs regards se croisèrent.

— Je peux te dire où il se trouve.

Sang de Cochon sourit et projeta un nuage de fumée sur le visage de Lefrancois, trop poli pour protester. Quelque part au-dessus d'eux, une ambulance rugissante déchira le trafic routier : elle transportait un blessé ou un malade grave en direction d'un centre hospitalier bondé et au personnel insuffisant.

Lefrancois écouta son patron, découvrit sa future destination et savait déjà qu'il était sur le point de commettre un double meurtre.

Tuer des innocents ne le troublait pas outre mesure. La présence de l'enfant démon, par contre, et la possibilité d'un affrontement le terrifiaient au plus haut point.

Il garda ses peurs, ses doutes et ses craintes pour lui. Il devait se concentrer sur sa mission, sur l'exécution des ordres reçus.

Martinez allait être furieux.

5

Paris s'était caché dans les buissons, tout près de la clinique de soins prolongés de Judith. Il lui avait fallu une heure pour faire le trajet entre la forêt derrière le Hilton et ici. Prudent, il avait évité les routes principales et profité de la noirceur pour se dissimuler dans l'ombre au passage de chaque voiture.

Maintenant, il observait à la fois le stationnement et l'édifice, sans trop savoir comment procéder. Ce n'était pas tant l'heure qui le dérangeait : même s'il était près de vingt-trois heures, le personnel, habitué à ses arrivées impromptues, ne dirait rien. Toutefois, on avait peut-être prévenu la clinique qu'il était dangereux. Un meurtrier en cavale.

Devait-il entrer dans l'établissement ? Était-ce un piège ? Est-ce que des agents se terraient à l'intérieur, prêts à le capturer vivant ou mort ? Plus mort que vivant, sûrement ! Il ne voyait aucune voiture de police, même banalisée, aucun agent de sécurité. L'endroit était calme, seules les voitures du personnel occupaient le bitume. Quelques lampadaires offraient une luminosité suffisante.

Après lui avoir lancé la plaquette avec les chiffres de la chambre de Judith, l'enfant maléfique avait disparu. Paris craignait la raison pour laquelle le gamin l'entraînait ici ; il préférait investiguer plutôt que d'émettre des hypothèses futiles.

Il décida donc de quitter le refuge temporaire des branches et des feuilles pour longer le stationnement. Son arme était passée à sa ceinture, dans son dos, sous la chemise sortie de son pantalon et au bas fripé. Sa veste imbibée de sang était restée dans la chambre d'hôtel, tout près du corps de Prost. Elle devait constituer un élément de preuve, tout comme sa fuite, pour tenter de lui mettre le meurtre sur le dos. Il se concentra sur son objectif et ralentit le pas lorsqu'il constata qu'il marchait trop vite. Des exercices de respiration furent aussi nécessaires, et lorsqu'il atteignit la porte vitrée du vestibule, son visage avait retrouvé sa rigidité professionnelle.

Il pénétra dans l'établissement sans jeter le moindre regard vers la réceptionniste, qui le remarqua néanmoins. Difficile d'ignorer sa chemise maculée de sang, son visage sale, la plaie à son front et ses cheveux en bataille. Il s'enfonça dans le couloir et croisa deux infirmières, qui le fixèrent un instant, tout en se jetant de côté pour l'éviter. Ses pas résonnaient sur le carrelage et il renifla l'odeur de détergent qui flottait à l'étage. L'équipe de nettoyage de nuit s'activait à stériliser les lieux et à donner au plancher un lustre temporaire. Derrière lui, on le héla, mais il ignora l'appel et rejoignit la chambre de Judith à toute vitesse.

La porte de la chambre n'avait plus de plaquette indiquant son numéro : on y avait plutôt collé une feuille avec du ruban adhésif où se lisait le chiffre tracé au marqueur noir.

Paris ouvrit la porte. Le courant d'air détacha le papier, qui virevolta avant de glisser au sol. Le lieutenant pénétra dans la pièce faiblement éclairée par les moniteurs auxquels Judith était reliée jour et nuit. La porte se referma en silence ; s'ensuivit le déclic habituel du pêne.

Sans surprise, l'enfant se tenait de l'autre côté du lit. Judith était silencieuse, de cette immobilité éternelle qui la caractérisait. Elle ignorait la tragédie qui se préparait autour de son corps amaigri et inerte. Le petit démon était nimbé d'une constante obscurité, mais son visage enfantin, presque normal, apparaissait clairement à Paris. Ses yeux grands ouverts, à la fois sombres et lumineux, sa petite bouche et sa dentition blanche lui donnaient quasiment une apparence humaine, malgré ses habits déchirés, sa peau éraflée et sale.

Peut-être l'était-il ?

Le gamin posa une main, petite poigne brunâtre couverte de boue, sur le bras de Judith. Paris sursauta et dégaina son arme, geste brusque et mainte fois pratiqué, devenu quasi instinctif. Le canon était pointé vers l'enfant.

— Touche-la pas !

Il y eut une seconde d'immobilité où les mots retombaient dans la pièce, puis le gamin retira sa main. Il fixa le lieutenant, sans la moindre malice, peut-être même avec un regard de désespoir naissant. Sa bouche remua tandis qu'il pointait Judith d'un index minuscule et d'aspect inoffensif.

— Maman.

Éberlué, Paris abaissa son arme. Qu'avait dit le petit ? Maman ? Judith ? Le lieutenant fit un pas de côté, trouva l'interrupteur et alluma le plafonnier. La clarté se diffusa dans la pièce, après le clignotement initial, comme si les tubes hésitaient à fonctionner. La lumière coula sur le môme pour épouser ses formes, ses traits, son visage anodin. Paris n'en crut pas ses yeux. L'espace d'un instant, le front étiré, les yeux vert pâle et la bouche rectiligne lui semblèrent d'une familiarité troublante. Le gamin ressemblait à s'y méprendre à cette petite Judith maintes fois observée sur des photographies de son enfance ; ils auraient pu être jumeaux.

Qu'est-ce que cela signifiait ?

C'était impossible, improbable, complètement dément. L'enfant le fixait sans rien dire, laissant peut-être au simple mot prononcé et au spectacle des deux visages à proximité l'un de l'autre le temps de faire leur chemin vers sa conscience et son esprit troublé. Judith n'avait jamais eu d'enfant, il pouvait l'attester parce qu'ils avaient vécu ensemble plusieurs années, et ce, bien avant la naissance de ce petit être en guenilles qui devait avoir cinq ou six ans. Une grossesse n'aurait pu passer inaperçue.

Le môme bougea et déposa un document sur le lit. Paris s'approcha pour ramasser ce qui s'avérait être une photographie. Il y reconnut Maurice Rioux qui tenait une fillette par les épaules. À côté d'eux, une jolie femme souriait, probablement son épouse France, et un petit garçon lui tenait la main, avec un air sérieux et un ourson en peluche dans les bras. Au premier coup d'œil, il crut reconnaître l'enfant démon, mais cette impression se dissipa très vite. Bien qu'il y ait une ressemblance, Paris douta ensuite qu'il s'agisse du même gamin. Certains détails différaient, comme la chevelure, le maintien, la forme du menton.

Sans trop savoir quoi penser, Paris leva la tête pour observer celui qu'il avait choisi d'appeler Emmanuel, malgré que le vrai petit Rioux soit mort. L'enfant s'approcha lentement, cherchant visiblement à ne pas l'effrayer par des mouvements brusques. Le lieutenant resta toutefois sur ses gardes, arme en main, quoique le canon soit pointé vers le plancher. Le petit vint se placer à ses côtés, posa un doigt sur la photographie et toucha l'image de France Rioux, dont le sourire dissimulait une vie de violence conjugale.

La voix qui brisa ensuite le silence n'avait aucun timbre menaçant, elle était même suppliante.

– Autre maman en danger.

France Rioux était en danger ? Son autre mère ?

Paris voulut poser une main sur l'enfant dans un improbable geste de réconfort, lorsque celui-ci se raidit, son visage se contractant avec un sérieux soudain. Au même moment, le plafonnier s'éteignit et un petit cri strident monta du gamin, qui se jeta au plancher, près du lit de Judith. La subite panne de courant activa probablement une série de générateurs d'urgence, puisqu'une petite lampe de secours placée au plafond libéra une faible luminosité, alors que les appareils servant à garder Judith étaient maintenant alimentés par leur pile interne.

– Couché !

Paris obéit au moment où la vitre éclatait et que des éclats de verre fusaient tout autour d'eux. Le projectile créa un trou dans le mur avant de se perdre dans le couloir. On venait de les prendre pour cible depuis le stationnement et le petit avait prévu la manœuvre. Le visage de ce dernier avait d'ailleurs perdu toute douceur, toute détresse. S'y lisait une colère malsaine et le regard ardent paraissait sur le point d'embraser la pièce, le bâtiment et peut-être la ville entière.

Paris entendit des pas précipités au-dehors, les cris du personnel alarmé et des autres patients. Il ignorait qui leur avait tiré dessus, mais se doutait bien qu'un assaut de la clinique se préparait. Aucun tireur d'élite des escouades d'intervention tactique n'aurait ouvert le feu sans avertissement, sans d'abord tenter d'établir un contact pour convaincre un individu de se rendre. On lui confirmait ne pas avoir l'intention de le capturer vivant.

Paris retira le cran de sûreté de son arme, s'assura que le chargeur supplémentaire était toujours à sa ceinture et se glissa latéralement jusqu'au mur, à droite de la porte. Il pouvait ainsi surveiller la fenêtre, éviter d'être dans la mire du tireur d'élite et aussi protéger l'accès à la chambre.

Il jeta un regard vers le petit, accroupi, qui respirait comme une bête, et finalement vers Judith, calme au sein de son coma éternel.

De lourds pas s'approchaient dans le couloir.

6

France n'avait eu d'autre choix que de revenir sur ses pas. Le corridor était une impasse, sans aucune sortie : les portes donnaient toutes sur des chambres occupées par des femmes enceintes. Discrète, elle croyait sincèrement ne pas avoir été aperçue par les patientes. Elle retourna vers sa propre cellule, d'un pas rapide, longea les parois en plâtre puis en béton humide. Sa nudité n'offrait aucune protection et un regard par le hublot de sa propre cellule lui révéla que la brute gisait toujours sur le plancher, dans la même position.

Empruntant l'autre allée, à l'opposé de la clinique souterraine, elle remonta jusqu'à une bifurcation. Le coude l'obligea à s'arrêter et à tendre l'oreille. Elle voulait s'assurer d'être seule, ce qu'un silence de mort confirma. Elle s'aventura dans le nouveau segment en ligne droite sur une dizaine de mètres, nerveuse, et repoussa les affres de la panique indésirable qui menaçait de s'emparer d'elle. L'idée de tomber sur un des geôliers ne lui plaisait guère.

Sa progression fut stoppée par une nouvelle porte dotée d'un hublot. Elle y jeta un coup d'œil et découvrit un court passage qui menait à un ascenseur aux portes ouvertes. Une trentaine de mètres la séparaient de l'issue. Le couloir ressemblait à celui exploré plus tôt, tout en blanc et avec quelques chariots remplis d'équipement médical, des fauteuils roulants et des lits inoccupés. Elle ne devait pas perdre de temps, agir avant que la peur ne la paralyse. C'est pourquoi elle ouvrit la porte, puis la retint pour éviter qu'elle ne se referme en claquant. D'un pas de souris, elle longea la paroi de gauche, son regard fouillant les murs et le plafond pour déterminer si l'endroit faisait l'objet d'une surveillance électronique. Elle n'en vit aucune trace.

Malgré la panique et son envie de fuir, elle prit le temps de jeter un regard dans la première pièce croisée. Elle avait besoin de comprendre ce qui se manigançait dans cet endroit maudit, pour ensuite être en mesure de raconter son aventure aux autorités compétentes. Le fait que ses agresseurs soient des agents de la GRC causait un petit problème, mais il était trop tôt pour s'en préoccuper. Elle devait tout d'abord quitter ce lieu de perdition.

Le spectacle qui attendait France à travers la petite ouverture vitrée était encore plus étrange que celui des femmes enceintes ; plus troublant, aussi. Devant elle se trouvait une pouponnière, avec une dizaine de lits de bébé en acier inoxydable, alignés en deux rangées parallèles, et quelques couveuses pour les prématurés.

Son regard se posa sur les couvertures roses et bleues dans les couchettes, distingua des formes mouvantes dans certaines, immobiles dans d'autres. Aucun son ne lui parvenait. France tremblait de la tête aux pieds. Elle remarqua aussi deux caméras montées à même le mur du fond, braquées sur les poupons. Sur ce même mur, une large fenêtre rectangulaire révélait des ordinateurs et l'équipement de surveillance de l'autre côté. Quelqu'un lui tournait le dos, faisant face aux écrans lumineux.

La vision de cette personne la terrorisa et elle s'éloigna aussitôt, de peur d'avoir été repérée. Elle respirait bruyamment et rapidement. La sueur imprégnait ses cheveux, lui coulait dans le cou.

Ce qu'elle découvrait était abject, cruel et inhumain. Pourquoi engrosser toutes ces femmes pour garder leur progéniture sous surveillance ? Que faisait-on ensuite avec ces bambins et leurs mères ? Les scénarios les plus fous défilèrent dans l'esprit de France. Des images de pédophilie et d'esclavage s'imposèrent. Moins cruelle était la vente de ces enfants à des parents fortunés incapables de se reproduire, impatients, et qui préféraient cette solution aux moyens légaux souvent plus compliqués.

France devait partir d'ici : l'inhumanité de la place lui donnait la chair de poule. Les enlèvements étaient affreux, mais rendre enceintes des femmes pour leur retirer ensuite les nouveau-nés tenait de la folie.

Elle s'éloigna de la porte et se rendit à la suivante. Elle aurait dû courir vers l'ascenseur, fuir sans s'attarder, car chaque seconde écoulée la rapprochait d'une possible capture. La curiosité et la stupéfaction l'empêchaient toutefois d'agir logiquement. Elle s'arrêta donc au hublot suivant et prit une grande inspiration avant de regarder à l'intérieur. La pièce était identique à n'importe quelle salle de jeu d'un endroit ordinaire bondé d'enfants. Une paroi était couverte d'images joyeuses et d'animaux de ferme colorés. Des jouets étaient empilés dans une étagère : camions, oursons en peluche, blocs et instruments de musiques. Un paradis enfantin, avec une télévision sur le mur de droite, un écran plat monté à environ un mètre du sol et qui diffusait des dessins animés.

France compta une dizaine d'enfants au sol, de tranches d'âge variées. Une femme en uniforme blanc d'infirmière se tenait debout près d'une porte, les observant qui jouaient, qui déambulaient. Elle souriait et encourageait une fillette qui rampait à ses pieds.

Le problème avec ce que France avait sous les yeux n'avait rien à voir avec les jouets, la décoration ou l'infirmière, mais plutôt avec les enfants. Voir leurs corps vêtus de vêtements trop grands ou trop serrés lui noua la gorge. Aucun des mômes présents n'était physiquement normal : la plupart étaient sévèrement déformés, avec pour visages des masques horribles où se devinaient, plus qu'ils ne se voyaient, des bouches tordues, des mentons pointus et des nez épatés. Les corps étaient quant à eux des amalgames étranges de membres : certains possédaient trop de bras ou de jambes, ou encore pas assez. Ces enfants étaient des monstruosités, difformes et lourdement handicapés.

France n'arrivait pas à détacher son regard de ce groupe digne de *L'île du docteur Moreau*[9]. Ne manquaient que le

9. *L'île du docteur Moreau* (*The Island of Dr. Moreau*) est un roman de science-fiction écrit par H. G. Wells, publié en 1896. À travers une histoire racontée par un narrateur dépassé par les évènements, le roman engage une réflexion sur des sujets comme la relation entre l'Homme et l'animal, et la question de l'identité.

pelage et les crocs. Les enfants qui naissaient des femmes inséminées étaient tous anormaux : la semence qu'on utilisait devait être déficiente. France se tendit, réalisant que la créature qui se formait en elle, bien qu'il soit trop tôt encore pour qu'elle ressemble à quoi que ce soit, serait un de ces êtres ignobles.

Un des enfants qui rampait paraissait n'avoir qu'un seul bras, se terminant par une main aux doigts exagérément longs. Il s'était tourné vers la porte, vers elle. Il avait deux jambes trop courtes et se donnait des poussées comme une grenouille. Il s'était toutefois immobilisé et la fixait de son regard oblique depuis un œil à demi fermé. Sa bouche était tordue, dans l'impossibilité de se refermer complètement, et il exhibait une dentition constituée exclusivement de canines très pointues. Un filet de bave coulait sur son menton ; une langue gonflée et lacérée par les dents, qu'elle touchait à chaque mouvement de mâchoire, pendait hors de cet orifice macabre. Il portait un pyjama bleu couvert de petites voitures sport de la même couleur. Une tristesse inimaginable se lisait dans ce regard, l'impression d'une détresse qui réclamait dans la mort une libération malgré son jeune âge.

France fut incapable de supporter cette vision plus longtemps. Incapable de regarder, de tolérer la souffrance de ces *choses,* ces abominations. C'en était trop pour son système nerveux déjà affaibli et, sans hésiter, elle courut d'un trot silencieux jusqu'à l'ascenseur. Elle pénétra dans l'espace réduit tout en métal, scruta les touches illuminées indiquant des étages aux numéros un, deux et trois. Le numéro un était illuminé, indiquant où elle se trouvait, et elle décida de presser le trois. Souhaitait de tout son cœur de ne pas tomber sur les brutes.

Les portes coulissèrent et un tintement suivit. France s'adossa à la paroi dans son dos, ignorant le froid du métal, heureuse qu'il n'y ait pas de miroir pour lui imposer le spectacle de sa nudité. Un son électrique lui fit lever la tête et elle remarqua alors une petite caméra dans le coin supérieur droit. L'objet était pointé vers elle, la lentille avait effectué un zoom.

Le cœur de France aurait tout aussi bien pu cesser de battre à ce moment tant la terreur qui l'assaillit fut glaciale et douloureuse. Celui ou celle qui maniait cet engin savait maintenant qu'elle venait d'emprunter l'ascenseur. Elle secoua la tête et glissa au sol, sur ses fesses, se recroquevilla. Elle enfonça son menton sur ses genoux et se mit à pleurer. Les sanglots lui firent quand même du bien, libérant la tension accumulée pendant sa fuite.

L'ascenseur s'immobilisa au second niveau. Le choc la fit sursauter et lever les yeux vers la porte qui coulissa, dévoilant à la fois un couloir sombre et deux hommes masqués par des cagoules. Habillés de vêtements militaires kaki, ils se jetèrent sur elle et l'empoignèrent avec brutalité.

Quelque part plus loin, une voix qu'elle reconnut comme celle du docteur Meunier se fit entendre :

– Ne frappez pas le ventre.

Les coups se mirent ensuite à pleuvoir.

7

À la suite de l'explosion de la fenêtre de la chambre de Judith et de la panique initiale, un brusque silence s'était installé dans la clinique. Paris se terrait tout près de la porte, arme en main, son dos et son front couverts de sueur. L'enfant avait quant à lui roulé sous le lit, y trouvant un bien piètre refuge, son attitude ayant repris des airs animaliers déformés par la colère. Une bête tapie dans l'ombre et prête à sauter sur un adversaire. Il se tenait prêt, montrait les dents, ses mains aux doigts griffus contre le sol.

Paris ne quittait plus la fenêtre du regard, craignant que les attaquants, ceux venus pour le tuer, ne s'y pointent. La situation ne pouvait être pire. Il se retrouvait coincé dans une petite chambre avec deux issues d'où pouvaient surgir ses ennemis, armés et dangereux, et un seul chargeur supplémentaire pour se défendre. Il ne se faisait plus d'idées, il se croyait victime d'un complot qui le dépassait grandement. Tous devaient le croire responsable de la mort de Prost et en fuite ; les sbires de la GRC n'hésiteraient pas à tirer à vue.

Il était un homme mort.

Des pas lourds se firent entendre et s'arrêtèrent dans le couloir de l'autre côté du mur auquel il s'adossait. Le lieutenant se déplaça vers la porte, pour y faire face, et se plaça à genoux, les deux mains sur son arme braquée vers le couloir. Il enfoncerait la détente au moindre mouvement. Des cris lointains se firent entendre dans le stationnement. Des membres du personnel?

Le métier de Paris était sa fierté, le prétexte pour lequel il avait gâché son existence, bossait trop et ignorait ses besoins personnels, familiaux et sociaux. La vision de l'horreur humaine, des immondices de la société et de sa folie l'avait endurci, mais aussi brisé et lessivé. Il buvait en raison de son travail et souffrait désormais constamment des images qui le hantaient. Et aujourd'hui, ce job qu'il avait chéri l'avait envoyé dans le camp ennemi. Parce qu'il avait mis les pieds dans un nid de vipères. Il se fit la promesse de tout tenter pour s'en sortir et pour punir les responsables de ce bordel.

Dans la chambre, le gamin quitta sa cachette, marchant à quatre pattes à la manière des primates, mains fermées et jointures raclant le sol. Courbé dans cette étrange démarche, son visage tordu dans une grimace inhumaine et menaçante, il paraissait encore plus petit. Ses yeux étaient injectés de sang, ses lèvres retroussées dévoilaient une dentition un peu trop semblable à des crocs pour un gamin normal. Un léger sifflement et un raclement montaient de sa gorge, et ce spectacle donna la chair de poule à Paris. Il émanait soudain de lui une telle force, une telle perspective de violence, que le lieutenant eut vraiment peur, non pas pour lui, mais pour ceux qui croiseraient son chemin.

L'enfant s'approcha de la fenêtre avec une rapidité de macaque pour se jeter dans l'ouverture aux contours acérés qui menaçaient de déchirer ses vêtements ou de le blesser. Il disparut dans la nuit, laissant Paris seul avec Judith.

Au même moment, quelque chose surgit par la porte et la surprise lui fit enfoncer la détente de son arme à deux reprises. Les coups de feu déchirèrent temporairement le silence. Il s'agissait d'une chaise de bureau, qui glissa pour s'immobiliser contre le lit de Judith. Une de ses roues s'était détachée et gisait, à moins d'un mètre.

Il venait de révéler sa position exacte à ceux qui se trouvaient de l'autre côté.

Paris s'abaissa à l'instant où de puissants coups de feu retentirent dans le couloir, venus d'un fusil de fort calibre, qui perforèrent le mur à plusieurs endroits. Alors qu'il était couché sur le carrelage froid, une pluie de débris et de plâtre s'abattit sur lui. Il craignit un instant pour Judith, mais, en levant la tête, vit qu'elle avait été épargnée par l'angle de tir descendant des balles.

Il y avait eu sept coups de feu, puis un raclement ; sans hésiter, Paris s'éloigna du seuil pour se réfugier à l'autre bout de la pièce. Il s'adossa sous la fenêtre, piétina les morceaux de verres et autres débris. Il leva son arme vers l'entrée, conserva son immobilité et son silence. On le croirait peut-être blessé, ou même mort.

Dans l'embrasure apparut le bout d'une chaussure et le canon d'une arme pointé vers l'endroit où le lieutenant se tenait un peu plus tôt. Son doigt resserra sensiblement la pression sur la gâchette, sans l'enfoncer. Un genou apparut ensuite, la main sur la crosse d'une arme militaire bien au-delà du calibre utilisé par les services policiers du pays. Un autre pas et le nouveau venu se dévoilerait enfin.

À la fenêtre au-dessus de lui se fit entendre une respiration rauque, signe qu'un assaillant venait de s'y installer. Il se retrouvait coincé entre deux individus. La situation se gâtait. Que faire ?

Ce fut à cet instant qu'un hurlement animal déchira la quiétude de la nuit, une sorte de beuglement de bœuf torturé au fer blanc. Ce cri sembla tous les paralyser. Un tumulte monta du couloir et l'homme qui s'apprêtait à faire irruption dans la chambre fut projeté de côté. Il hurlait de douleur tandis qu'une créature le chevauchait.

Le gamin s'était jeté sur lui, lui lacérait le visage et le cou de ses mains onguiculées. L'autre en perdit son arme, qui tomba au sol, et chercha aussitôt à s'emparer de cette chose qui l'attaquait. Ils disparurent dans le passage, où les cris persistèrent, la lutte continuant. Au-dessus de Paris, un juron étouffé lui rappela la présence d'un autre homme à la fenêtre. Sans hésiter, il se leva et pointa son arme dans l'ouverture. Il appuya sur la gâchette à deux reprises. Le tonnerre des coups de feu déchira ses tympans. Sans être en mesure de déterminer s'il avait touché la cible, il se glissa de côté pour éviter d'être atteint à son tour en cas de riposte. L'obscurité et le silence l'enveloppèrent.

Comme il n'entendait plus aucun bruit, il décida de jeter un coup d'œil au-dehors, en restant prudent. Dans le stationnement, il vit quelques voitures abandonnées. Une autopatrouille aux gyrophares lumineux bloquait la route qui menait à la clinique. L'absence de la cavalerie lui fit croire que les hommes aperçus avaient été envoyés pour l'éliminer ; peut-être étaient-ils même déjà postés à la clinique, au cas où il se présenterait.

Un éclair sur sa droite précéda une détonation et des éclats de bois fusèrent au-dessus de lui, le forçant à retraiter à l'intérieur. Il s'éloigna de la fenêtre puis traversa la pièce pour rejoindre le couloir. Il y découvrit l'enfant démon et l'autre individu à une dizaine de mètres. L'homme était couché sur le ventre, inerte et couvert de sang, une flaque s'agrandissant sous son visage. L'enfant s'était acharné sur sa nuque, qui n'était plus qu'une plaie béante. Le crâne semblait avoir été rongé et des morceaux de cuir chevelu parsemaient le plancher, recrachés par la bouche aux dents menaçantes.

Le petit, toujours à cheval sur sa victime, se tourna pour regarder Paris, ses lèvres et son menton couverts de sang. Son visage avait retrouvé une certaine normalité enfantine. Ses mains et ses ongles étaient maculés de rouge.

Le lieutenant resta un moment incapable de bouger, frappé de stupeur par le spectacle, avant de s'approcher avec précaution. Le gamin se leva et s'éloigna du corps avec un calme étonnant. Paris fixa l'arme militaire, mais son poids et son manque de maniabilité le ralentiraient lors de sa fuite. Impossible aussi de passer inaperçu avec un tel engin dans les bras. Il se pencha sur le corps et, d'une main tremblante, confirma la mort du mercenaire. Il fouilla ses poches et récupéra un second revolver, ainsi que deux chargeurs qu'il empocha. Dans le veston, il trouva un portefeuille contenant des cartes de crédit, un permis de conduire et un badge de la GRC. Le nom sur les pièces d'identité était Frank Martinez.

Cette fois, il n'y avait plus aucun doute…

…il était dans la merde jusqu'au cou.

8

Deux voitures noires s'immobilisèrent l'une à côté de l'autre dans le stationnement du centre commercial Les Rivières. Désert à cette heure dans la nuit du dimanche au lundi, le terrain neutre s'avérait un endroit idéal pour une rencontre. Le conducteur de la berline quitta l'habitacle pour s'approcher du coupé de luxe et ouvrit la portière de celui qui conduisait le modèle hors de prix pour le commun des mortels. Il était sombrement vêtu et son veston ne suffisait pas à masquer sa musculature et sa masse imposante. On aurait dit un haltérophile russe bourré aux stéroïdes. Dans la cinquantaine, le chauve, encore assis, portait un complet taillé sur mesure et des souliers luisants qui reflétaient la faible lumière ambiante. Il quitta son véhicule après avoir empoché ses clés, puis contourna la berline pour prendre place sur le siège arrière, côté passager.

Un coup de fil l'avait tiré du lit, une heure plus tôt : on exigeait une inhabituelle rencontre. Son refus initial s'était effacé lorsqu'on avait mentionné son père, et il avait changé d'idée, maintenant intrigué. Deux raisons particulières l'avaient poussé à accepter cette convocation clandestine. La première, parce qu'il voulait s'approprier la fortune de son richissime paternel éleveur de porcs ; l'autre, pour éviter des ennuis avec les autorités, puisqu'il baignait dans des activités répréhensibles. L'homme qui l'avait contacté s'était présenté comme un haut gradé de la GRC.

Un individu attendait Marc Legrand, un cigare au bec et un verre d'alcool à la main. Il ne prit même pas la peine de se présenter.

— Bonjour, monsieur Legrand. Merci d'être venu.

L'intéressé ne fit que hocher la tête. La brute qui l'avait escorté referma la portière et demeura près du véhicule, sans aucun doute prêt à intervenir. Sang de Cochon alla droit au but, c'était son style :

— J'ai une proposition pour vous.

— J'écoute.

Legrand ne doutait pas du sérieux de son interlocuteur, et préférait éviter les embrouilles. Un mystérieux dossier jaune fit son apparition sur les genoux de son hôte, qui en profita pour souffler sa fumée dans l'habitacle clos, sans se soucier d'importuner son invité.

— Je suis prêt à faciliter le transfert des avoirs de votre père à votre nom. J'ai des contacts susceptibles de rendre le tout officiel d'ici quelques heures.

Le fils hésita, sans trop savoir quoi penser de cette offre inusitée. Sa curiosité prit le dessus.

— Mais le reste de la famille ?

Il avait peur que les autres membres du clan cherchent à s'approprier une part des richesses du paternel, qu'ils lui mettent des bâtons dans les roues pour ralentir ou même faire avorter le processus judiciaire qui le reconnaitrait comme héritier légal. Sa mère l'avait renié, plusieurs années plus tôt ; ses frères refusaient de lui parler. Marc était le mouton noir de la famille. Il menait une vie à la limite de la légalité, une existence confuse qui l'avait propulsé au rang de sénateur. Son siège au Parlement canadien avait été acquis avec l'appui de gens douteux et financé par des groupes anonymes aux intérêts particuliers. Le système électoral corrompu et déficient favorisait les gens comme lui.

Le sénateur était toutefois incapable de résister à toute possibilité, même suspecte, de s'enrichir. Sa fortune personnelle avait été dilapidée à cause de son goût immodéré pour le luxe, les femmes et la drogue.

Le patron eut un sourire discret, devinant l'intérêt soulevé par ses propos, et poursuivit ses explications :

– Le reste de la famille ne pourra rien faire. Votre requête est déjà en train d'être étudiée et je sais que le juge plaidera en votre faveur.

– Mais comment… ?

L'homme au cigare fit un vague geste pour chasser la question à venir. Il n'avait pas l'intention de dévoiler ses sources, encore moins de discuter de cela avec Legrand. Moins le sénateur en savait sur ses activités, mieux il s'en porterait. En fait, un testament qui le désignait comme seul héritier de l'éleveur avait été « découvert » et une importante firme d'avocat s'occupait de le valider. Ce document était bien entendu faux et le testament original n'existait plus.

Legrand, que la perspective d'obtenir une telle fortune faisait baver d'envie, réfléchissait. Il posa finalement la question qui le taraudait :

– Qu'attendez-vous de moi ?

Sang de Cochon transféra le dossier jaune sur les genoux du sénateur. Il savoura une gorgée de son alcool incolore et enchaîna :

– Vous continuez à financer les activités de mon groupe et à nous fournir du bétail.

– Du bétail ?

– Vous allez prendre en main la ferme d'élevage porcine. C'est indispensable à notre arrangement.

Le dossier n'était ni plus ni moins qu'une énumération des montants exigés et du nombre de porcs requis tous les mois. Malgré les sommes exorbitantes demandées, celles-ci ne représentaient qu'une goutte d'eau dans l'empire Legrand. Marc soupira. Tout cela était encore trop mystérieux pour qu'il puisse accepter.

– Et si je disais non ?

Le patron eut un rire sincère, se frotta le menton avec amusement. Quand il tourna la tête vers son interlocuteur, il était redevenu sérieux.

– Vraiment ? Vous diriez non à une telle occasion ?

Legrand ne put supporter le regard de l'autre et baissa les yeux. Sang de Cochon reprit :

– Vos secrets resteront des secrets. En plus, nous pourrions vous rendre des services occasionnels. On s'entraide entre amis.

— Mes secrets? De quoi parlez-vous?

Le sénateur comprit alors que l'autre connaissait ses activités clandestines. Toutes ses précautions durant les années passées n'avaient rien donné : son style de vie et sa débauche avaient fini par être découverts. Pour survivre dans la capitale et dans le monde politique, il fallait se préparer au chantage, à l'espionnage et à la perversion. Les hommes n'étaient vraiment pas conçus pour obtenir autant de pouvoir.

Sang de Cochon tendit la main et prit quelques clichés dans la pochette en cuir à même le siège devant lui. Les images se retrouvèrent devant le sénateur, qui soupira de dépit. On le voyait avec sa jeune maîtresse, Julie Dubois, qu'il entretenait dans un appartement d'Ottawa. Une autre photographie montrait Philipe, son dealer, qui échangeait de la drogue contre de l'argent, avec son garde du corps. Legrand se sentit soudain malade, refusant de regarder, ou même de toucher, les autres clichés. Sa voix trahissait son état.

— J'ai compris.

Le patron était satisfait de voir que le message passait bien. Le sénateur, maussade, craignait de voir son univers privilégié s'écrouler comme un château de cartes. Cet homme pouvait le détruire, l'empêcher à jamais de bénéficier de tout cet argent qui lui était destiné. Legrand baissa les yeux avec soumission, vaincu, prisonnier du monde politique dans lequel il était passé de requin à proie en quelques secondes.

— De quels services parlez-vous?

Le patron hocha la tête, comme si de bons souvenirs remontaient dans sa mémoire.

– Vous vous rappelez les différends qui opposaient votre père et le ministre de l'Agriculture ?

Legrand se remémorait très bien cette époque. Les deux hommes se détestaient. Son père voulait de plus grandes installations, augmenter son nombre de têtes de bétail, faire proliférer les centres d'élevage, alors que le ministre était sur le point de faire passer une loi qui empêcherait l'éleveur de réaliser ses rêves les plus fous. Leur combat avait été une suite de conférences de presse, d'articles de journaux, d'entrevues à la télévision, et Legrand père avait dépensé une fortune dans la région pour faire valoir ses idées. Marc se souvenait trop bien comment le tout s'était terminé et le fit savoir à voix haute :

– Jusqu'à ce que le ministre meure dans un terrible accident de la route...

Le patron souriait maintenant. Il lui coupa la parole :

– Vous voyez, certains problèmes sont faciles à régler.

– Oh mon Dieu ! s'exclama le sénateur, horrifié.

La simple idée que cet homme puisse être responsable de la mort d'un ministre, et ce, pour aider son père et entretenir ses relations, était difficile à imaginer, à concevoir. Ironiquement, Legrand fils avait passé toute sa vie à tenter de s'éloigner de son père pour éviter de lui ressembler, et voilà qu'il se retrouvait aujourd'hui dans une situation similaire.

– Je vois qu'on s'est bien compris, monsieur Legrand.

L'héritier serra la main tendue avec une stupeur qui ne le quitterait pas avant plusieurs heures. Il sortit du véhicule dans un état second, réintégra sa voiture et attendit le départ de la berline.

Dans quel merdier s'était-il fourré ?

Legrand reprit la route en sachant qu'il venait de vendre son âme au diable.

9

Paris s'approcha de l'enfant au visage ensanglanté. Avec une serviette récupérée sur un des chariots du couloir, il prit la peine de lui essuyer le menton, non sans réprimer un certain dégoût. Le petit se laissa faire, ce qui lui donnait un air juvénile.

Au bout du couloir, un homme en blouse d'hôpital fit son apparition. Un vieillard échevelé au visage ridé qui s'immobilisa. On entendait des pleurs et des cris : certains des patients, probablement prisonniers de leurs lits, craignaient pour leur vie. Ceux capables de se mouvoir devaient chercher la sortie. Le patient fixa Paris et le gamin durant quelques secondes, avant de rebrousser chemin, dévoilant son postérieur blanchâtre lorsque les rabats de sa blouse s'écartèrent.

Ils devaient s'enfuir au plus vite.

Le lieutenant ignorait si l'individu à la fenêtre était mort, touché ou simplement tapi dans l'ombre. L'horreur de la situation emplit son imagination de manchettes noires sur blanc, en première page des journaux :

« Le lieutenant Bruce Paris de la Sûreté du Québec, fugitif recherché entre autres pour le meurtre de sa coéquipière Stéphanie Prost, vient de faire une nouvelle victime. Un agent de la GRC qui avait repéré le suspect et entamait des pourparlers pour le convaincre de se rendre sans violence a été sauvagement abattu. Paris est armé et dangereux… »

L'enfant lui toucha la jambe, l'extirpant de ses pensées néfastes. Les plaintes et les cris perduraient dans l'établissement déserté par le personnel et les reflets des gyrophares de l'unique voiture de police dansaient sur les murs. Il ne faisait aucun doute que les employés de la clinique avaient passé des appels au service du 911 et Paris comprit que le temps était compté. On enverrait des renforts.

Il observa le gamin.

– Je sais où maman.

Le lieutenant s'agenouilla. Le petit, tenant la photographie sur laquelle il pointait France Rioux, répéta sa phrase sur un ton suppliant contrastant avec la férocité démontrée lors du meurtre de l'agent fédéral. Ses yeux redevenus verts jaugeaient Paris, sa petite bouche entrouverte masquant sa dentition vampirique.

– Je sais où maman.

– Tu peux me montrer ?

Le gamin toucha la main de Paris, qui frissonna à ce contact glacial, puis s'éloigna en zigzag dans le couloir, souriant. Sa puérilité remontait à la surface, son insouciance des dangers encourus et des conséquences de ses actes démontrait bien son manque de maturité. Le lieutenant se tourna vers la chambre, où il épia Judith un instant. Sa bien-aimée inerte, silencieuse et probablement incapable de comprendre ce qui se déroulait autour d'elle. Il s'approcha, déposa un baiser sur son front et lui tint la main, lui parla brièvement. Le temps jouait contre lui, il le savait. L'abandonner représentait une nouvelle trahison, mais l'assurance que son départ serait rapidement compensé par le retour du personnel le rassura. On s'occuperait bien d'elle comme des autres patients. Il devait penser à lui s'il voulait clarifier les choses et retrouver son innocence, son emploi, sa vie. La Judith qu'il connaissait aurait célébré son désir de faire le bien et de remettre les pendules à l'heure.

Paris ignora la douleur qui l'inondait et s'éloigna du lit pour emboîter le pas au petit. Il ne reverrait peut-être jamais la femme de sa vie. Par réflexe, il toucha son arme supplémentaire, glissée sous sa ceinture, dans son dos. Le lieutenant suivit donc son guide, qui avait une longueur d'avance, jusqu'à une porte de secours. Dans la course, il vit quelques patients terrés dans leurs chambres, guettant la porte avec frayeur. Une dame tombée du lit, des fils la retenant à l'équipement médical tout près. Un homme dans la quarantaine qui se tenait dans l'embrasure d'une autre chambre, épiant le couloir et reculant à leur passage. Paris vit un infirmier s'enfermer dans une salle de bain, son portable sur l'oreille.

Le gamin s'apprêtait à pousser la porte de secours, lorsque Paris le retint d'un murmure.

— Attends.

Aux aguets, il s'approcha de la porte pour l'ouvrir avec lenteur, puis révéler l'extérieur sombre et frais, ainsi que le boisé à proximité. On pouvait entendre une radio grésiller – probablement celle du garde en fonction devant la clinique –, les voitures qui filaient sur la route principale et quelques grillons qui chantaient, accompagnés des grenouilles joyeuses de l'étang. Ils captaient aussi le tumulte lointain, mais grandissant, des sirènes des voitures de police qui s'approchaient. Il ne vit rien de menaçant, aucun indice d'une présence humaine. Le ciel partiellement ennuagé permettait à la lune d'offrir un support visuel et, après un petit moment à sonder la nature, Paris se glissa dehors, l'arme levée et prête à faire feu au moindre mouvement anormal. Le garçon le suivit. Ils franchirent rapidement la courte distance entre la bâtisse et les premiers buissons.

À peine se réfugiaient-ils sous le couvert de la végétation épineuse qu'une série de coups de feu déchira la nuit. Les projectiles s'enfoncèrent dans la terre ou percutèrent les arbres, provoquant des éclats de bois. Le petit avait des réflexes incroyables, une agilité de panthère, et il se jeta de côté, hors du champ de vision de Paris. Il se fondait dans la nature avec aisance. Le lieutenant tenta de le suivre, les mains au-dessus de sa tête comme s'il pouvait ainsi se protéger des balles. La distance, la semi-obscurité et la chance jouèrent sûrement en sa faveur puisqu'aucun projectile ne l'atteignit.

Les coups de feu cessèrent, ce qui permit d'entendre encore les sirènes : les secours arrivaient.

Dans sa course, Paris faillit percuter le petit, qui l'attendait contre un arbre avec un calme déconcertant.

L'enfant fixait la nuit derrière eux, paraissant y voir comme en plein jour.

— Il faut continuer, mon petit, au cas où on se lancerait à notre poursuite.

« Emmanuel » scruta un instant la forêt avant d'annoncer :

— Personne.

Pas de phrases complètes, seulement des mots ou des groupes de mots. Paris regarda les ténèbres à son tour, pensif. Le silence fut soudain rompu par une sonnerie stridente. Son cœur sauta un battement, mais la surprise se dissipa lorsqu'il se remémora avoir emporté le cellulaire de Prost. Il le prit pour lire le numéro affiché, qui lui était inconnu.

Devait-il répondre ?

Ce fut son instinct qui le poussa à placer l'appareil sur son oreille après avoir enfoncé la touche verte acceptant l'appel. Il ne fit toutefois qu'écouter.

— Paris ?

La voix était inconnue, grave et s'adressait directement à lui. Ce pouvait être son poursuivant, celui qui venait de leur tirer dessus.

— Que voulez-vous ? Qui êtes-vous ?

Un rire moqueur au bout du fil.

— Je ne veux que votre bien, mon ami. Il faut vous rendre, éviter d'empirer les choses.

— Allez chier ! gronda le lieutenant en colère.

— Écoutez…

Paris allait mettre fin à la communication, mais le ton de l'individu le poussa à attendre, question de savoir ce qu'on réclamait de lui. Il espérait aussi découvrir l'identité de ceux qui se cachaient derrière cette énorme machination. Attentif, il ne perdait rien de la nuit sombre du sous-bois autour de lui, craignant une attaque-surprise facilitée par cette diversion.

L'autre poursuivit :

– Je suis avec votre chère Judith. Vraiment une très belle femme, vous savez.

– Laisse-la tranquille, mon ciboire, gueula Paris.

Le cœur du lieutenant battait si vite qu'il en eut la poitrine douloureuse. Il fit un pas en direction de l'édifice. La rage lui fit serrer la crosse de son arme au point de s'en blanchir les jointures, de faire craquer ses doigts.

– Surveillons notre langage, voulez-vous?

Paris tournait maintenant en rond, piétinait les feuilles mortes avec fureur. Tout en écoutant la respiration rauque de son ennemi, il réfléchissait. Il savait trop bien qu'une fuite avec Judith aurait été impossible, et rester près d'elle pour la protéger aurait mené directement à sa mort. Il n'avait pas eu le choix.

– Qu'est-ce que vous voulez?

– Voilà qu'on devient raisonnable, Lieutenant Paris. Il faut faire vite, les autres arrivent.

Au bout du fil, l'homme renifla et un déclic se fit entendre, une arme qu'on chargeait. Le gamin vint se placer tout près du lieutenant anxieux, l'observant avec curiosité. Son interlocuteur énonça ses conditions avec une certaine satisfaction dans la voix. Il s'amusait bien, le salaud.

– Vous allez faire demi-tour et revenir ici. Déposez vos armes dès que je pourrai vous voir. Celle dans votre main et l'autre aussi. C'est compris?

Paris écouta en silence. On l'abattrait dès qu'il serait visible de la clinique. L'attaque orchestrée contre lui n'avait rien d'une tentative pour le capturer : le but était de l'éliminer. Accepter signerait son arrêt de mort. Le tireur voulait sûrement l'éliminer avant l'arrivée des secours. Il devait gagner du temps.

– Et ensuite?

– Nous vous conduirons au poste pour un interrogatoire et la justice prendra le relais. C'est tout.

Il se retint de rire. On le croyait donc si naïf? L'autre parut déceler son hésitation et y alla de nouvelles menaces :

– Si vous n'obtempérez pas d'ici trente secondes, je serais dans l'obligation de libérer votre amie, de lui offrir une éternité de paix. Une balle dans la tête.

– Salaud! Si vous...

– La ferme! J'ai déjà commencé à compter...

La communication fut abruptement coupée et Paris résista à l'envie de balancer l'appareil contre le tronc d'un arbre. À la place, il l'empocha, puis jura à voix haute, sa nervosité palpable. Le gamin lui toucha la jambe et le dévisagea avec inquiétude.

– Non.

Il secouait la tête, ne voulant pas que le lieutenant cède au chantage.

– Tu ne comprends pas, on allait se marier. Je ne peux pas la laisser.

Le petit baissa la tête, sans relâcher sa jambe. Paris pouvait sentir ses doigts osseux sur son pantalon, contre sa cuisse.

L'enfant fixait maintenant le sol, mais parla de manière audible.

– Trop tard.

Paris accusa le choc. Il refusait d'abandonner, mais savait fort bien qu'« Emmanuel » avait raison. Sa lâcheté lui fit encore plus mal. Il jongla avec l'idée de retourner à la clinique, imaginant des scénarios complètement fous, revoyant la configuration des lieux et étudiant la possibilité d'une mission de sauvetage. Son esprit logique d'agent entraîné aux opérations difficiles lui confirmait à chaque scénario que sa mort était inévitable. Il y avait trop de fenêtres, de couloirs, de portes, d'angles morts pour qu'il atteigne Judith sans se faire abattre. De plus, il ignorait si cet individu était seul. Sans compter l'arrivée imminente des policiers. On l'arrêterait et Paris ne donnait pas cher de sa peau.

Il entendit soudain l'homme avec qui il avait parlé au téléphone. Il devait se trouver dehors. Sa voix emplit la nuit, un hurlement plein de menaces qui lui était destiné :

– Encore dix secondes, Paris.

L'enfant tira sur son pantalon, voulant l'éloigner de l'édifice, le guider dans la direction opposée, vers la végétation, la sécurité de la fuite. Paris refusa toutefois de bouger, les larmes aux yeux. Elles roulèrent bientôt sur ses joues. Son corps était figé par une détresse malsaine. Cette situation était insoutenable. Il se prit la tête à deux mains, gémit toute sa colère et sa douleur, et tomba à genoux.

Un coup de feu le fit sursauter, qui se répercuta indéfiniment dans l'écho de la forêt. Le gémissement d'animal blessé du lieutenant se transforma en un « non » à peine audible, sa bouche grande ouverte dans un râle silencieux. Son esprit lui projeta une reconstitution de ce moment tragique dans la chambre de Judith. Il imaginait un canon froid sur la tempe de son aimée endormie et si fragile. Un homme au regard mauvais, sans cœur, calculateur, une machine à tuer qui pressait la détente avec un sourire. La tête qui éclatait, le sang et la cervelle qui éclaboussaient le mur blanc. Il put presque voir l'enveloppe corporelle se vider de cette précieuse vie qu'il chérissait plus que tout.

Paris voulut mourir à son tour, aveuglé par la hargne, envahi par un puissant désir de vengeance. Il se releva d'un bond, prêt à se rendre à la clinique pour y affronter son destin. Il n'avait plus d'emploi, plus de compagne, plus rien à perdre.

Il voulait se venger, puis mourir.

Le petit lui bloqua toutefois le passage, la photographie en main, le visage redevenu un masque vicieux de bête féroce.

— Non. Trouver maman.

L'attitude du gamin stoppa l'élan stupide et suicidaire de Paris. Ils s'observèrent un moment, puis « Emmanuel » se mit à frapper l'image de son doigt à l'ongle trop long. Une rage bestiale et dangereuse s'écoulait de lui, des larmes fuyaient ses yeux pour barbouiller ses joues. La lune et ses rayons s'attardaient sur eux avec sa bienveillance blanchâtre.

Dans sa poche, le cellulaire sonna, mais Paris refusa de prendre l'appel. Aucune confirmation des actions du monstre n'était nécessaire, il pouvait sentir dans ses tripes que Judith venait de le quitter.

Au bout d'un moment d'indécision, il se calma et hocha la tête, démontrant au gamin qu'il avait raison. Ils firent demi-tour et s'éloignèrent de la clinique pour s'enfoncer dans la forêt endormie. Paris offrit une prière silencieuse et coupable à sa bien-aimée. Aussi, un certain soulagement l'effleura à l'idée qu'elle était partie sans souffrance, que son corps inerte ne subirait plus le passage du temps. On l'avait averti qu'elle ne se réveillerait jamais. Avec un certain égoïsme, il comprit aussi que Judith ne pourrait jamais révéler la vérité sur la nuit où un projectile l'avait atteinte.

Paris et « Emmanuel » disparurent dans la nuit boisée, chacun perdu dans ses pensées troubles. Deux automates aux prises avec leurs démons, des ombres silencieuses se fondant dans la nature endormie. Le lieutenant doutait fortement que l'individu à la clinique s'aventurerait seul dans la forêt, à sa poursuite.

Il laissa finalement monter en lui le dangereux venin de la vengeance : ce serait ainsi qu'il honorerait Judith, dans la rage, la violence et la mort.

Il n'aurait de repos qu'au moment où le responsable de toute cette foutue histoire serait à ses pieds, vidé de son sang et la gueule éclatée.

Il voulait la tête de ce sale Sang de Cochon !

10

France Rioux ouvrit lentement les yeux, ou plutôt un seul œil. Celui de droite refusait de percer la noirceur de son esprit troublé. Son corps s'éveilla avec douleur. Elle ne put réprimer un gémissement de souffrance lorsqu'elle pénétra de plein fouet dans le monde froid et étranger qui l'entourait. Un mal de tête menaçait de lui fracturer le crâne, de séparer les hémisphères de son cerveau pour les réduire en bouillie. Sa langue gonflée effleura des cavités où pas si longtemps auparavant trônaient fièrement des dents saines. Sa mâchoire protesta contre l'effort déployé. Elle tenta de se redresser, mais réalisa que sa main droite était retenue par une menotte en acier aux barreaux de la tête du lit. France remua ses jambes endolories, souvenir de la raclée qu'on lui avait administrée pour la punir. Les brutes l'avaient battue sous les avertissements du docteur pour qu'ils épargnent le ventre où la semence maudite avait été implantée.

Ses geôliers n'y étaient pas allés de main morte et son visage tuméfié la rendait sûrement méconnaissable. Même son mari ne l'avait jamais châtiée à ce point. Une couverture dissimulait sa nudité, et un regard rapide lui permit de découvrir qu'elle se trouvait de nouveau dans la pièce où on l'avait violée. Il ne subsistait aucune trace de son agresseur, comme si cet évènement n'avait jamais eu lieu. En raison du plafonnier allumé, elle put constater que la porte était entrouverte. Un homme vêtu d'un complet sombre assez élégant l'épiait tout en discutant avec quelqu'un dans le couloir. Puis des bruits de pas se firent entendre et l'individu se déplaça pour laisser passer le docteur Meunier. Il portait un pantalon de coton noir, ainsi qu'une veste blanche par-dessus une chemise couleur saumon vraiment laide. Un dossier dans une main, il se grattait le crâne de l'autre et pénétra dans la chambre pour s'approcher du lit. Avec lui vinrent une odeur de cigarette et une certaine fraîcheur, comme s'il revenait tout juste de l'extérieur.

Le médecin s'immobilisa pour observer France avec un intérêt purement médical. Son visage frais rasé et son teint légèrement bronzé lui donnaient l'air d'un homme en vacances, de retour au travail pour régler un problème de dernière minute. Son regard était dur, calculateur, et il tenta un sourire sans vraiment réussir.

– Alors, ma chère France ? Voyez ce qui vous est arrivé. Tout cela aurait pu être évité.

Elle voulut lui répondre d'aller se faire foutre, mais seul un gargouillis à peine audible sortit de sa bouche. Meunier eut l'audace de poser sa main sur la sienne, faux geste de réconfort condescendant qui ne fit qu'amplifier le malaise relié à sa présence. France refusait de lui donner satisfaction, de dévoiler sa peur, et elle parvint à conserver sa main en place. Sa peur d'être à nouveau battue servirait de motivation à une éventuelle collaboration de sa part.

Le docteur parla à nouveau :

– Je suis désolé pour ce qui vous est arrivé. Personne n'aurait dû vous toucher, encore moins vous violer.

Elle frissonna en entendant ces mots prononcés de manière si banale dans la bouche de ce monstre. La honte la fit rougir. Il parut ne pas s'en préoccuper.

– Mais ce n'était pas une raison suffisante pour vous enfuir. Je vous promets que vous serez dorénavant en sécurité ici. Après tout, nous voulons votre bien.

France rageait, incapable de parler en raison de sa langue enflée et de sa mâchoire douloureuse. C'était peut-être mieux ainsi. Derrière son visiteur, dans le couloir, elle pouvait discerner la silhouette d'un garde, en retrait. Le médecin poursuivit son monologue, lui donnant l'impression que ce n'était pas la première fois qu'il agissait ainsi.

Certaines des autres femmes prisonnières avaient-elles eu droit à ses réprimandes ?

– Malheureusement, ma chère France, nous avons dû prendre certaines mesures après votre tentative de fuite pour nous assurer que cela ne se reproduise pas.

Le médecin contourna le lit et s'approcha de la menotte qui l'emprisonnait. Il lui toucha le poignet, puis constata avec satisfaction qu'elle n'avait pas tiré comme une folle sur cette dernière, évitant de blesser la peau. En fait, l'idée ne lui était même pas venue : elle s'était rapidement résignée à son sort et son état physique avait obnubilé ses pensées. Il approuva d'un hochement de tête, puis soupira de manière dramatique avant de poursuivre :

– Je dois vous montrer quelques clichés, ma chère, et cela risque de vous choquer. Je m'en excuse d'avance.

Il déposa le dossier qu'il transportait sur la petite table près du lit. Une froide inquiétude s'empara d'elle. Meunier ouvrit la chemise et prit un document, une photo agrandie imprimée sur une feuille de papier, qu'il plaça dans la main libre de France. Une main tremblante qu'elle hésita à relever, pour repousser l'indésirable moment de vérité.

– Ce que je veux vous montrer est le résultat de votre tentative de fuite, mon amie. Allez, regardez !

France leva lentement la mince feuille de papier, qui représentait une scène en noir et blanc. Elle reconnut tout de suite la pièce en question : c'était la chambre à coucher qu'elle partageait avec Maurice depuis des années. Une pièce maintenant dépouillée de tout ameublement. Le cliché en était un de la scène de crime, probablement pris par les policiers. Elle pouvait voir de petits chevalets numérotés au sol, révélant les emplacements d'éléments collectés par l'équipe scientifique. Ce qui capta et emprisonna toutefois son attention était le corps nu de son mari, pendu et sanglant, au bout d'une corde. Le visage parfois aimé, et trop souvent détesté, de son conjoint était figé pour l'éternité.

Mort !

Elle se mit à trembler, son corps parcouru de véritables secousses sismiques, avant de lâcher le document qui tomba sur le lit.

Emplie d'une colère et d'une haine destructrice, France leva la tête vers le docteur. Elle geignit de façon pitoyable, n'arrivant à produire que des sons pathétiques. Elle tira sur la menotte de toutes ses forces, voulut se lever, lui sauter au cou, le frapper. Tout ce qu'elle parvint à accomplir fut d'éveiller une douleur à son poignet maintenant lacéré par l'acier. Toute la souffrance de sa carcasse malmenée redoubla. Des larmes lui emplirent les yeux, brouillèrent sa vue.

— Je suis désolé, France, mais ce sont vos actions qui en sont responsables. Je n'y peux rien. Maintenant, il faut vous apaiser, je ne voudrais pas être forcé de vous administrer un sédatif.

Contrainte de se ressaisir, elle s'adossa à ses oreillers, les yeux fermés. Elle refusait qu'on la drogue. Meunier parut satisfait et reprit son dossier, laissant toutefois quelques documents sur la table à côté du lit. Il s'éloigna, puis elle l'entendit s'arrêter à mi-chemin de la porte. Se tourna-t-il pour la regarder une dernière fois ? Elle s'en fichait, refusait d'ouvrir les yeux.

— Il faut comprendre, France, que nous sommes votre nouvelle famille. Tout ira beaucoup mieux lorsque vous saisirez à quel point vous comptez pour nous.

Elle serra les dents et les paupières, et attendit que la porte claque avant de laisser ses épaules s'affaisser dans un geste de profonde lassitude. Les pas s'éloignèrent enfin dans le couloir et elle se retrouva seule, dans cette pièce froide à l'éclairage tamisé.

Lorsqu'elle parvint à se calmer, longtemps après, l'image de son mari pendu et poignardé mise de côté, elle ouvrit son œil boursouflé et tourna la tête vers la petite table.

Deux autres clichés y reposaient, attendant qu'elle s'en empare.

D'une main hésitante et parcourue de tremblements, elle s'exécuta.

Les larmes se remirent à couler dès qu'elle prit connaissance des photographies.

11

Paris suivit « Emmanuel » avec la rage au cœur, n'ayant plus aucune larme à verser. La mort de Judith le dévastait et le besoin d'évacuer sa colère, de se venger, gagnait en puissance. L'enfant pouvait le conduire dans le repaire des responsables de cette tragédie et, ensemble, ils retrouveraient la mère du garçon. Si elle vivait toujours, ce dont il doutait toutefois.

En quittant la clinique de Judith, ils s'enfoncèrent dans le petit boisé derrière l'édifice et se retrouvèrent sur un boulevard peu fréquenté. Il faudrait plusieurs heures avant que la masse des travailleurs envahisse les routes. Paris suivit « Emmanuel » avec prudence, tandis que des sirènes étaient audibles au loin. Il craignait les patrouilles dans le secteur et, à deux reprises, agrippa le gamin pour qu'ils se jettent tous deux dans une ruelle ou le vestibule d'un immeuble. Se cacher comme de vulgaires fugitifs.

Ils marchèrent durant une bonne heure, s'éloignant du centre de la ville. Tout près d'un petit parc muni de glissades et de balançoires pour les enfants, Paris stoppa le gamin et le questionna.

– On va loin comme cela?

– Saint-Tite, de répondre «Emmanuel» avec un sourire juvénile.

En pleine nuit et à pied?! Impossible. La distance à franchir était trop importante. Paris interrogea d'ailleurs «Emmanuel» pour savoir comment il avait gagné Trois-Rivières. L'enfant refusa de lui répondre vraiment, se contentant d'un vague «Venu en camion», avant d'insister, le regard interrogateur :

– Aller Saint-Tite?

Paris n'avait pas le choix : il allait devoir commettre son premier délit important. Résigné, inquiet et nerveux, il entraîna son compagnon le long des rues, prenant soin de tester certaines poignées de voitures.

La chance leur sourit dans le stationnement d'un dépanneur. Une voiture laissée sans surveillance, son moteur en marche. Les clés dans le contact. Paris justifiait son geste par la nécessité d'aller sauver «l'autre maman» et son besoin de rester en liberté, de poursuivre son enquête. Il grimpa donc dans la Honda Civic rouge au capot décoloré, faisant monter «Emmanuel» à l'arrière. Sans un regard vers le dépanneur, il démarra en trombe et lança la voiture dans les rues, conscient de l'avis de recherche pour l'automobile volée qui serait vite lancé. Il ignorait si on avait pu le voir de l'intérieur du dépanneur et ainsi donner sa description.

C'est ainsi qu'ils rejoignirent Saint-Tite, longeant les routes secondaires et respectant les limites de vitesse. Au village, un «Emmanuel» tout sourire se fit un plaisir d'indiquer à Paris où aller. Ce dernier opta toutefois pour une pause, non seulement pour se rassasier avec les maigres provisions récupérées dans la boîte à lunch trouvée sur la banquette arrière, mais pour dormir un peu. Heureusement, il connaissait la région et les conduisit sur un étroit chemin de terre battue qui donnait sur un petit lac. La voiture devait appartenir à un travailleur de nuit, comme en témoignaient le sarrau et les gants dénichés avec le repas. Le silence et la noirceur de leur repaire temporaire facilitant le repos, Paris s'endormit en premier, sans trop savoir si «Emmanuel» fit de même. Étonnamment, la proximité de l'enfant ne l'inquiétait pas, elle le rassurait presque.

À l'aube, une fois réveillés, ils quittèrent cet endroit et atteignirent une petite route de gravier menant à une clôture métallique, sur laquelle était montée une affiche criblée de balles. Un endroit que Paris connaissait trop bien dans le village de Saint-Tite, parce qu'il l'avait jadis fréquenté. Un centre privé que la Sûreté du Québec utilisait pour entraîner ses hommes au tir, mais aussi à la conduite défensive, au corps à corps et à plusieurs autres disciplines nécessaires pour conserver un haut niveau d'efficacité.

L'édifice était invisible de leur position et, tout en inspectant la route de l'autre côté, le lieutenant se demanda ce qui pouvait bien se tramer dans cet édifice abandonné. Avant le nouveau centre hautement sophistiqué et bourré de gadgets qu'on avait construit à Shawinigan, c'était là que les agents se perfectionnaient. Dans la cour, on avait installé un parcours avec des obstacles, des cordes à escalader sur une structure de bois, des pneus pour sauter et des endroits où ramper pour se glisser dans des conduits boueux. Plusieurs corps policiers y venaient régulièrement. Du moins, lorsqu'il était ouvert.

Ce centre était abandonné depuis six ou sept ans, laissé à dépérir. Sauf une partie de la clôture aux abords du portail qui semblait neuve, luisante dans le jour levant. Le soleil à l'horizon plongeait sur la forêt, en illuminait les cimes verdoyantes.

« Emmanuel » indiqua une nouvelle direction avec son bras levé. Il était un guide inépuisable, qui paraissait ne jamais nécessiter de sommeil ou de repos.

Plusieurs traces de pneus laissaient deviner un passage récent de véhicules, ce qui intrigua Paris et lui fit croire qu'ils étaient au bon endroit. Pour éviter d'être repéré, il fit demi-tour et trouva une petite route de campagne où abandonner le véhicule. Ils marchèrent ensuite jusqu'au centre de tir et, désireux de retrouver le couvert de la forêt, il suivit le petit le long de la clôture en mailles de chaîne qui contournait le centre, puis pénétra sous le toit de branches feuillues. La nature tout autour d'eux s'était éveillée. Les oiseaux s'adonnaient à leurs chants matinaux et les écureuils sautaient de branche en branche, cherchant la noix de choix à dévorer, à cacher ou encore à partager.

Le duo longea la palissade sur une centaine de mètres, jusqu'à ce qu'une brèche leur révèle comment ils s'introduiraient dans le complexe. L'air triomphant, le gamin passa en premier, suivi du lieutenant armé. Paris prit toutefois le temps d'essuyer son front couvert de sueur et ses cheveux, trempés par l'effort et la chaleur du jour qui s'annonçait chaud et humide. Des mailles avaient été coupées et formaient une ouverture permettant de s'introduire dans l'enceinte. Le sourire d'« Emmanuel » lui fit croire que ce dernier en était responsable.

De l'autre côté, ils plongèrent aussitôt dans une végétation jadis entretenue, que l'abandon avait ramenée à l'état sauvage. L'herbe montait aux genoux ; les broussailles les forçaient à effectuer des détours. Le centre à proprement parler se trouvait au creux d'un vallon, entouré de tous côtés par des flancs escarpés couverts de pelouse. C'est au sommet d'une des pentes que l'enfant le conduisit. Ils se trouvaient à une vingtaine de mètres d'altitude. Leur position les protégeait. Le sol autour d'eux révélait qu'ils n'étaient pas les premiers à se cacher là. De nombreux aller-retour avaient creusé un sentier entre la porte arrière du centre et le flanc de la colline, pour disparaître dans un sous-bois de conifères sur leur droite. À cet endroit, le sol était couvert d'aiguilles, mais Paris devina la présence d'un amoncellement de terre.

Il décida d'aller y jeter un coup d'œil.

Le sentier s'arrêtait au pied d'un monticule où l'herbe n'avait pas encore eu le temps de pousser : un trou qu'on venait tout juste de remplir, d'une bonne dizaine de mètres de largeur et du double en longueur. Perplexe, le lieutenant examina plusieurs empreintes de pas et remarqua, en retrait, une pelle plantée à même le sol. Un très mauvais pressentiment l'envahit. Il redoutait ce qu'il allait découvrir, mais restait désireux de mieux comprendre ce qui se tramait dans la place. Il s'empara donc de l'outil et gagna le centre du monticule. La pelle s'enfonça aisément dans la terre malléable et il se mit à creuser sous l'œil impassible du gamin.

Il lui fallut un bon moment avant de frapper les premiers ossements, sur lesquels des morceaux de vêtements et de la chair se trouvaient toujours. Il libéra par le fait même une forte odeur de putréfaction. Quelques coups de pelle supplémentaires mirent à jour d'autres ossements, des corps parfois presque entiers.

Paris fut contraint de reculer, nauséeux. Il tomba à genoux et vomit les bouchées du sandwich au jambon ingurgitées plus tôt, les yeux pleins de larmes. Il jura à voix basse pour ensuite jeter la pelle au loin. Il venait de découvrir, s'il se fiait aux dimensions du trou, un charnier qui n'avait rien à envier à ceux qu'on retrouvait en zone de guerre.

Un charnier rempli de corps d'enfants.

Secoué, Paris rejoignit « Emmanuel » qui le fixait en silence. Quoi dire dans un tel contexte ? Comment justifier son appartenance à une race aussi méprisable, détestable ? Pour contrer le flot de pensées négatives qui se pressaient dans son esprit, le lieutenant retourna tout près du point d'observation, suivi de son compagnon, pour épier l'édifice en contrebas. Protégés par le flanc de la colline, ils pouvaient même voir la route sinueuse, au loin, qui menait à l'entrée du centre sur la façade. Paris n'avait pas l'intention d'approcher l'endroit en plein jour. Il se devait tout d'abord de surveiller les allées et venues et déterminer quel genre de système de sécurité on utilisait. Caméras, gardiens qui patrouillaient le périmètre, ou encore rien du tout. La nuit serait plus propice à une mission de reconnaissance.

Avant, toutefois, un peu de repos s'imposait pour compléter leur nuit écourtée et ils s'installèrent à même le sol sableux. Un tronçon d'arbre mort leur servirait de dossier pour leur permettre de relaxer, de conserver leurs forces.

L'attente commençait et ce fut avec surprise que le lieutenant vit «Emmanuel» se blottir contre lui, fermer les yeux pour promptement sombrer dans le sommeil. L'enfant se mit même à ronfler. Le contact avec le gamin l'avait d'abord dérouté, puis sa compagnie l'avait rassuré. Il n'était pas seul dans son combat pour découvrir la vérité, pour venger Judith. Pour retrouver France Rioux. Pour blanchir sa réputation de policier.

Il sentit vite la somnolence l'envahir. Ses yeux se fermèrent et il rejoignit finalement «Emmanuel» au pays des rêves. Des cauchemars sans nom, plutôt, dans lesquels sa femme mourait encore et encore sous ses yeux, sans qu'il ne puisse jamais intervenir.

12

Lorsqu'il ouvrit les yeux, Paris ne se rappelait plus où il se trouvait. Les cauchemars et le manque de sommeil de qualité avaient plongé son imagination dans une sarabande d'images folles, impossibles à ignorer et qui le hanteraient longtemps. Il se redressa en gémissant. Le gamin, debout devant lui, observait l'édifice en contrebas avec un air songeur et une inquiétude palpable.

Paris se leva, bâilla et s'étira. Il faisait chaud, le soleil avait dépassé son zénith et amorçait déjà une lente descente vers l'horizon qui se perdait dans les cimes majestueuses.

« Emmanuel » demeurait pour lui un mystère indéchiffrable. Sa métamorphose de créature violente, capable de tuer un homme et de lui dévorer la nuque, en garçon presque normal le déroutait. Il existait une composante animale dans ses mouvements : son attaque sur son assaillant à la clinique ne laissait aucun doute que ce petit était autre chose qu'un écolier ordinaire. Et que dire de sa ressemblance avec Judith ?

Peut-être encore plus troublante pour Paris était l'apparente implication de sa compagne dans un laboratoire de recherche génétique où Blanchard œuvrait aussi. La photographie sur laquelle ces deux-là se trouvaient ensemble ne mentait pas. Tout devait être relié. Ce ne pouvait être une coïncidence, pas dans un village aussi petit, dans une région aussi tranquille. Les Rioux avaient aussi joué un rôle dans cette histoire, mais n'étaient probablement que des pions aisément sacrifiés.

Et si «Emmanuel» était la clé de ce mystère?

Paris n'avait aucune chance de gagner un combat contre ceux et celles qui occupaient cet ancien centre d'entraînement. Aucune chance contre un groupe armé capable de faire de lui un fugitif et de prendre d'assaut un centre médical. La GRC étant impliquée, il aurait besoin d'aide. Une idée lui vint et il s'empara du cellulaire de Prost, dont le niveau de la batterie était très bas. Le gamin l'observa, offrit ce qui pourrait passer pour un sourire, avant de replonger dans son examen approfondi de cette structure bétonnée qui retenait peut-être captive cette mère qu'il voulait retrouver.

Mais France Rioux était-elle vraiment sa mère? Selon Rondeau, on avait retrouvé le corps du petit Emmanuel Rioux. Celui qui se tenait devant lui ne possédait aucune identité connue; il ne pouvait donc logiquement exister. Le lieutenant inspira profondément, cherchant à rassembler ses idées, puis pianota sur le téléphone et composa un numéro. Il fallut trois sonneries avant qu'on réponde : une voix d'homme lui demanda aussitôt de patienter. Quelques secondes plus tard, la même voix, cette fois paniquée, se fit entendre dans l'appareil.

— Paris, c'est bien toi? C'est la ligne de Prost.

Le lieutenant hésita, prêt à raccrocher. Faisait-il une erreur? Il ne pouvait continuer seul, il devait s'assurer de posséder au moins un allié dans cette folle aventure. Le ton proche du murmure de son interlocuteur lui prouva qu'il s'était éloigné pour ne pas être entendu par les autres.

— Durant, tu dois m'écouter. Tu sais que je n'ai pas tué Prost.

— Je sais ben, c'est fou cette histoire-là.

Ces mots lui firent grand bien et le soulagèrent d'un poids énorme; il avait besoin de valider son innocence, qu'on le croie. Surtout un autre policier.

L'espoir, quoique mince, était le bienvenu.

— Té où?

— Je ne peux rien dire pour le moment.

L'autre resta silencieux pendant quelques secondes, avant d'expliquer :

— Tous les services de police sont à tes trousses et, crois-moi, t'arrêter vivant est le dernier de leurs soucis. L'inspecteur-chef est de ton côté : il m'a demandé d'envoyer les gars fouiller le comté pour te retrouver. Il croit que tout ça est une erreur.

— Je me suis fait piéger.

Paris entendit des sonneries lointaines, des discussions animées comme bruit de fond : Durant devait être à son bureau du poste de la Sûreté. Il entendait sa respiration, pouvait presque sentir l'intensité de ses pensées et du combat intérieur qu'il se livrait, coincé entre la possibilité de devenir complice d'un homme accusé de meurtre et le besoin de comprendre, d'aider son confrère en difficulté. Mais surtout, Durant évitait de brusquer le lieutenant en fuite.

Paris reprit :

– Je vais t'envoyer une adresse, mais promets-moi d'attendre mon signal avant d'intervenir.

– Une adresse ?

– Oui. C'est là que la femme de Maurice Rioux est maintenue captive. Mais avant d'alerter la cavalerie, j'ai quelque chose de très important à accomplir. Je peux te faire confiance ?

Un reniflement accueillit sa demande. « Emmanuel » s'était rapproché, curieux, et son visage incliné scrutait son nouveau compagnon. Un oiseau de proie tournait autour d'une bête invisible ou insouciante, sur le côté gauche de l'édifice. Son ombre projetée les touchait par moment, mais n'offrait hélas aucun réconfort. La voix de Durant revint cette fois plus ferme, il donnait ses conditions :

– OK. Je ne ferai rien jusqu'à ton appel. Mais si demain matin, à six heures, tu ne m'as pas contacté, je prends quelques-uns des gars avec moi et on débarque, tu comprends ?

– Oui.

– Tu sais, j'ai repoussé le moment de ma retraite. Je voulais être certain que tu sois en sécurité avant de partir.

– Je te remercie, Durant. Je dois aussi t'avouer que les choses vont peut-être dégénérer. Ces gens-là sont dangereux.

Paris n'osa lui dire qu'il était convaincu de l'implication de certains éléments tordus de la GRC, mais il se doutait que son compagnon ou l'inspecteur-chef étaient arrivés à la même conclusion. Cette histoire puait les fédéraux à plein nez et les flics avaient tendance à se méfier d'eux.

— Fais en sorte que je termine ma carrière sans tuer mon premier homme, d'accord?

— Je ferai mon possible. Je t'envoie les coordonnées par message texte.

Paris mit fin à l'appel, tapa l'adresse du lieu que tous les flics connaissaient. Il observa ensuite le gamin et s'apprêtait à prononcer des paroles réconfortantes, lorsqu'un petit nuage de poussière, au loin sur la route, lui indiqua l'arrivée d'un véhicule. Ils se plaquèrent tous deux au sol, derrière le mur de terre et d'herbes hautes du flanc de la colline. Une voiture noire remontait lentement le chemin, ses pneus crissant sur le gravier entouré de végétation devenue grisâtre. Les vitres teintées de la luxueuse berline empêchaient de voir le ou les passagers. Elle s'arrêta non loin de la porte d'entrée et un homme s'en extirpa, vêtu d'un jean et d'une chemise bleu pâle. Son regard dissimulé sous des lunettes fumées, il paraissait tendu et jetait des regards à la ronde.

Paris reconnut Rémy Collier, la recrue du service.

Mais que faisait-il ici? Était-il impliqué dans cette histoire de merde? Le nouveau venu se dirigea vers la porte, qu'il ouvrit sans l'aide d'une clé. On ne prenait donc pas la peine de la verrouiller. Il disparut ensuite dans l'immeuble qui hébergeait une immense salle de tir, quelques pièces utilisées pour les classes, des douches, des salles de bain et un gymnase autrefois rempli d'équipement de musculature. Une piste intérieure installée autour du gymnase offrait aussi un parcours adéquat pour les amateurs de course. Peu de gens connaissaient la véritable raison de l'abandon de ce centre pour un autre plus récent et plus coûteux. Un gaspillage d'argent et de ressources. Une autre décision stupide d'un pousseur de crayon ennuyé, désireux de dépenser les fonds publics à tort et à travers. De justifier son emploi.

Paris se questionna au sujet de Collier, dont il ne connaissait pas grand-chose. Ils n'avaient que rarement travaillé ensemble. Rémy était jeune, pompeux, ambitieux, très à cheval sur le règlement et peu susceptible de se laisser corrompre. Du moins le lieutenant le croyait-il!

« Emmanuel » s'approcha en rampant et leva le bras pour pointer le centre, désireux de passer à l'action. Paris lui expliqua qu'il serait préférable d'attendre la tombée de la nuit. Il révéla son plan, que l'enfant parut comprendre puisqu'il s'assit un peu plus loin pour continuer à fixer l'édifice.

Le lieutenant en profita pour s'assurer à nouveau que son arme était bien chargée.

Ce soir, ils passeraient à l'assaut.

13

France Rioux était morte. Du moins, c'est ainsi qu'elle se sentait. Son cœur et son âme avaient été broyés à jamais par la violence des émotions qu'elle avait ressenties en regardant les photographies laissées par le docteur Meunier. Elle avait longuement contemplé le corps dénudé et lacéré de sa fille, gisant sur la terre battue d'une cabane sale. Les larmes avaient jailli lors de la contemplation des traits du visage tant aimé, la vision du corps mutilé, du sang coagulé. Un cliché pris par les policiers.

Une autre photo glissa dans sa main tremblante, celle d'un petit garçon dans une fosse, au milieu d'un champ. L'enfant était mort depuis peu ; son corps portait les ravages évidents de sévices innommables. Bien que le visage soit partiellement dissimulé par un bras levé et un angle de caméra douteux, elle savait qu'il s'agissait d'Emmanuel. Cette disparition la laissait toutefois presque indifférente.

Elle renifla le trop-plein de morve qui menaçait de couler sur sa lèvre supérieure. France était donc morte avec sa famille, avec sa fille tant aimée perdue, son mari pendu, son fils assassiné.

Que lui restait-il donc ?

Pourquoi persister dans sa lutte pour une vie aussi exécrable ?

Ses nombreux hurlements de colère, de dépit et d'abandon étaient restés sans réponse. Des pas se faisaient parfois entendre dans le couloir, mais personne ne lui rendait visite. Elle demeurait seule avec sa peine. On devait l'espionner en silence et se réjouir de sa tragédie ; on voulait la briser. Après la découverte des photographies, elle s'était débattue, avait tiré si fort sur les liens métalliques qui l'entravaient que son poignet ressemblait à celui d'une suicidée. Ses pieds avaient frappé à répétition le meuble ancré au plancher, sans parvenir à le faire bouger. Dans son énervement et sa lutte, France était tombée en bas du lit et son bras coincé par la menotte avait émis un terrible craquement, le poignet se brisant. Les pleurs s'étaient mués en cri de douleur.

Personne ne vint l'aider à se relever et elle n'eut d'autre choix que de demeurer ainsi, dos contre le matelas et le bras levé.

Qu'avait-elle donc fait de mal pour mériter un tel sort ?

Les pleurs finirent par s'apaiser, ses sanglots laissant la place à une froideur irréversible. La mort ne l'effrayait plus, loin de là. France se fit la promesse d'aller à sa rencontre dès que possible. Dans son abattement, prisonnière de ses souvenirs, elle revivait le jour de la naissance d'Emmanuel. Une obscure période de son existence, où elle avait mis au monde une chose méprisable, née du viol perpétré par son mari et dont elle avait accouché dans la douleur. C'est lui qui avait insisté pour avoir un autre enfant. Il avait ignoré les refus et les protestations de sa femme. Maurice la forçait à boire de l'alcool ; elle suspectait qu'il la droguait aussi, pour lui retirer ses inhibitions et une grande partie de son humanité. Dans le brouillard de son ivresse, plusieurs nuits s'étaient effacées de sa mémoire. De vagues images de son mari qui rampait sur elle comme une couleuvre malveillante lui revenaient en mémoire.

Le docteur Meunier habitait également ses souvenirs, avec ses fréquentes visites où il l'auscultait longuement et la sondait avec une insistance presque maladive. Il passait aussi beaucoup de temps avec Maurice. La présence de cet homme chez eux était inhabituelle, puisque son mari était d'une jalousie légendaire ; personne au village n'osait la regarder sans risquer le courroux du cet être violent. Elle ne lui connaissait aucun ami.

Meunier l'avait assistée durant l'accouchement d'Emmanuel, cherchant à la rassurer malgré l'insoutenable douleur. On lui avait administré une péridurale. Sa conscience avait vacillé, sombré dans une sorte de stupeur, un brouillard opaque. En fait, elle avait maintes fois perdu toute notion de temps et n'avait perçu que des bribes de l'expérience libératrice de l'enfantement. Une minute, elle avait pu sentir la chose glisser hors de son corps, le liquide se répandre, puis le néant l'avait enveloppée de son linceul glacial. France avait temporairement perdu connaissance. Lorsqu'elle avait rouvert les yeux, sa main avait caressé les couvertures douces pour rencontrer son ventre encore gonflé, mais vidé de son contenu. Des voix s'étaient fait entendre. On s'occupait d'elle. On lui avait permis de tenir le poupon durant quelques secondes, avant qu'une infirmière ne le lui prenne des bras sans lui demander son avis. Elle avait paniqué, imploré qu'on lui redonne son fils. En vain.

Meunier était revenu la voir, quelques minutes plus tard, pour lui remettre son enfant. Mais France avait contemplé la petite boule de chair enveloppée dans une couverture bleue en sachant que quelque chose clochait. Sa chevelure noire éparse, son teint trop foncé et son poids ne correspondaient pas à son souvenir pourtant très récent du poupon tenu entre ses bras. Elle avait exprimé ses doutes au docteur qui souriait, elle lui avait révélé qu'elle croyait que ce n'était pas le même bébé. Il avait répliqué qu'elle était encore en état de choc, que les médicaments lui jouaient des tours, que tout rentrerait dans l'ordre. Une confusion normale dans une telle situation, il le voyait si souvent lors d'accouchements.

Qu'aurait-elle pu faire?

Avec les encouragements de son mari, du docteur et des infirmières, elle avait fini par convenir qu'ils avaient raison.

Pourtant, Emmanuel était différent de sa sœur, différent des autres enfants de son âge. Il avait grandi pour devenir un gamin méchant, cruel, qu'elle avait surpris à plusieurs occasions à maltraiter des compagnons de jeu ou des animaux. Il la toisait souvent avec une froideur qui la mettait mal à l'aise, il disparaissait durant de longues heures pour revenir taché de boue, parfois même de sang. Elle avait appris, toujours sous les encouragements de son mari, à le laisser tranquille. Maurice stipulait que les petits garçons avaient besoin d'expériences, d'aventures.

Cela finirait par passer.

Cela n'avait pourtant fait qu'empirer. Elle suspectait son fils d'avoir agressé sexuellement sa sœur, mais n'en avait aucune preuve. La crainte de le provoquer et la peur que lui inspirait son mari la poussèrent à vivre comme si Emmanuel n'existait pas. À table, lorsqu'il était avec eux, son regard la troublait. Il mangeait comme une bête, parfois avec ses mains, les yeux luisants d'un brasier inhumain.

C'était un peu tout cela que lui inspirait cet Emmanuel. On lui avait pris son vrai fils. Elle ignorait pourquoi, où il se trouvait aujourd'hui et qui avait été ce monstre chez elle.

À plusieurs reprises, elle avait surpris un rôdeur, un autre gamin d'âge semblable à son fils. Ce n'était qu'une silhouette lointaine, aperçue lorsqu'elle étendait le linge mouillé sur la corde, dans la cour, une ombre immobile qui se tenait à distance et l'observait. France avait aussi surpris son fils à voler de la nourriture dans le garde-manger pour l'emporter avec lui dans les bois, dans un sac à dos. Des pièces de vêtements disparaissaient aussi à l'occasion, et sa fille lui avait mentionné avoir vu son frère jouer avec un copain de son âge, un étranger, dont il niait l'existence.

Il n'en fallait pas plus pour que France commence à se faire des idées, à élaborer des scénarios farfelus où son autre fils, celui qu'on lui avait enlevé pour le remplacer par cette chose perfide, lui revenait. En parler n'aurait servi qu'à lui attirer des coups et des insultes. Elle y croyait toutefois.

Elle le souhaitait de tout cœur.

14

Deux heures après l'arrivée de Collier au centre de tir abandonné, deux Mercedes noires firent leur apparition sur la route de gravier. Paris en fut averti par les grognements d'« Emmanuel ». En raison de la distance, il fut impossible de deviner qui quittait l'arrière de la voiture de tête pour s'engouffrer rapidement dans l'édifice. Trois hommes l'avaient suivi. Tout s'était déroulé si vite. Le soleil déclinant aveuglait partiellement le lieutenant et rendait l'observation assez difficile.

Il fallut deux heures encore avant que la nuit ne se pointe et plonge le centre dans l'obscurité. Seule une faible ampoule soulignait par son vacillement l'emplacement de l'entrée. Le temps de passer à l'action était venu. L'adrénaline accéléra les battements de cœur de Paris et, au moment où il se leva, « Emmanuel » se jeta d'un bond vers le bas de la colline, le forçant à le suivre. Son guide ne se dirigeait toutefois pas vers la porte avant, mais plutôt vers l'arrière. Le lieutenant s'obligea à lui faire confiance, non seulement parce que le petit l'avait conduit jusqu'ici, mais qu'il lui avait aussi sauvé la vie dans le centre médical.

«Emmanuel» était devenu son allié.

Ils dévalèrent la pente et franchirent la courte distance qui la séparait de l'édifice. La fraîcheur de la nuit circulait librement à travers la végétation. Les grenouilles, les grillons et les oiseaux nocturnes s'en donnaient à cœur joie.

Dans sa course, Paris ne repéra aucune caméra et, arme en main, sûr de détenir l'effet de surprise, il suivit le gamin qui s'en allait vers un quai de déchargement aux portes métalliques abaissées et cadenassées. «Emmanuel» se rendit contre le mur devant eux, sur la portion en pelouse, et déplaça quelques palettes de bois abandonnées en les traînant au sol.

Lorsqu'il le rejoignit, Paris découvrit que le gamin venait de mettre à jour une dalle en béton à même la terre battue. Après une brève hésitation, le lieutenant glissa son arme dans sa ceinture pour déloger la lourde pièce, ce qui libéra une forte odeur de moisissure. Des barreaux métalliques s'enfonçaient dans les ténèbres et il se demanda comment l'enfant avait appris l'existence de ce passage.

Paris descendit en premier. Il agrippa les barreaux rouillés d'une main, et de son autre, reprit l'arme réconfortante. Dans l'impossibilité de replacer la dalle et de dissimuler leur point d'entrée, il fallait espérer que les occupants de la place n'iraient pas fouiner dans la cour. Il n'avait vu aucune patrouille ou présence à l'extérieur pendant la journée, ce qui était bon signe. Paris entreprit donc sa descente au cœur de l'humidité souterraine, suivi de très près par un gamin d'une agilité simiesque. Une vingtaine de barreaux leur permirent d'atteindre un plancher en béton au cœur d'un couloir sans éclairage. Pour lutter contre l'opacité des ténèbres, le lieutenant pensa un moment à utiliser le cellulaire de Prost ou celui récupéré au poste. Il changea toutefois d'idée, préférant conserver le peu d'énergie qui restait dans les piles en cas d'urgence.

Le petit remuait bruyamment dans l'obscurité, comme si ses mains effleuraient les murs rugueux à la recherche de quelque chose. Puis il émit un cri de chimpanzé qui fut suivi par un jet lumineux abruptement déversé dans le corridor. « Emmanuel » – Paris persistait à l'appeler ainsi même s'il ne s'agissait sûrement pas de son vrai nom – avait trouvé une lampe de poche aux piles encore fiables.

Le lieutenant accepta la lampe tendue, illumina le passage devant, dans lequel ils avancèrent prudemment sur une trentaine de mètres, avant de tomber face à une lourde porte métallique sans vitre, munie d'une poignée et d'un sombre trou de serrure. Vite à genoux, le gamin fouilla le sol bétonné de ses mains. Paris remarqua un petit monticule de débris, fait de morceaux de bois, de cailloux et de poussière, comme si on avait passé le balai sans ramasser le résultat. Avec triomphe, « Emmanuel » se releva et lui présenta une clé. Paris trouvait leur intrusion en territoire ennemi trop facile et craignait un piège. Le sourire du petit dissipa quelque peu ses doutes, son instinct le poussant à suivre ce garçon auquel il commençait à s'attacher.

La clé permit de déverrouiller la porte, qui s'ouvrit en grinçant.

15

La porte s'ouvrit sur une odeur de renfermé, une humidité de cave qui subissait parfois des inondations. Une large pièce se déployait devant eux, sombre, remplie de caisses de bois, de meubles de toutes sortes et de plusieurs objets destinés au stand de tir. Tout donnait l'impression d'avoir été abandonné depuis longtemps. Ce qui était le cas. Droit devant eux, une autre porte, encadrée par deux amas de boîtes, qui s'avérait l'unique sortie de ce petit entrepôt. La lampe balaya l'étendue désolée. « Emmanuel » s'éloigna vers la gauche, passa entre deux piles de tables pliantes, et le lieutenant le suivit, curieux de découvrir ce qu'il voulait lui montrer. L'enfant avait fait un geste pour l'inviter à se joindre à lui.

Ils se retrouvèrent contre le mur, les articles empilés autour d'eux formant une sorte de petite enclave. Paris s'immobilisa et put voir un amas de couvertures au sol ainsi qu'un seau métallique, diverses figurines de super-héros en plastique et des soldats alignés le long du mur. Quelques sacs de croustilles éventrés, des emballages plastifiés de nourriture de restauration rapide et deux bouteilles d'eau formaient des rations néfastes à la santé, mais essentielles pour la survie.

« Emmanuel » prit place sur les couvertures avec un grand sourire, et une tristesse incommensurable s'empara de Paris, qui réalisait que ce misérable endroit devait être le lieu de résidence de ce gamin abandonné. Un sous-sol humide. Sans parler des insectes, du froid ou de la chaleur, selon les saisons.

Le pauvre vivait ici depuis combien de temps ? Quelques mois ? Des années ? Toute sa vie ? Paris n'eut pas trop le temps de s'attrister, puisque « Emmanuel » se relevait déjà, non sans jeter un regard complice vers Batman, Superman et Spiderman, qui veillaient sur le lit douteux de leur propriétaire. Même si sa nature animale, violente et perverse se manifestait parfois, il n'en demeurait pas moins que c'était un enfant qui se tenait devant Paris. Avec des besoins d'enfants, comme de jouer, de se sentir en sécurité et aimé, d'avoir une famille et des amis.

Le gamin quitta son refuge pour s'approcher de la sortie et Paris lui emboîta le pas. La porte n'était pas verrouillée et s'ouvrait sur un nouveau couloir, très court, et une série de marches qui s'arrêtait devant une porte. La quiétude et la faible clarté d'une ampoule nue les encouragèrent à s'avancer. Le lieutenant empêcha toutefois le petit de s'élancer à la course : il préférait le garder derrière lui. « Emmanuel » obtempéra et ils gravirent le court escalier, leurs pas produisant quelques grincements sur les marches métalliques partiellement rouillées.

Par l'entrebâillement, ils virent un couloir d'une blancheur d'hôpital. Si le passage qui menait ici avait jusque-là été négligé et manifestement peu fréquenté, c'était une tout autre histoire à ce niveau. En fait, l'illusion de se retrouver dans un hôpital était parfaite. Outre le bruit du système d'aération, on n'entendait rien. Paris releva son arme et intima au petit de rester silencieux en posant un doigt sur ses lèvres. Sa requête fût acceptée par un hochement de tête et ils quittèrent leur position pour entrer dans cet endroit énigmatique qui n'avait rien à voir avec un centre de tir.

Le duo se rendit près d'une porte sur leur gauche. La prudence était de mise.

Devant, Paris eut l'heureuse surprise de constater qu'une fenêtre permettait d'en observer le contenu. La surprise décupla lorsqu'il découvrit une simple chambre à coucher avec un lit défait, une petite bibliothèque et quelques meubles. « Emmanuel » surveillait le corridor pendant son exploration visuelle. Dans la chambre, une femme très enceinte se tenait debout et brossait ses longs cheveux. Il nota tout d'abord sa complète nudité et son ventre protubérant, qui signalait la fin de sa période de gestation. Choqué par cette vision déroutante, il se déplaça pour ne pas attirer l'attention de l'occupante. Il tenta néanmoins d'ouvrir et tourna légèrement la poignée, mais celle-ci était verrouillée, ce qui suggérait l'emprisonnement. Curieux, Paris se rendit à la porte d'en face. Il tomba sur un spectacle similaire : une femme enceinte, un peu plus âgée, au ventre moins rond, qui dormait paisiblement sur un lit aux couvertures repoussées. La future mère était nue.

Que signifiait tout cela ?

« Emmanuel » se tenait contre ses jambes, trop petit pour voir ce que contenaient les chambres. C'était peut-être mieux ainsi. Un troisième accès révéla une autre femme enceinte qui vaquait à des occupations imprécises, seule dans sa cellule. Toutes les poignées résistèrent. Dans la quatrième pièce, une femme couchée sur le dos sous une épaisse couverture semblait somnoler. Une tige à perfusion, à côté du lit, soutenait un sac de sérum. Le visage de l'endormie légèrement tourné vers la droite, il était impossible à Paris de voir ses traits. La femme ne paraissait pas enceinte, et elle recevait des soins médicaux plus importants que les autres. En examinant sa position, sa chevelure et la forme visible de son menton, il se mit à douter.

Était-ce Judith ?

Il devait faire erreur, ce ne pouvait pas être sa compagne, elle était morte dans la clinique. Du moins, c'est ce qu'on avait voulu lui faire croire. La main moite, Paris toucha la poignée sans trop de conviction, mais lorsqu'il la tourna, elle s'ouvrit. Un courant d'air chaud lui caressa le visage. Le lieutenant fit un geste au gamin, qui s'était retourné, et lui intima de ne pas bouger. Avec le moins de bruit possible, il se glissa dans l'ouverture, son arme bien en main. La pièce était simple, avec un lit, une commode et une corbeille. Trois pas le conduisirent au pied du matelas. L'épaisse couverture empêchait de bien voir le corps qu'elle recouvrait, mais plus il approchait, plus le cou, le profil du menton et la couleur des cheveux lui laissaient croire que c'était bien Judith, qu'il avait laissée seule avec un maniaque. Un fou qui, pensait-il, avait déchargé son arme sur son corps inerte.

Paris effleura la couverture et la forme humaine immobile, sans oser les toucher vraiment. Un doute subsistait toujours et nécessitait une confirmation de l'identité de cette femme avant de poser un geste qu'il pourrait regretter. Soudain, il s'immobilisa, retint sa respiration : il venait de découvrir, dans le coin supérieur de la pièce, presque au plafond, le clignotement d'une petite lumière rouge. Une caméra.

Il comprit aussitôt qu'il était tombé dans un piège. Il n'avait pas remarqué un tel gadget dans les autres pièces visitées.

Du couloir derrière lui montèrent les grognements d'« Emmanuel », suivis de bruits de pas et du tumulte d'une altercation. Faisant volte-face, son arme pointée, Paris vit l'enfant au sol qui s'agitait, traversé par de puissantes décharges en provenance de pistolets à impulsion électrique. Quatre électrodes fichées dans sa peau, retenues par des fils, indiquaient l'usage de deux de ces armes. Son compagnon se tortillait, le visage défiguré par la douleur. Le lieutenant voulut s'élancer vers lui, mais un bruit de frottement et la protestation des ressorts d'un matelas usé derrière lui le figèrent. Un puissant coup lui fut administré au crâne. La force de l'impact l'envoya valser à genoux. Une onde de choc se répandit le long de sa colonne vertébrale et une matraque qui lui percuta le poignet le désarma. L'objet tomba sur le plancher et une voix de femme se fit entendre : « Il n'a plus son arme. » Un individu portant un pantalon militaire kaki se plaça devant lui et, la vision troublée par des étoiles qui sillonnaient la galaxie de son champ de vision, Paris eut conscience de l'arrivée d'un autre individu. On ne se priva pas pour le frapper aux côtes, puis le pousser pour le faire basculer au plancher tandis qu'il gémissait de douleur.

Il put distinguer la silhouette menaçante d'un homme dans l'embrasure de la porte.

Ce dernier annonça :

– Nous vous attendions.

Paris voulut bouger, se relever, mais la douleur le fit plutôt se recroqueviller. Les pieds de la femme se retrouvèrent à quelques centimètres de son visage. Ses souliers noirs étaient sales, plusieurs éraflures en parcouraient les flancs. L'individu qui s'était exprimé, une brute en veston gris et au visage porcin mal rasé, se tassa pour permettre au lieutenant de voir des hommes soulever « Emmanuel », inconscient, le regard absent et le menton dégoulinant de bave.

On attrapa Paris aux épaules pour le redresser et placer un sac de toile sur sa tête. Ce dernier puait et le fit hoqueter de dégoût. Puis il entendit des pas autour de lui ; quelqu'un s'approchait. Un impact plus puissant que le premier l'atteignit au front, le plongeant dans un néant complet où toutes ses perceptions temporelles, physiques et tactiles se résorbèrent pour ne laisser qu'une solitude glaciale.

Il s'affaissa sur le linoléum.

16

Tombée du lit, son bras levé toujours attaché au montant par des menottes métalliques particulièrement serrées, France, le dos contre le matelas, était couverte de sueur et grelottait néanmoins de froid. Son poignet brisé ne la faisait plus souffrir, la plaie créée par le métal ne saignait plus. Elle avait perdu et repris connaissance quelques fois, sa vision se troublait par moments et l'urine baignait ses fesses. Elle était partagée entre la volonté de lutter, de sortir de ce trou à rats, de voir les coupables punis, et l'égoïste désir de mort, celui de sombrer à jamais dans le néant de l'après-vie. Le flux constant d'émotions contradictoires s'ajoutait aux images encore vives qui circulaient dans son esprit : les horribles photographies et les souvenirs de son mari qui l'humiliait à coups de bassin, de poing ou encore de pied. La violence de Maurice dissimulait très mal sa propre peur. Cet homme n'était qu'un pauvre con, un être malade. Sa mort, si elle sortait d'ici vivante, lui permettrait de renaître.

France remua, cherchant à adopter une position un peu plus confortable sans vraiment y parvenir. Dans le mouvement, sa main au poignet blessé glissa dans le cercle de la menotte, lui permettant de réaliser que son pouce aussi disloqué réduisait la taille de sa main. Profitant de l'engourdissement du membre affecté, elle décida de tirer, voulant ramener son bras vers elle. La manœuvre la fit hurler et menaçait de l'envoyer à nouveau dans les pommes. Avec surprise, elle parvint toutefois à se libérer et se laissa ensuite choir sur le plancher.

Elle resta ainsi un long moment pour se calmer. Son corps entier hurlait sa souffrance. Des crampes et des démangeaisons empoisonnaient un peu plus son existence déjà pénible. Lorsqu'elle fut en mesure de se redresser pour s'adosser contre le lit, France prit le temps de mieux examiner sa chambre. Très rapidement, l'instinct de survie refit surface et domina toutes les autres intentions. Rester ici et ne pas tenter de fuir signeraient son arrêt de mort. Tuer sa famille n'avait pas eu l'effet escompté : ils ne l'avaient pas brisée, bien au contraire.

France se mit debout, tenant son poignet fracturé. La douleur vrillait ce dernier, malsaine et traîtresse. Elle fouilla son cachot plus en profondeur, cherchant le moindre objet susceptible de lui servir d'arme. Tout ce qu'elle trouva d'assez gros pour représenter une menace était un épais livre du maître de l'horreur, Stephen King. Une des lectures laissées sur la table. Un court moment, elle remercia intérieurement l'auteur dans sa persistance à écrire de gros bouquins, ce qui en faisait involontairement des armes redoutables, ou du moins non négligeables. La couverture rigide et le poids de l'objet ajoutaient à son potentiel destructeur.

Soudain revigorée, France fit son lit avec une grimace, en n'utilisant qu'une seule main. Elle disposa l'oreiller sous les couvertures de manière à imiter la présence d'un corps. Le résultat laissait à désirer, mais suffirait. Ce fut donc avec *Ça*[10] dans une main qu'elle se plaqua à la droite de l'ouverture, prête à affronter le premier venu.

Parce qu'elle était bien convaincue qu'on finirait par lui rendre une petite visite, peu importe la raison.

Elle serait alors prête.

10. *Ça* (titre original : *It*) est un roman d'horreur écrit par Stephen King, publié en 1986.

17

Paris ouvrit les yeux sur un monde de douleur. En gémissant, il se redressa sur le plancher de ciment dont la froideur envahissait ses membres endoloris, parvint à s'asseoir et réprima une forte nausée. Un spasme violent dans son estomac le força à se cambrer, un goût de bile envahit sa bouche et il ravala le tout avec une plainte pitoyable. La pièce était vide de tout ameublement, mais il n'était pas seul. Il posa une main sur sa nuque endolorie, ignora les multiples ecchymoses sur son visage et observa son compagnon d'infortune. L'expression affichée par ce dernier lui permit de déduire qu'il n'était pas beau à voir. Devant lui, Collier se tenait debout, avec une mine attendrie et une certaine inquiétude.

— Pas trop vite, Lieutenant, ils ne vous ont pas manqué.

— Collier?

La recrue s'assit près de son supérieur, à même le plancher. Frais et dispos, aucune marque ni aucun signe de violence n'entachait son visage juvénile. Ce détail intrigua immédiatement Paris, étant donné le traitement qu'on lui avait infligé.

Collier fixait la porte d'un air songeur. Le lieutenant amoché trouva finalement une position plus confortable lorsqu'il s'adossa au mur de béton. La question qui le tracassait depuis l'arrivée de la recrue en voiture, tout près du centre de tir, finit par franchir ses lèvres. Paris avait bien vu que l'autre était venu de son plein gré.

– Quessé tu fais icitte, Collier?

L'intéressé parut visiblement mal à l'aise et tenta de dissimuler son trouble avec un sourire d'une fausseté de débutant, ce qui ne fit que l'amplifier. Il jouait distraitement avec les boutons de sa chemise et fixait toujours la porte de leur cellule quand il daigna enfin s'expliquer.

– C'est à cause de l'inspecteur-chef.

– Comment cela? demanda Paris, curieux.

– Durant est venu nous dire que le boss voulait qu'on vous trouve avant la GRC.

Paris reconnaissait là son supérieur, c'était le genre de chose qu'il aurait planifié. Une des raisons pour laquelle les hommes l'aimaient avant qu'il ne soit corrompu par la politique. Collier poursuivit.

– En campagne, il n'y a pas grand place pour se cacher, sinon la forêt. Mais quand je suis passé tout près de la route qui mène au centre d'entraînement, j'ai eu l'idée de venir fouiller l'endroit. Je ne pensais pas tomber sur eux autres.

Il avait indiqué la porte d'un mouvement du menton, presque dédaigneux.

– Et vous, Lieutenant, comment avez-vous trouvé la place?

Paris ne répondit pas tout de suite. Il ne faisait pas trop confiance au jeune pour plusieurs raisons. D'abord, il le connaissait peu et le savait un peu trop motivé, ambitieux et susceptible de se laisser influencer. Ensuite, il ne venait pas de la région et ne connaissait donc sûrement pas le centre où ils se trouvaient. On l'avait épargné tandis que lui, Paris, avait subi une raclée, et encore plus incriminant avait été le spectacle de son arrivée sur les lieux : Collier n'avait pas hésité à se rendre à la porte de la façade pour pénétrer dans l'édifice, comme si ce n'était pas la première fois.

Au bout d'un petit moment de silence, Paris décida de dire la vérité. Il pourrait ainsi surveiller les réactions de son subalterne et se faire une idée sur ses intentions.

– Le petit m'a guidé.

L'incompréhension se lut aussitôt sur le visage de Rémy Collier, qui hésita un instant avant de demander :

– Quel petit ?

– Emmanuel Rioux, répondit Paris avec aplomb.

Le jeunot dévisagea son lieutenant, sa bouche s'ouvrit comme pour dire quelque chose, pour aussitôt se refermer et ravaler des paroles peut-être blessantes. Il bougea légèrement son fessier sur le ciment, puis rouvrit la bouche, pour cette fois s'exprimer.

– Il est mort, Lieutenant. Ils ont trouvé son corps dans le champ des Rioux.

Un silence s'installa entre eux, un moment d'incertitude où aucun n'osa briser la fausse quiétude qui meublait l'atmosphère. On entendit des pas dans le couloir, une porte claqua dans le lointain. Ce fut finalement Collier qui reprit la conversation :

– Emmanuel Rioux vous a guidé jusqu'ici ?

Paris soupira, conscient de l'absurdité de sa déclaration.

– Y'é pas mort. Je ne comprends pas comment, mais il est venu ici avec moi.

Pas question de mentionner la clé cachée ou le passage les ayant menés ici. Paris s'inquiéta au sujet du petit. Il le revoyait secoué par les décharges électriques et ensuite emporté par des hommes sans scrupules. Il priait pour qu'on ne lui fasse aucun mal. Peu importe ce qu'« Emmanuel » était vraiment, peu importe son origine et son comportement primitif, sa propension à la violence barbare. Il existait en lui une étincelle de jeunesse indéniable et probablement un désir de socialisation, d'humanité.

Ce n'était qu'un enfant qui cherchait sa mère.

Paris se leva tant bien que mal, désireux de jeter un œil par la petite ouverture vitrée de la porte. Son dos et sa tête le faisaient atrocement souffrir, mais il parvint à se déplacer sans problèmes. Après une rapide inspection, la certitude de n'avoir rien de brisé le rassura. Par l'ouverture, il observa un couloir vide de toute présence, mais avec plusieurs autres portes closes. Tout était d'un calme inquiétant.

La voix de Collier s'éleva :

– Qui est derrière tout ça vous croyez ?

Le souffle de Paris embua la vitre et il pivota pour observer Rémy, toujours assis. Ce dernier jouait maintenant négligemment avec les lacets de ses souliers, son regard distrait trahissant toutefois une curiosité non contenue.

– Je ne sais pas, avoua le lieutenant.

L'autre secoua la tête de dépit et Paris s'approcha quelque peu, passa une main sur son front, détacha une croûte de sang séché. Il aurait bien aimé se désaltérer avec une bonne bière froide, et peut-être même avec un verre d'eau, ce qui trahissait son haut niveau de déshydratation.

Une idée lui vint et il questionna son compagnon d'infortune :

– Dis-moi, Collier, tu ne veux pas savoir si j'ai tué Prost ?

Rémy leva la tête vers le lieutenant et un sourire nerveux agita ses joues d'un soubresaut. Il cessa de jouer avec ses lacets.

– Ben voyons donc ! Je sais que vous ne l'avez pas tué. Personne n'y croit.

Ils sursautèrent lorsque le verrou émit un claquement assourdissant dans l'écho de la pièce, puis la porte s'ouvrit. Un homme apparut dans l'ouverture, une arme automatique à la main et une mine patibulaire peu encline à la plaisanterie. Il toisa les prisonniers, avant de gueuler :

– Suivez-moi et pas de niaiseries.

Collier se leva d'un bond, s'épousseta les mains et le pantalon, tandis que Paris prenait la direction du couloir où les attendait un duo tout aussi bien armé.

– Le patron va vous recevoir.

Paris allait enfin être fixé sur un détail précis – l'identité de celui qui se cachait derrière tout cela.

L'identité de Sang de Cochon.

18

Deux hommes traînaient le gamin inerte. Ils le tenaient par les jambes, leurs pistolets à impulsions électriques rechargés et prêts à être utilisés de nouveau. Ils progressaient dans un couloir où les seuls bruits perceptibles venaient de leurs pas et du corps raclant le béton. Le trio s'arrêta devant une porte ouverte, trop étroite pour qu'ils puissent tous passer en même temps. Une des brutes lâcha la jambe qu'il tenait et pénétra à l'intérieur, où il ouvrit une cage métallique, suffisamment large pour un gros félin.

– Emmène-le, ordonna-t-il à son compagnon.

L'autre soupira, contrarié de recevoir un ordre. Depuis quand cet imbécile se permettait-il de lui parler de la sorte ? Ce fut la peur inspirée par la présence de cette créature inconsciente qui l'empêcha de protester. Plus vite on l'enfermerait, plus vite ils pourraient partir d'ici. Une discussion ne ferait que prolonger la désagréable besogne.

Lorsqu'il se retourna vers l'enfant, Stan se rendit compte qu'il s'était redressé, que ses yeux étaient ouverts et le fixaient avec une intensité troublante. La vue de cette chose éveillée le fit reculer d'un pas et interpeller son camarade, son pistolet à impulsion se braquant sur le petit corps.

– Marc ? lança-t-il d'une voix incertaine.

– Quoi ?

Exaspéré, l'intéressé se retourna. Ce qu'il vit le paralysa de terreur : le gamin était assis, les jambes croisées, sa bouche tordue en un sourire monstrueux, ses yeux réduits à des fentes presque impénétrables aux iris jaunâtres. Il émanait de cet être une force et une sauvagerie qu'il n'avait jamais rencontrées avant.

Marc ouvrit la bouche de surprise, son arme pointée vers le petit, qui se mit ensuite debout pour le fixer à son tour. « Emmanuel » observa son agresseur et la cage métallique. La froideur de son attitude était déconcertante. Stan fut le premier à combattre son inertie et enfonça la gâchette de son arme, libéra les dards qui se figèrent dans le torse du gamin. La décharge aurait dû encore une fois le faire tomber, se tortiller et se recroqueviller, mais il n'en fut rien. L'enfant tenait bon, campé dans une attitude défiante, résistant à la douleur nécessairement accablante.

– Calice, fais quelque chose, Marc !

La voix de Stan trahissait sa panique et suffit à rompre la paralysie de son compagnon, qui leva aussi son arme, fit feu et toucha la cible, doublant la puissance de la décharge. Les nouveaux dards plantés aussi dans sa poitrine, « Emmanuel » ne broncha toutefois pas, bien que son corps fût parcouru de tremblements. Bientôt, les premiers signes de douleur se virent sur son visage. De l'écume se forma à la commissure de ses lèvres, mais il tint bon.

Marc et Stan échangèrent un regard saturé de peur et d'étonnement. Le premier voulut appeler à l'aide, hurler de toutes ses forces, mais la suite l'en empêcha, sa gorge nouée par le spectacle auquel il était confronté : le petit avait agrippé les câbles fichés dans son corps et sa bouche enlaidie par une grimace se métamorphosa en sourire moqueur, malsain. Des larmes coulaient sur ses joues ; de la morve traçait un parcours linéaire sur ses lèvres et son menton.

L'enfant démon arracha alors tous les ancrages et jeta négligemment les câbles.

Un grondement sourd, lugubre et animal, comme celui d'un chien qui se prépare à l'attaque, monta dans le couloir.

La bête se déchaîna ensuite. « Emmanuel » traversa la distance qui le séparait de Stan en deux enjambées rapides puis lui sauta à la gorge. L'homme beugla, recula sous la poussée de la créature folle qui cherchait à le mordre et à le griffer, en perdit l'équilibre. Son dos percuta le béton, tandis que sa tête évita un impact désastreux, mais qui aurait peut-être été préférable compte tenu de la suite. Le garçon semblait animé d'une force surhumaine. Les efforts de Stan pour le repousser étaient vains : ses coups se perdaient dans le vide. La bouche aux dents affilées trouva enfin sa gorge. Les ongles lui lacéraient le visage et cherchaient les yeux avec une avidité presque sadique. Le monstre arracha un lambeau de chair du cou de Stan, qui fut incapable de crier et n'émit qu'un horrible gargouillis.

Marc se secoua et s'enferma dans la cellule où il se trouvait, préférant l'emprisonnement à un affrontement avec ce démon. L'acier claqua et le son se répercuta dans la pièce avec un écho morbide. L'homme de main s'adossa ensuite contre le battant. Il tremblait de la tête aux pieds.

Un léger raclement, peut-être des ongles, se fit entendre de l'autre côté de la paroi. L'abomination s'amusait à en caresser la surface.

Marc se laissa glisser au sol, le visage dans les mains, pour se rendre compte qu'il pleurait.

Lorsqu'il entendit les pas de l'enfant qui s'éloignait, il resta immobile, sans désir de bouger, terrorisé à l'idée de quitter son refuge.

Il aurait fallu être complètement cinglé pour vouloir affronter cette furie.

19

France émit un petit rire strident, inquiétant, qui témoignait de son vacillement entre la raison et la folie. Son état mental se détériorait. Comment pouvait-il en être autrement ? Son emprisonnement, le procédé d'insémination forcé, le viol, la possible mort de ses enfants et les mauvais traitements qui n'en finissaient plus. Comment parvenir à conserver un esprit sain dans une telle situation ?

Elle se tenait tout près de la porte qui donnait sur le couloir. Son bras au poignet brisé pendait mollement le long de son corps. La blessure avait enflé et doublé en proportion. Les élancements douloureux montaient du pouce à l'épaule, vrillaient son dos, et elle pouvait entendre les battements amplifiés de son cœur à ses oreilles. Elle devait faire pitié à voir, mais s'en foutait, la rage devenue sa nouvelle motivation.

France n'avait plus rien à perdre !

Elle se mit à rire, amusée par la réflexion soudaine qu'elle n'avait jamais lu le bouquin dans sa main. Un livre qui s'apprêtait à devenir une arme à l'efficacité douteuse contre un groupe de policiers corrompus armés jusqu'aux dents. David contre Goliath à la puissance dix. Elle n'avait aucune chance de s'en sortir vivante. Elle était quand même décidée à attendre.

Des pas distants se firent finalement entendre. Ils se rapprochaient. En raison de ses jambes ankylosées et de son mal de dos, France réalisa qu'elle tenait sa position depuis un long moment, peut-être même des heures.

Durant cette période d'inertie, occupée à guetter les bruits dans le couloir, elle avait refusé de penser à cette chose implantée en elle par un docteur fou, refusé d'imaginer cette vie malsaine prendre racine dans ses entrailles. Elle détestait déjà cette créature abjecte. L'humiliation ne se tolérait pas, mais on pouvait parvenir à l'oublier temporairement, à faire comme si elle n'existait plus. Impossible, toutefois, d'éviter de réfléchir sur sa nouvelle solitude : elle avait perdu sa famille dysfonctionnelle.

On inséra une clé dans la serrure. Un homme de l'autre côté sifflait avec entrain un air inconnu. France fit un effort surhumain pour lever son bras meurtri et le poser sur son autre, dans l'espoir de donner un maximum de force au coup qu'elle envisageait de porter. Son but était de frapper le visage avec un des coins pointus. Elle retint sa respiration, espérant que la vigilance du geôlier serait moindre, en particulier si on la croyait toujours menottée au lit.

La porte s'ouvrit et une silhouette fit deux pas dans la pièce. Petit et trapu, le nouveau venu tenait un sac en papier dans la main gauche, celle du côté où était France. En complet étroit et de luxe, il fut précédé par son odeur de cigarette. France vit à sa taille la protubérance révélatrice d'une arme à feu et ce fut sans la moindre hésitation qu'elle s'élança avec espoir. Elle percuta sa cible avec le livre, déployant une puissance insoupçonnable pour quelqu'un de si petite stature. Le bouquin aux angles pointus frappa l'œil qui fixait le lit et son oreiller simulant un corps enseveli sous les couvertures. Elle hurla comme une guerrière amazone en plein combat, comme une furie démente prise du désir de semer la mort.

L'impact déstabilisa le nouveau venu, qui fut poussé de côté et heurta la porte ouverte, contre laquelle son nez se brisa bruyamment. Il émit une plainte, tandis que France le contournait pour frapper à nouveau, à la tempe cette fois. Il tomba à genou, son sac renversé, une grimace déformant ses traits. Le sang giclait de son visage et maculait sa chemise. Un autre coup l'envoya directement au plancher. L'arrière de sa tête heurta lourdement le béton. Il y eut un craquement lugubre, un moment d'immobilité, puis une flaque de sang se répandit sous le crâne probablement fracturé, les jambes de l'individu prises de soubresauts.

France était aussi tombée à genou, vomissait littéralement l'intense douleur à son bras meurtri. Il s'en fut de peu pour qu'elle s'évanouisse. Elle retint ses cris et ignora les larmes qui l'aveuglaient. Son souffle rauque maladif la paralysa un moment. Assez longtemps pour constater qu'aucun son ne venait du couloir, ce qui la rassura. Elle avait craint d'avoir fait trop de bruit, que les autres soient alertés. Elle avait réussi à neutraliser l'homme, qui ne bougeait plus.

— Merci, monsieur King, murmura-t-elle.

France se promit que, si elle survivait à ce cauchemar, elle lirait tous les livres du maître incontesté de l'horreur. Mais voilà, la question se posait : survivrait-elle ?

Elle s'adossa contre le mur, essuya son visage couvert de larmes et de sueur. Elle tremblait de la tête aux pieds, mais elle tiendrait le coup. Il le fallait. France s'approcha de l'individu et glissa la main sous son veston pour prendre l'arme qui s'y trouvait. Elle trouva ensuite un trousseau de clés dans une poche et s'en empara.

L'arme automatique et les clés en main, elle relégua sa douleur au second rang. L'espoir décida de s'inviter à cette fête particulière, aussi imprévue que bienvenue.

Dès qu'elle eut repris son souffle, elle se redressa, puis se mit debout. Le couloir l'accueillit avec la promesse d'une fuite ou d'une mort certaine. France ne se laisserait pas capturer.

20

Paris fut guidé le long du couloir par une suite de poussées violentes dans le dos, administrées par l'un des hommes en complet venus le chercher. Le même sort était réservé à Collier derrière eux : il pouvait entendre les protestations de la recrue. Tout cela pouvait n'être cependant qu'une pathétique mise en scène de ses geôliers. La méfiance lui avait souvent sauvé la vie. L'instinct d'un policier s'avérait souvent être son meilleur ami.

Le couloir était un simulacre réussi de corridor hospitalier et, durant leur progression, il fut impossible d'apercevoir le contenu des pièces croisées malgré la petite fenêtre de chaque porte.

Que gardait-on dans cette section ? D'autres femmes enceintes ? Qu'était-on en train de manigancer ?

Le petit groupe atteignit une porte voûtée qu'un truand tout aussi bien vêtu gardait. Ces hommes fréquentaient visiblement les boutiques de luxe et n'hésitaient pas à dépenser des fortunes en vêtements. L'individu qui dévisagea le lieutenant avec une certaine cruauté en mâchouillant un curedent, les cheveux gras et le teint malade lui sembla familier.

C'était le visage d'un grand buveur. Et Paris l'avait déjà vu quelque part. Non seulement avait-il l'air d'un flic, mais son veston entrouvert dévoilait une arme de service réglementaire de la GRC et un badge accroché à sa ceinture. Un autre loup dans la bergerie.

Ils se retrouvèrent ensuite dans une salle que Paris connaissait trop bien, le stand de tir qui naguère accueillait l'élite policière de la province pour y parfaire l'art de tuer efficacement un criminel, ou du moins lui infliger d'importantes blessures. On avait dépouillé la pièce de tout équipement. Il n'y avait plus de stand de tir ni de câbles pour faire glisser les cibles en position. L'immense entrepôt contenait maintenant une grande quantité de boîtes en carton au contenu non identifié. Au centre de la pièce, trois hommes lui tournaient le dos et discutaient entre eux. L'un des membres de son escorte, celui qui se trouvait tout juste à la gauche de Collier derrière lui, se racla la gorge et attira l'attention du groupe, qui se retourna comme un seul homme.

Paris n'en reconnut qu'un seul, qui se tenait au milieu avec un cigare fumant dont l'odeur envahissait l'espace sans être désagréable. Le détective Durant. Cet *ami* qu'il avait informé de sa visite ici et qui avait promis de l'aider. Ce vieux policier tout près de la retraite qui avait prolongé ses années de loyaux services de quelques semaines. Le choc de ce visage coutumier très calme, noyé dans la fumée cancérigène de cette merde cubaine entre ses doigts, poussa le lieutenant à s'arrêter, aussitôt percuté par Collier dans son dos.

Paris sentit un nœud se former dans le creux de son estomac ; comprendre que son plan venait de s'écrouler lui tombait dessus comme une tonne de briques. Il parvint toutefois à ouvrir la bouche pour émettre un semblant de paroles, plutôt une plainte en fait.

– Durant? C'est toi?

L'intéressé pivota, avec les bras ouverts, pour embrasser le complexe d'un geste dictatorial. En une seconde, Paris compta six hommes en plus du vieux détective. Il repensa à son compagnon de cellule et un seul coup d'œil dans sa direction prouva qu'il s'était trompé sur son compte. Collier était furieux : son visage écarlate révélait son ardent désir de tuer le traître.

Durant avança d'un pas dans leur direction. Cinq mètres les séparaient. La tension des autres monta aussi d'un cran. De toute évidence, ils voulaient protéger leur patron.

– Pourquoi, Durant? Tu étais si près de la retraite.

Un autre nuage de fumée glissa en direction des prisonniers, emporté par un courant d'air invisible déclenché par le système d'aération. Paris connaissait bien Durant, sa grande fiabilité et ses nombreuses réussites policières. Un homme sur qui on pouvait compter. Pendant leurs années ensemble, à Montréal, ils étaient inséparables. Ils parlaient de son ex-femme, de sa fille qui refusait de le voir, de sa vie en banlieue. Tout cela n'était que de la frime.

Paris en fut attristé, non seulement parce qu'il respectait son aîné, mais parce que son instinct d'ordinaire infaillible aurait dû l'avertir. On s'était bien joué de lui.

Durant profita de l'effet dramatique du moment pour les narguer.

– « Pourquoi » est la question la plus idiote qu'on puisse me poser. Que crois-tu, Paris ? C'est l'argent et tu le sais bien. C'est toujours pour l'argent ou pour le cul.

– Va chier, mon ostie ! hurla Collier, qui reçut un coup de crosse sur l'épaule.

Une fois le silence rétabli, la contrariété de Durant s'envola avec la fumée de son cigare hors de prix. Il poursuivit :

– Tsé, dans les films et dans les livres, y a toujours une scène où le méchant explique tout au héros, pour ensuite demander à ses hommes de s'en débarrasser…

Durant secoua la tête, amusé.

– C'est là que le héros en profite pour s'échapper et revenir s'occuper du méchant.

Paris réprima la longue liste d'insultes qu'il avait sur le bout de la langue. Pas très friand des coups frappés inutilement, il préférait attendre le bon moment pour agir.

– Aujourd'hui, Paris, c'est moi le méchant. Et la cavalerie ne viendra jamais. Y a personne d'autre au courant de ta présence ici.

Durant fit un signe à un des individus tout près de lui. L'homme se dirigea vers une caisse empilée contre le mur pour y prendre une bouteille et verser un verre d'un alcool rouge, puis le remit à son patron, qui en prit une longue gorgée. Devant le silence de Paris, qui voulait gagner du temps sans trop savoir dans quel but, Durant décida de faire durer le plaisir :

– Ça fait trente ans que je suis policier. On en voit des choses. Genre un juge qui trompe sa femme, des policiers qui achètent leur drogue d'un revendeur connu ou qui se servent dans les preuves collectées sur des scènes de crime. Des politiciens qui ont un peu trop bu et dont la voiture frappe un pauvre piéton.

– Du chantage ! hurla Paris, qui comprenait où le détective voulait en venir.

Durant ne releva pas le commentaire et se contenta de marcher autour de Paris en fixant le béton. Il vivait son moment de gloire, une scène peut-être maintes fois répétée. Le lieutenant connaissait la propension des psychopathes à vouloir parler, raconter leurs crimes et partager leurs expériences. Même s'il disait le contraire, Durant ressentait le besoin de se vanter, d'être admiré. Sang de Cochon continua, songeur :

– Disons que c'est plutôt un échange de services. Mon silence contre de l'argent ou des faveurs. Avec le temps, on devient presque intouchable, parce que si je meurs, qui sait ce qui refera surface dans les médias ! Personne ne veut avoir ses petits secrets dévoilés à tous, en particulier à des groupes criminels qui n'ont pas envie de rire.

Le lieutenant écoutait les élucubrations de son vis-à-vis tout en inspectant discrètement les environs du regard. Il y avait une autre sortie, tout au fond, trop loin pour être atteinte à la course. Toute tentative de s'y rendre l'exposerait et ferait de lui une cible mouvante ; ils auraient tout le temps de lui tirer dans le dos.

– Pis le gouvernement m'a recruté. Il avait besoin de mon influence et de mon savoir. Il voulait faire de l'expérimentation scientifique secrète. Des choses interdites.

Durant cessa d'avancer et leva un œil vers le lieutenant, ignorant complètement Collier, en retrait.

– Si je te dis tout ça, Paris, c'est parce que je sais que personne ne va venir te sauver. Je vais moi-même te tuer. Ton parcours de vaillant policier et d'ivrogne se termine ici.

Sur ces mots, Sang de Cochon renifla l'alcool dans son verre, le fit tourner pour en apprécier la couleur et la texture.

– Le gouvernement avait besoin d'une place pour faire ses expériences. Besoin de cobayes humains et animaux. En forçant Legrand, j'ai pu lui offrir ce qu'il voulait.

Comme Durant effectuait une pause pour se frotter le menton d'un air pensif, Paris y alla d'une question :

– Tu lui as aussi fourni l'argent nécessaire, au gouvernement ?

– Ben pensé, Paris. Je n'avais pas assez de fonds pour ses opérations, mais je connaissais un très bon moyen de convaincre monsieur Legrand de nous offrir des contributions, disons… généreuses.

Collier sortit de sa torpeur pour se faire à nouveau entendre.

– Le fils Legrand est sénateur. Il ne vous laissera pas faire !

Paris pensa que la recrue serait frappée de nouveau, mais les brutes la laissèrent tranquille. Durant prouvait son caractère narcissique, puisqu'il avait presque l'air de jouir en livrant ses explications tout à fait inutiles. Peut-être comme ces tueurs en séries, ces grands criminels à la recherche de notoriété qui finissent par être consumés par leur désir et le besoin de partager leurs crimes. Ce qui cause éventuellement leur perte. Qui savait depuis combien de temps Durant voulait se confier ! À quoi bon être riche et puissant dans l'ombre, sans possibilité d'afficher sa supériorité ?

— Désolé, mon petit, y'é déjà trop tard.

Paris se tourna vers Collier pour repérer l'emplacement des hommes autour d'eux et y chercher une faille. Il était tout aussi risqué de s'exposer aux tirs ennemis en fuyant de ce côté qu'en traversant la longue pièce. Les épaules voûtées, il se laissa aller aux propos déments du fou furieux qu'il avait longtemps considéré comme le meilleur détective de la province. Son mentor. Durant fit un signe pour qu'on remplisse à nouveau son verre. Il profitait de la servitude des hommes autour de lui, qui obéissaient comme des esclaves. Il devait les payer très grassement.

— Quel genre d'expériences ? demanda Paris.

Durant jubila visiblement en entendant cette répartie, et s'approcha à moins de trois pas du lieutenant, qui nota la tension des gardes tout autour.

— Il faudrait demander à notre chère Judith, puisqu'elle était à la tête du projet initial avant son terrible accident.

La surprise de Paris n'en était plus tout à fait une. Il avait déjà découvert que Judith était impliquée dans une entreprise avec le dénommé Blanchard, sans savoir ce qu'ils y faisaient. Il comprit à ce moment qu'elle travaillait pour le gouvernement, dans un projet secret et apparemment illégal.

— Advanced Genetics Enterprise ? sourit Paris, un peu narquois.

Une certaine satisfaction l'envahit lorsqu'il vit la surprise sur le visage de Durant. Sang de Cochon parut un instant réfléchir avant de reprendre la parole, gesticulant pour signifier que tout cela n'avait pas d'importance.

– Tu me surprends, Paris, t'es pas aussi «fucké» par la boisson que je le croyais.

Tout près de Collier, un des hommes s'esclaffa, mais redevint silencieux lorsque son patron le toisa avec sévérité. La partie semblait sur le point de se terminer, ce que Paris voulait éviter, et il tenta de faire durer les aveux :

– Quelles expériences? C'est au sujet du petit? De France Rioux?

Les traits de Durant se durcirent. Paris en avait trop dit : il dévoilait que son savoir sur leurs activités était bien plus vaste que ces hommes l'avaient d'abord cru. Sang de Cochon vida d'un trait son verre, termina son cigare et tendit la main vers un de ses sbires. L'homme extirpa une arme de son veston pour l'offrir à son patron.

– J'ai assez parlé, Paris.

– Attends, tu peux au moins me dire quelles étaient ces expériences, non? J'ai le droit de savoir pour Judith, implora Paris.

– T'as aucun droit.

Durant avait dévoilé et confirmé son implication dans toute cette histoire, sans révéler la moindre chose au sujet des expériences, ce qui laissait Paris dans l'ignorance complète. Sang de Cochon leva le revolver vers Collier et Paris. Les brutes qui les encadraient reculèrent d'un pas, voulant probablement éviter de voir leurs vestons de luxe éclaboussés par le sang.

– Attends, Durant, t'as pas à faire ça...tenta Paris avec un brin de panique dans la voix.

– Oh que si, j'ai pas le choix.

L'arme se braqua sur eux, hésita entre les deux. Les muscles de la main se contractèrent et un coup de feu résonna dans l'ancien stand de tir, catapulté dans les couloirs par l'écho de la vaste pièce. L'assourdissante détonation fut suivie d'une plainte et de l'odeur de la poudre.

La mort venait de recevoir son carton d'invitation à un bal costumé dont le thème était les complets sombres et les souliers luisants.

21

France se trouvait dans le long couloir vide. Il n'y avait pas grand-chose à voir, sinon une multitude de portes qui se succédaient. Dans sa main valide, elle tenait le revolver et le trousseau de clés, des objets qui lui permettaient de garder contact avec le monde réel. Elle devait éviter de sombrer dans le gouffre de la folie. Elle se mit en marche. Ses pieds nus claquaient contre la surface bétonnée tandis qu'elle s'approchait de la porte la plus proche. Un coup d'œil par le hublot vitré lui permit de distinguer une femme enceinte, très gonflée par la vie qui se développait dans ses entrailles.

Sans la moindre hésitation, France chercha et trouva la clé qui permit de déverrouiller la porte, ce qui fit sursauter la femme assise à l'intérieur. Elle s'attendait probablement à voir le docteur ou un de ses hommes. Les deux victimes s'observèrent un moment, la prisonnière confuse à l'apparition de l'autre venue la libérer. France expliqua :

– Monsieur King nous a tous libérés.

Elle se détourna ensuite de cette pièce surchauffée pour entraîner son corps maigre et meurtri en direction d'une autre porte. Sa déclaration avait été spontanée, inspirée et suffisamment vraie pour être justifiable. C'est ainsi que France déverrouilla toutes les portes du couloir, répétant son leitmotiv énigmatique comme s'il s'agissait d'une parole divine. Une dizaine de femmes de tous âges, races et stades de grossesse furent ainsi libérées.

Un groupe se forma rapidement dans le passage tandis que France continuait sa besogne; elle pouvait les entendre s'approcher et deviner leur curiosité, leur crainte. Plus rien ne lui importait, elle se considérait déjà comme morte. Seule l'idée d'une vengeance lui donnait encore l'énergie nécessaire pour poursuivre. Une idée folle lui vint : elle se vit comme l'assistante temporaire de la faucheuse, son arme serait à la fois un outil de libération et de dévastation.

Le tumulte dans le couloir attira l'attention d'une infirmière. Une femme qui surgit du couloir avec des serviettes dans une main. Elle se retrouva face à tous ces visages maintenant inhospitaliers. Son cri se perdit rapidement dans les coups qu'on lui administra, puisqu'on se jeta sur elle pour la faire taire. Pour libérer un peu de cette haine, de cette colère qu'on ressentait. La femme en blanc fut finalement abandonnée, le visage et l'uniforme ensanglantés. D'autres viendraient, France en était certaine. Elles subiraient le même sort.

Elle atteignit la partie du couloir réservée aux enfants et, sans adresser la moindre parole aux femmes, poursuivit sa mission libératrice. Deux autres infirmières qui se trouvaient dans cette section furent neutralisées par les femmes qui déferlèrent dans le couloir. Les portes s'ouvraient les unes après les autres, relâchaient de petits êtres à la fois beaux et laids, déformés et très handicapés. C'était une panoplie de créatures dignes d'un cirque, dotées de membres à des endroits impossibles, rampantes, sautillantes, salivantes et grondantes. Les femmes libérées se joignirent à la foule grandissante des gamins à la motricité parfois douteuse. L'instinct maternel n'avait fait que décupler pendant leur emprisonnement et était devenu leur unique raison de vivre. Au son des exclamations de surprise et de pitié qui montaient dans son dos, France comprit que ces petites choses seraient prises en charge par les victimes libérées. Elle put donc continuer sa progression, une trentaine d'individus lui emboîtant maintenant le pas. Le tumulte ressemblait à celui d'une foule dans un passage menant au métro. Leurs pas résonnaient sans la moindre harmonie, leurs voix se répercutaient sur les parois environnantes.

Le passage se terminait par un mur : un couloir partait de chaque côté. France s'arrêta un instant, réfléchit à la direction à prendre. Un coup de feu lointain résonna sur la droite, suivi d'éclats de voix, et elle décida d'aller par là. Elle se doutait bien qu'elle ne reverrait plus jamais le soleil et la verdure tant appréciée des champs. Qu'elle ne sentirait plus jamais la douceur d'une brise de printemps sur ses joues empourprées. France, endeuillée de trop de vies perdues, emporterait toutefois avec elle, dans son voyage à sens unique vers le néant, les âmes corrompues de ces brutes sans cœur. Elle en tuerait le plus possible.

Tous la suivirent.

22

Le coup de feu précipita les choses. Tous pivotèrent pour voir Collier, dont le visage était blême. Une de ses mains remontait sur son flanc où se trouvait une blessure. L'emplacement suggérait que le projectile n'avait fait que l'effleurer. De sa voix forte, Durant brisa le silence du moment.

— La poudre!

Un des hommes s'avança vers un Collier estomaqué, quelque chose en main qui ressemblait à un tube cartonné de papier hygiénique vide. Il leva l'objet et l'approcha du visage de la recrue avant de souffler dedans. Un jet de poudre la frappa aussitôt au visage, ce qui la fit jurer à voix haute et tousser, se frotter les yeux. L'homme responsable de cette attaque recula d'emblée.

— Quessé ça? hurla Collier.

Paris eut un bien mauvais pressentiment. Il n'y avait aucun doute dans son esprit qu'on venait de libérer le dangereux souffle du diable. La même merde qui avait affecté Brière, la serveuse du bar et Guilbert.

Sang de Cochon claqua des doigts et un des hommes sortit un cellulaire pendant qu'un changement s'opérait chez Collier. La recrue tremblait de la tête aux pieds, semblait désorientée et le cercle des hommes autour d'elle s'élargit davantage. Paris était fasciné par le phénomène et terrifié par son implication macabre. Durant émit un rire de vieux pervers entraînant une fillette dans son sous-sol pour s'y adonner à des jeux interdits. Quelques secondes plus tard, l'individu au cellulaire fit résonner le hululement d'un hibou.

Collier contemplait un Paris figé de stupeur droit devant lui. Son visage avait changé, ses traits s'étaient durcis, sa bouche formait un rictus sauvage et son nez tressautait comme un fauve humant le parfum d'une proie alléchante. C'était toutefois son regard qui impressionnait le plus, son absence d'émotions, sa froideur calculatrice de meurtrier. Le lieutenant savait que la recrue n'avait plus toute sa tête.

Un mouvement derrière lui le surprit : un des hommes lança un couteau au sol, entre les deux pantins de cette bien malheureuse tragédie mauricienne. Le poignard percuta le plancher avec un bruit sec, puis roula pour s'immobiliser près de Collier. La lame scintillait sous les néons à la blancheur osseuse. Le temps que Paris baisse les yeux sur l'arme, Collier s'était élancé d'un bond particulièrement rapide. Il atteignit le couteau au moment où le lieutenant se mettait en marche.

Collier se redressa avec l'intention claire d'attaquer, son visage encore souillé par la poudre : ses yeux d'un rouge maladif et sa bouche au rictus haineux le prouvaient hors de tout doute. Il s'avança vers Paris en frappant devant lui des cibles invisibles, faisant siffler la lame. Le lieutenant entreprit de tourner autour de l'automate, sachant trop bien qu'il était inutile d'essayer de le raisonner. La drogue l'empêchait de prendre des décisions conscientes et logiques.

Paris sentait tous les regards autour de lui et capta le sourire de Durant, qui s'allumait un autre Cubain. Un jeu, voilà ce que c'était pour ces hommes, une simple distraction. Sa position était précaire, les mains tendues devant lui dans une pose défensive. Il cherchait une solution, une idée pour neutraliser l'autre sans se faire écorcher vivant. Sans arme, contre un jeune en bonne forme physique, Paris ne faisait pas le poids.

Collier s'élança de nouveau vers lui et l'obligea à retraiter et à sauter comme un pugiliste devant un adversaire inconnu, le jaugeant et l'étudiant pour déterminer s'il valait mieux parer ou attaquer. Paris sentit la pointe de la lame frôler son avant-bras. Le regard de Collier le transperça, sans le moindre doute sur son objectif. Tuer. Paris, une fois l'attaque évitée, se remit à tourner, forçant son adversaire à l'imiter. Il devait faire quelque chose et anticipa un nouvel assaut pour agir. Collier ne tarda pas : il cessa soudain de tourner pour foncer droit devant lui, le poignard pointé comme la lance d'un chasseur préhistorique en direction d'un mammouth velu. Le lieutenant glissa de côté et profita de ce court instant où la lame s'était abaissée pour frapper le bras tendu avec son pied. Le coup porta sans être assez fort pour désarmer Collier, mais il le déstabilisa momentanément. Une exclamation de surprise échappa à un des spectateurs et Paris plongea vers le flanc blessé de la recrue. L'autre ne lui en laissa pas le temps. Collier se redressa et se retourna vers lui. L'arme déchira sa manche et égratigna sa peau. Un juron de surprise et de colère monta de Paris, dont la manœuvre avait échoué. Ils reprirent donc leur petite danse cérémoniale, comme deux membres d'une tribu oubliée aux rituels chorégraphiques désordonnés.

Paris jeta un coup d'œil au cercle réduit des visages amusés qui l'épiait. Il se fatiguait rapidement, son corps endolori et affamé refusait d'en prendre davantage. Collier le fixait toujours avec son regard froid et sans vie, la mâchoire tendue et les muscles saillants. Un tic nerveux le faisait constamment cligner des yeux. Une attaque frontale était hors de question pour le lieutenant : l'agilité de son opposant démontrait un certain savoir dans l'art du combat au couteau. Est-ce que Collier avait un passé militaire? Impossible d'en être certain. L'esprit de Paris refusait de collaborer à cent pour cent, trop préoccupé par le besoin d'éviter d'être éviscéré comme un pauvre animal destiné à la boucherie.

Paris remarqua un des hommes de Durant qui tenait son téléphone, filmant possiblement la scène. Cela lui donna une idée. Dès que le lieutenant le put, il se plaça à la hauteur de l'individu qui fixait son écran de cellulaire et pivota, tournant ainsi le dos à son adversaire. Il agrippa le caméraman amateur par les bras, puisqu'il lui faisait maintenant face, pour le tirer vers lui, le projeter à l'intérieur du cercle invisible autour duquel les deux protagonistes tournaient.

Le cosaque estomaqué échappa son téléphone et se retrouva dos à Collier. Il formait maintenant, bien malgré lui, un bouclier entre Paris et son adversaire. Le lieutenant remarqua le visage déconfit de celui qu'il tenait par les bras. Son expression trahissait une détresse naissante et une surprise complète.

Par-dessus l'épaule de l'homme de Durant, Paris vit Collier faire deux pas, souffler avec rage, puis planter son arme directement dans le dos du bouclier humain. La manœuvre souleva un tollé dans l'auditoire. La recrue frappa, encore et encore, tandis que le lieutenant reculait de quelques pas. Un coup de feu claqua. Durant, sur la droite, tenait une arme à bout de bras, le canon fumant. Tous regardèrent Collier qui s'immobilisa, son arme dégoulinante de sang. Sa victime émit une longue plainte avant de tomber à genoux, de chercher à toucher les plaies dans son dos, en vain. Des larmes roulaient sur ses joues.

Paris observait sans rien dire. Collier, parcouru de frissons, baissa les yeux vers son épaule touchée par le projectile. L'odeur de poudre se dissipait et le silence fut de courte durée. Avec une rapidité incroyable, Collier pivota pour se jeter comme un footballeur sur les hommes à sa droite, ce qui libéra un passage vers le couloir, vers la porte qui permettait de quitter le stand de tir. L'initiative de Paris portait ses fruits.

Il décida de tenter sa chance et s'élança au pas de course, la surprise générale lui permettant d'atteindre la porte et de pénétrer dans le couloir avant les premiers coups de feu. Hors de portée, il longea le mur, tandis que son corps meurtri déployait une énergie nouvelle, née de sa volonté de vivre. Le désespoir et l'adrénaline lui permettaient de croire à ses chances de survie.

Les détonations derrière lui menaçaient toutefois de mettre fin à sa course et il accueillit la bifurcation du couloir comme une bénédiction, s'y jeta et manqua bien de déraper. La brique et le plâtre au-dessus de sa tête furent touchés, provoquant une pluie de projectiles poussiéreux et d'éclats volatiles. Il pouvait entendre les cris de ses poursuivants, leurs pas qui percutaient le sol tel le tumulte d'un troupeau au galop. Abandonner Collier n'était pas planifié. La culpabilité viendrait plus tard : sa survie comptait plus que tout en ce moment. De toute façon, la recrue représentait une menace.

Paris repéra un escalier, s'y jeta sans réfléchir et grimpa les marches deux par deux. Il déboucha sur le palier du niveau supérieur au moment où ses poursuivants atteignaient les premières marches, faisant feu dans sa direction sans prendre le temps de viser, ce qui provoqua une nouvelle pluie de débris. Le lieutenant ouvrit la porte à la volée, pénétra dans un nouveau couloir, où la surprise manqua l'immobiliser et faire de lui une cible parfaite. Une bonne trentaine de femmes et d'enfants occupaient le corridor. Son irruption les avait aussi surpris. Tous se tournèrent vers lui. Paris, pris au piège, décida de foncer dans la masse : il devait absolument échapper à ses poursuivants.

Visant la porte au-delà de la petite foule, Paris se fraya un passage en son sein sans lui porter attention. Il renversa malheureusement quelques personnes et en poussa d'autres. Il était à mi-chemin de son objectif lorsque les hommes de Durant émergèrent de l'escalier. Il y eut des exclamations de surprise, des cris de femmes et d'enfants à la vue des tortionnaires qu'ils connaissaient sûrement trop bien.

L'apparition de Paris avait été différente, ces êtres effrayés et captifs n'ayant manifesté aucune hostilité à son égard, peut-être en raison de son visage tuméfié et de ses nombreuses blessures. À leurs yeux, il devait ressembler à une victime plus qu'à un bourreau. On n'avait même pas tenté de lui couper le chemin, certains lui facilitant plutôt le passage.

L'arrivée des trois individus armés déclencha un phénomène inattendu. Au lieu de fuir, apeurées, les femmes se mirent à hurler et se jetèrent sur les brutes, leur rage probablement décuplée par la découverte du sort réservé aux pauvres enfants déformés. Les furies se déchaînèrent, frappèrent avec leurs poings, leurs pieds, lacérèrent avec leurs ongles et mordirent comme de vraies bêtes. Plus nombreuses que leurs geôliers, elles formaient un redoutable obstacle.

Paris n'avait pas ralenti, il fonçait, comme un sprinter aux Jeux olympiques, vers la porte devant lui. Il espérait de tout son cœur que l'issue ne soit pas verrouillée. Une forte voix lança un ordre à glacer le sang :

– Ouvrez le feu !

Le lieutenant dut faire preuve de détermination pour ne pas s'arrêter. Pour ne pas se retourner et implorer de n'en rien faire. Une série de déflagrations suivit, tandis que les hommes tiraient pratiquement à bout portant sur les femmes enceintes et les gamins. Les poings serrés par la colère, Paris atteignit la porte, qui s'ouvrit heureusement sans résistance, et se jeta dans l'ouverture salvatrice tout en laissant derrière lui l'horrible réalité de ces corps humains fauchés par les balles.

À cause de lui.

L'égoïsme de son instinct de survie le répugnait, mais qu'aurait-il pu faire contre ces brutes ? Mort, il ne serait d'aucune aide. Seul sa survie permettrait de mettre fin à ces horreurs. Parce que seule une fois la foule laissée derrière lui, sans défense, put-il pleinement prendre conscience ce qu'il avait vu.

23

Une fois libérés, les femmes et les enfants talonnèrent France dans le couloir, formant un groupe hétéroclite d'âmes perdues. Lorsqu'elle vit un bureau à la porte ouverte, l'intérieur éclairé par une lampe jaunâtre, elle s'adossa toutefois au mur pour les laisser poursuivre leur recherche d'une sortie dans ce labyrinthe macabre. La plupart l'ignorèrent et emboitèrent le pas au troupeau, nourris par la motivation d'une possible liberté.

France profita de leur passage devant elle pour essayer de mémoriser tous ces visages, ces fronts hauts et bas, ces bouches charnues ou pincées, ces mentons pointus ou presque inexistants. Elle n'avait jamais vu autant de femmes enceintes regroupées dans un même endroit. Elle nota les joues couvertes de larmes, les démarches de pingouin de certaines dont les ventres ressemblaient par leur taille à des melons. Le groupe de femmes toutes nues était suivi par les enfants plus lents.

Certains de ces bambins difformes, incapables de marcher en raison de leur handicap, avaient été soulevés par des bras accueillants et transportés par la marée humaine. On tenait la main des autres, les accompagnait vers l'utopique sortie. Dès que le groupe l'eut dépassée, le tumulte de leur passage se résorbant, elle entendit le vrombissement d'un appareil. D'une machine quelconque. France détermina que cela venait du bureau à la porte ouverte.

Elle préférait effectuer cette visite seule.

Attentive à tout autre son, au plus petit mouvement, elle leva son arme et longea le mur qui menait à sa destination. À l'intérieur, elle découvrit un large pupitre en bois, avec des fauteuils de chaque côté. On aurait dit le banal bureau d'un médecin, sur lequel reposait un ordinateur portable au couvercle rabaissé. Un sac en cuir posé à côté laissait penser qu'on s'apprêtait à ranger l'équipement. Sur la droite, elle discerna un classeur métallique à tiroirs et deux boîtes en carton qui débordaient de documents.

C'est là qu'elle aperçut un homme qui lui tournait le dos et s'affairait à une tâche quelconque. Il n'avait pas entendu France entrer. Elle referma bruyamment la porte. Il sursauta, puis se retourna, les traits déconfits et des cernes sous les yeux.

Le docteur Meunier.

Son étonnement de découvrir France, nue, couverte d'ecchymoses et armée déforma son masque habituel d'impassibilité. Son expression n'avait pas de prix et, en d'autres circonstances, aurait réjoui France. Un coup d'œil lui permit de comprendre qu'elle avait interrompu la destruction de documents à l'aide d'un déchiqueteur de bureau. La source du bruit entendu plus tôt dans le couloir.

Meunier pivota pour faire face à la nouvelle venue, ses mains bien en vue pour prouver qu'il n'était pas armé. Une pile de feuilles attendait toujours d'être éliminée. Ils se jaugèrent un moment en silence, ce qui permit au docteur de retrouver son visage autoritaire et plein de confiance arrogante.

Ce fut toutefois France qui parla la première, tandis que le canon du revolver tremblait dangereusement dans sa main.

– Bonjour, Docteur. Je suis ici pour ma consultation.

Il osa sourire, une tentative bien timide pour gagner du temps ou la mettre en confiance. Il joignit ses mains, sans quitter l'arme des yeux. Il était un expert dans l'art d'amadouer les gens par la parole, elle le savait.

– France, quelle surprise ! Je suis content de vous voir.

Elle éclata de rire et le médecin hésita avant de faire de même, toutefois mal à l'aise. L'ambiance dans la pièce se trouva par contre alourdie par ce rire étrange s'apparentant davantage à une plainte déguisée.

– Écoutez, France, je dois tout vous expliquer.

– M'expliquer ? répéta-t-elle avec moquerie.

Il la traitait comme une patiente habituelle durant une visite banale. Son ton condescendant et son attitude ne firent qu'attiser la colère déjà dangereuse qui mijotait en elle. Oubliait-il que, quelques heures plus tôt, il était venu lui annoncer la mort de tous les membres de sa famille, avec des photographies macabres pour le prouver ? Qu'on l'avait battue et violée, humiliée ?

France fit un pas dans sa direction, ce qui noya le sourire stupide de l'homme sous une glaciale vague de réalité. Elle était visiblement instable et imprévisible. On l'aurait été pour bien moins que ce qu'elle avait subi. Meunier resta muet : il n'existait ici aucune chance de discussion normale, de dialogue.

— J'ai besoin de savoir une chose, Docteur, demanda-t-elle d'une voix chevrotante.

— Oui ? répondit-il faiblement.

Elle pouvait lire l'espoir dans son regard. Celui de la manipuler, de détenir le moindre avantage sur elle. L'espoir qu'elle ne voulait que des réponses. Il l'écouta avec intérêt.

— Pourquoi nous faire enfanter ces horreurs ?

Meunier ne répondit pas et se contentait de la fixer. Cela eut pour effet d'énerver France qui insista :

— RÉPONDEZ !

Elle avait avancé le canon de son arme en direction de son interlocuteur et déclenché chez ce dernier un mouvement de recul. Il leva les mains dans un geste pacifique. Son postérieur buta contre la machine à dévorer les documents. Sa voix tremblante emplit finalement la pièce :

— Nous voulions reproduire ce qui avait été fait avec vous. Ces autres enfants… sont des erreurs.

— Des erreurs ? lança France avec consternation et les yeux ronds.

— Pour arriver à des résultats, il faut bien faire des essais, mais la nature ne cesse de nous mettre des bâtons dans les roues.

Il s'humecta les lèvres. France sentait son bras au poignet meurtri l'élancer. Un mal de tête et une possible fièvre rendaient difficile son immobilité et la faisaient vaciller ; elle avait les cheveux trempés de sueur.

– Qu'est-ce qui a été fait avec moi ? Que voulez-vous reproduire ?

Le docteur baissa les yeux pour éviter de croiser son regard perçant. Mais France savait trop bien ce qu'on cherchait à reproduire, elle le comprit à ce moment. L'horreur déferla en elle.

– C'est Emmanuel, n'est-ce pas ?

– Oui, admit Meunier d'une voix faible.

Elle aurait pu lui demander ce que représentait Emmanuel pour qu'on torture ainsi des dizaines, voire des centaines de femmes, pour que des enfants déformés soient maintenus en vie dans des conditions d'animaux en cage. Mais France n'était pas là pour la vérité, d'autres s'en chargeraient un jour. Son rôle en était un de libératrice, de faucheuse, de guillotine.

Elle prit une grande inspiration et quelque chose dans son attitude, son regard ou son langage corporel changea, puisque le docteur s'exclama soudain avec empressement :

– Écoutez, France, ces organes peuvent sauver des milliers d'autres vies…

France Rioux, mère éplorée ayant perdu sa famille et hérité d'un enfant démon, enfonça la gâchette. Le coup de feu lui déchira les tympans. Le recul de l'arme fit lever son bras et éveilla une douleur vive dans son épaule. Le projectile atteignit le docteur à la poitrine et il bascula vers l'arrière, percuta la déchiqueteuse et la table derrière lui, puis renversa un lot de documents avant de s'écrouler.

Le docteur Meunier mourut après de faibles gargouillis pathétiques, ses derniers mots étant incompréhensibles.

France le regarda trépasser sans la moindre réaction, sans que cette mort lui procure le plaisir escompté. Des coups de feu résonnèrent après le sien, venus de quelque part sur l'étage, suivis de cris stridents et paniqués.

On avait trouvé le groupe errant de prisonniers libérés.

Sur le bureau du médecin, France vit un cellulaire à demi dissimulé par le sac de cuir et l'ordinateur. Elle s'en approcha, doutant qu'un tel appareil puisse fonctionner dans le sous-sol bétonné.

L'écran lui dévoila néanmoins deux agréables surprises. La première était que le téléphone intelligent était connecté à Internet et permettait donc l'envoi de messages. On pouvait aussi passer des coups de fil en utilisant la fonction Appels WiFi.

France alla verrouiller la porte puis prit place sur le fauteuil du médecin, derrière le bureau encombré. Elle déposa ensuite son arme devant elle et se mit à pianoter un numéro sur le clavier du petit appareil. Ses doigts s'enfoncèrent à trois reprises sur les touches tactiles de l'écran.

Toutes les lumières du complexe s'éteignirent à ce moment, plongeant cette pièce, comme toutes les autres, dans une obscurité uniquement rompue par les lampes de secours.

24

Paris ouvrit la porte et se jeta dans la nouvelle pièce avec l'espoir d'un corridor ou d'une salle avec une sortie vers l'extérieur. Il tomba plutôt dans un placard. Il s'écroula sur les vadrouilles, balais et seaux au sol. Il n'y avait aucune issue. Sa chute l'envoya contre le mur du fond, sans trop de douleur sinon une future ecchymose au front. Les coups de feu retentissaient toujours dans l'allée qu'il avait quittée, accompagnés de cris et de hurlements. Une scène folle de rébellion d'un groupe de femmes et d'enfants en pleine mutation face aux mercenaires dépassés par les évènements.

Le lieutenant devait sortir du placard avant qu'ils ne le rejoignent, que les projectiles leur ouvrent un passage dans la foule de femmes enceintes. Il parvint à se lever. Sa tête buta contre quelque chose au-dessus de lui et il découvrit une petite ampoule éteinte, ainsi qu'un boîtier métallique.

La boîte à fusibles !

Sans hésitation, Paris ouvrit la porte froide du boîtier, où il découvrit les nombreux fusibles et un plan codé indéchiffrable. Toutefois, le levier solitaire attira son attention et, tandis que le tumulte du couloir se rapprochait, il l'abaissa.

Dans son esprit, le lieutenant vit tous les plafonniers du complexe s'éteindre, l'apport électrique interrompu. La bâtisse était devenue un centre obscur. Le système de filtration de l'air mourut. Quelques lampes de secours prendraient sûrement le relais, faible tentative d'illumination. Paris se tourna vers le couloir rempli de ténèbres. Les cris et les coups de feu cessèrent momentanément. Il s'apprêtait à quitter le réduit lorsqu'un individu se planta devant lui et l'aveugla à l'aide d'une petite lampe grosse comme un stylo. Il entendit un grognement de satisfaction lorsque l'autre réalisa que le lieutenant était coincé. S'ensuivit le déclic d'une arme qu'on chargeait. Une vague odeur de sueur émanait de l'homme devant lui. Paris fut incapable de bouger, plissa les yeux dans l'attente de la déflagration punitive. Trop bête de mourir ainsi, les mains devant la figure et les yeux clos, incapable d'apercevoir les traits de son meurtrier.

Un hurlement animal déchira la nuit et mit fin, par son intensité démoniaque, au combat plus loin. Tous cherchaient sûrement l'origine de cette horrible plainte. «*Emmanuel.*» Une petite masse agile sauta sur l'homme qui menaçait Paris et le déstabilisa. Un coup de feu claqua. Le lieutenant entendit le projectile siffler près de son oreille gauche sans l'atteindre.

Une courte lutte s'engagea, inégale puisque le démon était vorace, violent, et lorsque ses grognements reprirent, Paris sut que son adversaire était au plancher. Le silence retomba bientôt et le gamin vint se placer devant le lieutenant, sa lampe à la main. Il s'était débarrassé de la menace. Un instant, alors qu'il se tenait debout, «Emmanuel» parut plus humain, moins animal. Il tendit la lampe à Paris, qui s'en empara, soudain incapable de réprimer la tendresse ressentie à la vue du visage ensanglanté et souriant. Le lieutenant put quitter son refuge involontaire, qui s'était presque transformé en tombeau.

— Tuez-les tous !

C'était Durant, quelque part à l'opposé de la masse. « Emmanuel » toucha le bras de Paris pour lui pointer la direction d'où était venue l'injonction. Il parla aussi. Un seul mot.

— Va.

Paris voulut lui demander ce qu'il comptait faire, mais le gamin s'était déjà élancé vers la foule, probablement animé d'une fureur renouvelée par la vue, avant la fermeture de l'électricité, de ces femmes aux corps arrondis qui gisaient au sol, de ces enfants malformés. Ses frères et sœurs.

Il se jeta dans la mêlée avec furie.

Paris ramassa l'arme du mercenaire égorgé à ses pieds pour suivre le conseil d'« Emmanuel » et se lancer sur la trace de Durant.

De Sang de Cochon.

25

Paris s'était littéralement propulsé dans la direction indiquée par « Emmanuel » et découvrit un long couloir que quelques lampes de secours illuminaient. Il entendit des bruits de pas, fut contraint de bifurquer à deux occasions et espéra avoir choisi les bons passages. Il se guidait uniquement avec son instinct. Il craignit même, à un certain moment, de revenir à son point de départ. Il y avait trop d'endroits où se cacher, où se terrer dans l'attente d'un poursuivant pour lui tirer dessus, et cela ne faisait qu'attiser sa peur.

Conformément à l'ordre de Sang de Cochon, la fusillade avait repris. Le lieutenant s'en éloignait toutefois et les sons en étaient amenuisés.

Le couloir dans lequel il venait de pénétrer disparut pour laisser place à une cage d'escalier sombre dans laquelle il s'engagea. Il commençait à peine à descendre qu'on lui tira dessus. Le choc des projectiles sur l'acier environnant le força à se pencher. En contrebas, une porte s'ouvrit et se referma, tandis que les oreilles de Paris bourdonnaient au bruit des coups de feu. Il lui fallut quelques secondes pour se calmer. Il venait d'échapper une fois de plus à la mort. Lorsqu'il reprit sa descente, ce fut avec lenteur, sans trop savoir si l'autre avait vraiment quitté la cage d'escalier ou se terrait plutôt en bas, sa lampe incapable d'éliminer toutes les zones d'ombres.

Le lieutenant atteignit le dernier palier sans difficulté, contrarié par la lenteur de sa progression, que nécessitait la prudence. Il avait ainsi involontairement offert une petite avance au traître qui fuyait devant lui. Il ouvrit la porte, se déplaça de côté, fixa la nuit qui jaillissait par l'ouverture. Devant l'absence d'assaut, il se glissa dans l'interstice, courbé, l'arme devant lui. Il éteignit sa lampe, préférant profiter du couvert des ténèbres.

Il fut accueilli par la fraîcheur nocturne qui se déposa sur son corps et refroidit la sueur qui le couvrait. Il se situait non loin d'où l'on avait garé les voitures, dont la Mercedes de Durant, éclairée par une faible ampoule. Cette porte devait être une issue de secours. Une odeur d'essence flottait dans l'air et il se plaqua contre le mur, l'arme levée. Complètement à découvert.

Une autre détonation résonna et fut reprise par l'écho de la nuit, tandis qu'une brique à sa droite éclatait. Paris se jeta au sol. Il avait entrevu les étincelles du coup de feu et un bruit étouffé dans cette direction lui indiqua l'endroit où une silhouette gravissait péniblement le long escarpement qui menait au haut la colline naturelle qui entourait le complexe. La lune baignait la butte et la végétation d'un halo de clarté spectrale. Il n'avait donc pas perdu la trace de Durant et pouvait entendre sa respiration rauque, résultat de son âge, de son embonpoint et d'un manque flagrant d'exercice.

Pourquoi n'avait-il pas fui en voiture ? Paris se permit un coup d'œil vers les véhicules et comprit la raison de cette tentative de fuite à pied. Dans l'obscurité percée par une simple ampoule, il pouvait voir qu'on avait crevé les pneus des véhicules. Un sourire apparut sur le visage du lieutenant, qui soupçonnait le petit « Emmanuel » d'être responsable de ce méfait.

Les geignements d'effort de Durant le contraignirent à bouger et Paris s'élança à sa suite. Un sprint pénible parce qu'il était aussi loin d'être un athlète. Le détective dut s'apercevoir de la filature et s'arrêta pour tirer. Un éclair lumineux déchira la nuit hors du halo de lumière de l'immeuble. Le lieutenant entendit le choc de l'impact sur le gravier, ce qui l'obligea à changer de trajectoire pour se tasser vers la droite, au lieu de rester dans la ligne de tir. Il ménageait quant à lui ses munitions, il savait fort bien qu'il serait très difficile d'atteindre son ancien confrère avec une arme comme la sienne, loin d'être conçue pour le tir de précision. Il s'entraînait presque toutes les semaines et la réalité différait grandement de ce qu'on voyait au cinéma, où un agent pouvait toucher une cible mouvante à deux cents mètres.

Paris déployait toutes ses forces pour grimper. Il voulait empêcher Durant d'atteindre la forêt, dont l'opacité compliquerait les choses et faciliterait sa fuite. Il devait mettre la main dessus avant la lisière des bois.

Le calme de la nature qui les entourait était déconcertant. Le massacre et les expériences en cours dans l'édifice plus bas semblaient n'être plus qu'un cauchemar. Une brise un peu plus fraîche faisait bruisser les arbres au loin.

Paris atteignit le sommet de la pente peu après Durant et s'y hissa avec prudence, les mains sur la crosse humide de son arme en raison de ses paumes moites. Il ne vit tout d'abord rien entre lui et la forêt. Avait-il laissé filer Sang de Cochon? Le lieutenant jura à voix haute, fouilla des yeux le plateau qui s'étendait. Un son, un léger mouvement dans l'obscurité lui signalèrent où se terrait l'individu, qui se redressa un instant. Paris tira, puis entendit un choc sourd suivi d'une plainte. Il se leva, toujours aux aguets, pour s'avancer en ligne droite.

Durant était tombé, Dieu sait comment, dans la fosse où des dizaines, peut-être même des centaines d'enfants et de femmes gisaient, se décomposaient un peu plus chaque jour.

Le détective ne se relevait pas et Paris se méfiait. Durant gémissait. Son arme reflétait la clarté de la lune et gisait à quelques mètres de lui. Le jet lumineux de la lampe du lieutenant enveloppa le policier devenu traître et s'arrêta sur la cheville dont l'angle révélait une grave blessure. Paris pouvait aussi voir le matelas sur lequel Sang de Cochon reposait, fait de membres rompus et de corps à divers stades de décomposition. Des visages aux orbites vides semblaient aussi épier la scène.

Paris fit les quatre pas qui l'approchaient de la fosse. Durant levait une main pour se protéger du faisceau sur sa figure couverte de sueur. Ses traits reflétaient sa douleur, mais il défiait le lieutenant avec un rictus moqueur. Son regard triomphant d'il y a peu n'était plus qu'un vide d'une froideur meurtrière. Debout, Paris patienta un moment, laissant son corps goûter le calme et profiter de l'immobilité de ses membres malmenés. Il aurait besoin d'un long congé et entrevoyait un séjour sur une plage, quelques bières froides et une expédition de pêche sur l'océan. Il ne doutait pas une seconde que les découvertes à venir dans l'ancien centre de tir le blanchiraient de toutes les accusations qui pouvaient peser sur lui.

Durant fut le premier à parler, peut-être parce qu'il savait que la partie était terminée.

– Et maintenant, Paris ?

Le lieutenant regarda autour de lui. D'un côté se trouvait la forêt sombre et opaque, de l'autre la déclivité qui menait au complexe ainsi qu'une route qui reliait ce dernier au village. Personne en vue. Ils étaient seuls au monde. La suite des évènements n'aurait aucun témoin. Paris avait tant de questions, mais n'était plus certain de vouloir connaître les réponses. Tout ce qu'il voulait, c'était le retour d'une justice fiable, d'un équilibre entre les forces du bien et du mal. Son silence sembla irriter Durant.

– Alors, tu vas me faire venir une ambulance ? J'ai mal !

Il y a de ces moments dans la vie où une simple décision peut chambouler une existence, ou un geste unique peut avoir des répercussions inégalées sur le destin d'un être.

C'était un de ces moments-là.

Rien n'empêchait Paris de tirer sur Durant. De lui faire payer sa trahison. Il suffirait d'une simple pression du doigt pour offrir une justice et une mort certaine. Un acte de quelques centièmes de secondes. Si facile. L'enquête à venir prendrait des mois, des années. Pour sa découverte du laboratoire et pour avoir démasqué l'individu derrière le sobriquet « Sang de Cochon », pour avoir sauvé les prisonnières et leur progéniture, il deviendrait un héros célébré à sa juste valeur dans tout le pays. Le réseau clandestin en prendrait un coup, des têtes de hauts gradés tomberaient. Lui en voudrait-on pour ce coup de feu un peu hâtif ? Ses explications suffiraient-elles pour justifier d'avoir tiré sur Durant ? Alors que le détective était immobilisé, avec une cheville brisée ?

– Tu vas me tuer, Paris ? Tu ne veux pas savoir pour Judith ?

Paris baissa les yeux sur le misérable qui se tortillait dans une pose ridicule, le cul taché de terre, de boue, de sang et de fluides venant des corps en décomposition. Ses yeux étaient pleins de larmes malgré son arrogance. Judith ? Aussi incroyable que cela puisse paraître, il avait, au cours de cette folle soirée, tout oublié à son sujet : sa mort, son implication dans l'expérience, le fait qu'elle s'était jouée de lui. Durant venait de réveiller sa colère.

Au loin, très loin, le faible grondement d'un hélicoptère troublait la nuit. En tournant la tête, Paris put voir des flashs de lumière qui zigzaguaient entre les collines. Des secours pour lui ou pour le traître ? Durant dut voir la même chose. Il tenta de se relever, mais en fut incapable, retomba et hurla de douleur.

– J'ai plein d'argent, Paris. Je te donnerai tout !

Le lieutenant fit un pas pour se pencher vers son ancien collègue. Sa voix se fit grondante, méprisante et autoritaire.

– Dis-moi pour Judith.

– Mais ils arrivent !

– Alors, fais vite.

Durant s'humecta les lèvres, plongea son regard dans celui de Paris et comprit sûrement qu'il ne pourrait pas le corrompre. Il ouvrit la bouche pour parler, mais le haut de son crâne vola en éclat, un coup de feu déchirant les tympans de Paris au même moment. Jeté de côté par réflexe, le lieutenant entendit le corps de Sang de Cochon s'effondrer dans la fosse.

La mort venait de l'emporter dans son royaume de ténèbres.

Une femme nue, maigre et mal en point se tenait là, un bras tendu vers eux. Elle laissa choir son arme.

Paris la reconnut alors, pour avoir vu sa photographie dans des dossiers. Et dans les mains d'« Emmanuel ».

France Rioux.

Elle se laissa aller à genoux, un étrange sourire aux lèvres. Paris s'en approcha, ne sachant quoi faire, n'osant la toucher. Durant était mort : il emportait avec lui des vérités importantes et peut-être blessantes sur Judith.

Des pas crissèrent derrière eux et une petite silhouette émergea au haut de la pente. « Emmanuel » se jeta d'abord dans les jambes de Paris, qui hésita avant de lui donner l'accolade. Il sentit le garçon frémir en regardant le corps du maître d'œuvre de ce cauchemar. L'enfant recula ensuite et fit face à France, toujours à genoux. Elle l'observait avec crainte. « Emmanuel » était couvert de sang, les cheveux en bataille et les vêtements presque en lambeaux. Il avait tout l'air d'un être humain élevé par une meute de loups.

France éclata en sanglots, puis sourit tandis que le petit se jetait dans ses bras.

– Je suis désolé, maman.

Paris se détourna et leur donna l'intimité requise dans pareille situation. Il s'éloigna de quelques pas, se plaça de manière à voir les multiples voitures de police qui filaient vers le complexe et l'hélicoptère qui approchait au loin.

Il se laissa glisser au sol et s'y assit pour fixer le vide, bientôt rejoint par « Emmanuel » et France, qui se tenaient la main. Ils formaient un bien étrange trio infernal. Ils attendirent sur place, jusqu'à ce qu'une demi-douzaine de policiers lourdement armés et équipés de lampes puissantes fassent irruption.

Paris n'avait qu'un regret : il ne connaîtrait jamais la vérité au sujet de Judith.

CINQUIÈME PARTIE

Tour de cochon

1

Plusieurs évènements importants découlèrent de cette terrible histoire survenue dans un petit village de la Mauricie. Un récit troublant d'expériences sur des femmes enceintes et leur progéniture déformée. Le premier évènement survint deux jours plus tard, alors que le premier ministre canadien, Stéphane Clark, donna une conférence de presse sur la colline du Parlement d'Ottawa où il annonça sa démission. Les pressions de la population, des membres de son parti et de l'opposition étaient telles que l'homme élu l'année précédente avait vu sa carrière détruite en quelques heures seulement. Le scandale avait soulevé la colère des électeurs, en particulier parce que de hauts membres de la GRC et quelques politiciens corrompus étaient impliqués dans cette sordide affaire digne d'un roman de science-fiction. La conférence de presse fut diffusée dans tout le pays et l'homme accablé s'excusa longuement auprès des victimes, puis réitéra qu'il n'était pas au courant de ces expériences, qu'il n'aurait jamais approuvées, et il pleura même, en tenant la main de sa femme qui semblait le soutenir dans cette épreuve.

Dès que le premier ministre se retira avec ses gardes du corps et conseillers, sous les huées de la foule et de certains journalistes outrés, le sénateur Brown, de l'Ontario, prit la parole. Avec son français approximatif, il annonça la mise en place d'une commission d'enquête sur ce scandale que les médias avaient baptisé « L'affaire Sang de Cochon ».

Il s'était vendu plus de journaux en une semaine que dans toute l'année précédente ; les cotes d'écoute des journaux et des programmes spécialisés, tant au petit écran qu'à la radio, avaient doublé. Cette affaire qui venait d'éclabousser le Parti libéral, un des plus prestigieux partis politiques du pays, avait aussi créé un raz-de-marée de mécontentement envers le gouvernement. La commission d'enquête Brown-Lepage-Copland commencerait ses audiences le mois prochain et se donnait une année entière pour préparer un rapport sur les évènements. Une année qui s'éterniserait pour un public assoiffé de scandales et de vérité. Bien entendu, une attente aussi interminable faciliterait la perte de documents et l'égarement de données essentielles, brouillerait un peu les mémoires et modifierait les déclarations des rares témoins. On oubliait vite dans un monde où les nouvelles voyageaient à la vitesse de la lumière.

Mais n'était-ce pas là la beauté des commissions d'enquête ? Offrir aux citoyens l'illusion d'une investigation sérieuse ?

Les gouvernements canadien et québécois se penchèrent ensuite sur le dossier des expériences scientifiques illégales ayant eu lieu sur leur territoire. Les experts firent très vite le lien entre les porcs, les patientes enceintes et les progénitures anormales. Selon eux, et cela malgré le manque de documents encore lisibles trouvés dans le complexe où se tenaient les activités clandestines, les expérimentations avaient pour but de modifier l'ADN animal afin de faciliter la transplantation d'organes porcins, très semblables à ceux des humains, chez ceux qui en avaient besoin. Au Japon, on prétendait déjà avoir greffé des organes venant de porcs génétiquement modifiés à des humains sans que le corps les rejette. Selon ces mêmes experts, la vente de ces organes «cultivés» chez les animaux pouvait représenter un marché de plusieurs milliards de dollars. Certains pays n'hésitaient pas à traiter avec de tels laboratoires clandestins. La Chine était un marché ouvert à ce genre de marchandage, tout comme la Russie et l'Inde. Malheureusement, les enquêteurs ne trouvèrent que quelques documents épargnés par la déchiqueteuse et les ordinateurs cryptés n'apportèrent rien de nouveau. Il n'existait aucune preuve de réussite et la source de leur financement ne put être retracée.

Une autre théorie, très peu populaire, émettait la possibilité que de telles expériences soient motivées par des raisons militaires, mais encore là, il n'existait aucune preuve. Personne n'insista sur cette idée, trop farfelue pour être considérée.

Les deux paliers de gouvernement déposèrent plusieurs projets de loi afin de renforcer les limitations scientifiques concernant la modification génétique des espèces animales. Ils raffermissaient également les règles qui empêchaient l'expérimentation sur des sujets humains.

Cinq jours après le début du scandale de l'affaire de Sang de Cochon, le nouveau directeur de la GRC – on avait promptement destitué son prédécesseur et une bonne partie de l'état-major – donna une conférence de presse où il confirma qu'une vingtaine d'agents avaient été corrompus, dont treize avaient péri lors de la journée fatidique où le lieutenant Paris avait mis à jour l'horreur de ce complexe infernal. Il confirma ce que tous savaient déjà : l'héroïsme de Paris qui, au péril de sa vie, avait permis de mettre un terme à cette folie. Il annonça également que l'agent Durant, alias Sang de Cochon, était mort, tué par une de ses victimes. On répéta ignorer encore d'où venait son financement et qui étaient ses partenaires à l'extérieur de la province. On estimait que des liens devaient déjà avoir été établis avec de possibles acheteurs. La conférence de presse dura une vingtaine de minutes et ne révéla pas grand-chose de nouveau aux médias affamés. Toute cette histoire occupait déjà la scène nationale depuis une semaine. La couverture médiatique la plus importante depuis les attentats du 11 septembre 2001, aux États-Unis.

Le FBI, qui avait accepté de collaborer avec ses voisins du nord, recherchait toujours, sans succès d'ailleurs, toute trace d'Advanced Genetics Enterprise. L'organisation américaine avait peu d'espoir de mettre la main sur cette compagnie, qui n'existait peut-être même pas réellement.

Comme de tout autre scandale, on se lasserait de cette histoire et on l'oublierait. Une coupe Stanley remportée par le Canadien de Montréal dans une finale contre les Maple Leafs de Toronto, un écrasement d'avion, un mariage royal ou encore un nouveau look de Céline Dion prendrait le relais dans l'intérêt collectif d'un peuple aisément choqué, trop docilement manipulé.

2

Le sénateur Marc Legrand suivait cette histoire de scandale avec grand intérêt. À la suite de la démission du ministre, il avait décidé de prendre un congé, de s'éloigner du Parlement. Il avait prétexté des problèmes de santé et rejoint sa résidence de Westmount, à Montréal. Il y convainquit sa femme qu'un petit voyage en Europe s'imposait. Leur relation n'était plus ce qu'elle avait été : ils se chamaillaient la plupart du temps et les affaires du mari finissaient par déborder dans leur vie privée. Lui faisait de son mieux pour aimer sa femme, pour être gentil avec elle, mais il ne la désirait plus. Ils dormaient dans des chambres séparées et il s'était attendu à ce qu'elle lui pique une autre de ses crises. Au lieu de cela, elle avait dit qu'elle montait à l'étage pour faire ses bagages dès l'annonce de leur voyage.

Legrand lui avait demandé de prendre les passeports dans le coffre de sécurité et annoncé qu'il la rejoindrait sous peu pour se préparer à son tour.

Il avait peur que la commission d'enquête, ou même la GRC, remonte jusqu'à lui. Après tout, il était impossible de déplacer d'aussi importantes sommes d'argent sans laisser de trace. Sang de Cochon ayant exigé des millions, son père avait ainsi transféré des fonds massifs dans les comptes en banque de l'organisation clandestine à travers le monde. Dans des paradis fiscaux. Sans oublier tous les indices incriminants qui avaient pu subsister dans la ferme d'élevage. On ne montait pas une aussi grosse opération sans faire de bruit et toutes les pistes finiraient par remonter jusqu'à son père et, indirectement, à lui.

Le sénateur décida de contacter son comptable. Il devait lui demander de détruire certains documents, de transférer de l'argent dans des comptes plus sécuritaires. Le temps était venu de quitter le pays, du moins jusqu'à ce que la poussière retombe ou que son nom fasse surface dans l'actualité. Certains pays refuseraient de répondre à une demande canadienne d'extradition.

S'il restait, la foule colérique ne ferait qu'une bouchée de lui et ses plus proches amis se distancieraient de lui. Encore là, peut-être que rien de tout cela ne se passerait, mais, au moins, il ne prendrait pas le risque d'être coincé en territoire canadien. Son nom de famille pourrait lui coûter sa liberté.

Legrand décrocha le combiné et réalisa soudain qu'il n'avait pas entendu sa femme monter l'escalier, qui craquait toujours sous le poids de ceux qui l'empruntaient. La porte d'entrée claqua. Intrigué, il pivota vers le couloir qui menait du salon à la cuisine et au vestibule. Il tenait toujours le combiné d'une main.

– Hélène ?

Aucune réponse. Il raccrocha. Que se passait-il ? Était-elle sortie ? Pour quelle raison ? Legrand se leva et s'avança dans le salon, jetant un œil dans le couloir où sa femme apparut soudain.

– Que fais-tu?

Elle ne le regarda même pas et se contenta de le dépasser pour monter l'escalier vers l'étage supérieur, impassible. Legrand fixait le couloir devant lui, se demandait ce qu'elle avait fait, pourquoi elle avait ouvert et refermé la porte d'entrée.

La réponse vint très rapidement alors que des masses noires se glissaient dans sa direction. Il entrevit le reflet d'une arme argentée munie d'un silencieux.

À peine le temps d'un clignement d'œil avant que le premier projectile ne l'atteigne. Son corps touchait tout juste le plancher que sa femme redescendait. Les exécuteurs se déplacèrent pour la laisser passer dans le couloir avec sa valise. Elle s'arrêta néanmoins pour regarder la dépouille de son mari, sur laquelle elle cracha avec mépris.

– Ta salope subira le même sort.

Elle fit quelques pas et un des hommes, sans retirer sa cagoule, parla :

– Les fonds ont été transférés, madame. L'avion vous attend.

– Merci.

Hélène Legrand quittait le navire au bon moment, avant qu'il ne sombre. On retrouverait le corps de son mari et une annonce officielle serait faite, qui révélerait que l'héritier de l'empire Legrand était décédé d'une crise cardiaque. Sa femme serait portée disparue et rapidement oubliée.

Une des agences fédérales du gouvernement canadien avait pris l'affaire en main. On avait décidé d'épargner la femme du sénateur, puisqu'elle ne connaissait rien de cette histoire de porcs. Lui avait été versée une majorité des avoirs liquides de son mari ; le reste sombrerait dans l'oubli des méandres fiscaux des saisies de la GRC. L'épouse éplorée avait passé un marché avec eux et garderait le silence sur cette histoire jusqu'à son dernier souffle et bien au-delà.

Le nom de Legrand serait épargné, malgré son implication dans le scandale. Les médias et la population ne gagneraient rien à connaître l'identité du financier de Sang de Cochon.

Hélène quitta la résidence avec le cœur léger, le compte en banque plein et la conscience tranquille. Une certaine joie la fit sourire, puisque la pute de son mari y passerait aussi…

3

Ottawa, Canada

La camionnette s'arrêta dans le hangar d'aspect abandonné le long de la rivière des Outaouais. Un petit sentier en gravier juste assez large pour une voiture y menait. Deux hommes en complet sombre, patientant à côté de leur berline, vinrent à la rencontre du conducteur, qui éteignait son moteur. Les trois individus se connaissaient déjà. On fit le tour de la camionnette pour en ouvrir la porte arrière et en examiner le contenu. Celui qui venait d'emporter le matériel sur place parla :

– Tout y est. La drogue et le drone.

Les deux agents du Service canadien de renseignement de sécurité s'assurèrent que la quantité de sachets de scopolamine, fabriquée au Mexique et entreposée dans l'antre de Sang de Cochon depuis le début des opérations, concordait avec leurs informations. Il en manquait quelques-uns, mais c'était prévu. Le drone, équipé d'un haut-parleur capable de diffuser le chant du hibou à grande distance, paraissait en bon état. Nerveux, le conducteur de la camionnette était impatient de partir. Il le fit savoir aux deux agents :

— On transfère le tout dans votre coffre?

La rivière non loin grondait, en raison des rapides à cet endroit. La végétation dense et la distance avec la route principale faisaient de cette planque un lieu parfait pour les transactions secrètes.

Un des agents examina les alentours et Steve, qu'on avait généreusement payé pour livrer cette marchandise, n'aima pas du tout l'air que les fédéraux arboraient.

— Bon, on y va? insista-t-il néanmoins.

Steve comprit très rapidement qu'on ne laisserait aucune trace de cette livraison. Tout comme on éliminerait un témoin potentiel. C'était l'avantage de faire partie du gouvernement et de travailler dans l'ombre. Un des lascars s'empara d'un des sachets et parla tout en toisant le livreur :

— Faut quand même essayer la marchandise!

Steve se raidit à la fois de surprise et de peur. L'autre homme lui agrippa le bras et lui fit un croc-en-jambe qui l'envoya directement sur la terre battue. Il n'eut même pas le temps de réagir que le contenu du sachet lui fut vidé au visage. On se recula ensuite, tandis que Steve toussait, hurlait, cherchait tant bien que mal à se débarrasser de cette substance dangereuse. Il en avait partout, dans les yeux, dans le nez, et la blancheur du produit créait un masque absurde. Il parvint à s'agenouiller avant que l'effet chimique n'atteigne son cerveau. Steve s'immobilisa alors, les yeux exorbités, le cœur battant à tout rompre, la gorge sèche et la langue qui paraissait doubler en volume.

L'homme en complet qui l'avait aspergé retira son téléphone de sa poche de veston et, sous le regard ébahi de son compagnon, pressa une touche de l'appareil. Le chant d'un hibou supplanta le bruit de la nature environnante, cohabitant avec celui de la rivière.

Son confrère lui jeta un coup d'œil mauvais, avant de dégainer son arme de service et de la pointer sur le pauvre type à genoux.

Steve leva les yeux et la première personne qu'il vit fut l'individu armé qui reculait d'un pas. Son visage ressemblait à celui d'un zombie de cinéma. Il n'existait plus de conscience ni de contrôle dans son cerveau noyé par les produits chimiques. Il avait temporairement basculé dans le néant du souffle du diable.

Trois coups de feu rapides eurent raison de Steve, qui n'eut même pas le temps de se lever. Le tireur admonesta son compagnon.

— Pourquoi t'as fait ça ?

— Fallait bien s'assurer qu'on avait la bonne poudre.

— Shit, man ! C'est vraiment pas cool.

L'autre eut un petit rire et empocha son cellulaire. Il trouvait remarquable le pouvoir de cette drogue qui, modifiée par la CIA, répondait au stimulus engendré par le chant d'un oiseau nocturne. Pourquoi cet animal en particulier ? Personne ne le savait, mais des années d'expériences diverses avaient mené à la conclusion que le son conjugué à l'absorption du souffle du diable provoquait une furie meurtrière. On entrevoyait facilement les possibilités d'applications militaires d'un tel produit.

Le corps fut laissé sur place. On le délesta de ses clés et de son portefeuille, de son cellulaire aussi.

Au même moment, un camion de location de vingt-six pieds arriva, malmené par la route trop étroite. On pouvait entendre le contenu de sa boîte qui se renversait, se fracassait, et les protestations du moteur et des essieux. Le conducteur immobilisa l'engin tout près de la cabane, contrarié d'avoir emprunté un tel chemin. Il quitta l'habitacle et vint rejoindre les deux autres.

— Les affaires des Rioux? demanda l'homme qui s'était amusé avec la poudre.

— Yes, sir, tout y est.

On éloigna la camionnette et la voiture des agents, pour ensuite ouvrir le capot du gros camion rempli des meubles et des articles personnels ayant appartenu aux Rioux. Un petit boitier avec minuterie fut placé sur le moteur chaud. L'écran numérique indiquait cinq minutes.

Les trois hommes, deux dans la voiture et un dans la camionnette, quittèrent la place pour rejoindre la route principale. Ils se retournèrent lorsque la déflagration se fit entendre, suivie d'une colonne de fumée. Dans quelques minutes, une autre explosion plus intense surviendrait, parce qu'on avait placé plusieurs bonbonnes de propane à l'arrière. On tenait à faire disparaître la cargaison. Les possessions et la vie entière d'un ménage décimé.

Les hommes livreraient la drogue ailleurs, puisqu'on comptait bien l'utiliser à nouveau.

4

Il y avait quatre jours que la presse vantait les actions héroïques de Paris, qu'il faisait la navette entre sa chambre d'hôtel luxueuse du centre-ville et les multiples studios de télévision, postes de radio ou autres lieux de rencontres. La Sûreté avait mis à sa disposition une chambre hors de prix pour un simple policier, exigence de leur service de relations médiatiques. Le lieutenant était vu comme un sauveur et sa présence sur les ondes, son charisme et sa détermination à sauver tous ces gens avaient attendri la masse abrutie par le petit écran. En fait, c'était une aubaine pour un service policier en pleine crise qui voulait redorer son blason, en particulier à la suite de la débandade politique engendrée par toute cette histoire. Avec la débâcle du haut commandement de la GRC, les citoyens de la province se tournaient vers la Sûreté du Québec pour les protéger.

Ce fut donc un Paris épuisé qui pénétra dans le poste de police où il avait passé les dernières années à poursuivre des conducteurs ivres, à guider du bétail à bon port et à rendre de petits services anodins à une population très tranquille. Il s'ennuyait presque de ces jours-là.

Dès son apparition dans le couloir, les agents sur place, bien trop nombreux pour être tous en plein travail, se mirent à l'applaudir avant de l'approcher. On lui serrait la main, lui donnait des tapes amicales dans le dos, scandait son nom tout en applaudissant. Intimidé, Paris tentait de remercier chacun de ces hommes, qu'il connaissait pour la plupart. On l'escorta ainsi jusqu'au bureau où l'attendait l'inspecteur-chef. On lui fit même promettre de venir célébrer au bar le soir même, ce petit bar non loin du poste qui accueillait une majorité de policiers les soirs de semaine. Il régnait une ambiance de fête dans l'édifice. Ce fut presque avec soulagement que Paris se retrouva dans le bureau de Rondeau. Lorsque la porte se referma, le lieutenant ne put s'empêcher de souffler pour reprendre le contrôle de ses émotions.

– Si c'est pas le héros en personne !

L'inspecteur-chef s'était levé, repoussant son fauteuil pour contourner le large meuble en bois et venir à la rencontre de son agent.

– Content de te voir, Paris.

– Merci.

Les deux hommes échangèrent une poignée de main chaleureuse, puis prirent place de chaque côté du bureau. Quelques dossiers gisaient entre eux. Le calme était retombé dans la pièce adjacente, le comité d'accueil se retirait déjà pour aller profiter d'une autre occasion de se saouler.

– T'as fait du bon travail, Paris.

Un hochement de tête fut la seule réponse du lieutenant, qui craignait qu'on cherche à lui donner un nouveau poste. Il désirait conserver son emploi d'enquêteur. Une promotion ne ferait pas son affaire. Ne plus travailler sur le terrain lui serait fatal. Rondeau sourit et ouvrit un dossier devant lui, pour en retirer un document qu'il lui tendit.

— À partir d'aujourd'hui, tu es le capitaine, Paris. J'ai aussi fait en sorte qu'on te donne un petit congé. Que penses-tu d'un mois ?

— Je ne sais trop quoi répondre…

— Essaye merci, d'habitude ça fonctionne assez bien.

Paris ne put s'empêcher de sourire. Ce congé tombait bien. Il souhaitait fuir la folie montréalaise, se retrouver seul et dans la nature, redécouvrir le silence et les joies de la solitude. Il en avait assez de voir son visage à la télévision, dans les journaux ou encore d'entendre sa voix à la radio. Il faisait une overdose de lui-même.

Il avait besoin de faire le point, mais surtout de vivre son deuil de tous ceux morts dans cet horrible drame. Il ne savait pas trop ce qu'impliquait son grade de capitaine, mais préférait attendre avant d'y songer sérieusement. Il aurait un mois pour se faire à l'idée de cette nouvelle affectation. Pour poser ses conditions.

— Merci.

Un court silence retomba. Paris déposa le document, qui ne faisait qu'expliquer sa nouvelle échelle salariale et les détails de son congé. Lorsqu'il fixa le regard intense de son supérieur, Rondeau comprit que la discussion allait être plus sérieuse.

— Comment vont les victimes ?

– Assez bien, malgré ce qu'elles ont subi. Il faudra du temps et un bon suivi médical et psychologique. Tout est pris en charge par Québec. Ne t'inquiète de rien, Paris.

– Et pour France Rioux?

Rondeau saisit un autre document dans son dossier, puis reprit la parole :

– J'ai fait tout en mon pouvoir et bien au-delà pour convaincre les gestionnaires qu'elle devait retourner vivre dans la résidence familiale, avec le petit. Ils ont accepté. Il m'a fallu menacer de rencontrer les journalistes pour aider notre cause, ce que les hautes instances n'ont pas vraiment apprécié. J'en fais mon affaire.

– Merci. France et «Emmanuel» ne représentent aucun danger, assura Paris.

– Les gestionnaires ont par contre imposé des conditions. Une infirmière s'est installée avec eux et une travailleuse sociale doit les visiter plusieurs fois par semaine. On a aussi posté une patrouille pour éloigner les curieux. La mère et le gamin doivent se soumettre à plusieurs tests par semaine et être suivis de près par les médecins, mais je crois que c'était inévitable dans leur état de toute façon.

Paris prit le document que son supérieur lui offrait. C'était une autorisation écrite de visite pour le nouveau capitaine. Il avait insisté pour que France et «Emmanuel» ne soient pas envoyés avec les autres. Exigence résultant en partie de sa peur que l'enfant devienne un cobaye dans un laboratoire militaire ou une bête de foire. Le gamin lui avait sauvé la vie, il lui devait bien ça!

Paris avait aussi demandé un test d'ADN, à la suite du commentaire de l'enfant sur Judith et en raison de leur ressemblance. Le résultat s'était avéré négatif, « Emmanuel » était bien le fils de madame Rioux. Un fils enlevé à la naissance et dont le sort, jusqu'à tout récemment, relevait de la spéculation. Il faudrait des années pour comprendre ce qu'il avait vécu et pourquoi il avait bénéficié d'une semi-liberté. France avait décidé que le petit devait garder le nom d'Emmanuel, puisqu'il aurait dû en hériter à la naissance, qu'il méritait une identité et que celle-là lui convenait très bien.

Paris ne comprenait toujours pas l'implication de Judith dans toute cette affaire. L'inspecteur-chef avait creusé, trouvé que la jeune femme était en fait diplômée de l'Université McGill en neuroscience et génétique. On ne pouvait la relier à aucun emploi dans le domaine, du moins officiellement, et cela impliquait que sa petite amie travaillait pour une agence clandestine, que ce soit au service de ce gouvernement-ci ou d'un autre. Tout le monde niait, personne n'était au courant de rien et Ottawa semblait soudain devenue la ville fantôme où tout disparaissait.

La voix de son patron le tira de ses pensées et Paris fixa son interlocuteur d'un air interrogateur. Rondeau répéta, voyant bien qu'il n'avait rien entendu :

— Les funérailles de Collier auront lieu demain matin, tu y seras ?

— Je ne manquerais ça pour rien au monde.

— Faudra se battre pour tenir les vautours de journalistes à distance.

Ils hochèrent la tête et Paris se leva; la discussion tirait à sa fin. Il n'y avait plus grand-chose à dire. Il remercia à nouveau l'inspecteur-chef qui, cette fois, ne put s'empêcher de rougir et lui serra la main. Au moment où il atteignait la porte du bureau, Paris se retourna :

– Dites-moi, on a retrouvé des traces de l'Advanced Genetics Corporation?

– J'ai bien peur que non. Les Américains nous donnent un coup de main là-dessus, mais pour être franc, je crois que c'est peine perdue.

– Je vois.

Paris fixa un instant son patron, puis fit demi-tour et retraversa la salle, qui se fit à nouveau bruyante. L'euphorie du moment noyait le chagrin de ne pas avoir retrouvé la moindre trace de cette énigmatique compagnie vraisemblablement derrière tout cela.

Au moins, on avait appris que la mort de Legrand, l'éleveur de porcs milliardaire, résultait de l'intérêt que les enquêteurs lui portaient. Trop impliqué dans le projet scientifique illégal, dès que les flics avaient reçu l'autorisation de mettre sa ligne sur écoute et de faire la filature dans une camionnette non loin de sa résidence pour le surveiller, ses partenaires, dont avait fait partie Sang de Cochon, avaient jugé le risque de continuer à traiter avec lui trop élevé pour le laisser en vie. L'éliminer était devenu une priorité. Tous voulaient éviter qu'il n'en dise trop, qu'une enquête approfondie ne révèle le complot. Sa mort avait toutefois eu l'effet opposé. Quant à la famille Rioux, elle s'était tout simplement retrouvée au mauvais moment au mauvais endroit. Maurice, le batteur de femme et d'enfants, aurait été complice dans toute cette histoire, mais le vilain n'avait pas l'intelligence de comprendre les implications d'une de ses frasques. Les hommes de Sang de Cochon, pendant leur interrogatoire, avaient avoué que le mari de France Rioux avait eu l'idée de faire chanter le docteur Meunier et son équipe en proférant des menaces, et qu'il voulait contacter les médias si on ne lui donnait pas une grosse somme d'argent. C'était le pourquoi de sa visite à la ferme Legrand pour égorger un porc et foutre le bordel. Sauf que Rioux avait été surpris par Dupuis, l'agent de sécurité, et un affrontement s'en était suivi qui s'était très mal terminé. On ignorait pourquoi les caméras avaient été recouvertes de sang, mais on suspectait Emmanuel d'en être responsable. Sa présence près de la porcherie avait troublé les mercenaires de Sang de Cochon. Le pauvre Maurice Rioux avait signé son arrêt de mort et celui de sa famille : les brutes n'avaient pas hésité à tuer ses deux enfants.

Les tapes dans le dos, un morceau de gâteau et les acclamations escortèrent Paris à sa voiture, où il se réfugia finalement.

Tout n'était pas perdu, il lui restait Judith. Elle n'était pas morte, comme il l'avait cru. L'agent Lefrancois lui avait bien tiré dessus à bout portant, mais n'avait pas trouvé le courage de poser le canon sur son front ou même sa poitrine. Trop lâche pour tuer une femme plongée dans un coma éternel, il avait touché l'épaule et enfoncé la détente.

Judith vivait toujours. Les secours l'avaient découverte après qu'elle eut perdu beaucoup de sang, mais elle survivrait. Son calvaire de silence et d'inertie se prolongerait. Paris se demandait si elle n'aurait pas dû mourir ce jour-là, pour lui éviter des années d'état végétatif supplémentaire.

Il quitta le stationnement du poste de police, refusa d'allumer la radio et préféra goûter l'air froid qui s'engouffrait, le vent qui lui fouettait le visage. Les odeurs du jour étaient comme un baume sur sa douleur, sa peine et sa tristesse.

Il était en vie et c'est tout ce qui comptait.

Épilogue

Deerfield, Colombie-Britannique

La berline noire aux vitres teintées s'arrêta devant le panneau annonçant la ferme White et Fils, éleveurs de porcs. Plusieurs bâtiments d'importance occupaient l'horizon et s'étendaient sur quelques kilomètres. La ferme familiale était vaste, très rentable et comptait sur un troupeau de plusieurs dizaines de milliers de têtes. Les retombées économiques des activités cet employeur majeur dans la région en faisaient un intouchable. Du moins, pour les autorités locales.

Les deux hommes dans la voiture prirent quelques clichés, des notes, et l'un d'eux s'empara de son téléphone afin de passer un appel. Il patienta et, dès que la voix grave à l'autre bout lui répondit, fit son rapport.

– Nous avons peut-être trouvé une autre ferme, monsieur. Je vous envoie les informations par courriel.

Sans quitter la place, les deux hommes entreprirent d'accéder, à l'aide de leur ordinateur portable avec connexion Internet satellite, aux différentes banques de données du pays. Ils commencèrent par les institutions financières, pour connaître l'étendue de la fortune de la famille White. Ils fouillèrent aussi les sites des forces de l'ordre pour retrouver toute trace des membres de la famille propriétaire des porcheries. Toute information pouvait s'avérer utile : arrestations, dettes, poursuites judiciaires, situation familiale et conjugale. Il ne fallait rien négliger.

On montait un dossier et visiterait les voisins, poserait des questions sur les White. On les placerait aussi sur écoute, entreprendrait des filatures, oserait même pénétrer dans les bureaux et résidences en l'absence des occupants. Il fallait dénicher le moindre renseignement compromettant, suivre chaque piste louche. Tout individu avec une telle fortune cache nécessairement quelque chose et on le trouverait pour s'en servir contre eux. Leur spécialité.

La ferme White était la troisième visitée depuis le début de la semaine, depuis l'échec de l'opération montée au Québec. Il fallait trouver un autre endroit pour recommencer les expériences, pour poursuivre les activités.

Le marché chinois et les investisseurs réclamaient des résultats.

Le patron prendrait la décision finale, puis enclencherait le processus pour la ferme choisie.

Ces hommes resteraient dans un hôtel du coin en attendant une réponse négative, pour poursuivre leur quête, ou positive, pour lancer une nouvelle phase du projet.

Ici ou ailleurs, ce n'était qu'une question de temps.

• • •

Il y avait deux heures que Paris patientait dans sa voiture, incapable de se décider. Il fixait la façade du nouveau centre médical où logeait Judith. Un terrible mal de tête l'indisposait et un malaise grandissant lui nouait l'estomac. Il alternait entre chaleur et froid, frissons et nausée, hésitait entre l'envie de faire demi-tour et aller se saouler, ou encore tout simplement de faire un homme de lui et se rendre auprès de la femme de sa vie.

Le coup de fil était venu le matin même. Un docteur à l'accent parisien lui avait annoncé, avec une excitation compréhensible, que Judith avait bougé les doigts et émis des sons encourageants. Que ses signes vitaux avaient prouvé une amélioration de son état. Elle reprenait peu à peu conscience. Il était trop tôt pour déterminer s'il y aurait des séquelles, qu'elles soient physiques ou encore mnésiques, mais les médecins avaient confiance en ce nouveau miracle.

On lui avait expliqué que l'aventure dans la clinique et le coup de feu reçu avaient peut-être causé un traumatisme, accéléré un processus cérébral encore énigmatique. On n'en savait rien, tout était matière à spéculation. Ce ne serait pas la première fois qu'un patient présumé *perdu* viendrait fausser les données.

Pour l'instant, la seule réalité était le réveil évident de Judith.

Et la perspective d'un affrontement. Paris avait tellement de questions pour elle, mais se demandait s'il voulait vraiment connaître la vérité. Son retour à la vie n'était-il pas suffisant ?

Peut-être pas. Il devait savoir.

Judith était la clé de nombreux mystères, de son association à cette introuvable compagnie Advanced Genetics Enterprises à la naissance du petit Emmanuel.

Son retour changeait bien des choses.

Paris se décida finalement, quitta l'habitacle de sa voiture pour plonger dans l'air frais, ses pas résonnant dans le stationnement de la clinique. Il était nerveux, il tremblait et ressentait à la fois une certaine excitation.

La vie allait-elle leur donner une chance de rédemption ?

Une chance de tout recommencer ?

Il n'avait pour l'instant qu'une seule chose à dire à Judith, qui s'apprêtait à reprendre son existence dans un monde nouveau, lointain de celui qu'elle avait connu.

Paris voulait qu'elle sache qu'il l'aimait toujours.

Fin

Remerciements

Sang de Cochon est ma première tentative d'écriture d'un roman entièrement policier. Ce fut une expérience difficile, parfois troublante, mais combien amusante. Remplie de surprises. Pour être honnête, je n'ai aucun souvenir d'où me sont venues les idées pour écrire cette histoire. J'ai maintenant beaucoup de respect pour les auteurs de polars.

Je dois remercier les Éditions ADA de leur confiance, de leur générosité et de leur grande humanité. Publier avec eux est un rêve de longue date. Un rêve devenu réalité. Quelle belle équipe !

Il me faut aussi remercier Simon Rousseau, directeur littéraire et écrivain au grand talent, devenu ami et que je respecte énormément. Merci, Simon, de prendre le temps de me lire, de me relire, et de me faire confiance.

Un autre merci particulier à mes confrères des Contes interdits : Sonia Alain, L.P. Sicard, Yvan Godbout, Maude Royer, Christian Boivin. Merci de m'avoir accepté dans le club et pour le bon temps passé ensemble à notre table des contes. Bon succès à vous tous !

Merci à Bruce Lord, qui m'a grandement aidé en répondant à mes questions répétées concernant la Sûreté du Québec. Cousin, tu m'as forcé à réécrire une grande partie de mon roman et je t'en remercie, l'histoire a gagné en logique et précision.

Merci à Cindy Arsenault, qui bénéficie de plusieurs titres non officiels. Merci d'avoir lu mon manuscrit et pris le temps de m'éclairer de tes commentaires.

Et je tiens aussi à remercier Elisabeth Tremblay du travail monumental qu'elle a accompli dans sa tâche de directrice littéraire. Elle m'a aidé à améliorer plusieurs aspects de mon écriture. Ensemble nous avons exploré la noirceur et l'horreur ; plus jamais les ténèbres ne seront les mêmes. Ses commentaires pertinents et parfois susceptibles de me donner des maux de têtes furent essentiels. Ce fut notre première collaboration et dès mon retour du centre de désintoxication pour dépendance aux drogues fortes (dont elle est responsable), j'espère avoir le privilège de retravailler avec elle. Merci beaucoup de prendre ton métier à cœur, de vraiment t'impliquer à 100 %.

Enfin, l'écriture de ce roman aurait été impossible sans ma famille, ma femme et mon fils qui acceptent de me voir disparaître pendant des heures, de me voir parler tout seul et noter des choses dans un calepin, d'accepter mes rêveries et mes moments de confusion. Je vous aime tous les deux très fort. Et merci à Gigi pour le soutien inconditionnel et l'aide constante.

Collection Corbeau

COLLECTION
CORBEAU

001 – *Le carnet maudit,* Elie Hanson

002 – *Le monstre de Kiev,* Sylvain Johnson

003 – *Dans les ventres d'acier,* Gabriel Thériault

004 – *La bête originelle,* Simon Rousseau

005 – *Au nom de l'horreur,* L.P. Sicard

006 – *Légion,* Maude Rückstühl

007 – *Le Silence des Sept Nuits : Les derniers jours,* Dominic Bellavance

008 – *Un western fantasy : Coyote,* Patrice Cazeault

009 – *Évelyne est morte,* Guy Bergeron

010 – *Vous ne mourrez pas,* Gabriel Thériault

011 – *Du sang pour la poupée maudite,* Sébastien Michel

012 – *Laurie Houdini,* Maude Rückstühl

013 – *La perle scandinave,* Sylvain Johnson

014 – *Déviance,* Withney St-Onge & Stéphanie Sylvain

015 – *Le code Khéops,* Benjamin Faucon

016 – *Menvatts : Héritage maudit,* Mathieu Fortin

017 – *Menvatts : Immortels,* Dominic Bellavance

018 – *Menvatts : Allégeances,* Nadine Bertholet & Isabelle Lauzon

019 – *Menvatts : Deux regards sur l'éternité,* Jonathan Reynolds

020 – *Un western fantasy : Chenko,* Patrice Cazeault

021 – *Métempsychose,* Christian Perrot

022 – *Le graveur,* Pierre Bergeron

023 – *Sanglante Istanbul,* François Massie

024 – *Disparition au Caire,* Elie Hanson

025 – *Sang de cochon,* Sylvain Johnson

026 – *Ombres,* Christian Perrot